루이자 메이 올컷 Louisa May Alcott (1832~1888)

미국 소설가□□□□□□□□□□□□□□□□□□□□□□□□□의 사상가
부모 아래 뉴□□□□□□□□□□□□□□□□□□□□□□□프 월도
에머슨, 너새□□□□□□□□□□□□□□□□□□□□□□□ 등과
교류했다. 작□□□□□□□□□□□□□□□□□□□□□과 센세이션
소설을 썼다. □□□□□□□□□□□□□□□□□□□□들』은 영화와
TV 시리즈 등으□ 개속 나올 정도로 현대에도 여전히 사랑받는 작품이다. 일생
동안 미혼이었으며, 노예 폐지론을 옹호했고, 페미니스트로서 여성 참정권
운동에도 참여했다.

작가는 전통적 가족의 관념과 고정된 젠더 역할을 강요하는 가부장제의
올가미에 갑갑함을 느끼며, 자신의 강한 기질을 채울 수 있는 고딕이나 스릴러
장르를 선호했다. 그러나 젊은 여성들에게 전통적 가족 윤리를 고취시키는
이야기를 선호하던 출판사와 평단의 시선 때문에, 자신의 작품 활동을
이중으로 나눌 수밖에 없었다. 그리하여 올컷은 대중과 평단의 호응을 얻은
『작은 아씨들』류의 소설은 자신의 본명으로, 고딕이나 스릴러 등 자신의
기질에 맞는 작품은 'A. M. 바나드'라는 가명으로 발표했다.
주요 작품으로 『작은 아씨들』, 『작은 신사들』, 『조의 소년들』 등이 있다.

메리 셸리 Mary Shelley (1797~1851)

정치철학자 윌리엄 고드윈과 철학자이자 페미니스트 활동가 메리
울스턴크래프트의 딸, 시인 퍼시 비시 셸리의 아내로 최초의 과학 소설로
간주되는 『프랑켄슈타인』을 쓴 소설가다. 어머니는 셸리를 낳고 이내
사망했고, 급진적 정치철학자인 아버지 아래에서 성장했다. 1814년 아버지의
정치적 추종자인 퍼시 비시 셸리를 만나 프랑스 등지로 여행을 떠나 퍼시의
아이를 임신했다. 그러나 퍼시 비시 셸리는 유부남이었다. 그들은 추방당했을
뿐만 아니라 빚에 허덕이다가 조산한 딸아이를 잃고 말았다. 퍼시의 전처
해리엇이 자살한 후 1816년에 정식으로 결혼했다.
1816년 셸리는 배다른 여동생과 시인 로드 바이런, 존 윌리엄 폴리도리와 함께
스위스 제네바 인근에서 여름을 보내며 『프랑켄슈타인』에 관한 아이디어를
짜냈다. 1818년 셸리 부부는 영국을 떠나 이탈리아에 정착했다. 1822년
퍼시는 폭우에 보트가 전복되어 사망하고, 1년 뒤 셸리는 영국으로 돌아와
유일하게 살아남은 아들을 양육하며 작가 활동을 계속하다가 뇌종양으로
53세에 생을 마감했다.
주요 작품으로 『프랑켄슈타인』, 『마지막 남자』, 『마틸다』 등이 있다.

공포, 집, 여성 여성 고딕 작가 작품선

여성 고딕 작가 작품선

공포, 집, 여성

엘리자베스 개스켈
버넌 리
루이자 메이 올컷
메리 셸리

장용준 옮김

고딕서가

차례

회색 여인

제1부

요사이 독일 전역에서 유행하듯이, 네카어 강변에는 많은 사람들이 커피를 마시러 오는 방앗간이 있다. 이 방앗간은 각별히 명소가 될 만한 자리는 아니다. 그곳은 만하임에서도 평지에, 낭만적인 풍경도 없는 하이델베르크 쪽이다. 물방아는 강물의 힘을 빌려 힘찬 소리를 내며 돈다. 방앗간 주인의 집과 별채 건물들이 잘 가꾼 사각형 안뜰을 둘러싸고 있다. 강에서 좀 더 떨어진 반대쪽에는 버드나무들과 덩굴 정자와 제멋대로 풀이 자란 화단이 있다. 덩굴 정자에는 꽃이 무성한 덩굴식물들이 호를 그리며 풍성하게 얽혀 있다. 이러한 꽃그늘 길 곳곳에는 흰색으로 페인트칠한 나무 테이블과, 같은 재질 같은 색깔의 가벼운 의자들이 놓여 있다.

나는 184○년에 친구 몇 명과 함께 이곳에 커피를 마시러 갔다. 우리 일행 중 하나와 아는 사이인 나이 든 방앗간 주인은 품위 있게 다가와 우리를 맞았다. 그는 당당한 체격에 멋지고 우렁찬 목소리였다. 친근하게 껄껄 웃으며 우리를 환영하는 주인의 명민하고 밝은 눈빛, 고급스러운 소재의 코트 차림은 그곳의 풍요로운 인상과 잘 어울렸다. 마당에는 닭과 오리 등 온갖 종류의 가금(家禽)이 있었는데, 그 짐승들이 먹을 만한 모이들이 바닥에 가득 널려 있었다. 그러나 방앗간 주인은 그것으로 만족하지 못한다는 듯 자루에서 한 움큼씩 옥수수를 꺼내 발밑으로 몰려오는 수탉과 암탉에게 아낌없이 던져주었다. 그는 그런 일이 일상인 듯 모이를 주면서도 내내 우리에게 말을 걸었고, 때때로 자신의 딸이나 여자 하인들을 불러 우리가 시킨 커피를 어서 가져오라고 재촉했다. 그는 나무 그늘 아래 자리로 향하는 우리를 따라와, 손님 접대가 제대로 되는지 살뜰하게 살폈다. 그러고 나서 다른 자리를 돌며 손님들의 편의를 살폈다. 한 바퀴 돌고 난 후 이 너그럽고 풍요로워 보이는 남자는 내가 이제껏 들어본 노래 중 가장 애잔한 분위기의 노래를 부드럽게 읊조리기 시작했다.

"그의 가족은 팔라틴 백작의 영지였던 시절부터 계속 이 방앗간을 소유했지. 아니, 이 땅을 소유했다고 해야 하나. 아무튼 프랑스인들이 연달아 두 번이나 방앗간에 불을 질렀어. 셰러가 흥분하는 것을 보고 싶으면, 그에게 프랑스가 침입할지 모른다고 말해봐."

우리는 방앗간 주인 셰러가 애잔한 노래를 부르며 다소 지대가 높은 정원에서 방앗간 안뜰로 이어지는 계단을 내려가는 것을 보았다. 그리하여 나는 그가 흥분하는 모습을 볼 기회를 놓쳐버렸다.

우리가 커피와 쿠헨과 시나몬 케이크를 거의 다 먹어갈 무렵, 우리가 있는 무성한 덩굴 그늘막에 갑자기 굵은 빗방울이 떨어지기 시작했다. 빗방울은 점점 늘어나더니 나뭇잎을 찢어놓을 듯 거세졌다. 정원에 있던 모든 사람들이 비를 피할 만한 장소나, 밖에 선 마차를 향해 서둘러 뛰어갔다. 그러자 방앗간 주인이 진홍색 우산을 들고 서둘러 뛰어올라왔다. 정원에 남아 있는 모든 사람들을 다 씌울 만큼 큰 우산이었다. 뒤이어 그의 딸과 여자 하인 한둘이 우산 하나씩을 들고 나타났다.

"집 안으로 들어오세요. 어서요. 여름 폭우여서 한두 시간이면 여기가 범람할 수 있습니다. 곧 강으로 흘러들겠지만요. 자, 여기로들 오세요."

그리하여 우리는 그를 따라 실내로 들어섰다. 우리는 우선 부엌으로 향했다. 나는 그렇게 밝고 예쁜 구리 그릇이며 양철 그릇을 본 적이 없었다. 나무로 된 식기들은 완벽하게 윤이 나 반짝거렸다. 우리가 들어갔을 때 붉은 타일 바닥은 티끌 하나 없었다. 그러나 우리가 들어서자마자 금세 바닥이 흙탕물 범벅이 되었다. 부엌이 사람들로 가득 찼다. 그러나 덕망 있는 방앗간 주인은 계속해서 더 많은 사람들을 진홍색 우산에 씌워 데리고 들어왔다. 그는 심지어 개들까지 불러들여 테이블 아래에 앉게 했다.

그의 딸이 그에게 독일어로 무언가 이야기를 했고, 주인은 그런 딸에게 웃으며 고개를 가로저었다. 모든 사람들이 함께 웃었다.

"딸이 뭐라고 한 거야?"

내가 물었다.

"딸내미가 다음으로 오리들까지 들어오게 하라고 하지 뭐야. 하지만 사람들이 더 들어오면 우리는 곧 질식하고 말 거야. 험악한 날씨에다 난로에 김을 뿜는 천이며, 난 이 말을 꼭 전해야 할 것 같아. 그냥 우리가 직접 들어가서 셰러 부인을 만나볼까?"

내 친구는 딸에게 안쪽 방으로 들어가서 그녀의 어머니를 만나게 해달라고 부탁했다. 우리는 허락을 받고 네카어강이 굽어보이는 응접실 같은 곳으로 들어갔다. 매우 작고 매우 밝고 매우 밀폐된 공간이었다. 윤이 나는 바닥은 미끄러웠다. 벽에 걸린 길고 좁은 거울들이 끊임없이 흔들리는 맞은편 강의 모습을 비추고 있었다. 실내에는 오래된 청동 장식이 달린 흰색 자기(瓷器) 난로가 있었고, 앞에 테이블이 놓인 벨벳 소파, 아래 바닥에는 소모사(梳毛絲) 카펫이 깔려 있었다. 조화가 꽂힌 화병도 보였고, 벽감에는 침대가 있었다. 그 침대 위에는 훌륭한 주인의 마비가 온 아내가 누워 뜨개질을 하고 있었다. 그런데 방에는 내가 지금 말한 물건 외에 눈에 띄는 게 하나 있었다. 내 친구가 나는 반도 이해하지 못하는 언어로 한창 이야기에 빠져 있을 때, 나는 방

한쪽 구석 어두컴컴한 곳에 걸린 그림에 눈길이 닿았다. 나는 자세히 보기 위해 다가갔다.

매우 아름다운 젊은 여인의 초상화였다. 차림으로 보아 중류계급 같았다. 화가의 예리한 시선에 거의 움츠러들듯, 얼굴에 예민한 감수성이 묻어났다. 아주 잘 그린 그림은 아니었다. 하지만 인상에서 느껴지는 무언가 독특한 표정이 잘 구현된 것으로 보아, 모델과 꽤 닮게 그린 게 분명했다. 의상으로 보아 지난 세기 후반에 그려진 것 같았다. 확인해보니 내 예상이 맞았다.

대화가 끊겼다.

"프라우 셰러에게 이 사람이 누군지 물어봐줄래?"

내 친구가 독일어로 질문을 던졌고 꽤 긴 대답을 들었다. 그러고 나서 내게 해석해주었다.

"자기 남편의 대고모라네."(친구는 내 옆에 서서 호의적인 호기심으로 그림을 바라보고 있었다.)

"봐봐! 여기 펼쳐진 성서에 이름이 쓰여 있어. '아나 셰러, 1778'. 셰러 부인 말로는 백합과 장미가 연상되는 화사하고 아름다운 이 소녀가 기겁을 한 일을 겪고 나서는, 그 곱던 색조를 잃고 '회색 여인'이라고 불렸다는 이야기가 집안에 전해져 내려온대. '아나 셰러'라는 이 여자는 일생동안 공포에 사로잡힌 채 살았다는군. 그렇지만 안주인은 자세한 건 모르고, 자기 남편한테 가서 물어보라고 하네. 아마 그림의 주인공이 자기 딸에게 쓴 편지가 있을 거라고. 그 딸이 바로 이 집에서 죽고 나서 그리 오래지 않아 이 집 주인이 결혼을 했대. 우리 셰러 씨에게 가서 이야기를 들려달라고 청해보자."

"그래, 그러자!"

그때 마침 주인장이 우리의 안부를 살피러 안으로 들어왔다. 그는 우리를 태울 마차를 부르러 하이델베르크로 사람을 보냈다고 말했다. 퍼붓는 폭우가 잠잠해질 기미가 보이지 않자 친구는 그에게 내 청을 전했다.

"아!"

그의 표정이 바뀌었다.

"아나 대고모에게는 슬픈 사연이 있지요. 다 그 사악하기 그지없는 프랑스 사람 때문이랍니다. 대고모의 딸, 커즌 우르술라가 그 때문에 고통을 겪었지요. 내가 어렸을 때 모두들 대고모 딸을 그 이름으로 불렀어요. 뭐, 착한 커즌 우르술라가 그자의 자식인 건 틀림없으니까요. 부모의 죄는 자식에게 대물림되는 법이죠. 친구분께서 그 이야기를 듣고 싶어 하시나 보죠? 음, 문서가 있어요. 아나 대고모가 딸의 약혼을 파기하기 위해 쓴 일종의 해명 글이라고 할 수 있죠. 아니, 커즌 우르술라가 사랑하는 남자와 결혼하는 걸 막을 수밖에 없었던 이유를 폭로하는 글이랄까요? 그녀는 그 이후로 다시는 다른 남자를 만나지 않았어요. 안 그랬으면 제 아버지가 커즌 우르술라를 기꺼이 아내로 맞이했을 거라고들 했지요."

주인은 이야기를 하는 내내 오래된 서랍장을 뒤졌다. 그러다가 드디어 누런 문서 꾸러미를 꺼내 내 친구에게 건넸다.

"집에 가져가서 난해한 독일어를 해독해가면서 보셔도 됩니다. 급한 건 없으니 원하는 만큼 가지고 있으면서 시간 날 때 읽어보세요. 그저 다 읽고 난 후 저에게 돌려주시기만 하면 됩니다."

그리하여 우리는 편지 형식의 원고를 손에 쥐었다. 그해 긴긴 겨울밤 동안, 일부를 생략하긴 했지만 그 원고를 번역하는 게 우리 일이 되었다. 편지는 아나 셰러가 딸의 결혼을 이유 없이 반대해, 딸에게 고통을 주었던 일부터 시작되었다. 나는 훌륭한 방앗간 주인이 우리에게 들려준 이야기를 몰랐다면, 우리가 이만큼이나마 분간할 수 있었을지 의심스럽다. 열정에 휩싸인 문장이 잘 연결되지 않았기 때문이다. 우리는 분명 어머니가 이 글을 쓰기 직전에 모녀 사이에 무언가 일이 -어쩌면 제삼자가 개입한- 벌어졌다는 생각을 하지 않을 수 없었다.

✦

"어머니, 당신은 당신 자식을 사랑하지 않는군요! 어머니는 딸의 가슴이 찢어져도 신경 쓰지 않는군요!"

오, 신이시여! 사랑하는 우르술라가 건넨 이 말이 제 귓가에 울립니다. 그 소리가 죽음을 목전에 두고 누워 있는 내 귀를 아직도 아프게 때립니다. 그리고 내 눈에는 가여운 딸의 눈물 젖은 얼굴만 가득합니다. 딸아! 가슴은 찢어지지 않는단다. 삶은 모진 만큼 질기기도 하지. 나는 널 대신해 결정하진 않으련다. 그저 모든 걸 다 이야기해줄게. 그러면 선택의 무게는 네가 짊어져야겠지. 내가 틀릴지도 몰라. 나는 이제 총기도 얼마 안 남았고, 전에도 총기가 밝진 않았던 것 같구나. 그렇지만 본능이 판단을 대신하고 있어. 내 본능은 너와 너의 헨리가 절대 결혼해서는 안 된다고 이르는구나. 그러나 내가 틀렸을지도 모르지. 난 그저 내 자식이 행복하기만을 바란단다. 네가 이 문서를 다 읽고 나서 의구심이 든다면, 이걸 슈리즈하임의 훌륭한 사제 앞으로 전달해라. 나는 네게 지금 모든 것을 다 말해주겠다. 단, 너와 나 사이에 일어난 이 일에 대해 말로는 꺼내지 말아달라는 조건을 달 거야. 질문을 하는 건 날 죽이는 일이나 다름없단다. 모든 일을 다시 현재로 되돌려봐야겠구나.

　내 아버지는 네가 알다시피 네카어 강변에서 방앗간을 운영하셨지. 지금은 네가 뒤늦게 알게 된 셰러 삼촌이 살고 있는 곳 말이다. 작년 포도 수확기에 그곳에 갔다가 우릴 보고 놀랐던 일 너도 기억날 거야. 네 삼촌이 내가 누이 아니라는 사실을 믿지 못했던 거. 네 삼촌은 내가 죽은 지 오래라고 믿었기 때문이었지. 그러곤 내가 널 오래전 내 모습을 그린 초상화 밑으로 데려가 하나하나 그림과 네가 닮은 점을 설명했던 거 기억날 거야. 그러면서 나는 우선 내 기억을 이끌어내고, 다음으로는 삼촌의 기억을 불러일으키며 초상화를 그리던 그때 상황을 세세하게 이야기했지. 그때 우리 남매가 나누었던 즐거운 대화들, 행복한 소년 소녀 시절 말이다. 방 안의 가구들이 어디에 있었는지, 아버지 버릇이 무엇이었는지, 이제는 쓰러져 없는 체리 나무가 내 방 창문에 그늘을 드리웠는데, 오빠는 제 몸무게를 견딜 수 있는 최대한 높은 가지에 올라가 자기 모자 가득 체리를 따서는, 창턱에 앉아 있는 내게 건네주었던 일도 빼놓지 않았지. 난 오빠가 떨어질까 봐 너무 무서워서 체리를 먹을 생각도 못했다는 말도 그렇고.

그제야 프리츠가 의심을 거두고 마침내 내가 자기 누이 아나라는 사실을 믿었지. 내가 마치 무덤 속에서 나오기라도 한 듯 반응했지만 말이야. 그러고는 네 삼촌이 자기 아내를 데리고 와서 내가 죽지 않았으며 이렇게 변하긴 했지만 고향집으로 돌아왔다고 말한 거, 너도 기억할 거야. 그러니까 네 숙모는 남편의 말을 믿지 못하며 불신에 찬 차가운 눈빛으로 날 훑어보았어. 그러다가 마침내 -난 예전의 네 숙모 바베트 뮐러를 잘 알고 있었으니- 나는 잘 살고 있고 남에게 손 벌릴 일은 없다고 말했단다. 그러자 바베트는 나한테가 아니라 자기 남편에게 내가 왜 그토록 오랫동안 아무 소식 없이 살았느냐고 물었어. 왜 아버지, 오빠, 소중한 고향집에서 나를 사랑했던 그 모든 이들이 내가 죽었다고 생각하도록 했느냐고 물었지.

그때 네 삼촌은 (너 기억나지?) 자기는 내가 말하고 싶은 거 말고는 더는 알려고 하지 않겠다고 했어. 내가 바로 다시 찾은 자신의 누이 아나가 맞고, 그러면 늦은 나이에 다시 찾은 큰 축복이라고 말했단다. 나는 그렇게 생각하는 오빠에게 마음속으로 진심으로 감사했어. 지나간 내 삶에 대해 말할 수 없는 것을 하지 않아도 된다니, 마음이 놓였지. 하지만 올케는 흔쾌히 나를 반기지 않았어. 그래서 나는 미리 계획했던 대로 나의 오빠 프리츠와 가까이 살기 위해 하이델베르크로 이사하지 않았어. 그저 내가 죽어 이 모진 세상을 떠나면 나의 우르술라에게 아버지가 되어주겠다고 한 오빠의 약속만으로 만족했어.

이렇게 말하면 좀 이상하겠지만, 올케 바베트 뮐러야말로 내 인생의 모든 고난의 원인이었단다. 그녀는 하이델베르크에 있는 제빵사의 딸이었어. 사람들이 매우 아름답다고 말하곤 했지. 내가 봐도 그랬어. 나도 미인으로 평가받았고, -너도 내 초상화를 봤잖아- 스스로도 그렇게 생각했단다. 바베트 뮐러는 나를 경쟁자로 여겼어. 그녀는 사람들에게 사랑받는 걸 좋아했지만, 그녀를 정말로 사랑한 사람은 아무도 없었어. 나는 날 사랑해주는 사람들이 몇 있었지. 너의 할아버지, 프리츠, 예전 하인 캐천, 방앗간의 수석 견습공 카를 등이 있었단다. 나는 사실 주목받고 사랑받는 게 겁났고, 쇼핑을 하러 하이델베르크에 갈 때마다 '아름다운 여인'으로 눈길을 받는 게 불편했어.

그때가 좋은 시절이었어. 평화로운 때였지. 집안일을 할 때면 캐천이 날 도와주었고, 우리가 무엇을 하든 용감한 아버지는 다 좋아하셨단다. 아버지는 우리 여자들에게는 언제나 친절하고 뭐든 우리가 바라는 대로 해주셨어. 하지만 방앗간의 견습공들에게는 엄격한 편이셨지. 그들 중 가장 나이가 많은 카를이 아버지가 제일 좋아하는 직원이었어. 돌이켜 생각해보면 아버지는 날 카를과 결혼시키고 싶어 하셨고, 카를도 그걸 바랐지. 하지만 카를은 열정적이고 말이 거친 남자였어. 나에게는 안 그랬지만 다른 사람들에게 그랬단다. 그래서 나는 그를 보면 움츠러들었는데, 그게 그에게 상처가 되었어.

그 무렵 네 삼촌 프리츠의 결혼식이 있었어. 바베트가 방앗간의 안주인이 된 거지. 그렇다고 내 자리를 내놓는 게 서운하지는 않았어. 아버지가 내게 친절을 베풀어주신다 해도, 나는 그렇게 큰 대가족을 다 건사하는 게 늘 겁이 났거든(남자들과 캐천 밑에서 일하는 소녀까지 우리는 매일 저녁 식사 자리에 11명이나 둘러앉았어). 하지만 바베트가 캐천에게 트집을 잡기 시작하자, 나는 충직한 하인들을 향한 비난에 기분이 언짢았어. 게다가 머지않아 바베트가 더 적극적으로 나에게 애정공세를 퍼부으라고 카를을 부추기는 걸 알아차렸지. 그러다 마침내 바베트는 카를에게 어서 빨리 날 데리고 나가 따로 살림을 차리라고까지 했단다. 아버지는 점점 노쇠해지셔서 내가 이래저래 불편해하는 걸 알아차리지 못하셨어. 카를이 내게 더 접근할수록 난 점점 더 그가 싫어졌어. 그는 대체로 착한 사람이었지만, 난 결혼 생각이 없었어. 누구든 내게 결혼 이야기를 꺼내면 견디기가 어려웠단다.

그러던 어느 날, 나는 학교 시절 매우 친한 친구로부터 초대를 받아 카를스루에에 가게 되었단다. 바베트는 내가 그곳으로 가는 걸 적극적으로 밀어붙였어. 나는 사실 낯을 많이 가리는 성격이라 집을 떠나고 싶지 않았지만, 소피 루프레히트와는 굉장히 친한 사이였거든. 이래저래 가는 걸로 결정이 되었단다. 프리츠와 아버지가 루프레히트 가 사람들의 평판과 지위에 대해 알아본 후 내린 결정이었어. 알아보니 그 집안의 아버지는 대공(大公)의 궁전에서 낮은 직책을 가진 귀족으로 당시는 사망한 후였고, 귀족 출신의 과부와 두 딸이 남아 있었단다. 그중 첫째 딸이 내 친구 소피였어. 마담 루프레히트는 부자는 아니었으나 매우 점잖고 고상한 분이셨어.

아버지는 그런 사실을 알아본 후 내가 가는 것을 반대하지 않으셨어. 바베트는 어떻게든 내가 가도록 온갖 수단을 다 동원해 밀어붙였고, 심지어 나의 오빠 프리츠도 그녀의 말에 힘을 실어주었어. 캐천만이 반대했지. 아니, 캐천과 카를 두 사람이. 무엇보다도 카를이 반대한 것이 내가 카를스루에에 가기로 마음을 굳힌 결정적 계기였어. 사실 거기에 가는 걸 끝까지 반대할 수도 있었거든. 그런데 카를이 나서서 아무도 모르는 낯선 사람들이 사는 곳에 가서 뭐 좋은 일이 있겠냐고 말했을 때, 나는 상황에 굴복하고 말았던 거야. 소피가 끌고 바베트가 떠미는 상황 말이지.

나는 바베트가 내 옷가지를 살피며 참견을 할 때 티를 내진 않았지만 짜증이 났어. 바베트는 귀족 숙녀의 집에 방문하는데 이 가운은 너무 구식이다, 저건 너무 흔해빠진 스타일이다 하며 내 속을 긁었지. 게다가 필요한 물건을 사라며 아버지가 내게 주신 돈을 제가 주인인양 제멋대로 써대는 것도 화가 났어. 그러나 나는 스스로를 탓했단다. 왜냐하면 다른 모든 사람들이 바베트가 날 위해 그런 일을 해주는 게 얼마나 친절하냐며 칭찬을 했거든. 바베트도 제 딴에는 친절을 베풀려고 했던 것 같아.

드디어 나는 네카어 강변을 떠났단다. 꽤 긴 여행길이라 프리츠가 카를스루에까지 동행해주었어. 루프레히트 가 사람들은 중심가에서 한 거리 뒤쪽에 있는 어떤 집 3층에 살았단다. 우리는 길가에 난 문을 통해 비좁은 안뜰로 들어가 올라갔지. 방앗간의 커다란 공간에서 살다가 그 집에 가니 방들이 어찌나 옹색해 보이던지, 그 인상이 아직도 기억에 남아 있단다. 하지만 그래도 무언가 장려함이 느껴졌어. 내겐 아주 새로운 경험이었고, 지금은 희미하지만 그때는 즐거운 기분이 들었어.

마담 루프레히트는 너무 격식을 차리는 숙녀 같았어. 마담과 함께 있을 때는 마음 편한 적이 별로 없었으니까. 하지만 소피는 학교 시절 기억 그대로였어. 칭찬과 마음 씀씀이가 너무 과하다 싶을 정도로 친절하고 다정했지. 소피의 여동생은 보이지 않았어. 우리가 오랜만에 예전의 우정을 다시 살리는 데 더 필요한 건 없었어. 마담 루프레히트의 한 가지 원대한 목표는 사회에서 자신의 지위를 유지하는 것이었어. 그런데 남편이 죽고 나자 재정 상황이 매우 나빠져서 마담에게는 위안거리가 많지 않았지. 그런 상황에서도 그 집의 생활 방식에는 겉치레가 굉장히 많더라. 우리 집과는 완전히 반대되는 집이었어. 마담 루프레히트에게는 내가 그 집에 방문한 게 그다지 반길 일이 아니었다고 생각해. 어쨌든 내가 그 집에 머물면 먹일 식구가 하나 더 늘어나는 셈이니까. 하지만 소피는 1년 넘게 나를 초대하고 싶다고 애원했나 봐. 그리고 소피의 어머니는 일단 승낙을 한 이상 나를 품위 있게 환영해주실 만큼 배운 분이셨지.

카를스루에의 삶은 우리 집에서의 삶과 매우 달랐어. 아침에 일어나는 시간도 늦었고, 아침 커피도 연하게 마셨지. 스튜도 연했고, 삶은 소고기엔 다른 음식을 곁들이지도 않았어. 또 옷은 세련되게 입고 있어야 했고, 저녁 모임은 언제나 끊이질 않았지. 나는 그런 방문이 즐겁지 않았어. 뜨개질을 안 해도 되었지만, 그게 차라리 지루함을 덜어주었을 거야. 우리는 둥글게 둘러앉아 함께 이야기를 나누곤 했는데, 이따금 한 신사가 끼어들곤 했지. 그 사람은 문 근처에 서서 열띤 대화를 벌이는 남자들 무리에서 빠져나와 까치발을 하고 조용히 방을 가로질러 다가오는 거야. 한쪽 팔에 모자를 끼고 무용학교에서 '제1 자세'라고 부르는 발 모양으로 발을 모으고는, 말을 걸고 싶은 숙녀에게 고개를 숙이는 몸짓을 했단다.

그런 자세를 처음 보았을 때 나는 웃지 않을 수 없었어. 하지만 마담 루프레히트는 그런 나를 보더니 다음 날 아침 꽤 엄중한 태도로 꾸짖었어. 물론 내가 시골에서 자라 궁정 예법이나 프랑스 패션에 대해 무지한 건 알겠으나, 그렇다고 그걸 보고 웃을 이유는 되지 않는다고 훈계했지. 나는 그 이후로 다시는 사람들 앞에서 웃지 않으려고 애썼단다. 이때는 1789년으로 모든 사람들이 파리에서 벌어지는 일에 온통 신경을 곤두세우고 있던 때란다. 그런데 카를스루에 사람들은 프랑스 정치보다 프랑스 패션에 더 관심이 많았어. 특히나 마담 루프레히트는 프랑스 사람들에게 온통 정신이 팔려 있었어. 나의 고향 마을과는 완전히 달랐지. 프리츠는 프랑스 사람 이름만 나와도 못 견뎌했거든. 거기다 마땅히 '프라우 루프레히트'라 불려야 하는 독일인이 프랑스식으로 '마담 루프레히트'라고 불리는 걸 좋아한다는 사실을 알고는, 그 이유로 내가 소피의 집에 방문하는 걸 반대했을 정도였으니까. 어느 날 밤 나는 소피 옆에 앉아 얼른 저녁을 먹고 우리끼리 이야기를 나눌 수 있는 자리로 물러날 시간만 기다리고 있었어. 마담 루프레히트는 사교 모임을 할 때 꼭 필요한 이야기를 제외하고 가족 간의 일을 이야기하는 걸 엄격하게 금지했거든. 그런 일은 예절에 어긋난다는 거지. 나는 그렇게 하품이 나오는 걸 참으며 억지로 앉아 있었어. 그때 신사 두 명이 들어왔는데, 그중 한 명은 다른 신사가 마담에게 소개를 시키는 모습을 보니 자리에 있던 그 누구도 알지 못 하는 남자였어.

나는 그렇게 잘생기고 품위 있는 사람을 본 적이 없다는 생각을 했단다. 얼굴에는 파우더를 발랐는데, 안색을 보니 맨 얼굴은 분명 희고 뽀얀 피부였을 거야. 자태가 여자처럼 섬세했고, 또 당시 우리가 '패치'라고 부르던 '애교점'을 붙였기 때문에 도드라져 보였어. 하나는 입술 왼쪽에 붙였고, 또 하나는 오른쪽 눈에 이어지는 점이었지. 옷 색깔은 푸른색과 은색이었고. 나는 이 아름다운 젊은 남자에게 넋이 나갔단다. 마담이 그를 데리고 와서 내게 소개를 시켰을 때, 나는 마치 천사 가브리엘이 내게 말을 걸기라도 하는 것처럼 소스라치게 놀랐을 정도였어. 마담은 그가 '무슈 투렐'이라고 소개했고, 그는 나에게 프랑스어로 말을 걸었어. 난 그가 하는 말을 완벽히 이해했지만 똑같이 프랑스어로 그에게 응대할 엄두가 나지 않더라고.

그러니까 그 남자가 독일어로 바꿔 말하기 시작했는데, '쉬', '스' 발음에 부드럽게 혀짤배기소리를 내는 거야. 그게 참 멋져 보였어. 하지만 그날 밤이 무르익을 무렵이 되자 나는 그 부자연스럽고 꾸민 듯한 부드러움하며 여성스러운 태도가 점점 버겁게 느껴지고, 내게 표하는 과한 칭찬이 부담스러워지기 시작했어. 지나치게 나를 칭찬하는 말을 하니 다른 사람들이 고개를 돌려 나를 쳐다보곤 했거든. 하지만 마담 루프레히트는 나를 불쾌하게 만드는 그런 점을 매우 좋아하는 거야. 마담은 소피나 나 둘 중 하나가 사람들의 이목을 끄는 것을 좋아했어. 물론 그게 자신의 딸이었다면 더 좋았을 거야. 하지만 딸이 안 되면 딸의 친구라도 화제가 되는 게 차선이었겠지. 시간이 되어 우리가 물러날 때, 나는 등 뒤에서 마담 루프레히트와 무슈 투렐이 서로 질세라 전력을 다해 정중한 인사치레를 주고받는 소리를 들었는데, 그 프랑스 신사가 다음 날 다시 방문한다는 사실을 알 수 있었어.

나는 스스로가 기쁜 건지 무서운 건지 알 수 없었어. 저녁 내내 공주 대접을 받았으니까. 그래도 마담이 그 신사가 나와 함께해서 기뻐하기에 그를 다시 초대했다고 말해주었을 때는 기분이 좋았단다. 더욱이 내가 그토록 세련되고 호감을 주는 신사의 호의를 샀다는 사실에 제 일처럼 기뻐하는 소피에게 감사한 마음까지 들었어. 그렇지만 다음 날 계단참 문에서 마담 루프레히트를 부르는 그 신사의 목소리가 들렸을 때, 응접실에서 서둘러 나가려는 나를 붙잡으려고 두 모녀는 진땀을 뺐단다. 그날 모녀는 내게 선데이 드레스를 입게 했고, 그들도 손님맞이용 옷을 입었지.

그가 떠나고 나자, 마담 루프레히트는 내가 그의 애정을 샀다며 축하해주었단다. 실제로 그는 다른 사람에게는 예의에 어긋나지 않는 선에서 거의 말을 걸지 않았고, 저녁에 또다시 들러 지금 파리에서 크게 유행하고 있는 새로운 노래를 들려주겠다고 할 정도였어. 마담 루프레히트는 내게 무슈 드 라 투렐에 대한 정보를 얻기 위해 오전 내내 돌아다녔다고 말했어. 그는 영지를 소유한 데다 보주 산에 작은 성과 땅까지 있다고 했어. 그 외에 별도로 다른 큰 수입원이 있다는 말도 빼놓지 않았지.

이것저것 다 따져봐도 그는 훌륭한 짝이 틀림없다고 마담은 힘주어 강조했어. 마담은 그 신사의 재산 목록을 늘어놓더니, 이런 마당에 내가 그를 거절할 수 있다는 생각은 전혀 하지 않는 것 같았어. 만약 내가 아니라 자기 딸 소피였다 하더라도 선택권을 허락할 것 같지 않았지. 심지어 그가 그렇게 젊고 잘생긴 게 아니라, 나이 들고 추한 남자라도 그랬을 것 같았단다. 나는 내가 그를 사랑했는지 아니었는지 잘 모르겠어. 그때 이후로 너무나 많은 일들이 벌어졌고, 그러다 보니 기억이 또렷하지 않아. 그는 내게 매우 공을 들였어. 애정을 표시하는 게 너무 과해 겁이 날 정도였으니까. 게다가 그는 내 주변의 모든 사람들에게 호의를 샀고, 사람들은 입을 모아 그처럼 매력적인 남자는 없을 거라며 칭찬을 늘어놓고, 나더러 가장 복 받은 여자라고 말했지. 하지만 나는 그와 함께 있을 때 한 번도 마음 편한 적이 없었어. 언제나 그가 돌아가고 나면 안도감이 들었으니까. 그래도 그가 나타나지 않으면 살짝 애가 타기도 했단다.

그는 내게 구애하기 위해 카를스루에 있는 친구 집에 머무는 기간을 연장했지. 내게 선물 공세를 퍼부었는데, 나는 받기를 꺼려했어. 그런데 마담 루프레히트는 그런 나를 보며 내숭 떠는 새침데기라고 생각하는 것 같았어. 선물은 대부분 귀한 보석으로, 집안 대대로 내려오는 물건 같았지. 내 마음이 내켜 자발적으로 그러는 게 아닌데도, 선물을 받아들인다는 사실 자체가 그와의 유대감을 굳히는 꼴이 되고 말았어. 당시에는 요즈음과는 달리 떨어져 있는 지인들과 그렇게 자주 편지를 주고받던 시절이 아니었단다. 또 집으로 보내는 편지에 그 사람 이름을 언급하고 싶지도 않았어.

그러다 마침내 마담 루프레히트가 아버지에게 편지를 써서, 내가 대단한 애정을 획득했다는 소식을 알리고는 약혼식에 오라고 청했다더구나. 나는 화들짝 놀랐어. 일이 그렇게까지 진행된 줄은 전혀 몰랐거든. 하지만 마담은 크게 놀라는 나에게 언짢고 엄격한 태도로 무슈 투렐과 결혼할 생각이 없었다면 도대체 그동안 나의 행동은 뭐냐고 추궁하더구나. 그가 방문할 때마다 만나고 귀한 선물까지 받은 데다, 그의 그 모든 애정 공세에 그 어떤 반감이나 싫은 내색도 보인 적 없지 않았느냐며 말이야. (그 말은 모두 사실이야. 나는 반감을 보이지는 않았어. 물론 그와 결혼하고 싶지는 않았지만 말이다. 어쨌든 그렇게 빨리는 말이야.) 그러니 내가 달리 어찌할 수 있었을까? 그저 고개를 숙이고 내게 남은 유일한 길을 서두르는 일에 조용히 따르는 수밖에. 그렇지 않으면 나는 평생 비정한 요부로 손가락질 받았겠지?

그런데 그것도 어려움이 있었어. 올케 바베트가 내 약혼식을 고향에서 치르는 걸 반대한다는 사실을 나중에 알게 되었단다. 아버지와 프리츠는 내가 방앗간으로 돌아오길 원하셨어. 그곳에서 약혼한 후에 결혼하길 원하셨지. 하지만 루프레히트 집안과 무슈 드 라 투렐은 그 계획에 완강히 반대했고, 바베트 역시 방앗간에서 큰일을 치르는 게 마뜩치 않았던 모양이야. 게다가 또 내 생각엔, 나의 성대한 결혼식이 자신의 결혼식과 비교되는 게 싫은 면도 있었을 것 같아.

그리하여 아버지와 프리츠가 내 약혼식에 오셨어. 카를스루에의 한 여관에서 2주 동안 머물기로 하셨고, 그 기간의 마지막에 결혼식을 올리기로 했어. 무슈 드 라 투렐은 내게 자기 고향에 일이 있어 두 행사 사이에 어쩔 수 없이 이곳을 떠나 있어야 한다고 했지. 나는 그 말에 매우 기뻤어. 그 사람이 아버지와 오빠를 귀하게 대하기를 바랐는데, 그러지 않았거든. 매우 정중하긴 했지만 말이야. 내겐 이제 더 이상 그러지 않았으나, 아버지와 오빠에게는 부드럽고 고상한 태도를 다 갖추고 대했지. 그리고 아버지부터 시작해서 마담 루프레히트와 어린 알비나까지 우리 모두에게 돌아가며 찬사를 늘어놓았지. 하지만 그는 아버지가 고집하시는 구식 교회 의식을 좀 조롱하는 태도를 보였어. 거기에다 오빠 프리츠는 그가 늘어놓는 찬사의 말을 비꼬는 말로 들은 것 같았어. 내 남편감이 겉으로는 모든 말에 품위를 갖췄으나 오빠를 짜증나고 언짢게 만들었거든. 그렇지만 결혼 준비를 하며 과하다 싶을 정도로 돈을 써대서, 아버지는 흡족해하다가 놀라기까지 하셨지. 심지어 프리츠까지 눈을 동그랗게 뜨며 휘파람을 불었어. 나만 그런 것에 신경 쓰지 않았단다. 나는 마치 꿈을 꾸는 것처럼 넋이 나갔어. 일종의 자포자기 상태였던 것 같아. 나는 소심함과 나약함으로 겁먹어 스스로 올가미에 걸려든 것 같았고, 거기서 빠져나갈 방법도 알지 못했단다.

나는 그 2주 동안 가족에게만 매달렸어. 그전엔 한 번도 그런 적이 없었는데 말이야. 압박감을 느끼며 카를스루에에 머물다가, 가족과 대화를 나누고 가족과 함께 생활하니 모든 게 즐겁고 편했거든. 마담 루프레히트에게 지적받을 일도 없고 무슈 드 라 투렐에게 고상한 말로 훈계를 받을 일도 없이, 내가 원하는 대로 말하고 행동할 수 있었지. 어느 날 나는 아버지에게 결혼하고 싶지 않고 고향으로 돌아가고 싶다고 말했어. 하지만 아버지는 내가 그런 말을 하는 게 약속을 저버리고 의무를 방기하는 일이라고 하셨어. 약혼을 치른 이상 나에 대한 권리는 오직 나의 장래 남편만이 가질 수 있다는 식이셨지. 그러면서 아버지는 내게 몇 가지 진지한 질문을 던지셨어. 하지만 내 대답은 나 자신에게 아무런 도움이 되지 못했단다.

"그 사람이 너와의 결혼에 신의 축복을 받지 못할 만한 무슨 잘못이나 죄를 저질렀느냐? 어떤 식으로든 그 사람에게 혐오나 반감을 가지고 있느냐?"

그 모든 물음에 내가 어떤 대답을 할 수 있었을까? 나는 그저 그를 그렇게 많이 사랑하는 것 같지 않다고 주저하며 중얼거릴 수밖에 없었어. 가여운 나의 아버지는 주저하는 나를 보고 발을 빼기엔 너무 멀리 와버린, 제 마음도 제대로 모르는 어리석은 아이의 덧없는 변덕으로 생각하시지 않았을까.

그렇게 우리는 마담 루프레히트가 우리를 위해 발 벗고 나서 잡아준 법정 예배당에서 결혼식을 올렸지. 마담은 그곳에서 결혼을 한다는 것이 대단한 특혜라며, 그것이 지금뿐만 아니라 나중에 추억을 떠올릴 때도 크나큰 행복을 가져다줄 거라고 굳게 믿는 것 같았어.

식을 올리고 난 후 이틀 동안 카를스루에에서 새로 사귄 멋진 친구들과 잔치를 벌였단다. 그러고 나서 나는 사랑하는 아버지와 영원한 작별을 고했단다. 나는 남편에게 보주에 있는 그의 오래된 성으로 가는 길에 하이델베르크를 경유해 가자고 사정했어. 하지만 남편은 그 여성스러운 외양과 태도 이면에 내가 생각지도 못했던 엄청난 단호함을 보이며 나의 첫 번째 청을 단칼에 거절했지. 나는 더 이상

청할 엄두도 내지 못했단다.

"아냐, 이제부터 당신은 다른 삶의 방식에 적응해야 하오. 이따금 당신 가족에게 호의를 보일 권한이 있을 수도 있겠지만, 자주 연락하거나 교류하는 건 좋지 않소. 그건 내가 허락할 수 없는 일이오."

남편은 그렇게 정색하고 말했단다. 그 때문에 아버지와 프리츠를 초대하는 게 겁이 났어. 하지만 나는 작별을 고하는 게 너무나 고통스러운 나머지 조심스러운 태도를 버리고 아버지와 오빠에게 머지않아 날 보러 와달라고 사정했단다.

하지만 아버지와 오빠는 집에 할 일이 많고, 또 나는 이제 프랑스 여성으로 다른 삶을 살아야 한다며 고개를 가로저었지. 아버지는 끝내 감정이 북받쳐 내게 이런 축복의 말을 건넸어.

"나의 딸이 불행하다면 -신이시여, 그럴 일이 없도록 살펴주소서- 언제고 아버지의 집이 활짝 열려 있다는 사실을 꼭 기억하거라."

나는 왈칵 눈물이 쏟아졌어. 그때 남편이 가까이 있다는 사실이 눈이 아니라 몸으로 느껴졌어.

"오! 아버지, 저를 데려가세요. 오, 아버지!"

남편은 살짝 경멸하는 태도로 나를 쳐다보고 있었어. 그러더니 작별은 언제나 짧을수록 좋다며 울고 있는 나를 잡아끌었어.

✦

보주에 있는 그의 성에 다다르는 데는 이틀이 걸렸다. 길은 험했고, 정확한 경로도 찾기 힘들었다. 여행길 내내 그는 더없이 헌신적이었다. 나는 시간이 지날수록 나의 현재와 과거의 삶 사이의 단절이 되돌릴 길이 없다고 느꼈다. 그는 그런 나에게 보상이라도 하려는 듯 최선을 다했다. 나는 이제 결혼이라는 것이 무언지 확실히 감을 잡으며 현실을 깨닫기 시작했다. 그 지루한 여행길에 나는 분명 즐거운 동반자가 아니었다는 사실을 잘 안다. 무슈 드 라 투렐은 아버지와 오빠에 대한 그리움에만 몰두하는 나에게 질투에 사로잡혀 마침내 평정심을 잃었다. 그가 내게 너무나 불쾌한 태도를 보이자, 나는 허허로운 마음에 털썩 무너져 내릴 것 같았다.

그렇게 우울한 마음으로 레 로셰에 이르렀다. 그곳이 너무나 황량하게 보이는 이유는 내 불행 때문일 거라고 생각했다. 한쪽 면에서 보니, 성은 무언가 다급한 목적으로 서둘러 지어진 듯 다듬지 않은 새 건물처럼 보였다. 큰 나무나 관목도 보이지 않았다. 그저 건물 자재로 쓰고 남은 석재만이 아직 치우지 않은 채 널려 있었다. 그런데 그 잡동사니 무더기에 잡초와 이끼가 자라고 있었다. 다른 쪽으로는 그곳 이름의 유래*인 듯한 거대한 바위들이 보였는데, 몇백 년 전에 그 바위에 기대어 세워진 오래된 성이 거의 자연의 일부처럼 서 있었다.

성은 크지도 웅장하지도 않았으나, 강고하고 그림 같았다. 나는 나를 위해 서둘러 지은, 가구가 채 놓이지도 않은 말쑥한 새 건물보다 그 오래된 성에 살고 싶었다. 어울리지 않는 성의 두 부분은 복잡한 통로와 예기치 못한 문들로 연결되어 있었다. 나는 배치가 어떻게 되는지 완벽히 이해할 수가 없었다. 무슈 드 라 투렐은 나를 위해 따로 마련한 방들로 나를 데리고 갔다. 나는 그곳에서 완전히 독립적으로 머물게 되었다. 그는 서둘러 마련한 방에 대해 사과를 하며, 그게 자신으로서는 최선을 다한 것이라고 덧붙였다. 그는 내가 청하지도 않았고 불평을 늘어놓을 생각도 하지 않았는데, 조만간 그곳을 화려하게 꾸며주겠다고 약속했다.

어스름한 가을 저녁, 나는 수많은 거울에 비치는 나 자신의 얼굴과 모습을 보고 말았다. 수많은 초에서 비치는 희미한 불빛에 가구가 다 차지 않은 응접실의 많은 부분이 잘 분간이 되지 않았다. 배경은 신비스럽고 음산해 보였다. 나는 무슈 드 라 투렐에게 매달려 그가 결혼 전에 쓰던 방으로 날 데려가 달라고 사정했다. 그러자 그는 웃는 체를 하면서도 화난 표정을 짓더니, 내가 이 방들만을 써야 한다고 단호하게 말했다. 나는 그 음울한 거울들 속 곳곳에 사람들

<hr />

*

레 로셰(Les Rochers)는 프랑스어로 '바위'를 뜻한다.

이 숨어 있다는 상상이 들었다. 알 수 없는 모양과 형태에 입을 다물고 몸서리를 칠 수밖에 없었다.

그곳에는 황량한 분위기가 그나마 덜한 나의 내실과 침실이 있었다. 웅장하지만 변색된 가구가 있는 곳이었다. 나는 내실과 응접실과 여러 복도들로 이어지는 다양한 문을 막아 침실을 내 거실로 만들었다. 그중에서 하나의 문만 막지 않았는데, 무슈 드 라 투렐이 머무는 성의 본채와 연결된 문이었다. 그러나 무슈 드 라 투렐은 내가 그렇게 방을 배치해놓은 것을 못마땅하게 여겼다. 그는 대놓고 불만을 토로하지는 않았지만, 언제나 나를 꼬드겨 다시 응접실로 돌아가게 하고 싶어 했다. 그러나 나는 내 거처의 모든 문들이 연결된 긴 통로로 인해 건물의 나머지 부분과 완전히 차단된 그곳이 더욱 싫어졌다.

이 통로는 무거운 문들과 휘장으로 막혀 있었다. 따라서 나는 집 안의 다른 곳에서 나는 소리를 들을 수 없었다. 물론 하인들도 작정하고 부르지 않는 한 내가 어떻게 움직이건 소리 지르건 아무 소리도 들을 수 없었다. 모든 식구가 하루 종일 서로가 보이는 곳에서 자란 여자에게 이 웅장한 고립은 매우 압도적이었다. 더욱 그랬던 이유는 무슈 드 라 투렐이 영지를 소유한 사람인 데다, 스포츠맨이어서 매일 대부분을 밖으로 나돌았기 때문이었다. 때로는 이삼일씩 집을 비우기도 했다.

나는 자긍심 때문에 하인들과 어울리는 걸 꺼리는 사람

이 아니었다. 오히려 기쁘게 그들과 어울렸을 것이다. 그들이 고향집의 친절한 독일 하인들 같았으면, 완전히 나 혼자 생활하는 그 쓸쓸하기 그지없는 황량한 날들에 그들과 어울려 공감의 대화를 나누었으면 얼마나 좋았을까. 하지만 그들은 하나같이 마음에 들지 않았다. 이유는 딱 꼬집어 말할 수 없었다. 일부는 예의를 갖추었으나, 그 예의가 오히려 혐오감을 부추겼다. 나머지는 대놓고 무례한 태도를 보이며 나를 주인의 아내가 아니라 침입자로 취급했다. 나는 둘 중 차라리 후자가 더 나았다.

남자 하인들의 수장이 그 후자에 속했다. 나는 그가 매우 두려웠다. 그가 나를 위해 하는 모든 일에는 의심스러운 퉁명함이 묻어났다. 그러나 무슈 드 라 투렐은 그자가 매우 귀중하고 충직한 사람이라고 말했다. 나는 때로 르페브르가 어떤 측면에서는 자기 주인을 휘두르는 게 아닌가 싶은 생각을 한 적이 있었다. 나는 도무지 그 이유를 알 수 없었다. 더욱이 그 점이 이해가 가지 않았던 것은, 무슈 드 라 투렐이 마치 나를 귀한 장난감이나 우상이라도 되는 양 아끼고 어르고 떠받들면서도, 처음 봤을 때 그토록 여성스럽고 힘없어 보였던 그 사람이 자기주장을 하면 내가, 아니, 그 누구도 그 고집을 조금이라도 꺾어놓을 수 없었기 때문이었다.

나는 이제 그의 얼굴을 더 면밀히 관찰하여 잘 알게 되었다. 도무지 그 원인을 헤아려볼 수 없었지만, 그가 깊고 맹렬한 감정을 드러낼 때면 회색 눈이 창백한 빛으로 반짝거렸다. 입술은 앙다물었으며 섬세한 뺨은 하얘졌다. 그러나 집 안에서는 남편도 하인들도 모두가 다 당연하다는 듯 행동했고, 모든 게 훤히 드러나 보였기 때문에 집안사람들에게서는 미스터리를 풀만한 어떤 실마리도 얻을 수 없었다. 나는 마담 루프레히트와 그녀의 무리들이 무슈 드 라 투렐과의 결혼이 엄청난 결혼이라고 한 말이 무슨 의미인지 이제야 이해하게 되었다. 겉으로는 성의 안주인으로서 내 말을 따르는 많은 하인들을 거느린 성에 살게 되었으니 그렇게 보였을 것이다. 나는 무슈 드 라 투렐이 자신만의 방식으로 나를 충분히 좋아한다는 사실을 이해했다. 그는 나의 미모를 자랑스러워했다(시시때때로 내게 그런 말을 해주었다). 그러나 그는 나에 대해 질투심과 의심이 강했으며, 나의 바람이 자신의 뜻과 맞지 않는 한 내 의사엔 전혀 무감했다. 나는 이 시점에 그가 마음을 열었다면 나도 그를 좋아할 수도 있었다고 느꼈다. 그러나 나는 어릴 적부터 소심한 성격인 데다, 얼마 되지 않아 그가 불쾌함을 드러내는 게 점점 무서워졌다. 그는 내게 한창 사랑을 표현하다가도 갑자기 천둥같이 화를 냈는데, 내가 살짝 대답을 주저한다거나 틀린 말을 쓴다거나 아버지를 그리워하며 한숨을 내쉬는 것 같은 사소한 일로 태도가 돌변했다. 그러한 두려움이 그렇게 잘생기고 그렇게 교양 있고 그렇게 나를 아끼고 헌신하는 사람을 사랑하고 싶은 나의 선량한 기질을 억눌

러버렸다.

내가 그를 좋아하는 마음이 생겼을 때도 기껏 그 사람 비위 하나 맞추지 못해, 그가 불같이 감정을 폭발시킬까 봐 같이 있는 것을 꺼릴 만큼 너무나 두려워했다니, 내가 얼마나 자주 잘못을 저질러서 그런가 하고 네가 생각할 수도 있겠지?

어쨌든 한 가지 특이한 점이 있었다. 무슈 드 라 투렐이 나를 못마땅해하면 할수록, 르페브르가 더욱 즐거워하며 껄껄거린다는 사실이었다. 게다가 남편이 나를 치욕스럽게 하는 것만큼이나 알 수 없는 이유로 또다시 변덕을 부리며 갑작스럽게 나를 좋아하는 모습을 보이면, 르페브르는 그 차갑고 사악한 눈으로 나를 흘겨보곤 했다. 가끔은 그러면서 무슈 드 라 투렐에게 매우 무례하게 굴었다.

한 가지 잊어버리고 말 못할 뻔한 사실이 생각나 하는 말인데, 내가 레 로셰에 살던 초기에 무슈 드 라 투렐은 응접실의 황량한 웅장함을 싫어하는 나의 나약함을 조롱하듯 연민을 보이며, 파리에 있는 여성 모자 가게 주인에게 편지를 써서 내게 결혼 선물을 보내주었다. 더불어 그 주인에게 나의 동반자 역할을 할 수 있는 경험 많고 교양을 갖춘 중년의 메이드를 구해달라고 요청했다.

제2부

파리의 모자 가게 주인은 나의 메이드로 아망트라는 이름의 노르망디 출신 여성을 레 로셰로 보내주었다. 아망트는 사십이 넘고 다소 수척했으나, 키가 크고 잘생긴 여인이었다. 나는 그녀를 처음 보자마자 바로 마음에 들었다. 아망트는 무례하지도 않았고 무람없지도 않았으며, 꾸밈없는 정직한 태도 덕분에 보는 이를 기분 좋게 만들었다. 그러한 면모는 이 성에 사는 사람들에게서는 전혀 볼 수 없는 것이어서, 나는 아망트를 만나기 전에는 어리석게도 프랑스 사람들이 모두 다 그렇게 이상한 사람이라고 생각하던 참이었다. 무슈 드 라 투렐은 아망트에게 나의 내실에 머물며 언제든 내 호출에 대기하라고 지시했다. 그는 또한 그녀에게 많은 지시를 내렸는데, 모두 내 거주 구역에 제한된 내용이었다. 그래도 나는 젊고 경험도 없었던 터라 그저 감사할 따름이었다.

나는 무슈 드 라 투렐의 말이 사실이라고 생각한다. 즉

몇 주 지나지도 않은 시점에 성의 안주인이자 훌륭한 숙녀인 내가 딱하게도 노르망디 출신 시녀와 너무 격의 없이 친밀해져버렸다. 사실 출신으로 따지고 보면 우리는 지위에서 그다지 격차가 나지 않았다. 아망트는 노르망디 농부의 딸이었고, 나는 독일의 제분소 집 딸이었다. 게다가 내 삶은 얼마나 외로웠던가! 나는 분명 남편을 만족시키지 못하는 것 같았다. 그는 나의 동반자가 될 만한 사람을 자기가 구해주고선, 이제는 아망트를 아끼는 나에게 질투를 보였다. 아망트의 독특한 가락과 재미난 이야기에 자주 기분 좋게 웃는 내 모습을 보면서 자신에게는 너무 겁을 먹어 웃지 않는다고 나에게 화를 냈다.

이따금 몇십 킬로미터 떨어진 곳에 사는 그의 친지들이 커다란 마차를 타고 거친 길을 거쳐 방문하곤 했다. 또 때로는 공사(公事)가 좀 더 안정되면 우리가 파리로 갈 거라는 이야기를 듣곤 했다. 무슈 드 라 투렐의 기복, 이유를 헤아리기 어려운 분노나 열정적인 애성 표현을 빼면, 처음 1년 동안은 그런 작은 일이나 계획이 내 삶의 유일한 굴곡이었다.

어쩌면 내가 아망트와 어울리며 즐거움과 위안을 얻은 이유 중 하나는, 나는 모든 사람들을 두려워한 반면(내가 사물에 대해 느끼는 두려움은 사람에 대한 두려움의 반도 되지 않는다), 아망트는 아무도 두려워하지 않았다는 사실 때문이었다. 아망트는 르페브르에게 조용히 맞섰고, 그는 그런 점

때문에 그녀를 존중했다. 아망트는 무슈 드 라 투렐에게 요령 있게 질문하는 수완도 있었다. 그러면서 그에게 무례하지 않게 자신이 그의 약점을 간파했다는 점을 넌지시 비쳤고, 그러면서도 자신의 주인이라는 위치를 존중해 너무 세게 압박하는 일은 삼갔다. 아망트는 그렇게 다른 이들에게는 영리하게 대처하면서도 내게는 매우 부드럽고 친절하게 대했다. 당시 더욱 그런 이유는, 아직 무슈 드 라 투렐에게 말하지는 않았으나 내가 임신했을 수도 있다는 사실을 아망트가 알고 있었기 때문이었다. 임신은 그러한 축복을 희망할 수 없는 미혼 여성에게는 신비로운 관심사였다.

다시 가을, 시월 하순이었다. 나는 내 거주지를 적당히 손봐 많이 적응된 상태였다. 성의 신축 건물 벽은 더 이상 헐벗고 황량해 보이지 않았으며, 건축 자재가 쌓여 있던 곳은 무슈 드 라 투렐의 지시로 치워졌다. 나는 그곳에 작은 꽃 정원을 꾸미고 고향집에서 기르던 식물을 심었다. 아망트와 나는 우리의 기호에 맞게 가구를 재배치했으며, 남편은 이따금 내가 좋아할 것 같은 물건을 주문했다. 나는 거대한 건물의 특정 구역에 갇힌 것이나 다름없는 생활에 길들여졌다. 건물의 나머지 부분은 아직도 알 수 없었다.

말했듯이 다시 시월이었다. 가을은 짧았지만 화창한 날들이 이어졌다. 무슈 드 라 투렐은 먼 곳에 있는 영지를 살피러 간다며 집을 비우는 일이 잦았다. 그는 르페브르와 일부 종복들과 함께 출타했다. 그가 집을 비운다는 생각에 나는 기분이 좀 좋아졌다. 그러면서도 그가 아직 태어나지 않은 내 아이의 아버지라는 사실이 마음속에 밀려들었다. 나는 그에게 아이 아버지라는 새로운 지위를 부여하려고 애썼다. 그가 나에 대한 열정적인 사랑으로 질투심에 사로잡혀 폭군같이 되다 보니, 사랑하는 아버지와의 교류를 막는 것이라고 믿으려 노력했다. 아버지와의 개인적인 교류는 완전히 차단된 상태였다.

나는 겉으로 보이는 호화로운 삶의 이면에 숨은 그 모든 고뇌를 애처롭게 들여다보곤 했다. 나는 남편과 아망트 이외에는 아무도 나를 좋아하는 사람이 없다는 사실을 잘 알고 있었다.

나는 그의 아내로서, 또 갑자기 출세한 여자로서 우리 동네의 이웃들에게 호의를 얻지 못했다. 여자 하인들은 모두 존중을 가장한 조롱 섞인 냉정하고 건방진 태도를 보였고, 남자 하인들은 꾹꾹 누르고 있다가 이따금 무슈 드 라 투렐에게까지 사나운 태도를 보였다. 그럴 때면 그는 엄격하다 못해 잔인하다 싶을 정도로 그들을 다루었다.

나는 남편이 나를 사랑한다고 나 스스로에게 되뇌곤 했다. 그러나 그건 거의 질문의 형태였다. 그의 사랑 표현은 변덕스러웠고, 나를 만족시키려는 것보다 자기만족을 위한 계산된 행동처럼 보였다. 내가 어떤 바라는 것을 표현한다 해도, 그는 미리 정해놓은 자신의 행동 방식에서 털끝만큼도 바꾸지 않았다. 나는 그의 얇고 고운 입술이 나의 바람에 맞추어 움직이지 않는다는 사실을 터득했다. 화가 나면 그 뽀얀 안색이 끔찍하게 창백해지며, 옅은 푸른 눈은 잔인한 빛을 띤다는 사실도 알았다. 내가 다른 누군가에게 애정을 품으면, 그 사실이 그가 그 사람을 증오할 이유가 되는 것 같았다. 그가 집을 비운 어느 길고 지루한 오후, 나는 그렇게 나 자신을 가련하게 여기며 슬퍼했다. 그저 이따금 우리 사이를 이어줄 보이지 않는 끈을 생각하고는 혼자 중얼거리며 자신을 달래다가, 내가 얼마나 나쁜 생각을 하는지 깨닫고는 또 새로이 울곤 했다.

오! 그 긴 시월의 밤이 또렷이 생각난다. 아망트는 이따금 나에게 다가와 이야기를 건네며 내 기분을 달래주려 했다. 아망트는 의상이나 파리에 대해 이야기를 건넸으나, 나는 하나도 귀에 들어오지 않았다. 아망트는 그저 가벼운 수다거리를 화제 삼으면서도 그 친절한 검은 눈으로 나를 주의 깊게 살피곤 했다. 그녀는 마침내 난로에 땔감을 넣고 무거운 실크 커튼을 닫았다. 내가 커튼이 늦게까지 열려 있는 걸 불편해했기 때문이었다. 창백한 달이 떠오르는 모습을 보는 게 싫었다. 하이델베르크에서 카이저슈툴 산맥 너머로 뜨던 달과 똑같은 달이었으니까. 달이 뜨는 모습을 보면 눈물이 났다. 아망트는 커튼을 치고 아이를 어르듯 나에게 말했다.

"제가 마르통에게 가서 커피 한 잔 가져오라고 시키고 올게요. 마담께서는 작은 고양이 한 마리와 같이 있는 게 좋을 것 같아요."

나는 그 말을, 또 그 말이 불러일으킨 내 감정을 잊지 못한다. 아망트가 내가 고양이와 놀고 싶을 거라고 생각하는 게 싫었다. 어쩌면 그저 내가 그 말에 토라진 것일지도 모르나, 나는 아이에게나 어울릴 그 말이 언짢았다. 나는 기분이 가라앉을 이유가 있다고 답했다. 내 기분은 상상력이 그려낸 무서운 공상 때문에 가라앉은 것이 아니라서, 고양이 한 마리 데리고 논다고 달래질 일이 아니었다.

물론 그런 마음을 모두 털어놓진 않았고, 그저 일부만 말했다. 그러나 나는 말을 하면서 착한 아망트가 내가 입 다물고 있는 이유에 대해 많이 알고 있는 것 같다는 생각이 들었다. 그리고 고양이에 관한 말도 내가 처음에 생각했던 것처럼 생각 없이 던진 말이 아닌 것 같았다. 나는 아버지 소식을 들은 지 너무 오래되었고, 이제는 많이 늙으신 분이라 어떤 일이 일어나셨을지 모르겠다고 말했다. 그리고 다시는 볼 수 없을지 모른다는 말도 했디. 아버지나 오빠에게서 소식을 들은 적이 거의 없다고도 했다. 결혼할 때 예상했던 것보다 훨씬 완벽하게 차단된 상황이었다. 나는 고향 집과 그곳에서의 삶에 대해 착한 아망트에게 이야기해주었다. 지체 높은 숙녀로 자라지 않은 나에겐 그 무엇보다 인간적인 공감이 매우 소중했다.

아망트는 내 말을 관심 깊게 듣고는 자신의 삶의 곡절과 슬픔에 대한 이야기로 화답했다. 그러더니 할 일을 떠올리고는 커피를 가지러 나섰다. 하녀가 커피를 가져올 시간이 벌써 한 시간이나 지났기 때문이었다. 남편이 떠나 있을 동안 하인들은 나를 돌보는 데 소홀했고, 나는 감히 명령을 내리지도 못했다.

아망트는 이내 커피와 큰 케이크를 가지고 돌아왔다.

"자! 제가 가져온 것 좀 보세요. 마담께서는 잘 드셔야 합니다. 잘 먹어야 잘 웃는 법이지요. 게다가 마담께서 좋아할 작은 소식을 하나 가지고 왔어요."

그러더니 아망트는 큰 주방 탁자 위에 놓여 있던 편지 꾸러미들 중에 독일에서 온 편지가 있었다고 말했다. 그래서 서둘러 끈을 풀었더니 스트라스부르에서 온 편지가 하나 있었다. 그 상황에서 하인 한 명이 들어와 자신을 보고는 움찔 놀라기에 편지 뭉치를 바닥에 떨어뜨렸다. 그러자 그 하인은 편지 뭉치를 주워들며 꾸러미를 풀어놓았다고 그녀에게 욕을 했다는 것이었다.

아망트는 하인에게 마담의 편지가 있는 것 같다고 말했다. 그러나 그는 욕설을 내뱉으며, 있더라도 당신이 끼어들 일도, 또 자기가 개입할 일도 아니라고 말했다. 주인님이 떠나 있을 동안 온 모든 편지는 주인님의 개인 거실에 가져다 놓으라는 엄중한 명령이 있었다는 말도 덧붙였다. 그 방은 남편의 드레스룸에서 이어지는 방으로, 나조차 한 번도 들어가 본 적 없는 곳이었다.

나는 아망트에게 그 편지를 결국 가져오지 못했는지 물

었고, 그렇다는 답을 들었다. 아망트는 그런 무서운 하인 무리 사이에서 그런 짓은 거의 목숨이 달린 일이라고 말했다. 한 달 전만 해도 자크는 그저 시답지 않은 농담을 주고받다가 발랑탱을 칼로 찔렀다고 했다. 아, 나의 응접실로 나무를 가져다주던 그 잘생긴 청년 발랑탱이 안 보이는 걸 내가 몰랐던가? 가여운 청년! 그는 지금 죽어 송장이 되었다. 마을 사람들은 그가 자살했다고들 하지만, 집안사람들은 내막을 잘 알고 있었다. 오! 두려워하지 말자. 자크는 사라졌고, 아무도 어디로 간지 모른다. 그러나 그런 사람들을 꾸짖거나 강요하는 건 안전하지 않다. 무슈 드 라 투렐이 내일이면 오기로 되어 있으니 오래 기다리지 않아도 된다.

그러나 나는 편지를 보지 않고는 다음날까지 살 수 없을 것 같다는 느낌이 들었다. 어쩌면 아버지가 병이 나 죽어가고 있다는 소식일지도 모른다. 죽음의 자리에서 딸을 애타게 찾고 있을지도 모른다! 두서없는 생각들, 공상이 끊이지 않고 나를 괴롭혔다. 아망트는 자신이 착각했을 수도 있다, 그저 주소를 스치듯 본 것이니 제대로 본 게 아닐 수도 있다고 나를 달랬지만 아무 소용이 없었다. 커피는 식어갔고, 음식 맛은 확 달아났다. 나는 편지를 손에 넣어 고향집 가족의 소식을 듣고 싶은 조바심으로 손을 쥐어짰다. 그러는 내내 아망트는 침착한 태도를 잃지 않으며 처음에는 조리 있게 설명하다가 나중에는 나를 꾸짖었다.

마침내 아망트는 내가 저녁을 다 먹고 나면 하인들이 모두 침실로 든 후에 편지를 찾으러 무슈의 방으로 가보는 게 가능한지 염탐해보겠다고 지친 듯 말했다. 우리는 결국 사방이 잠잠해지면 함께 가서 찾아보기로 결정했다. 큰 위험은 없을 것이다. 어쨌든 우리는 너무 겁을 먹어 집안사람들이 보는 앞에서 대놓고 시도할 생각은 하지 못했다.

이내 저녁 식사가 들어왔다. 꿩고기와 빵, 과일과 크림이었다. 나는 아직도 그날 저녁 식사를 또렷이 기억한다. 우리는 하인들이 내가 음식을 입에 대지도 않고 다시 돌려보내면 유난을 떤다며 기분 나빠할까 봐, 건들지 않은 케이크를 장에 넣고 식어버린 커피는 창밖으로 쏟아버렸다. 나는 불안한 마음으로 하인들이 어서 잠자리에 들기를 바라며, 식기를 치우는 하인에게 기다릴 것 없이 바로 잠자리로 물러나라고 말했다. 집 안이 잠잠해지고도 한참이 지났지만, 아망트는 내게 더 기다리라고 청했다. 우리는 11시가 넘어서야 방을 나섰다. 빛이 새어나가지 않도록 등잔엔 천을 씌우고, 고양이처럼 살금살금 통로를 지나 남편의 방으로 가서 내 편지를 찾아 훔쳐올 것이다. 대화를 주고받는 중에 아망트가 그 존재에 대해 점점 더 확신을 잃어가던 그 편지를.

네가 내 이야기를 더 잘 이해할 수 있도록 성의 배치도를 설명해야겠구나. 산맥의 측면에서 뻗어 나온 커다란 바위 꼭대기에 자리 잡은 성은 한때 튼튼한 요새였다. 그러나 오래된 성(리인 킹 위로 쭉 뻗어 나온 성들과 매우 닮았다)에 건물을 증축했고, 이 새로운 건물들의 위치는 바위산의 가장 급경사진 벼랑 위라서, 프랑스의 대평원이 한눈에 내려다 보이는 장관을 감상할 수 있었다.

1층 평면도는 한쪽 끝이 뾰족한 둥그런 삼각형 모양이었다. 증축된 건물에 있는 내 거처는 좁고 뾰족한 끝부분이어서, 그 웅장한 전망을 바라볼 수 있는 곳이었다. 오래된 성의 전면은 저 아랫길과 평행한 배치였다. 이곳에는 내가 한 번도 가보지 못한 여러 집무실과 라운지가 있었다. 내 거처가 있는 새 건물과 비교했을 때 중앙에 자리한 뒤채에는 많은 방이 있었는데, 산으로 막히고 또 커다란 소나무 숲이 창문 바로 몇 미터 앞에 자리 잡고 있어 어둡고 음울한 공간이었다. 남편은 이곳에 -바위가 쭉 뻗어 나와 평평한 대지를 이룬 곳- 내가 말한 꽃 정원을 만들었다. 그는 여가 시간에 꽃을 가꾸는 걸 즐겼다.

내 방은 산 옆쪽 새 건물의 모퉁이 방이었다. 그래서 한쪽 창턱을 통해 다칠 염려 없이 꽃 정원으로 내려갈 수 있었다. 오른쪽 창은 족히 30미터는 되는 깎아지른 벼랑에 면하고 있었다. 이 별채에서 더 안으로 들어가면 옛 건물에 이를 수 있다. 사실 고성의 이 두 부분은 남편이 지은 연결 방들로 이어져 있었다. 이 방들은 무슈 드 라 투렐의 방이었다. 그의 침실은 내 침실과 연결되어 있었고, 드레스룸은 더 안쪽에 자리했다. 그게 내가 알고 있는 전부였다. 남편뿐만 아니라 하인들도 내가 어쩌다 그쪽으로 가려 하면 그럴싸한 핑계를 대며 나를 돌려세웠기 때문이었다. 나는 이 성에 처음 왔을 때 내가 안주인이 된 성의 전체를 보고 싶은 호기심에 그곳으로 들어가 보고 싶었다. 무슈 드 라 투렐은 마차를 타고 가건, 걸어서 산책을 나가건 나를 절대 혼자서 밖으로 나가지 못하게 했다. 혼란한 시기라 길로 나가는 게 위험하다고 했다. 나는 때로 남편이 산책하는 나를 감시하기 위해 성에서 내가 유일하게 접근 가능한 꽃 정원을 일부러 그의 방들과 면한 곳에 두었다는 생각이 들었다.

그날 밤으로 다시 돌아가 보자. 나는 앞서 말했듯, 무슈 드 라 투렐의 개인 서재가 그의 드레스룸과 연결되고, 이 드레스룸은 그의 침실과 연결되고, 다시 그 방에서 나의 방으로 연결되어 있다는 사실을 알고 있었다. 그러나 이 모든 방들에는 다른 문들도 많았다. 이 문들은 긴 회랑과 이어지고, 회랑에는 안뜰 쪽으로 난 창들에서 빛이 들어오고 있었다. 우리가 그러한 구조에 대해 숙고한 기억은 없다. 우리는 그저 내 방에서 나와 남편의 거처로 들어가 드레스룸에 이르렀다. 그러나 그곳에서 서재로 이어진 문이 잠겨 있었다. 그래서 다시 돌아 나와 회랑으로 가서 다른 문을 찾아봐야 했다. 나는 처음 들어가 본 방들에서 한두 가지 인상적인 기억이 난다. 공기 중에 떠도는 달콤한 향수 향기가 생각난다. 그의 화장대에 놓여 있던 은제 향수병들이며 목욕 용품, 몸단장 용품 등 여러 용품들은 그가 내게 제공한 것들보다 훨씬 더 호사스러웠다. 난, 방 자체는 그 규모에 비해 내 방보다 화려하지는 않았다. 사실 증축된 새 건물은 남편의 드레스룸 입구에서 끝난다.

2.5미터가량 두께의 벽에는 움푹 들어간 깊은 벽감에 창문이 있었다. 심지어 방들 사이에 있는 격벽도 두께가 1미터 가까이 되었다. 그러나 이 모든 문들과 창들에는 두텁고 무거운 휘장이 둘러쳐져 있어, 그 누구도 한 방에서 나는 소리를 다른 방에서 듣지 못할 것 같았다. 우리는 내 방으로 돌아왔다가 다시 회랑으로 나갔다. 우리는 초의 빛이 새어 나가지 않도록 조심했다. 왠지 모를 두려움이 우리를 감쌌다. 맞은편 건물에서 하인들이 남편 이외에 아무도 쓰지 않는 공간에 잠입한 우리를 추적할 수도 있다는 생각이 들었다. 나는 어쩐지 아망트를 제외한 나머지 모든 하인들이 나를 노리는 첩자들이고, 나는 그물 같은 감시망에 포위된 채 족쇄에 묶인 몸이라는 생각을 항상 하고 있었다.

위쪽 방에서 빛이 새어 나왔다. 우리는 발길을 멈추었다. 아망트는 다시 발길을 돌리려고 했으나, 자꾸 늦어지는 것에 내가 안달을 냈다. 내 남편의 서재에서 아버지가 내게 보낸 편지를 찾는 게 무슨 대단한 일이라고, 해가 될 게 무언가? 평소 겁쟁이였던 내가 지금은 평소답지 않은 소심함을 보이는 아망트를 나무랐다. 그러나 아망트는 이 끔찍한 집에서 벌어지는 일에 대해 내가 알고 있는 것보다 훨씬 더 많이 알고 있었다. 그만큼 의심할 이유가 있었던 것이다. 나는 자신을 밀어붙여 그녀를 재촉했다. 우리는 서재 문으로 다가갔다. 잠겨 있었으나 열쇠가 꽂혀 있었다. 열쇠를 돌리고는 안으로 들어섰다. 테이블 위에 편지가 놓여 있었다. 촛불을 비추니 머나먼 평화로운 고향집에서 보낸 사랑의 말을 찾아 헤매는 내 눈에 길고 흰 봉투가 즉각 들어왔다.

내가 편지를 향해 나아가는 순간, 아망트가 들고 있던 초가 어디서 부는지 모를 바람에 꺼지고 말았다. 우리는 완벽한 암흑에 감싸였다. 아망트는 어둠 속에서 닥치는 대로 편지들을 내 방으로 가져가, 내 편지를 찾은 후 다시 나머지를 가져다 놓자고 제안했다. 그러나 나는 아망트에게 부싯깃과 부싯돌이 있는 내 방으로 돌아가 초에 불을 붙여 오라고 사정했다. 그렇게 그녀가 나가고, 나는 홀로 남았다. 어둠 속에서 그저 방의 크기와 몇 가지 가구만 분간할 수 있었다. 테이블보가 드리워진 커다란 테이블과 서랍장, 벽에 붙어 있는 다른 커다란 물건들. 나는 거기 서서 그런 사물들을 분간해 보았다. 내 손은 테이블 위 편지 가까이 있었고, 얼굴은 창을 바라보고 있었다. 창이라고 해봤자 산쪽으로 높이 자라는 숲과 저무는 달의 희미한 빛으로 인해 어두운 방보다 그저 조금 더 진홍빛이 감도는 사각형 물체로 보일 뿐이었다. 내가 촛불이 꺼지기 전 아주 짧은 순간 흘긋 둘러본 와중에 얼마나 많은 걸 기억하는지, 눈이 어둠에 적응하고 얼마나 많은 걸 보았는지, 나는 알지 못한다. 그러나 지금도 꿈속에서 깊은 그림자에 잠긴 그 공포스러운 방이 또렷이 떠오른다. 아망트가 간 지 1분도 채 안 되었을 때, 나는 창밖에서 어스름이 일렁이는 것을 보았다. 무언가 움직이는 소리도 들렸다. 그 소리는 희미하게 나다가 점점 더 커지더니, 드디어 창문 셔터가 올라가기 시작했다.

그 밤늦은 시각에 창을 통해 들어오는 사람이 있다니, 그 목적이야 뻔한 게 아니겠는가! 나는 극도의 공포에 사로잡혔다. 그때 처음 소리를 듣자마자 도망칠 수도 있었을 것이다. 그러나 재빨리 움직이다가 그들의 이목을 끌 것 같았고, 익숙지 않은 닫힌 문을 여는 것 또한 위험한 일이었다. 나는 남편의 드레스룸으로 통하는 잠긴 문과 그 문을 가리고 있는 휘장 사이에 숨을까 생각했다. 그러나 그 생각은 곧바로 포기해야 했다. 문에 닿기도 전에 비명을 지르거나 기절할 것 같았기 때문이었다. 그리하여 나는 조용히 아래로 몸을 수그리고는, 풍성한 술 장식이 길게 드리운 커다란 테이블보가 내 몸을 잘 가리기를 바라면서 테이블 밑으로 기어들었다.

나는 비교적 안전한 공간에 있다고 스스로에게 되뇌며 혼절할 것 같은 감각을 가까스로 추스렸다. 무엇보다 졸도해서 내 존재가 발각될까 봐 겁났다. 나는 위험에 굴복하지 않고 용기를 그러모으기 위해 내 몸에 강렬한 고통을 가하며 죽을힘을 다해 버텼다. 너는 내게 손에 난 흉터에 대해 묻곤 했지. 그건 바로 내가 스스로 이로 물어뜯어 생긴 흉터란다. 그 고통 때문에 나는 겨우 공포를 견딜 수 있었지. 나는 아까 말한 대로 창이 위로 들려지는 순간 몸을 숨겼고, 그러고 나자 그들은 한 명씩 창문을 넘어 들어오더니 내가 웅크리고 있는 바로 앞까지 다가왔다. 손을 뻗으면 그들의 발에 닿을 정도로 가까웠다.

그러더니 그들은 웃으며 속삭이기 시작했다. 나는 머릿속이 뒤죽박죽되어 그들이 무슨 말을 하는지 의미를 파악하기 어려웠다. 그런데 그 사이에서 남편의 웃음소리가 들렸다. 조롱하듯 낮게 '스', '쉬' 소리를 내는 바로 그 목소리. 그들이 바닥으로 질질 끌고 온 무언가 묵직한 것을 그가 발로 찼다. 그것은 나와 가까운 바닥에 있었다. 너무나 가까워 남편이 그걸 발로 차자 내 몸에 닿았다. 나는 왜 그랬는지 어떻게 그랬는지도 모르겠는데, 호기심은 아닌 어떤 느낌 때문에 저도 모르게 손을 뻗었다. 어둠 속에서 내 옆에 뻗어 있는 그것을 향해 아주아주 살짝 손을 뻗었다. 조심스럽게 더듬던 내 손에 닿은 것은 꽉 움켜쥔 차가운 손이었다!

이상하게 들리겠지만 그 순간 내 생각이 즉각 또렷해지기 시작했다. 그때까지 나는 아망트를 거의 잊고 있었다. 이제 나는 그녀에게 돌아오지 말라는 경고를 어떻게 해야 하나, 머리에서 열이 날 정도로 궁리했다. 아니, 그게 아니라 궁리하려고 애썼다. 처음부터 어렴풋이 느낀 것처럼 이제 내 모든 계획은 무산되었다. 나는 그저 지금 불을 지피는 도구를 떨어뜨리고 우왕좌왕하며 끔찍한 욕을 내뱉고 있는 저 사람들의 목소리를, 아망트가 먼저 듣기만을 바랄 뿐이었다.

하지만 아망트의 발자국 소리가 점점 더 가까워졌다. 웅 크리고 있는 곳에서 보니 문 밑으로 새어 들어오는 불빛이 점점 더 또렷해지고 있었다. 문 앞에 다 와서 그녀의 발이 멈추었다. 방 안의 남자들은 -나는 처음에는 두 명인 줄 알 았으나 나중에 보니 세 명이었다- 하던 일을 멈추고 조용 해졌다. 나만큼 숨을 죽였다. 그때 아망트가 흔들리는 촛불 이 또다시 꺼지지 않도록 조심하며 천천히 문을 밀고 들어 왔다. 한순간 모든 게 고요했다. 그러더니 남편의 목소리가 났다. 그는 아망트에게 다가가 (남편이 내가 잘 아는 모양의 승 마화를 신고 있는 게 불빛에 드러났다) 물었다.

"아망트, 나의 개인 거처에 무슨 일로 온 건가?"

그는 아망트와 시신 사이에 서 있었다. 나는 그 무시무 시한 송장이 닿을세라 더욱 움츠러들었다. 우리 모두 매우 근접한 상태였기 때문에, 나는 아망트가 시체를 보았는지 아닌지 분간할 수 없었다. 나는 그녀에게 어떤 경고도 해줄 수 없었고, 무슨 말로 응대할지 시늉도 보여줄 수 없었다. 따지고 보면 나도 아망트가 무슨 말을 하는 게 좋을지 알 수 없었다.

아망트가 입을 열었다. 그 목소리는 평소와 꽤 다르게 들렸다. 매우 쉬고 낮은 목소리였다. 그렇지만 진실을 말하 는 것이니, 떨리지 않고 안정된 목소리였다. 아망트는 독일에서 온 것으로 생각되는 마담의 편지를 찾으러 왔다고 말했다. 아, 착하고 용감한 아망트! 나에 관한 이야기는 하지 않다니. 무슈 드 라 투렐은 무시무시하고 서슬 퍼런 독설로 응대했다. 그는 어떤 자도 자신의 거처에 함부로 들어올 수 없다고 위협했다. 마담에게 온 편지가 있다면 자신이 직접 판단해 때를 정해서 건네줄 것이라고 했다. 주는 게 나은지 판단이 서면 그렇게 하겠다고 말했다. 그는 아망트에게 이것이 첫 번째 경고이자 마지막 경고라고 협박했다. 그러고는 그녀에게서 촛불을 빼앗고는 돌려보냈다. 그 와중에 그의 동료들은 불빛에 시체가 보이지 않도록 시선을 차단하고 있었다.

나는 아망트가 나가고 열쇠로 문을 잠그는 소리를 들었다. 탈출의 기회가 있었다 하더라도 이제는 모두 사라졌다. 나는 그저 내게 무슨 일이 벌어지든 빨리 끝났으면 하고 바랄 뿐이었다. 곤두선 신경이 견딜 수 없을 만큼 팽팽해졌다. 아망트가 소리를 들을 수 없을 만큼 멀어졌다고 판단된 순간, 두 사람이 남편에게 매우 화난 태도로 말을 하기 시작했다. 그들은 아망트를 붙들어 재갈을 물리지 않은 것에 대해 남편을 신랄하게 몰아붙였다. 아니, 그중 하나는 왜 죽이지 않았느냐고 화를 냈다. 그는 아망트의 시선이 죽은 자의 얼굴에 가 닿는 것을 보았다고 말하면서 씩씩거리며 시체를 다시 걷어찼다. 그들은 동등한 지위의 동료에게 하는 것 같은 말투였으나, 그러면서도 목소리에는 무인가 두려움이 묻어나는 것 같았다. 나는 분명 남편이 그들보다 상관이거나 아니면 그들의 대장이거나, 뭐 그런 거였다고 확신한다.

남편은 그들에게 그런 바보를 처리하는 것은 노동력 낭비라고 조롱하듯 대꾸했다. 그러면서 십중팔구 아망트가 단순한 사실을 말한 것이고, 주인님이 방에 있는 것을 보고 충분히 겁을 먹었으니, 그저 무사히 탈출해 안주인에게 돌아갈 수 있는 것을 감사할 것이라고 말했다. 아내에게는 내일 아침 찾아가 야심한 밤에 돌아온 이유를 손쉽게 둘러댈 수 있다고도 떠들었다. 그러나 그의 동료들은 나를 악담하는 말을 퍼부었다. 무슈 드 라 투렐이 결혼을 하는 바람에 말쑥하게 차려입고 향수로 멋이나 부릴 줄 알지 뭘 할 줄 아느냐고 조롱했다. 그러면서 그들은 나보다 훨씬 더 예쁘고 강단이 센 여자를 스무 명은 대줄 수 있다고도 했다. 남편은 그런 그들에게 내가 자신에게 잘 맞고, 그거면 충분하다고 조용히 응대했다. 그런 대화를 나누는 내내 그들은 시신에 무슨 짓인가를 하고 있었다. 내 눈에는 보이지 않았다. 때로 그들은 시신을 샅샅이 뒤지느라 말을 놓치는 것 같았다. 그러고 나서 그 저항 없는 육신을 쿵 떨어뜨리더니 다시 말다툼을 이어나갔다.

그들은 남편의 조롱과 경멸적인 대꾸와 대놓고 비웃는 태도에 노하여 남편을 거세게 몰아붙였다. 하지만 남편은 카를스루에의 루프레히트 집 응접실에서 재치 있는 말을 주고받을 때처럼 웃어 넘겼다. 그렇다, 그 가여운 죽은 자를 일으켜 세우고는 그가 걸치고 있던 값비싼 것들을 벗겨내면서. 나는 그 순간부터 그를 증오했고, 또한 두려워했다. 마침내 남편은 그 주제를 끝내려는 듯 냉정하고 단호한 목소리로 말했다.

"자, 훌륭한 내 친구들, 이 모든 이야기가 다 무슨 소용이야? 너희들도 맘속 깊이 잘 알고 있잖아? 아내가 내 일에 대해 필요 이상으로 알고 있다는 의심이 드는 순간, 그날로 끝인 거 몰라? 더 살 수 있을 것 같아? 빅토린을 생각해봐. 그 여자가 내 일에 대해 그저 경솔한 농담 한마디를 했잖아. 내가 그 입 조심하라고 했을 때, 그 여자가 거절하자 어떻게 됐어? 알고 싶은 거 알게 되었잖아! 아무것도 묻지 못하고 아무 말도 하지 못하는 영원한 여행을 떠난 거 몰라? 어디 그게, 파리로 쫓겨난 일인 것 같아?"

"하지만 이번 여자는 달라. 우리는 마담 빅토린이 뭘 아는지 알고 있었잖아. 그 여잔 완전 수다쟁이였거든. 하지만 내가 보기엔 이번 여자는 훨씬 더 많은 걸 알아내더라도 그에 대해 한마디도 하지 않을 거야. 완전 교활하다고. 잘못했다가는 어느 날 온 나라가 발칵 뒤집어지고 스트라스부르에서 경관들이 밀어닥칠지도 몰라. 다 자네의 그 반반한 인형 때문에 말이지. 그 여자의 간계가 자네를 무너뜨릴 수 있다고."

그 말에 경멸적이고 무관심한 태도의 무슈 드 라 투렐이 자극을 받은 것 같았다. 그는 이를 갈며 저주하듯 내뱉었다.

"자, 봐! 앙리, 이 날카로운 단도를 보라고. 아내가 한마디라도 발설한다 치자. 그 입을 함부로 놀려대서 경관이 우리를 덮치러 온다 쳐봐. 내가 그렇게 멍청한 인간이라면, 좋아. 이 칼날이 내 가슴을 파고들겠지. 털끝만큼이라도 의심하라지. 내가 쇼퍼* 무리의 두목이라는 것까지는 잘 모르더라도, '대단한 영주'가 아니라는 의심이라도 해봐, 어디! 그럼 그날로 아내는 빅토린이 떠난 여행길을 따라가게 될 거야."

"그래도 그 여자가 자네의 허를 찌를 거야. 아니라고? 그럼 내가 여자들을 잘 모르는 건가? 말이 없는 사람들이 무서운 법이야. 자네가 집을 떠나 있는 동안 그 여자는 비밀을 안고 도망갈 걸. 그렇다면 우린 붙잡혀 사형대에 오르겠지."

"하!"

그는 조롱을 날렸다가 잠시 후 덧붙였다.

*

18세기부터 20세기까지 활동하던 프랑스 범죄 조직. 주로 시골 지역 주택에 침입해 강도짓을 일삼았다. 귀중품을 보관하는 장소를 알아내기 위해 희생자의 발을 불로 지지는 잔악한 행위를 벌였는데, '쇼퍼(chauffeur)'라는 이름은 그 행위에서 유래했다. 특히 18세기 말 프랑스혁명으로 어지러운 프랑스 제1공화정 시기에 벨기에와 면한 프랑스 북부에서 잔악무도한 폭력을 행사했다.

"도망갈 테면 가라지. 어디로 가든 내가 쫓아갈 테니. 그러니 일어나지도 않을 일 때문에 더 이상 징징거리지 마."

그때쯤 그들은 송장의 몸수색을 끝냈다. 이제 이야기는 시체를 어떻게 처리할 것인지로 이어졌다. 나는 죽은 남자가 이웃에 사는 신사 시에 드 푸아시*라는 사실을 알게 되었다. 종종 남편과 함께 사냥을 했다는 이야기를 들은 적이 있었지만 그를 본 적은 없었다. 그들은 자신들이 퀼른 출신의 어떤 상인을 덮쳤을 때 벌인 짓을 마치 그 현장인 것처럼 이야기했다. 그들은 강도단의 잔인한 관행대로 재산을 숨긴 곳이 어디인지 알아내기 위해 피해자의 발을 불로 지졌다. 그때 시에 드 푸아시가 그들과 마주쳤다. 그가 무슈 드 라 투렐을 알아보자, 그를 살해해 야밤에 이곳으로 데리고 온 것이었다.

나는 내가 남편이라고 부르는 그자가 죽은 자의 시신을 끈으로 말에 매던 이야기를 하며, 그 특유의 가벼운 웃음을 짓는 소리를 들었다. 지나가는 행인들은 그 살인자들이 그저 아픈 사람을 조심스럽게 부축하는 모습으로 보았을 거라며 비웃었다. 그는 누군가 지나가다가 사연을 묻는 말에, 자신이 직접 이중의 의미를 담아 건넸던 조롱 섞인 대답을

---

*

시에(sieur)는 남성을 일컫는 프랑스 존칭으로,
영어의 sir, lord 등에 해당한다.

되풀이했다. 그는 자신의 기지를 은근히 자랑스러워하며 말장난을 즐겼다. 그러는 내내 그 가여운 죽은 자의 힘없이 쭉 뻗은 팔은 그의 우아한 승마용 장화 가까이에 닿아 있었다.

그때 다른 남자가 몸을 수그리고 (나는 심장이 멎는 것 같았다) 바닥에 떨어져 있던 편지 하나를 주워들었다. 시에 드 푸아시의 주머니에서 빠져나온 편지였다. 그의 아내가 보낸 편지로, 달콤한 애정과 사랑의 말이 가득 담겨 있었다. 그들은 편지를 큰 소리로 읽었다. 그러면서 모든 문장에 상스럽고 추잡한 추임새를 넣었고, 셋이서 질세라 음담패설을 덧붙였다. 어느 곳을 방문하느라 어머니와 떨어지게 된 부부의 어린 자식 모리스에 대한 사랑을 써놓은 부분에 이르렀을 때, 그들은 무슈 드 라 투렐에게 언젠가 그도 저런 여자의 징징거리며 나불거리는 소식을 듣게 될 거라고 비웃으며 놀려댔다. 그 시점까지 나는 오로지 그를 두려워했다. 그러나 야수같이 잔인하고 사악한 그의 반응을 보고는 그를 두려워하는 마음보다 증오하는 마음이 훨씬 커졌다. 그들은 이제 야만스러운 쾌락에 지쳐가는 것 같았다. 보석과 시계의 가치를 따져보고 돈과 문서도 조사를 마쳤다. 이제 아침이 밝기 전 시체를 조용히 처리해야 했다.

그들은 이 시체를 살해한 곳에 남겨둘 수는 없었다. 사람들이 피해자를 알아보고 범인 추적에 나설 게 뻔했기 때문이었다. 그들은 경관들이 이곳에 올 일을 만들지 않기 위해서 레 로셰 인근을 가장 평온한 상태로 두기 위해 끊임없이 애를 썼다는 듯이 말했다. 그들은 매장하기 전에 먼저 성의 식료품실로 가서 허기를 채울 것인지, 아니면 순서를 달리할 것인지 논쟁을 벌였다. 나는 머릿속이 뜨겁고 어지러웠다. 그들이 내뱉는 말이 강력한 충격으로 머리를 때리는 느낌이었다. 하지만 그들이 나누는 말의 의미를 놓치지 않으려 안간힘을 썼다. 나는 나도 모르게 마치 비참하고 둔탁한 메아리처럼 자꾸 그 말을 큰 소리로 되풀이하려는 무의식적인 반응을 억누르는 게 힘들 정도였다. 그러나 내 머리는 그들이 내뱉는 말의 의미에 대해 감각을 잃은 상태였다. 그러다 내 이름이 언급될 때 되살아났고, 그때 나는 일종의 자기보호 본능이 깨어나며 감각을 추슬렀다. 그러고 나서 나는 귀를 쫑긋 세우고 사지에 힘을 주다가 저도 모르게 발작적으로 움찔움찔 떠는 바람에 발각될까 봐 미칠 것만 같았다. 나는 그들이 내뱉는 모든 말에 집중했다. 그러나 어떤 것에 희망을 걸어야 할지 알 수 없었다. 어쨌든 무슨 결정이 나든 탈출할 수 있는 유일한 기회가 다가오고 있다는 사실은 느낄 수 있었다. 나는 탈출할 기회가 오기 전에 남편이 자신의 침실로 들어갈까 봐 두려웠다. 그랬다가는 분명 내가 방에 없다는 사실을 눈치챌 것이기 때문이었다. 그는 손이 더럽다고 말하며(나는 그 말에 전율했다. 분명 피로 얼룩졌으리라) 먼저 씻으러 가겠다고 했다. 그러다 다시 사악한 농담을 주고받으며 계획을 바꾸고는, 나머지 두 명과 함께 방을 나섰다. 그들은 회랑 쪽 문으로 나갔다. 나는 사후경직이 진행되고 있는 시신과 함께 어둠속에 홀로 남았다.

바로 지금, 지금이 기회다. 그러나 나는 움직일 수 없었다. 나를 마비시킨 건 쥐가 나 뻣뻣해진 관절이 아니었다. 그것은 바로 송장이 내뿜는 느낌이었다. 내 옆에 놓인 팔에서 금방이라도 꿈틀거리는 소리가 들릴 것 같았다. 나는 지금도 그 느낌을 또렷이 기억한다. 다시 한 번 더 애원하는 듯 스르르 팔이 올라오다 나락 같은 절망으로 툭 떨어진다. 그런 환상 때문에 -환상인지 아닌지 모르겠다- 나는 미친 듯 비명을 질렀다. 그러자 나 자신의 기괴한 목소리가 주문을 깼다. 나는 테이블 아래에서 시신과 반대편으로 기어 나갔다. 그 가여운 죽은 팔이 쭉 뻗어 날 움켜잡을까 봐 겁이 나 매우 천천히 움직였다.

나는 조용히 자리에서 일어섰다. 온몸이 뻣뻣했다. 그러면서도 떨렸다. 나는 어지러워 테이블을 붙잡은 채 그대로 서 있었다. 이제 어떻게 해야 할지 알 수 없었다. 그때 갑자기 낮은 목소리가 들리자, 선 채로 기절할 뻔했다. "마담!" 가만 들어보니 문밖에서 아망트가 속삭이는 소리였다. 충직한 아망트가 경계를 살피고 있다가 내 비명 소리를 들은 것이다. 그녀는 세 악당이 회랑을 지나 계단으로 내려간 다음 뜰을 가로질러 다른 건물 집무실로 들어간 것을 확인한 후, 내가 있는 방문 앞으로 돌아왔다고 말했다. 아망트의 목소리를 들으니 힘이 났다. 나는 곧바로 문 쪽으로 달려갔다. 날이 저문 황량한 황무지에서 갑자기 희미한 민가의 불빛을 발견하고는 있는 힘껏 곧장 달려가는 기분이었다.

나는 여기가 어딘지, 목소리가 어디에서 나는지 알지 못한다. 그러나 나는 저곳으로 가야 한다. 그러지 못하면 죽고 만다. 그때 문이 열렸다. 내가 열었는지 아망트가 열었는지 모르겠다. 나는 아망트의 목을 향해 와락 쓰러지며 그녀를 붙잡았다. 손이 아플 정도로 꽉 움켜쥐고 매달렸다. 그러나 아망트는 한마디도 내뱉지 않았다. 그저 그 힘센 팔로 나를 붙들고 침실로 이끌어 곧바로 침대에 눕혔다. 더 이상은 기억나지 않는다. 침실에 도달한 순간 나는 정신을 잃었다. 그리고 다시 정신이 들자마자 남편이 옆에 있을까 두려운 마음에 사로잡혔다. 그가 방 안 어딘가 잠복해 있다가 내가 입을 여는 순간을 기다리고 있을 것만 같았다. 내가 자신의 정체를 알아챈 낌새가 조금이라도 보이면 곧바로 나를 살해할 것이다. 나는 숨을 크게 쉬지도 못했다. 모든 호흡을 조절해 들이쉬고 내쉬었다. 나는 말도 하지 않았고 움직이지도 않았고, 심지어 눈도 뜨지 않았다. 비참하게 모든 감각이 돌아온 후에도 한참을 그러고 있었다. 조심스러운 발소리가 났다. 호기심을 채우거나 단순히 시간을 때우기 위한 소리 같지는 않았다. 목적이 있는 발소리 같았다. 누군가 거실 안팎을 드나들었다. 나는 죽음을 피할 수 없는 것처럼 조용히 누워 죽음의 고통이 길게 이어지지 않기만을 바랐다. 다시 내 근처로 조심스러운 발걸음이 느껴졌다. 마치 나락으로 떨어질 것 같은 느낌이 들 찰나, 곁에서 아망트의 목소리가 들렸다.

"마담, 이거 마셔요. 그리고 서둘러야 합니다. 다 준비되었어요."

아망트는 내 목 밑으로 팔을 넣어 나를 일으켜 세우고는 무언가를 마시게 했다. 그러는 내내 그녀는 평소와는 달리 조용하고 신중한 목소리로 계속 말을 이어나갔다. 권위가 담긴 건조한 목소리였다. 그녀는 내게 준비해놓은 자신의 옷을 입으라고 시켰고, 자신도 상황이 허락하는 한 최대한 변장을 했다고 말했다. 그러곤 먹지 않고 남겨놓은 저녁 음식을 주머니에 넣고는 탈출 방법에 대해 아주 세세하게 설명하기 시작했다. 그러면서도 왜 지금 바로 도망가야 하는지, 그 무서운 이야기는 하나도 입에 담지 않았다. 나는 아망트가 어떻게 아는지 얼마나 아는지 아무것도 묻지 않았다. 나는 그때도 또 그 이후에도 한 번도 묻지 않았다. 도저히 입 밖에 낼 수가 없었다. 우리는 그저 그 무시무시한 비밀을 삼킨 채 내뱉지 않았다. 그러나 나는 아망트가 옆에 있던 드레스룸에 숨어서 모든 것을 엿들은 것이라고 생각한다.

사실 나는 아망트에게도 감히 말할 엄두가 나지 않았다. 그렇게 야음을 틈타 몰래 피로 얼룩진 집을 떠날 준비를 하면서도, 우리는 그저 흔하디흔한 일상적인 이유 때문인 것처럼 행동했다. 아망트는 나에게 짧고 압축적인 지시를 내렸다. 그 이유는 대지 않았는데, 마치 어린아이에게 무언가 일을 시킬 때처럼 지시했다. 나는 마치 아이처럼 그녀의 말을 따랐다. 아망트는 자주 문으로 다가가 귀를 기울였고, 마찬가지로 창문으로도 자주 다가가 불안하게 밖을 살펴보았다. 나로서는 그녀 이외에 아무것도 보이지 않았고, 잠시라도 아망트 말고 딴 데로 귀를 기울일 엄두조차 나지 않았다. 아망트의 조심스러운 움직임과 쿵쾅거리며 뛰는 내 심장 소리 외에는, 한밤의 고요 속에 아무 소리도 들리지 않았다. 마침내 아망트는 내 손을 잡고 어둠속으로 나를 이끌었다. 거실을 지나고, 다시 그 무시무시한 회랑을 지나 칠흑 같은 어둠을 가로질렀다. 창문에서 들어오는 것은 그저 유령같이 희미하게 어른거리는 창백한 빛뿐이었다.

나는 아망트에게 꼭 붙어 나아갔다. 아무것도 묻지 않았다. 말할 수 없는 공포에 시달리며 갇혀 산 세월을 보낸 후, 그녀는 나에게 유일한 인간적 유대였다. 우리는 계속 나아갔다. 오른쪽을 피해 왼쪽으로 방향을 틀었다. 도금 장식이 피로 붉게 물든 응접실들을 지나 내가 알지 못하는, 전면이 저 아랫길과 나란한 성의 본채로 들어섰다. 아망트는 지하 통로로 나를 인도해 내려갔고, 거기서 열려 있는 작은 문에 이르렀다. 문으로 으스스하고 차가운 바람이 들어오자, 나는 처음으로 생명의 기운을 느꼈다. 안으로 들어가 보니 일종의 지하 창고가 나왔는데, 우리는 손으로 벽을 더듬어 창으로 보이는 개구부까지 나아갔다. 그러나 그곳은 유리 대신 쇠창살로 막혀 있었다. 아망트는 이전에 해본 것처럼 쇠창살을 힘주어 흔들었다. 그중 헐거운 두 개를 어렵지 않게 빼낼 수 있었다. 우리는 그곳을 통해 밖으로 나왔다.

우리는 살금살금 건물의 모퉁이를 돌았다. 아망트가 먼저 돌았는데, 그녀가 한순간 내 손을 꽉 움켜쥐는 것을 느꼈다. 뒤이어 나도 먼 곳에서 나는 소리를 들었다. 딱딱한 땅에 삽질을 하는 소리였다. 밤은 매우 따뜻하고 고요했다.

우리는 여기까지 오면서 한마디도 하지 않았다. 그때도 입을 다물고 있었다. 말보다 손길이 더 안전했을 뿐더러 의사 전달 또한 어렵지 않았다. 아망트는 큰길 쪽으로 방향을 틀어 내려갔다. 나는 길을 몰랐다. 무작정 그녀를 뒤쫓았다. 우리는 비틀거리며 자빠지곤 했다. 나는 여기저기 멍이 들었다. 분명 아망트도 그러했으리라. 그러나 몸의 통증이 내게는 오히려 약이 되었다. 우리는 마침내 평평한 큰길에 이르렀다.

나는 아망트가 매우 믿음직스러워 그녀가 어느 쪽으로 가야할지 궁리하며 발길을 멈췄을 때도 아무 말 하지 않고 기다렸다. 그 순간 아망트가 처음으로 입을 열었다.

"그 사람이 마담을 여기로 처음 데리고 올 때 어느 길로 왔죠?"

나는 말을 할 수 없어 그저 손가락으로 가리켰다.

우리는 그 반대쪽으로 향했다. 여전히 큰길이었다. 한

시간가량 나아가다가 산길과 마주쳤다. 우리는 쉴 엄두도 내지 못하고 곧바로 기어올랐다. 아침이 밝아오기 전에 더 높이 더 멀리 가야 했다. 우리는 안전하게 숨어 쉴 만한 곳을 찾아야 했다. 그때 아망트가 낮은 목소리로 말을 꺼냈다. 그녀는 그의 방과 내 방 사이에 있는 문을 잠갔다고 말했다. 그 말을 듣자 나는 아까 꿈결처럼 그녀가 내 방과 거실 사이의 문을 잠그고 열쇠를 가져온 것이 생각났다.

"그 사람은 오늘밤 너무 바빠 마담을 생각할 여유가 없을 겁니다. 마담이 잠들었다고 생각하겠죠. 내가 없어진 걸 먼저 알게 될 겁니다. 하지만 지금쯤이면 우리가 없어진 걸 알게 되었겠죠."

나는 아망트의 마지막 말을 듣자마자 계속 도망가자고 재촉했다. 나는 쉬느냐 숨느냐 고민하는 것조차 아까운 시간을 낭비하는 것이라고 생각했다. 하지만 아망트는 내 말에 대답하지 않고 분주히 숨을 곳을 찾는 데 여념이 없었다. 마침내 우리는 절망에 빠진 채 쉬는 걸 포기하고, 그대로 앞으로 나아갔다. 급하게 경사진 산 옆구리를 따라 내려갔다. 아침 해가 완전히 밝았을 때, 우리는 물길이 흐르는 좁은 계곡에 도달했다. 거기서 1.5킬로미터쯤 더 내려가자 푸른 연기가 나는 작은 마을이 나타났다. 시야에 들어오지는 않았지만 가까이서 물방아가 힘차게 도는 소리가 들렸다.

시야를 막아줄 만한 나무나 관목 사이로 숨어 나아가며,

우리는 방앗간을 지나쳐 마을과 방앗간을 이어주는 아치 다리에 이르렀다.

"여기면 되겠어요."

아망트가 말했다.

우리는 다리 밑으로 내려가서는 거친 석조물 위로 올라가 난간처럼 뻗어 나온 깊고 습한 그늘진 곳에 앉아 몸을 숨겼다. 아망트는 나보다 조금 더 위에 앉아 내가 자기 무릎에 머리를 베고 눕게 해주었다. 그러고 나서 내게 음식을 주고 자기도 조금 먹었다. 아망트는 커다란 검은 망토를 펼쳐 우리 주변의 환한 부분을 덮었다. 우리는 그렇게 숨은 채 몸을 떨었다. 그래도 움직이지 않고 휴식을 누릴 수 있었다. 밝은 대낮엔 움직이지 않고 가만히 있는 것이 안전했다. 그렇지만 우리가 쪼그리고 앉은 곳이 너무 습하고 그늘져서 몸에 해로울 것 같았다. 햇빛이 전혀 닿지 않는 곳이었다. 나는 밤이 내려앉아 우리가 다시 길을 나설 시간이 되기 전에 병이 나지 않을까 두려웠다. 설상가상으로 하루 종일 비가 내렸다. 그러다 보니 산에서 내려오는 수많은 실개천의 물이 합쳐져, 개울물이 급류가 될 정도로 불어나기 시작했다. 점점 물소리가 커지면서 물이 돌 제방 위로 넘실대기 시작했다. 나는 불편하기 짝이 없는 잠에 빠져 꾸벅거리다가, 이따금 머리 위로 지나가는 말발굽 소리에 잠에서 깨곤 했다. 때로는 짐을 싣고 가는 듯 우르르 무겁게 지나는 소리도 들렸다. 또 때로는 덜커덕거리며 질주하는 소리가 남자들의 고함과 함께 포효하는 물소리를 뚫고 들리기도 했다. 마침내 해가 저물었다. 우리는 강둑으로 올라가기 위해 무릎까지 차오른 물을 가로질러야만 했다. 우리는 뻣뻣한 자세로 몸을 떨며 강둑에 올라섰다. 용감한 아망트도 기가 꺾인 것 같았다.

"밤을 지샐 만한 곳을 찾아야겠어요."

아망트가 말했다.

비가 사정없이 퍼붓고 있었다. 나는 아무 말도 하지 못했다. 분명 어떤 식으로든 죽음으로 끝맺을 것 같다는 생각이 들었다. 나는 그저 죽더라도 인간의 잔인함만은 피하고 싶다고 바랄 뿐이었다. 잠시 후 아망트는 다시 용기를 내 행동했다. 우리는 방앗간으로 올라갔다. 익숙한 소리, 밀 냄새, 밀가루가 날려 뽀얗게 변한 벽. 모든 것이 고향집을 생각나게 만들었다. 이 악몽에서 어떻게든 깨어나 다시 한번 네카어 강변의 행복한 소녀로 돌아가고 싶었다. 아망트가 문을 두드렸지만 한참 동안 빗장이 풀리지 않았다. 마침내 힘없는 노파의 목소리가 났다. 누군지, 무슨 일인지 묻는 소리였다.

아망트는 폭우를 피해 하룻밤 묵을 곳을 찾는 두 여인이라고 답했다. 그러나 노파는 의심으로 주저하며 여자가 아니라 분명 남자 목소리라며 우리를 들일 수 없다고 말했다. 그러나 거듭 설득하자, 마침내 노파가 무거운 문을 열고 우리를 안으로 들였다. 노파는 몰인정한 사람은 아니었다. 그러나 노파의 생각은 계속 맴돌았다. 자신의 주인인 방앗간 주인이 자기가 집을 비운 동안 그 어떤 남자도 집에 들이지 말라고 했으며, 여자 두 명이라 하더라도 그가 마찬가지로 싫어하지나 않을지 알 수 없다고 했다. 그러나 노파는 우리가 남자가 아닌 이상 누구도 자신이 주인의 말을 어겼다고는 할 수 없을 것이라며, 이런 험한 밤에 지나가는 개라도 안으로 들이지 않으면 사람이 할 짓이 아니라고도 덧붙였다. 아망트는 기지를 발휘해 우리가 그날 밤 여기에 묵는 걸 아무도 모르게 하자고 말했다. 그러면 주인도 노파를 꾸짖지 못할 것 아닌가. 현명한 아망트는 그렇게 방앗간 주인 말고 다른 사람에게도 비밀 유지를 약속받은 후, 내가 젖은 옷을 벗는 걸 도와주었다. 그러고는 우리 몸을 덮었던 갈색 망토와 함께 난로 가까이 펼쳐놓았다. 난로는 노파에게 반드시 필요한 따뜻한 열기를 내뿜고 있었다. 그러는 내내 가여운 노파는 자신이 명령을 어겼는지 계속 혼잣말로 중얼거렸다. 그 모습을 보니 노파가 누가 물으면 무엇이 됐건 비밀을 지킬 능력이 있기나 할지 두려운 의심이 들었다.

두서없이 이야기를 늘어놓던 노파는 묻지도 않았는데 자기 주인의 소재에 대해서도 말했다. 주인은 바로 윗마을 성에 사는 그곳 영주 시에 드 푸아시를 찾는 수색대에 손을 보태러 갔다고 했다. 그가 전날 사냥에 나갔다가 돌아오지 않았다는 것이다. 지방 장관이 그에게 무언가 사고가 났다고 생각하고는, 이웃 주민들에게 숲과 언덕을 수색하라고

명했다고 떠들었다. 노파는 그 외에도 많은 이야기를 했다. 하인들이 더 많고 할 일은 더 적은 곳이 있으면 가고 싶다고 했다. 이곳의 삶이 너무 외롭고 무료하다고도 했다. 특히나 주인의 아들이 전쟁에 나가버리고 난 후 더욱 그렇다고 떠들었다.

그러고 나서 노파는 저녁을 들었다. 분명 인색한 주인이 노파에게 할당한 몫인 것 같았다. 노파가 어떤 생각을 했는지는 모르겠으나 우리에게 나눠줄 만큼의 양은 아니었다. 다행히도 우리는 온기만 바랄 뿐이었다. 그곳의 온기는 아망트의 세심한 일처리로 차가워진 우리 몸을 데우는 데 충분했다. 저녁 식사 후 노파는 졸음에 겨워했다. 그러나 노파는 우리가 집 안에 있는 상황에서 잠자리에 드는 게 불편한 것 같았다. 실제로 노파는 우리에게 이 폭우가 몰아치는 황량한 밤에 밖으로 나가는 게 좋겠다는 꽤 노골적인 암시를 한 번 더 주었다. 그러나 우리는 어떤 곳이든 좋으니 비를 막아줄 곳에 머물게 해달라고 사정했다. 마침내 노파에게 좋은 생각이 떠올랐다. 노파는 우리에게 사다리를 타고 지금 우리가 앉아 있는 드높은 방앗간 부엌의 위쪽 반을 차지하고 있는 고미다락으로 올라가라고 했다. 우리는 순순히 그 말에 따랐다. 달리 어쩌겠는가? 그곳은 넓은 션이었으나 가장자리에 난간이나 벽 등의 안전장치가 없어 자칫하면 부엌으로 떨어져 내릴 수도 있었다.

고미다락은 집의 저장고였다. 침구가 쌓여 있었고, 상자와 궤짝, 곡물 자루, 겨울 양식으로 쓸 사과와 견과류, 오래된 옷 꾸러미, 고장 난 가구 등 많은 물건들이 있었다. 우리가 그곳에 오르자마자 노파는 껄껄거리며 사다리를 치워버렸다. 마치 이제 우리가 못된 짓을 하지 못하게 되어 안심하는 것 같았다. 그런 후 노파는 다시 졸며 주인이 돌아오기를 기다렸다. 우리는 침구를 꺼내 기쁜 마음으로 따뜻한 자리에 누웠다. 내일을 위한 힘을 얻으려면 잠이 절실했다. 그러나 나는 쉽게 잠을 이룰 수 없었다. 숨소리를 듣자 하니 아망트도 똑같이 깨어 있다는 걸 알 수 있었다. 우리는 둘 다 바닥 판 사이 틈을 통해 아래 부엌을 내려다볼 수 있었다. 우리가 누워 있는 맞은편 난로 근처 벽에는 등잔불이 희미하게 비추고 있었다.

제3부

　밤이 깊은 시각 밖에서 사람들의 목소리가 들려왔다. 화가 나 거칠게 문을 두드리는 소리도 들렸다. 우리는 갈라진 바닥 틈으로 노파가 잠에서 깨어 문을 열고 주인을 들이는 모습을 보았다. 주인은 반쯤 취한 모습으로 들어섰다. 놀랍게도 르페브르가 주인과 함께 들어왔다. 그는 멀쩡한 상태로 교활한 모습 그대로였다. 그들은 안으로 들어오며 무언가에 대해 실랑이를 벌이고 있었다. 그런데 방앗간 주인이 이야기를 멈추고 잠이 든 노파에게 욕설을 퍼부었다. 술에 취해 화를 내고 심지어 손찌검까지 하며 가여운 노인을 부엌에서 침실로 몰아붙였다.

　그러고 나서 방앗간 주인과 르페브르는 이야기를 이어 나갔다. 시에 드 푸아시의 실종에 관한 이야기였다. 듣자 하니 르페브르는 남편의 다른 수하들과 함께 보란 듯이 하루 종일 수색대에 참여한 것 같았다. 분명 그들은 시에 드 푸아시의 추종자들을 다른 곳으로 유인해 방해했을 테고,

르페브르의 교활한 질문으로 추측해보건대 비밀리에 우리를 찾고 있는 것이 틀림없었다.

방앗간 주인은 시에 드 푸아시의 차지인(借地人)이자 봉신(封臣)이지만, 무슈 드 라 투렐 일당과 더 결탁되어 있는 것 같았다. 그는 분명 르페브르와 그 일당이 어떤 삶을 꾸리는지 부분적으로나마 알고 있는 듯했다. 물론 나는 그가 그들의 실제 범죄를 잘 알 거라고 생각하지 않으며, 그 자세한 내막을 반이라도 상상조차 할까 싶었다. 또 그가 자기 영주의 운명을 알아내는 데 진지하게 관심을 기울인다고 생각했다. 그는 르페브르가 살인이나 폭력에 가담했다고 의심하는 것 같진 않았다. 그는 계속 이런저런 자신의 의견을 늘어놓았다. 그러는 동안 르페브르는 털이 텁수룩한 눈썹 아래 교활하게 반짝거리는 예리한 눈으로 그를 살폈다. 태도로 보아 분명 자기 주인의 아내가 그 사악한 강도의 소굴에서 도망쳤다는 사실을 발설할 마음은 없는 것 같았다. 어쨌든 그가 우리에 관해 한마디도 하지 않았지만, 나는 분명 그가 언제 어디서 맞닥뜨릴지 모르는 우리를 노리며 피에 목마르다는 것을 느낄 수 있었다. 그는 이내 자리를 털고 일어났다. 방앗간 주인은 그가 나간 후 문을 걸어 잠그고 비틀거리며 잠자리에 들었다. 그런 후 우리도 깊은 잠에 빠졌다.

다음 날 깨어보니 아망트가 한 손으로 바닥을 짚고 몸을 반쯤 일으킨 채 뚫어져라 아래 부엌을 내려다보는 게 눈에 들어왔다. 그래서 나도 아망트와 함께 아래를 내려다보았다. 아래에서는 방앗간 주인과 남자 일꾼 두 명이 노파에 대해 시끄럽게 떠드는 소리가 났다. 평상시 같으면 일찍 일어나 난로에 불을 지피고 주인의 아침 식사를 준비했을 노파가 보이지 않았던 모양이다. 그들이 노파를 찾아보니 잠자리에서 숨진 채 발견되었다. 전날 밤 주인의 손찌검 때문인지 자연사인지 누가 알겠는가?

내가 보기에 방앗간 주인은 양심에 찔리는 것 같았다. 그는 자신이 가정부를 얼마나 귀하게 여겼는지, 또 노파가 자신과 함께한 삶을 얼마나 좋아하고 또 얼마나 자주 고맙게 여겼는지 모른다며 열변을 토했다. 일꾼들은 의아한 듯했지만 주인의 기분을 거스를 생각은 하지 않았다. 잠시 후 그들은 장례를 서두르자며 모두 일에 나섰다. 그렇게 그들이 나가자 다락에는 우리만 남았다. 우리는 처음으로 자유롭게 이야기를 나누었다. 물론 목소리를 낮추고 계속 주변을 살폈다. 아망트는 지금 이 상황을 나보다 낙관적으로 바라보았다.

아망트는 노파가 살아 있었다면 우리가 그날 아침 일찍 곧바로 떠나야 했을 거라고 말했다. 이렇게 조용히 떠날 수 있는 상황이 우리에게는 최선이라고 했다. 그렇지 않으면 노파가 분명 자신의 주인에게 우리에 관하여, 또 우리가 머문 장소에 관하여 말했을 것이고, 만약 그랬다면 그 사실이 조만간 우리가 두려워하는 자들의 귀에도 들어갈 게 분명

하다고 말했다. 하지만 노파의 죽음 덕분에 우리는 당장 쉴 시간과 장소를 벌었다. 저들이 우리를 추적하기 위해 혈안이 되어 있을 바로 이 시간에. 이 얼마나 다행인가. 그들에게 잡히면 우리의 운명은 뻔하지 않은가. 우리가 가진 남은 음식과 이곳에 저장된 과일이면 양식으로 쓰기에 충분하다. 한 가지 걱정은 다락에 있는 물품이 필요해 방앗간 주인이나 다른 사람이 올라올 수 있다는 사실이었다. 만에 하나 그런 경우에는 한쪽 구석의 상자와 궤짝 뒤에 숨어 눈길을 피해야 할 것이다. 그 모든 게 조금이나마 위안이 되었다. 그러나 한 가지, 여기서 어떻게 빠져나가지? 내려갈 수 있는 유일한 수단인 사다리는 치워졌다. 하지만 아망트는 여기 말려 있는 밧줄로 밧줄 사다리를 만들어 내려갈 수 있다고 했다. 그걸 타고 3미터가량 내려간 다음 치워버리면 이곳에 누군가 왔다 간 흔적도 말끔히 없앨 수 있다고 말했다.

아망트는 도망가기 전 이틀 동안 시간을 최대한 활용했다. 그녀는 주인이 나가고 없는 동안 모든 상자와 궤짝을 뒤져봤다. 그중 한 상자에서 오래된 남자 옷 한 벌을 찾았다. 아마도 방앗간 주인의 아들 옷 같았다. 아망트가 입어보니 잘 맞았다. 그녀는 스스로 남자처럼 짧게 머리를 잘랐다. 그러더니 나에게 눈썹을 짧게 다듬어달라고 했다. 그런 후 아망트는 낡은 코르크를 잘게 잘라 다진 후 뺨에다 붙였다. 그렇게 그녀는 얼굴 모양을 바꾸고 목소리도 다르게 냈다. 변장을 마치고 나니 믿을 수 없을 정도로 다른 사람 같았다.

아망트가 준비하는 내내 나는 어리벙벙한 채로 누워 있었다. 몸을 쉬며 힘을 비축했지만 거의 백치 같은 상태였다. 그러지 않고서야 아망트가 그렇게 척척 변장을 해나가고 있을 때 멍청하게 넋이 나간 채로 바라만 보지는 않았을 것이다. 어쨌든 경직된 내 얼굴에 슬며시 미소가 번지는 걸 스스로 느끼면서, 또 한 번 아망트의 영리한 기지가 성공할 거라는 확신이 들었다.

그러나 두 번째 날 아망트가 내게 힘을 내 움직이라고 말하자 암담한 절망감이 다시 찾아왔다. 나는 그곳에 저장되어 있던 썩어가는 호두 껍데기로 금발머리를 염색했고, 얼굴에도 발랐다. 아망트는 내 치아에도 검은 칠을 했다. 나는 변장의 효과를 극대화하기 위해 심지어 앞니도 하나 스스로 부러뜨렸다. 그러나 그 모든 노력에도 무시무시한 남편을 피할 수 있다는 희망이 들지 않았다. 세 번째 밤, 장례식이 끝나고 조문객들이 식사를 다 마친 후 모두 돌아갔다. 방앗간 주인은 너무 취해 사람들의 도움을 받아 잠자리에 들었다. 그들은 부엌에서 잠시 새로 올 가정부에 대해 웃고 떠들었다. 그러고 나서 남은 사람들마저 떠났다. 문을 걸어 잠그지는 않고 그저 닫고 나갔다. 모든 게 우리에게 유리한 상황이었다. 아망트는 전날 밤에 밧줄 사다리를 시험해보았다. 그걸 타고 내려간 후 아래에서 솜씨 좋게 던져 고정되어 있는 고리에서 밧줄을 푸는 데 성공했다. 아망트는 떠돌이 행상 부부 역할에 어울리게 다락에 있던 낡은 옷들로 짐 보따리를 만들었다. 그녀는 등에 옷을 넣어 혹처럼 부풀렸고, 나도 살쪄 보이도록 옷을 여러 겹 껴입게 했다. 그러곤 자기 옷은 남자 옷을 꺼낸 궤짝 맨 밑에 밀어 넣어 숨겼다. 그러고 나서 우리가 도망칠 때 가지고 있었던 유일한 돈 몇 프랑을 주머니에 넣었다. 우리는 밧줄 사다리를 타고 내려온 후 다시 밧줄을 풀었다. 그리고 다시 차갑고 어두운 밤길로 나섰다.

우리는 다락에 숨어 있는 동안 어떤 길로 가는 게 좋을지 의논했다. 아망트는 레 로셰를 떠나며 성으로 처음 올 때 어떤 길로 왔는지 내게 물어본 이유는, 분명 저들이 독일을 향해 추적할 것이니 그 길을 피하기 위해서였다고 말했다. 그러나 지금은 프랑스어를 할 때 묻어나는 나의 독일어 억양을 생각해 그쪽으로 다시 돌아가는 게 낫겠다고 했다. 나는 아망트의 억양도 독특한 면이 있다고 생각했다. 무슈 드 라 투렐이 그녀의 노르망디 사투리를 비웃은 적이 있었다. 하지만 그에 대해 한마디도 하지 않고 독일을 향해 가자고 한 그녀의 말에 따랐다. 일단 그곳으로 가면 안전할 것 같았다. 아아! 나는 당시 유럽 전역을 휘감고 있는 혼란한 상황을 잊고 있었다. 모든 법이 전복되어 법의 보호를 바랄 수 없던 때였다.

우리가 얼마나 떠돌아다녔는지 -길을 물어볼 엄두도 내

지 못했다- 어떻게 살았는지, 그 많은 위험과 그보다 더 많은 공포를 어떻게 이겨냈는지 지금 네게 말하지 않으련다. 그저 우리가 프랑크푸르트에 도달하기 전에 있었던 두 가지 사건만 알려주마. 첫 번째 사건은 아무런 죄 없는 어떤 숙녀에겐 치명적인 일이었으나, 어쨌든 내가 안전을 얻을 수 있는 원인이 되었다. 두 번째 사건은, 그걸 말하다 보면 너는 내가 방앗간 주인 집 다락에 있을 때 앞으로 내 삶이 어떻게 될지 더듬어보며 바랐던 것처럼, 왜 내가 고향집으로 돌아가지 않았는지 이해하게 될 거야. 그렇게 온통 불확실한 미래를 생각하며 헤매고 다니면서, 내가 얼마나 아망트를 의지하게 되었는지 네게 이루 다 말할 수 없단다. 나는 때로 아망트가 나의 안전에 꼭 필요하기 때문에 그녀를 좋아하는 걸까 봐 두려울 정도였어. 그러나 아니! 절대 그렇지 않아. 단지 그 이유 때문이 아니었어. 또 그 이유가 가장 큰 것도 아니었어. 아망트는 한번은 도망의 목적이 꼭 내 목숨뿐만 아니라 자신의 목숨을 위한 것이기도 하다고 말했다. 그러나 우리는 우리의 위험에 대해서나, 혹은 이미 지나간 무시무시한 일에 대해 많은 말을 할 엄두가 나지 않았다.

우리는 앞으로 어디로 향할시에 대해 계획을 짰다. 그러나 멀리 내다볼 수가 없었다. 하루하루 해가 지는 걸 또 볼 수 있을지도 장담하지 못하는데 그게 가능하겠는가? 아망트는 무슈 드 라 투렐 일당이 얼마나 잔악무도한지 나보다 더 많이 아는 듯했다. 게다가 우리는 이따금 안전하다고 한숨 놓을 때마다, 모든 방향에서 우리를 쫓고 있는 흔적과 마주쳤다. 지친 몸으로 어디가 어딘지 물어볼 엄두도 내지 못하고 사람들이 다니지 않는 길을 골라 헤맨 지 거의 3주가 되던 어느 날, 우리는 길가에 외따로 떨어진 편자공 대장간에 이르렀다.

나는 완전히 녹초가 되었다. 아망트는 무슨 일이 벌어지더라도 오늘밤은 이곳에 머물러야 한다고 말했다. 그러더니 안으로 들어가 대담하게도 자신이 유랑 재단사이며, 자신과 자신의 아내에게 하룻밤 잠자리와 음식을 제공해주면 시키는 일은 뭐든지 다 하겠노라고 말했다. 아망트는 전에도 이런 식으로 한두 번 성공한 적이 있었다. 그녀는 루앙에서 재단사로 일하던 아버지를 도와 재단사의 전문용어나 특성, 프랑스에서 업계 사람들끼리 통하는 특정한 휘파람과 외침 소리까지 잘 알고 있었다. 마을에서 멀리 떨어진 대부분의 외딴 집들이 그렇듯, 이 대장간에도 주부가 시간이 날 때 고쳐야 하는 작업복이 한 무더기였을 뿐만 아니라, 먼 곳에서 실어오는 소식을 알고 싶은 자연스러운 갈증이 있었다. 유랑 재단사는 그런 소식을 나르기에 맞춤이었다.

11월 초 오후는 금세 저녁으로 치닫고 있었다. 아망트는 대장간 부엌 창가 가까이 있는 큰 식탁에 다리를 꼬고 앉아 옷 바느질을 하고 있었고, 나는 그녀의 뒤에 앉아 있었다.

나는 내 허울상의 남편에게 이따금 타박을 들었다. 그러다 그녀는 갑자기 고개를 돌려 내게 말했다. 딱 한마디였다.

"용기를 내!"

내가 있던 곳은 어두컴컴해서 아무것도 보이지 않았다. 나는 한순간 토할 것 같았다. 그렇지만 마음을 다잡고 뭔지는 모르겠지만 견뎌내기 위해 인내심을 끌어내기 시작했다.

대장장이 집 옆 창고에 있는 대장간은 길가에 면해 있었다. 어느 순간 리듬을 타고 울리던 망치 소리가 갑자기 멈췄다. 아망트는 소리가 멈춘 이유를 살펴보았다. 어떤 사람이 말에서 내려 말편자를 바꾸기 위해 대장간으로 들어섰다. 아망트는 붉은 용광로 불에 비친 그자의 얼굴을 보았다. 그녀는 곧 일어날 일을 알 수 있었다.

대장장이는 남자와 몇 마디 나누더니 그를 이끌고 우리가 앉아 있는 집 안으로 들어왔다.

"여보, 여기 이 신사분께 와인 한 잔과 케이크 좀 내드려."

"뭐든, 아무거나 좋습니다, 마담. 말편자 갈 동안 요기할 수 있는 거면 아무거나 좋아요. 내가 좀 급해서, 오늘 밤 포르바크까지 가야 하거든요."

대장장이의 아내는 램프에 불을 붙였다. 아망트는 5분 전에 등불을 켜달라고 청했는데, 안주인이 우리의 청을 얼른 들어주지 않은 게 얼마나 감사하던지! 램프를 켜기 전까지 앞이 거의 보이지 않았다. 그런 이유로 우리는 어둑어둑한 곳에 앉아 바느질하는 척을 할 수 있었다. 램프는 난로 위에 놓였다. 그리고 그 근처에 나의 남편, 그렇다, 바로 그 자가 서서 몸을 녹이고 있었다. 그는 이내 고개를 돌려 실내를 휘 둘러보았다. 우리에게 시선이 닿았을 때, 그는 마치 집 안의 가구를 둘러보는 것 같았다. 다리를 꼬고 앉은 아망트는 그와 마주하고 있는 자세에서 고개를 푹 숙이고 바느질에 몰두하며 내내 낮은 소리로 휘파람을 불었다. 남편은 다시 난로를 바라보며 조급한 듯 두 손을 맞비볐다. 그는 와인과 케이크를 다 먹고 얼른 떠나고 싶은 듯했다.

"내가 좀 급하다오. 부인 남편에게 좀 서두르라고 말 좀 해주시오. 빨리 끝내면 품삯을 두 배로 주리다."

안주인은 말을 전하러 대장간으로 갔다. 그러자 그는 다시 한 번 고개를 돌려 우리를 바라보았다. 아망트는 휘파람 노래의 후반부를 부르고 있었다. 그가 한순간 그 장단에 맞춰 휘파람을 따라 불었다. 그때 대장간 안주인이 돌아왔다. 그는 어서 답을 듣고 싶다는 듯 안주인에게 다가갔다.

"잠시만 더 기다려주세요, 무슈. 잠깐이면 됩니다. 앞발 편자에 못이 하나 나간 게 있는데 남편이 그걸 교체하고 있어요. 나중에 그 편자가 떨어져 나가면 더 곤란해질 거예요."

"부인 말이 맞소. 하지만 난 정말 급하답니다. 부인도 그 이유를 들으면 내가 왜 이리 초조하게 구는지 이해할 것이오. 난 한때 행복한 남편이었지만 이제는 배신당하고 버림받은 사람이 되었소. 나는 모든 마음을 바쳐 사랑했지만 그 믿음을 저버리고 집에서 도망친 아내를 찾고 있다오. 분명 정부랑 바람이 나서 도망친 것 같소. 보석이며 돈이며 가지고 갈 수 있는 걸 다 들고 도망쳤다오. 혹시 부인, 그런 사람 본 적 없소? 도망갈 때 뻔뻔하고 품행이 나쁜 파리에서 온 여자와 함께 갔다오. 불행한 남편인 내가 직접 아내의 메이드로 구해준 여자인데, 어찌 그리 사악한 여자를 내 손으로 집안에 들이는 줄 꿈인들 꾸었겠소.”

“아니, 어떻게 그런 일이?”

착한 안주인은 두 손을 위로 뻗으며 놀랍다는 시늉을 했다.

아망트는 두 사람이 대화를 나누자 휘파람 소리를 좀 줄였다.

“난 지금 사악한 도망자들을 쫓고 있다오. 그 여자들이 간 길을 추적하는 길이라오. (그때 그 잘생기고 여성스러운 얼굴이 악마처럼 잔인하게 보였다) 날 따돌릴 순 없지요. 하지만 순간순간이 내겐 모두 고통스럽기 짝이 없구려. 부인께서도 내가 참 딱하지 않소?”

그는 부자연스럽고 기괴한 표정으로 웃음을 지었다. 그러더니 다시 한 번 대장장이를 재촉하려는 듯 둘이 함께 대장간으로 향했다.

아망트는 휘파람을 멈췄다.

"눈 하나 까닥하지 말고 하던 대로 하세요. 몇 분 있으면 그 사람은 떠날 테고, 그러면 다 끝나는 거예요!"

그 경고는 내게 꼭 필요했다. 그렇지 않아도 가슴이 무너져 내릴 것 같아 아망트의 품에 매달리려던 참이었다. 우리는 하던 일을 계속했다. 아망트는 휘파람을 불며 바느질을 했고, 나는 꿰매는 시늉을 했다. 그러기를 정말 잘했다 싶었다. 그가 깜박 잊고 놓고 간 채찍을 가지러 곧바로 되돌아왔기 때문이었다. 예의 그 날카롭게 사방을 훑는 시선이 느껴졌다.

이제 그가 말을 타고 떠나는 소리가 들렸다. 오랫동안 어두운 곳에 있다 보니 눈이 너무 침침해 일단 일손을 놓았다. 이제 긴장이 풀리면서 그대로 온몸이 덜덜 떨렸다. 대장장이의 아내가 돌아왔다. 안주인은 착한 여인이었다. 아망트는 내가 오한이 나고 지친 상태라고 말했다. 그랬더니 안주인이 일을 그만두고 난로 곁에 가서 쉬라고 청했다. 그러고 나서 그녀는 저녁 식사 준비를 서둘렀다. 저녁은 우리를 위해, 또 무슈 드 라 투렐의 후한 품삯 덕택에 평소보다 넉넉하게 차려졌다. 안주인이 내게 발효 사과 스프를 맛보라고 한 게 다행이었다. 그러지 않았다면 아망트가 조심하라는 눈치를 계속 보내고 있는 것도 알고, 또 어떤 일이 벌어져도 우리가 맡은 역할에 충실하게 행동하라는 아망트의 잦은 훈계를 잊지 않았음에도, 나는 차분하게 버티지 못했을 것이다. 아망트는 불안에 떠는 내 모습을 숨기기 위해 휘파람을 멈추고 안주인에게 이야기를 건넸다. 대장간 주인이 들어올 때쯤에는 아망트와 착한 안주인은 기민하게 움직이고 있었다.

대장간 주인은 즉각 품삯을 후하게 챙겨준 잘생긴 신사에 대해 칭찬을 늘어놓았다. 그는 신사를 매우 딱하게 여겼으며, 대장장이 내외는 둘 다 신사가 그 사악한 아내를 잡아 마땅한 벌을 내리기를 바란다고 말했다. 그때 대화의 주제가 갑자기 바뀌었다. 조용하고 단조로운 삶을 살아가는 사람들에게는 특이한 일이 아니었다. 모두가 서로에게 더 무서운 이야기를 경쟁하듯 늘어놓았다. 야만스럽기 짝이 없고 정체가 베일에 싸인 쇼퍼라는 강도 무리가 라인 강에 이르는 모든 길에 출몰하고 있다는 이야기도 나왔다. 쉰더한네스*가 두목인 그 도적단의 이야기는 골수까지 오싹할 정도로 무서웠다. 심지어 말발 좋은 아망트의 입까지 다물게 만들었다. 아망트는 눈이 휘둥그레 커지면서 눈알을 굴렸고 뺨도 허예졌다. 그러다가 눈빛으로 내게 도움을 청했다. 그 눈빛을 보고 나는 정신이 퍼뜩 들었다. 나는 자리에서 일어나 남편과 내가 먼 길을 걸어왔고, 우리는 아침 일

---

*

독일 역사에서 가장 유명한 범죄자 중 하나인
요하네스 뷔클러(1778~1803)의 별명이다. 프랑스 접경
라인 강변 지역에서 무장 강도 행각을 벌이다 프랑스 경찰에 의해
체포되어 투옥되었으나, 탈옥을 거듭해 유명해졌다.

찍 일어나는 편이라 먼저 잠자리에 들어도 괜찮은지 물었다. 나는 덧붙여 우리가 일찍 일어나 일을 마치겠노라고 말했다. 대장간 주인은 우리가 자기보다 일찍 일어나면 정말 일찍 일어나는 사람으로 인정하겠노라고 말했다. 착한 안주인은 나의 청을 순순히 받아들였다. 그들이 전하는 무시무시한 이야기를 하나만 더 들었더라면 아마 아망트는 기절했을지도 몰랐다.

우리는 그렇게 하룻밤 푹 쉬고 아침 일찍 일어나 할 일을 마쳤다. 그러고는 든든하게 아침을 먹은 후 다시 길을 나섰다. 우리는 이틀 동안 헤맸는데, 다시 제자리로 돌아온 것 같았다. 독일로 향하는 길목에 있는 포르바크로는 갈 수 없었다. 한 번도 길을 묻지 않고 나아갔기 때문에 우리가 있는 곳이 어딘지 알 수 없는 상황에서, 어느 날 밤 작은 마을에 도착했다. 주도로의 한가운데 커다란 여관이 있었다. 한적한 시골길보다 시내가 더 안전하다고 느끼던 참이었다. 며칠 전 유랑 보석상에게 내 반지를 팔아 돈이 얼마간 있었기 때문에, 우리는 이 여관에서 묵기로 했다. 보석상은 실제 가치보다 훨씬 싼 값으로 반지를 손에 넣은 게 너무 기쁜 나머지 가난한 유랑 재단사가 어떻게 그런 반지를 손에 넣게 되었는지는 물어보지 않았다. 우리는 여관에서 머물며 앞으로 어디로 가야 할지 정보를 구해보기로 했다.

우리는 식당의 어두운 한쪽 구석에서 저녁 식사를 했다. 식사 전에 안뜰 건너편 마구간 위쪽의 작은 방을 미리 예약해놓았다. 우리는 매우 허기진 상태로 혹시라도 우리를 알아볼 사람이 들어올까 무서워 허겁지겁 밥을 먹었다. 식사 도중에 대중 승합마차가 대문을 통해 들어와 승객들을 토해냈다. 길가에 면한 드넓은 차양이 쳐진 입구로 들어오면 접수처가 나오고, 맞은편에 바로 우리가 앉아 있는 곳으로 통하는 문이 있었기 때문에, 승객 대부분이 우리가 앉아 있던 실내로 들어왔다. 대부분 겁을 먹고 움츠린 모습이었다. 승객들 중에 나이 든 프랑스 메이드와 동행한 금발의 젊은 숙녀가 보였다. 가여운 젊은 숙녀는 고개를 뒤로 젖히더니 역한 냄새로 가득 차고 어중이떠중이가 모인 라운지의 모습에 움츠러들었다. 그녀는 직원에게 독일식 프랑스어로 개별 독실로 안내해줄 것을 요구했다. 듣자 하니 숙녀와 메이드는 승합마차를 타고 오는 내내 동승한 승객들을 꺼려한 것 같았다. 어쩌면 체면 때문이었겠지만, 딱하기도 하지! 아무튼 다른 승객들에게 조롱받고 거부감을 불러일으킨 모양이었다. 이 모든 풍문은 장차 우리에게 큰 의미가 되었다. 물론 그때는 그저 젊은 숙녀의 머리 색깔이 내 원래 머리 색깔과 완전히 똑같다고 아망트가 내게 속삭인 말뿐이었지만. 내 원래 머리는 방앗간에 숨어 있을 때 아망트가 자른 다음 다락에서 내려와 난롯불에 태워버렸다.

우리는 후다닥 식사를 끝내고 서둘러 그 떠들썩한 무리를 피해 나왔다. 우리는 안뜰을 가로지른 후 말구종에게 랜턴을 빌리고 조악한 계단을 올라 마구간 위에 있는 방으로 향했다. 다락방은 문도 없이 그저 사다리와 연결된 구멍이 그대로 뚫려 있었다. 창문에서는 안뜰이 내려다보였다. 우리는 너무 피곤해서 곧바로 잠에 빠졌다. 어느 순간 나는 아래 마구간에서 들려오는 소음에 잠에서 깼다. 그러고는 그 소리에 너무나 놀라 아망트를 깨웠는데, 잠이 덜 깬 상태에서 혹시라도 소리를 낼까 봐 그녀의 입을 손으로 틀어막았다. 남편이 말구종에게 자신의 말에 대해 이야기를 건네는 소리가 들렸다. 그의 목소리가 분명했다. 의심의 여지가 없었다. 아망트도 동의했다. 우리는 일어나 확인해볼 엄두조차 나지 않았다. 그는 5분여 동안 말구종에게 지시를 내린 후 마구간을 떠났다. 살그머니 창가로 다가가 내다보니 그가 안뜰을 가로질러 여관 안으로 들어가는 게 보였다. 우리는 어떻게 할지 의논했다. 곧바로 방을 내려가 떠나다가 혹시라도 의심을 살까 봐 두려웠다. 그렇더라도 들킬지 모르니 즉각 도망가는 게 최선인 것 같았다. 그때 말구종이 마구간을 나서면서 밖에서 문을 걸어 잠갔다.

"창으로 뛰어내려야겠어요. 지금으로서는 그 방법밖에 없는 것 같아요."

아망트가 말했다.

머리를 맞대고 고민하다 보니 아이디어가 떠올랐다. 숙박료를 내지 않고 떠나면 분명 의심을 살 게 뻔했다. 게다가 걸어가야 하니 쉽사리 말에 따라잡힐 것이다. 우리가 침대 끝에 걸터앉아 몸을 떨며 이야기를 나누는 동안, 안뜰

건너편에서 웃음소리가 들렸다. 사람들이 하나하나 천천히 흩어져 각자 방으로 향하는 것 같았다. 그들이 지나가자 흔들리는 등불이 창가에 어른거렸다.

우리는 침대로 올라가 서로를 꼭 끌어안고 모든 소리에 귀를 기울였다. 금방이라도 발각되어 죽음을 맞이할 것 같은 기분이 들었다. 그때 사방이 적막한 야심한 밤에 살그머니 마당을 가로지르는 발자국 소리가 났다. 그러더니 마구간 열쇠를 돌리는 소리가 이어졌다. 누군가 안으로 들어왔다. 우리는 소리뿐만 아니라 느낌으로도 알 수 있었다. 말이 조금 놀라는 소리가 들렸다. 그러더니 발을 움찔거리며 히잉거리는 소리로 보아 주인을 알아보는 것 같았다. 안으로 들어온 사람은 말에게 두세 마디 낮은 소리를 냈다. 그러곤 말을 이끌고 뜰로 나갔다. 아망트는 무언가 부스럭거리는 소리에 벌떡 일어나 창가로 다가갔다. 고양이였다. 그녀는 소리를 낼 엄두도 내지 못한 채 밖을 내다보았다. 길가로 난 대문이 열리는 소리가 났다. 그러더니 누군가 말에 올라타기 위해 잠깐 멈추었다가 이내 멀어지는 말발굽 소리가 들렸다.

그러고서 아망트가 내게 돌아왔다.

"그 사람이에요, 그 사람! 그 사람이 갔어요!"

우리는 벌벌 떨며 다시 자리에 누웠다. 그리고 늦게까지 잠에 빠졌다. 어느 순간 밖에서 사람들이 이리저리 휩쓸려 다니듯 웅성거리는 어수선한 소리에 잠에서 깼다. 모두가 나와 법석을 떠는 것 같았다. 우리도 자리에서 일어나 옷을 입고 내려가 보았다. 마당에 사람들이 몰려 있는 곳으로 가기 전에, 혹시라도 거기에 그 사람이 있는지 확인했다. 마당의 사람들이 우리를 보자마자 두세 명이 우리에게로 달려왔다.

"들었어요? 알아요? 그 가여운 젊은 숙녀가…… 오! 이리 와서 보세요!"

우리는 순간 우리 처지를 잊은 채 얼른 달려가 보았다. 여관의 본관 계단을 올라 침실로 향했다. 바로 전날 밤만 해도 우아한 자긍심이 가득했던 젊고 아름다운 독일 숙녀가 지금은 창백한 얼굴로 숨져 있었다. 숙녀 옆에는 프랑스 메이드가 서서 손짓을 하며 울고 있었다.

"오, 마담! 제가 함께 있게 허락하셨으면 좋았을 것을! 오! 남작님은 뭐라고 하실까요?"

여인은 숨진 상태로 방금 전에 발견된 것 같았다. 피로에 지친 숙녀가 늦게까지 잔다고 생각해서 방금 전에야 들어가 본 모양이었다. 마을 의사를 불렀다고 했다. 그사이 여관 주인이 질서를 유지시키려 분주히 오갔으나 소용없었다. 손님들이 모두 안뜰에 몰려 나와 있었다. 주인은 이리저리 다니며 하인들과 함께 브랜디를 모인 손님들에게 나누어주었다.

마침내 의사가 도착했다. 모두가 뒤로 물러나 의사의 입에서 나올 말을 기다렸다.

"아! 이 숙녀분은 어젯밤에 자기 메이드와 함께 승합마차를 타고 왔습니다. 분명 지체가 높은 숙녀분일 겁니다. 개인 독실을 달라고 했거든요."

여관 주인이 말했다.

"남작 부인 마담 드 뢰더이십니다."

프랑스 메이드가 말했다.

"저녁 식사와 침실 문제에 있어서 까다로우셨어요. 피로해 보이긴 했지만 침실로 잘 들었습니다. 마담의 메이드가 방을 나온 게……"

"저는 마담에게 방에 함께 들게 해달라고 사정했어요. 전혀 아는 바가 없는 이런 낯선 여관에 들었으니 말이죠. 하지만 마담은 거절하셨어요. 저희 마담은 너무나 고귀하신 분이라서요."

여관 주인이 그 말을 낚아챘다.

"그러고는 이 메이드는 하인들과 한방에서 잤습니다. 오늘 아침 우리는 마담이 아직 잠자리에서 일어나지 않았다고 생각했지요. 하지만 8시, 9시, 10시, 거의 11시가 되어도 아무 기별이 없자, 제가 이분의 메이드에게 여벌 열쇠를 주고 들어가 보라고 시켰더니……"

"문이 잠겨 있지 않았어요. 그냥 닫혀 있기만 했어요. 그리고 여기에 마담이 숨져 있는 거예요. 아, 안 그래요, 무슈? 엎드린 채 얼굴을 베개에 묻은 모습으로요. 그 아름다운 머리가 사방으로 산발이 되어서……. 마담은 머리를 묶지 못하게 했어요. 머리를 묶으면 아프다고 하셔서. 아, 이 아름다운 머리!"

메이드는 긴 금발 타래를 들어 올렸다가 다시 스르르 떨어뜨렸다.

나는 전날 밤 아망트가 한 말이 생각나 그녀에게 바싹 다가가 붙었다.

한편 의사는 침대 시트 위에서 시신을 살펴보았다. 여관 주인이 의사가 오기 전까지는 시신에 손을 대지 못하게 해 놓았다. 의사의 손은 온통 피범벅이 되었다. 그의 손에 짧고 날카로운 칼이 들려 있었는데, 손잡이에 쪽지가 매여 있었다.

"범죄입니다. 고인이 된 숙녀는 살해당했습니다. 이 단도로 정확히 가슴을 겨눴군요!"

그러더니 의사는 안경을 쓰고 피 묻은 종이쪽지의 글을 읽었다. 피로 얼룩져 흐렸으나 문구는 알아볼 수 있었다.

뉘메로 엥*
쇼퍼가 이렇게 복수를 하다.

"어서 가요! 오, 어서 이 끔찍한 곳을 떠나자고!"

*

Numéro Un, 프랑스어로 '제1번'이라는 의미다.

"잠깐 기다려요. 몇 분이면 됩니다. 그게 나아요."

그 즉시 모든 사람들이 어젯밤 마지막으로 도착했던 기사를 의심하는 말을 내뱉었다. 사람들 말로는 그가 젊은 숙녀에 대해 온갖 질문을 쏟아냈다는 것이다. 마침 그가 들어올 때 사람들이 식당에서 숙녀의 거만한 태도에 대해 입방아를 찧고 있었다고 했다. 우리가 식당에서 빠져나올 때 사람들은 계속 그녀에 관한 이야기를 나누고 있었다. 남자는 분명 우리가 나가고 바로 들어온 것 같았다. 그는 숙녀에 관하여 알아볼 대로 알아보고 난 후, 볼일이 있어 새벽에 출발해야 한다면서 여관 주인과 말구종에게 마구간과 대문 열쇠를 받아놓았다고 했다.

요컨대, 의사가 부른 법원 직원이 도착하기 전에 이미 살인자에 관하여 의심의 여지가 없었다. 그러나 쪽지에 적힌 말이 모두를 공포에 떨게 만들었다. 쇼퍼, 그들은 누구인가? 그 악명 높은 도적단 중 누군가가 이 방에 침투해 사람들의 대화를 엿들으며 새로운 복수의 대상을 물색하고 있는 건 아닌지 누가 알겠는가? 나는 독일에서는 그 끔찍한 도적단에 대해서 들어본 적이 거의 없었다. 그리고 카를스루에에 있을 때도 한두 번 그들에 관한 이야기가 나왔을 때, 사람 잡아먹는 괴물 '오거' 이야기만큼이나 크게 관심을 기울이지 않았다. 그러나 여기 그들이 실제로 출몰하는 이곳에서 그 도적단이 몰고 오는 공포를 제대로 알게 되었다. 살인자의 범죄를 증명할 증거를 진술할 만한 사람이 아무도 없었다. 검사 역시 자신이 할 일에 움츠러들었다. 내가 무슨 말을 할 수 있겠나? 아망트도 나도 자다가 봉변을 당한 저 가여운 젊은 여인을 죽인 남자가 저지른 범죄에 대해 훨씬 많은 것을 알고 있지만 한마디도 꺼낼 수 없었다. 우리는 아무것도 모르는 척했다. 할 이야기가 너무나도 많은 우리, 우리가! 어떻게 나설 수 있겠는가? 우리는 끔찍한 불안과 피로에 정신이 허물어진 상태였다. 무엇보다도 우리가 목표물이라는 사실을 잘 알고 있었다. 저 가여운 죽은 여인의 몸에서 나오는 피가 침구에서 바닥으로 흘러내렸다. 분명 나로 오인되었기 때문이었다.

마침내 아망트는 여관 주인을 찾아가 그곳을 떠나겠다고 알렸다. 공개적으로 겸손하게 말하면서 악감정이나 의심을 사는 일이 없도록 주의를 기울였다. 의심은 다른 곳으로 향하고 있던 터라, 주인은 흔쾌히 우리에게 떠나도 좋다고 했다. 우리는 며칠 후 독일로 들어와 라인강을 건너 프랑크푸르트로 향했다. 아망트는 여전히 변장을 유지한 채 재단사 일을 계속했다.

가는 도중에 하이델베르크 출신 날품팔이 일꾼을 만났다. 내가 아는 사람이었다. 물론 나는 그가 날 알아볼 단서를 주지 않았다. 나는 지나가는 말인 척, 제분소 주인은 어떻게 지내는지 물었다. 그는 아버지가 죽었다고 답했다. 나는 질문을 받고 오래 입을 다물고 있던 남자를 보고 최악의 소식을 들을까 노심초사하다가, 그 말을 듣고는 깊은 충격에 빠졌다. 나를 지탱하던 모든 힘이 한 번에 무너져 내리는 것 같았다. 나는 바로 그날 아망트에게 아버지의 집에 가면 안전과 위안을 얻을 수 있을 것이라고 이야기한 참이었다. 아버지가 아망트에게 얼마나 감사를 표할지도 말했다. 그러고는 그 끔찍한 프랑스 땅에서 멀리 떨어진 평화로운 집에서 여생 동안 안전하고 평안하게 살 수 있을 거라고도 했다. 나는 그 모든 것을 약속했고, 나 또한 기대에 부풀어 있었다. 나는 가장 현명하고 절친한 친구인 아버지에게 내가 알고 있는 모든 것을 이야기함으로써 내 가슴, 내 양심의 짐을 모두 풀어놓기를 기대했다. 내겐 사랑하는 아버지가 든든한 버팀목이자 확실한 지침이었다. 그런데, 아아! 그런 아버지가 영원히 날 떠나셨다니!

나는 남자에게 이 슬픈 소식을 듣자마자 서둘러 자리를 떴다. 얼마 후 아망트가 내게 달려왔다.

"아, 마담. 가엾기도 하시지."

아망트는 온 마음으로 나를 위로해주었다. 그녀는 내 고향집에 관하여 더 들은 이야기를 하나씩 전해주었다. 아망트는 레 로셰에서도, 또 그곳을 빠져나온 후 황량하고 우울한 도망자의 길을 떠돌 때에도 내가 자주 들려준 이야기 때문에 고향집에 관하여 나만큼 많이 알고 있었다. 그녀는 내가 자리를 뜬 후에 남자에게 내 오빠와 올케에 대해서도 물어보았다. 일꾼은 그들이 여전히 방앗간에 살며, 바베트가 완전히 오빠를 쥐락펴락하고 살아, (나는 정확한 진실이야 몰랐으나 당시에는 그 말을 굳게 믿었다) 오빠는 바베트의 눈을 통해서만 보고 바베트의 귀를 통해서만 듣는다고 답했다. 하이델베르크에는 바베트가 최근에 갑자기 방앗간에 나타난 신분 높은 프랑스 신사와 가까워지면서 이러쿵저러쿵 소문이 자자하다고 했다. 그 신사는 혼인으로 인연을 맺은 친척인데, 사실 방앗간 주인의 여동생과 결혼한 사이라고 했다. 사람들 말에 따르면 그 여동생이 가증스럽고 뻔뻔한 짓을 저질렀다고 했다. 하지만 그게 바베트와 신사가 여기저기 함께 싸돌아다니며 급작스럽게 매우 친밀해진 이유는 아니라고 했다. 그리고 신사가 떠난 후 (하이델베르크 출신 남자는 그건 확실하다고 했다) 둘은 계속해서 편지를 주고받는다고 했다. 그러나 바베트의 남편은 겉으로 볼 땐 그런 일을 대수롭지 않게 여긴다고 했다. 그 일꾼은 아버지가 돌아가시고 거기다 여동생의 불미스러운 소식까지 접한 바베트의 남편이 기가 매우 꺾여 고개를 들고 다닐 수도 없는 지경이라고 전했다.

아망트는 말했다.

"이 모든 것을 종합해보면, 무슈 드 라 투렐은 마담이 고향집으로 갈 거라고 의심하고 직접 거기까지 찾아갔는데, 마담이 돌아오지 않은 거죠. 하지만 아마도 언젠간 돌아오리라 생각하고는 마담의 올케를 일종의 정보원으로 삼기 위해 구슬린 것 같아요. 올케가 마담을 그다지 좋게 생각하지 않는다고 하셨잖아요? 게다가 그 사람이 선수를 쳐서

중상모략을 했을 테니, 마담의 올케는 더더욱 마담을 나쁘게 생각하겠죠. 그 살인자는 분명 우리가 포르바크 근처에서 보았을 때 마담의 고향집에서 돌아오는 길이었을 겁니다. 그러고는 프랑스 메이드를 동행한 그 불쌍한 독일 숙녀 이야기를 듣고, 머리까지 예쁜 금발이라니 그녀를 노린 거죠. 마담이 계속 저의 안내를 받겠다면…… 그러면 오, 내 아이, 나를 믿어주고 따라주세요."

위험을 공유하고 함께 탈출한 아망트는 이제 격식과 예의를 갖춘 말투 대신 좀 더 자연스러운 말투를 썼다. 그것은 말을 건넨 이가 듣는 사람을 보호하겠다는 의지가 드러나는 자연스러운 말투였다.

"우리는 프랑크푸르트로 가서 당분간 대도시의 많은 사람들 속에 숨어 지내야겠어요. 지금처럼 남편과 아내로 계속 살아야 해요. 우선 작은 집을 얻어서 마담은 아내의 역할을 하며 실내에서 살고, 나는 좀 더 강건하고 기민한 편이니까 내 아버지의 직업을 이어 재단사의 가게에서 일을 찾아야겠어요."

나는 그보다 더 좋은 계획을 생각할 수 없어 아망트의 말에 따르기로 했다. 우리는 프랑크푸르트의 뒷골목에서 건물 6층에 방 두 칸짜리 집을 얻었다. 낮에도 해가 들지 않는 집이었다. 거무튀튀한 램프가 천장에서 끊임없이 흔들렸다. 그 램프에서, 혹은 안쪽 침실에 이르는 열린 문에서 나오는 빛이 유일한 빛이었다. 침실은 그나마 좀 더 쾌적했으나 매우 작았다. 집 상태가 그러함에도 방세는 우리의 재정 상황을 능가했다. 반지를 판 돈은 거의 바닥났고, 프랑스어만 할 줄 아는 아망트는 그곳에 적응하기 힘들었다. 게다가 많은 독일인들이 프랑스인을 진심으로 증오했다. 그래도 우리는 희망했던 것만큼 일이 잘 풀렸다. 더 어려울 때를 대비해 저축도 조금 할 수 있었다. 나는 밖으로 한 발짝도 나가지 않았고, 아무도 만나지 않았다. 아망트 역시 독일어를 할 줄 몰라 고립된 생활을 해야 했다.

마침내 나의 아이가 태어났다. 차라리 아버지가 없는 것보다 못한 가여운 나의 아기. 내가 간절히 바라던 대로 딸이었다. 나는 혹시라도 아들이면 포악한 제 아버지의 성격을 닮을 것 같아 두려웠다. 다행히 딸은 딱 나를 닮은 것 같았다. 그러면서도 완전히 나만의 아이는 아니었다. 충직한 아망트가 아기를 보고 느낀 기쁨과 환희는 내 마음을 능가하는 것 같았다. 겉으로 드러나는 표현으로는 확실히 그랬다.

우리는 근처에 사는 산파 외에는 다른 이에게 도움을 받을 수 없었다. 산파는 자주 집에 들러 매번 여러 가지 떠도는 소문이며 자신이 겪은 기이한 이야기들을 쏟아냈다. 어느 날 그녀는 지체 높은 집안에서 부엌 허드레꾼 일을 하던 자신의 딸이 모시던 숙녀에 관한 이야기를 늘어놓기 시작했다. 그렇게 아름다운 부인이라니! 게다가 그렇게 잘생긴 남편을 두었다니! 그러나 불행은 남루한 다락방에만 찾아오는 것이 아니라 대궐에도 찾아오는 법. 무슨 일 때문인지 아무도 모르지만 뢰더 남작이 무시무시한 쇼퍼의 복수를 야기하고야 말았다. 몇 달 전 마담이 알자스에 사는 친지를 방문하러 가는 길에, 길가에 있는 어떤 호텔 침실에서 칼에 찔려 죽었기 때문이었다. 가제트 신문에서도 대서특필하지 않았던가? 사람들은 또 얼마나 떠들어댔던가?

뢰더 남작이 자신의 아내를 살해한 용의자를 찾기 위해 막대한 현상금을 걸었다는 벽보가 리옹에까지 나붙었다고 했다. 그러나 아무도 그를 도와줄 수 없었다. 증인으로 나섰다가는 바로 그 무지막지한 쇼퍼의 표적이 될 게 뻔했기 때문이었다. 산파는 자기가 들은 바, 그들은 부자, 가난한 사람, 지체 높은 신사, 농부를 망라하여 수백 명에 달하고, 모두가 끔찍한 맹세로 결탁하여 자신들에 대해 증언을 서는 사람이라면 끝까지 추적해 죽여버린다고 했다. 그들은 약탈한 수많은 희생자들을 고문하는데, 심지어 그 고문에서 살아남은 사람조차 감히 일당을 모르는 척했다는 것이다. 심지어 일당이 재판정에 서더라도 피해자는 부인한단다. 그 당사자가 법의 심판을 받는다 하더라도, 그의 죽음을 복수할 수백 명의 조직원이 또 있지 않겠는가?

나는 이 모든 이야기를 아망트에게 전했고, 우리는 무슈드 라 투렐이나 르페브르, 또는 레 로셰의 다른 일당이 그 벽보를 보았다면 그가 찌른 가여운 여인이 뢰더 남작 부인이라는 사실을 알게 될 것이고, 그러면 다시 나를 찾아 나설 것이 두려웠다.

　새로운 불안이 내 건강에 영향을 끼쳐 회복을 방해했다. 그러나 우리가 가진 돈으로는 의사를 부를 수 없었다. 적어도 정식 인가를 받은 의사를 부를 순 없었다. 그래도 아망트가 자신이 몇 번 일해주었던 젊은 의사를 찾아내, 그에게 재봉 일을 해주는 것으로 지불하겠으니 자신의 아픈 아내를 치료해달라며 데리고 왔다. 그는 우리처럼 매우 가난했지만 굉장히 친절하고 사려 깊은 사람이었다. 그는 매우 오랜 시간 나를 진찰하고는 깊은 숙고 끝에 아망트에게 내가 매우 심한 충격을 받아 신경이 손상되어 완전히 회복하지는 못할 것이라고 말했다. 때가 되면 이 의사의 이름을 말할 것이다. 그러면 너는 내가 일일이 설명하는 것보다 그의 인격을 잘 알 수 있을 거야.

　나는 시간이 흘러 조금이나마 기력을 회복했다. 집에서 조금씩 일을 할 수 있게 되었고, 꼭대기 다락방 창에서 아기와 함께 햇볕을 쬐었다. 고작 그게 내가 마음껏 마실 수 있는 바깥공기 전부였다. 나는 처음 했던 변장을 똑같이 유지했다. 외모를 추하게 만드는 염색과 변장을 하고 또 했더니, 어느 순간 머리색과 안색이 변하고 말았다. 게다가 레로셰에서 탈출한 뒤 몇 달 동안 끊임없는 공포에 시달리다 보니, 훤한 대낮에 밖으로 나가 지나치는 행인의 시야에 노출된 채 걷는다는 생각 자체가 혐오스러워졌다. 아망트가 달래도 소용없었고, 의사가 강하게 권고해도 부질없었다.

다른 모든 면에서는 유순한 편이었지만, 이 문제만큼은 완강했다. 나는 꿈쩍도 하지 않았다.

어느 날 아망트는 일을 마치고 소식을 한 아름 들고 왔다. 일부는 좋은 소식이었고, 일부는 우려를 불러오는 소식이었다. 좋은 소식은 아망트가 일하고 있는 가게 주인이 몇몇 일꾼과 함께 그녀를 프랑크푸르트 시내 다른 쪽에 있는 어떤 큰 저택으로 보낸다는 것이었다. 그곳에는 민간 극단들이 있는데, 새 드레스를 만들고 헌옷들을 대거 수선하는 일이 있었다. 그곳이 시내에서 멀기도 하고 또 일이 언제 끝날지 모르기 때문에, 고용된 재단사들은 상연이 끝날 때까지 모두 그 집에 머무르기로 했다. 그에 맞게 보수는 꽤 좋은 편이었다.

다른 소식은 아망트가 그날 우리가 반지를 팔았던 유랑 보석상을 만난 것이었다. 남편이 나에게 주었던 반지는 눈에 띄는 것이었다. 팔 당시에도 그게 혹시라도 우리를 추적할 단서가 될지 모른다고 걱정했다. 그러나 무일푼에다 굶주린 상황이라서 선택의 여지가 없었다. 아망트가 그 프랑스 상인을 알아본 순간, 그도 그녀를 알아보았다. 동시에 아망트는 그의 표정에서 무언가 그냥 아는 얼굴을 만난 표정 이상의 눈빛을 보았다. 그 수상한 느낌은 남자가 길 건너편을 지나고 있던 그녀를 얼마간 따라왔다는 사실로 더욱 증폭되었다. 다행히 아망트는 그자보다 길을 더 잘 알고 있는 터라 어두운 밤거리에서 그를 따돌릴 수 있었다. 아망트는 그래도 혹시나 하는 마음에 다음날 먼 길을 돌아서 집으로 돌아왔다. 아망트는 식량을 한 꾸러미 사들고 와서 나에게 집 밖으로 나가지 말라고 신신당부했다. 나는 이 집에 입주한 후 단 한 번도 대문 밖을 나간 적이 없는데, 아망트가 그런 사실을 전혀 모르는 듯 새삼 말하는 게 무섭기도 하고 기이하게 느껴졌다. 나는 대문 밖은커녕 계단을 내려간 적도 거의 없었다.

⚡

그러나 아아! 나의 가여운 아망트, 소중한 나의 아망트, 든든한 아망트가 어젯밤 귀신에 홀린 것 같은 모습으로 끊임없이 죽은 사람 이야기를 했다. 산 사람에게 그건 좋지 않은 징후란다. 아망트는 네게 입을 맞추었어. 그래! 바로 너, 사랑하는 나의 딸. 네 아버지의 그 무시무시한 성에서 내 뱃속에 품었던 너! 그래, 난 처음으로 네 아버지라고 불러본다. 이 글을 끝내기 전에 다시 한 번 더 그렇게 불러야 할 거야. 아망트는 네게 키스했어, 그지없이 사랑스럽고 천사같이 위안을 주는 조그마한 아기에게. 멈출 수 없는 것처럼 하고 또 했지. 그러곤 떠나버렸단다. 살아서 떠났어.

이틀이 지나고 사흘이 지났다. 그 사흘째 밤 나는 문을 걸어 잠근 채 앉아 있었고, 넌 내 옆에 잠들어 있었지. 그때 계단을 올라오는 발소리가 났어. 나는 날 찾아온 사람이란

걸 알 수 있었단다. 우리 집은 꼭대기 층이었으니. 누군가
문을 두드렸지. 나는 숨을 죽였어. 누군가의 목소리가 들렸
고, 나는 그게 닥터 보스라는 걸 알 수 있었지. 나는 살그머
니 문으로 다가가 물었다.

"혼자 오신 건가요?"

"예, 문 좀 열어주세요."

그는 속삭이듯 말했다.

안으로 들어온 그는 문을 걸어 잠그는 나만큼이나 불안
해 보였어. 그는 내게 낮은 목소리로 슬픈 소식을 전해주
었다. 그는 시내 반대편 구역에 있는 병원에서 오는 길이
었고, 더 빨리 날 찾아올 수 있었으나 미행이 따를까 염려
했다고 말했다. 그는 아망트의 임종을 지키고 왔다고 했다.
보석상을 두려워한 그녀의 말은 결국 그럴만한 이유가 있
었던 셈이다. 아망트는 그날 아침 집에서 나와 시내로 볼
일을 보러 가는 길이었다. 그때 누군가 따라붙었다. 한적한
숲길을 통해 돌아오는 길에 미행이 붙었다. 그리고 저택에
속한 숲 관리인이 칼에 찔려 쓰러진 그녀를 발견했다. 아직
숨이 끊어지지 않은 상태였다. 또 한 번 단검으로 쓴 쪽지
도 함께였다. 그러나 이번엔 "뉘메로 엥"이라는 단어에 밑
줄이 그어져 있었다. 암살지가 자신의 이전 실수를 인지했
다는 사실을 알린 것이다.

뉘메로 엥.

쇼퍼가 이렇게 복수를 하다.

아망트를 집으로 실어와 강장제를 먹였더니, 그녀는 헐떡거리며 간신히 말을 할 정도로 정신을 차렸다고 한다. 그러나 오! 소중한 친구이자 자매여! 그녀는 죽음의 문턱에서도 날 생각해 어디 사는지 누구와 함께 지내는지 말하지 않았다(함께 일하는 동료 그 누구도 알지 못했다). 그녀의 생명은 빠르게 꺼져가고 있었다. 그들은 가장 가까운 병원에 데리고 갈 수밖에 달리 방도가 없었다. 그곳에서 그녀의 진짜 성(性)이 밝혀지고 말았다. 아망트에게도 나에게도 다행인 것은 마침 우리가 알고 있는 닥터 보스가 그 병원에 있었다는 사실이었다. 임종을 위해 신부를 기다리고 있을 때, 아망트는 내가 처한 상황을 의사에게 모두 털어놓았다. 그러나 신부에게는 자신의 이야기를 반도 채 하지 못한 채 숨을 거두고 말았다.

닥터 보스는 혹시라도 미행당할까 봐 할 수 있는 한 최대한 길을 우회해 이 늦은 밤에 왔다고 말했다. 내 생각에 미행은 당하지 않은 것 같았다. 어쨌든 나중에 닥터 보스에게서 들은 바로는, 뢰더 남작이 자신의 아내 사건과 모든 면에서 유사한 이 살인 사건의 소식을 듣고 암살자들을 쫓기 위해 대대적인 수색대를 꾸려 찾고 있기 때문에, 그 암살자들은 아직 발견은 되지 않았다 하더라도 당분간 피신하지 않을 수 없을 터였다.

나는 그저 은인이었던 닥터 보스가 자신의 변변치 않은 재산의 일부를 약속하면서 내게 자신의 아내가 되어달라고 얼마나 끈기 있게 청혼했는지, 그렇게 해서 내가 어떻게 그 청혼을 받아들였는지 설명할 수가 없단다. 그는 나를 자신의 아내라고 불렀고, 나도 그를 남편이라고 불렀다. 우리는 당시에 사람들이 너무나 등한시하던 종교의식을 치렀기 때문이었다. 우리는 둘 다 루터교도였고, 무슈 드 라 투렐은 개신교도 행세를 했다. 그렇기 때문에 우리가 그 끔찍한 사람을 법정에 소환만 할 수 있다면, 이혼은 독일의 교회법이나 사법제도에 의해 쉽사리 이루어낼 수 있었을 것이다.

착한 의사는 남몰래 그의 소박한 집으로 나와 아기를 데리고 갔다. 그리고 나는 그곳에서도 환한 빛을 보지 못하고 완전히 은둔자 생활을 이어나갔다. 그래도 염색이 빠지고 나자 남편은 나에게 더 이상 염색을 하지 말라고 했다. 사실 그럴 필요도 없었다. 나의 금발은 회색으로 변했다. 안색 또한 잿빛으로 변했다. 누가 보더라도 18개월 전에 생기발랄한 뽀얀 피부를 가진 밝은 금발의 젊은 여성이었다고는 전혀 모를 것이다. 새로이 본 몇 안 되는 사람들은 나를 그저 마담 보스로 알았다. 닥터 보스가 몰래 결혼한, 남편보다 훨씬 늙은 과부. 그들은 나를 회색 여인이라고 불렀다.

그분은 네게 자신의 성을 따르게 했단다. 너는 지금 이

순간까지 아버지는 그분밖에 몰랐을 거야. 그분이 살아 있는 동안 너는 아버지의 사랑을 더 바랄 게 없었지. 딱 한 번, 오직 딱 한 번 옛 공포가 내게 찾아왔단다. 무슨 이유에서인지는 잊었으나 나는 평소 습관을 깨고 내 방 창가로 갔단다. 아마 창문을 열거나 닫으려고 그랬겠지. 한순간 밖을 내다보았는데 무슈 드 라 투렐을 보고 말았단다. 여전히 젊고 활기차고 우아한 모습으로 맞은편 길에서 걷고 있더구나. 내가 너무 놀라 창문을 붙들고 낸 소리에, 그 사람이 고개를 들고 올려다보았지. 그 사람은 분명 나를 보았어. 나이 먹은 회색의 여인. 그런데 그 사람이 날 전혀 알아보지 못하더구나! 우리가 헤어진 지 채 3년이 되지 않았던 때야. 그 사람의 눈은 스라소니의 눈처럼 날카롭고 무서웠어.

나는 무슈 보스가 집에 돌아왔을 때 그 이야기를 했고, 그는 나의 기분을 풀어주려고 했다. 그러나 나는 무슈 드 라 투렐을 본 충격을 한동안 떨쳐낼 수 없었다. 나는 그 후로 몇 달 동안 앓아누웠단다.

나는 다시 한 번 그 남자를 보았지. 죽은 그 남자를. 마침내 그와 르페브르가 잡히고 말았어. 뢰더 남작이 범행을 벌이고 있는 일당을 습격한 것이었다. 닥터 보스는 그들의 체포 소식을 들었다. 그러고 나서 그들의 유죄 판결과 사형까지. 하지만 그는 내게 한마디도 하지 않았다. 그러던 어느 날, 그는 내게 순종과 신뢰로써 자신을 사랑하고 있는 마음을 보여달라고 했다. 그러고는 나를 마차에 태우고 긴 여행길에 올랐어. 나는 어디로 향하는지 알 수 없었다. 우리는 그 후로 그날에 대해 다시는 입을 열지 않았단다. 나는 형무소에 도착해 안뜰로 들어갔다. 그곳에는 참수형을 당한 흔적을 감추기 위해 수의로 덮인 무슈 드 라 투렐과 레 로세 시절에 보았던 두세 사람이 누워 있었다.

그 사실을 확인시켜준 후, 닥터 보스는 내게 이제 좀 더 자연스러운 생활로 돌아가 종종 외출도 하라고 설득했어. 나는 가끔 그의 바람을 따라주긴 했으나, 옛 공포가 다시 너무도 강력하게 엄습해왔다. 그런 모습을 본 그는 다시는 내게 강요하지 않았단다.

나머지는 네가 다 알고 있을 거야. 사랑하는 남편, 아버지를 잃고 우리 둘 다 얼마나 쓰디쓴 눈물을 흘렸는지. 그래, 사랑하는 남편, 네 아버지, 나는 영원히 그렇게 부를 거야. 나의 아가, 이 고백이 다 끝난 후 너도 똑같이 그렇게 생각할 거야.

이런 고백을 왜 하는지, 너는 묻겠지. 바로 이 이유란다, 나의 딸. 너는 그저 무슈 르브랭이라고 알고 있는 프랑스 화가인 너의 연인이 어제서야 얼결에 자신의 진짜 이름을 내게 밝혔단다. 피에 굶주린 공화주의자들이 자기 이름이 너무 귀족적이라고 생각해서 이름을 숨겼다더구나. 그의 진짜 이름은 모리스 드 푸아시란다.

오키 오브
오키허스트,
팬텀 러버

버넌 리

러시아 키예프 정부, 타간차의 피터 부투린 백작에게

친애하는 부투린 백작

플로렌스의 난롯가에 앉아 있던 어느 날 오후, 제가 오키 허스트의 오키 부인 이야기를 해준 게 기억나시나요?

당신, 신비한 이야기를 좋아하는 당신은 그 이야기가 정말 신기하다면서 제게 바로 글로 써보라고 하셨죠. 물론 저는 그 의견에 반대했고요. 저는 그런 일을 글로 쓰는 것은 마치 귀신을 쫓아내는 의식을 치르는 것 같아서, 그 주문(呪文)과 같은 매력을 없애는 일이라고 했지요. 성수(聖水)를 한 바가지 쏟아붓는 것처럼, 종이에 닿은 잉크가 기분 좋게 우리에게 달라붙는 귀신들을 쫓아버릴 거라고요.

그러나 짐작컨대 당신이 그 이야기가 지닌 마력을 난롯불이 반짝이며 타던 그날 밤 그 모든 환상적인 것들에 둘러

싸여 우리가 너무 흥분했던 분위기 탓으로 돌린다면 -내가 염려하는 대로 당신이 오키허스트의 오키 부인 이야기가 진부하고 부질없는 이야기라고 여긴다면- 그러면 이 작은 책을 보세요. 그럼 적어도 당신이 있는 그곳 한여름의 러시아에서 플로렌스라는 도시, 겨울, 또 당신의 친구가 생각나겠지요.

1886년 7월 켄싱턴

1.

소년의 모자를 쓴 저 위 저 스케치요? 그래요, 같은 여자예요. 누군지 아시겠어요? 굉장히 독특하죠, 그렇지 않은가요? 내가 본 중에, 음, 정말로 가장 놀라운 사람이에요. 우아하면서도 이국적이고 뭔가 비현실적인 분위기, 예리해 보이는 면모, 무언가 일부러 비뚤어져 보이게 연출한 듯한 품위 있는 자태, 속속들이 꼼꼼하게 관찰해 그려 넣은 듯한 동작, 머리와 목, 손과 손가락의 배열. 저 여성의 초상화를 그리기 위해 연습하는 동안 내가 그린 연필 스케치들이 여기 잔뜩 있어요. 그래요, 스케치북 전체에 저 여성의 그림만 있어요. 그냥 쓱쓱 그린 거지만 스케치를 보면 저 여성의 놀랍고 환상적인 우아함이 묻어날 거예요. 여기 보면 계단에 비스듬히 기대어 있고, 여기는 그네에 앉아 있죠. 이건 또 방에서 급히 나가는 모습이에요. 그건 그 사람의 머리고요. 보시면 알겠지만 이 사람은 진짜 아름다운 미인은 아니랍니다. 이마가 너무 넓고, 코는 짧잖아요. 그런데 그런 것만 보면 알 수 없어요. 그 사람이 움직이는 모습을 봐야 알 수 있어요. 이 이상한 뺨 좀 보세요. 움푹하면서도 좀 편평하죠. 음, 웃을 때 보면 여기에 굉장히 신기한 보조개가 져요. 뭐랄까, 절묘하면서도 신비스럽다고 할까요. 그래요, 나는 초상화를 시작했지만 끝끝내 다 그리지는 못했어요. 나는 우선 남편부터 그렸죠. 지금은 누가 그 초상화를 가지고 있는지 궁금하네요. 이 그림을 벽에서 내리게 도와주세요. 고맙습니다. 이게 그 여성의 초상화에요. 완전히 망친 거죠. 그림이 대단치 않다고 생각하실 만해요. 그저 대충 그린 거라, 좀 이상해 보이죠. 나는 그 사람을 벽에 기댄 모습으로 그리고 싶었어요. 거의 갈색으로 보이는 노란색 칠이 된 벽이 보이죠? 실루엣을 끌어내고 싶었죠.

벽이 매우 독특해서 딱 그 벽을 고른 거예요. 이런 상태로는 좀 정신 사나워 보이지만 여하튼 나는 그게 좋았어요. 뭔가 그 여자와 잘 어울렸으니까요. 나는 사람들이 질문만 안 한다면 그림을 액자에 끼워 걸어놓았을 거예요. 그래요, 맞아요. 이게 바로 오키허스트의 오키 부인이랍니다. 당신이 그 지역에 친지가 있다는 사실을 깜박했네요. 게다가 그때 당시 신문마다 대서특필했지요. 그 모든 사건이 바로 내 눈앞에서 벌어졌다는 건 모르셨죠? 지금은 저 스스로도 믿기지가 않아요. 너무 오래전 일같이 느껴져요. 생생하지만 현실이 아닌 것 같은 느낌이랄까요. 마치 내가 꾸며낸 이야기처럼 느껴지기도 해요. 정말이지 그 누구라도 그보다 더 기이한 일은 상상하기 힘들 거예요. 아무도 그 여성을 이해하지 못하는 것처럼, 그 사건도 이해하지 못할 거예요. 나는 나 말고 앨리스 오키를 이해한 사람은 아무도 없을 거라고 생각해요. 그 여성은 참 대단하고 기이하면서도 절묘하게 아름다운 사람이었어요. 누구도 그 사람을 안타깝게 여길 수는 없었을 거예요. 그 가여운 남편은 참으로 딱하게 생각하지만요. 그런 끝이 그 여자에겐 아주 딱 맞는 종말 같았어요. 어쩌면 그 여자 자신도 좋아했을 거라는 생각까지 들 정도로요. 아! 내게 그런 초상화를 그릴 기회는 다시는 없을 거예요. 그 사람은 천국에서 내게 보낸 사람 같았어요. 지옥에서 보냈을지도 모르죠. 그 이야기 자세하게 들은 적 없죠? 음, 나는 보통 그 이야기를 꺼내지 않는답니다. 사람들이 너무 잔인할 정도로 멍청하거나 감상적으로 반응하거든요. 그렇지만 당신에겐 말해줄게요. 보자, 너무 어두워서 오늘은 더 이상 못 그리겠네요. 그러니 지금 이야기를 해줄게요. 기다리세요. 그림을 다시 벽에 걸어야겠어요. 아! 그 사람은 정밀이지 놀라운 인물이었어요.

2.

3년 전 켄트 지방에 사는 한 소지주(小地主) 부부의 초상을 그리러 그 집에 갔었다는 이야기 기억하세요? 나는 정말 뭐에 씌어서 그 남자에게 그러마고 대답했는지 이해할수 없었어요. 어느 날 내 친구 한 명이 그 남자를 데리고 내스튜디오에 찾아왔어요. 건네준 명함을 보니 '미스터 오키허스트의 오키'라는 남자였어요. 그 남자는 키가 매우 크고체격도 좋고 아주 잘생긴 젊은이였어요. 피부도 뽀얀 게 아주 좋았고, 콧수염까지 금발로 아름다웠죠. 잘 어울리는 옷차림새도 아주 훌륭했답니다. 공원에 나가보면 언제라도볼 수 있는 수많은 다른 젊은이들과 다를 바 없었죠. 머리끝에서 발끝까지 완벽하게 지루한 남자 말입니다.

결혼 전에 왕실 기마 근위대의 장교였던 미스터 오키는스튜디오에 와 있는 게 대단히 불편해 보였어요. 그는 남자가 벨벳코트를 입고 시내를 활보하는 일에 우려를 표했으나, 그러면서도 동시에 나를 장인(匠人)으로 대하는 티를 내지 않기 위해 매우 신경 쓰는 모습이 불편해 보였지요. 그는 스튜디오를 어슬렁거리며 모든 것을 매우 면밀하게 살펴보면서 몇 마디 칭찬의 말을 우물거리고는, 도와달라는눈길로 자신의 친구를 바라보며 요점을 말하려고 했답니다. 하지만 끝내 못 했어요. 결국 친구가 나서서 친절하게설명한 요점은 내가 오키 씨 내외의 초상화를 그려줄 일정이 되는지, 조건은 어떻게 되는지 알려달라는 거였죠. 참딱하기도 한 이 남자는 친구가 그런 말을 건네는 동안 무슨부도덕한 제안이라도 하는 것처럼 얼굴이 완전히 홍당무처럼 빨개지더라고요. 그리고 나는 딱 한 가지 이 남자의 흥미로운 점을 발견했어요. 그건 바로 매우 기이한 방식으로 양미간을 찌푸리는 버릇이었죠. 초조함이 그대로 묻어나는 인상이었어요. 양미간이 완전히 두 줄로 갈라지는데, 그건 보통 뭔가 비정상적이거나 병적이라는 뜻이랍니다. 내 지인 중에 정신과 의사가 있는데, 그 사람은 그걸 '광인의 찡그림'이라고 부르더군요. 아무튼 내가 대답하자, 그가 갑자기 좀 혼란스러운 설명을 쏟아냈답니다. 자기 아내, 즉 오키 부인이 나의 그림…… 회화…… 초상화 몇 점을 그, 뭔가요…… 그, 그, 왕립미술원에서 보았다고 했습니다. 요컨대, 부인이 그 그림들을 보고 매우 인상이 깊었다는 거예요. 오키 부인은 예술에 대단히 조예가 깊어서 자신과 남편 초상화를 내가 그려주었으면 너무 좋겠다며, 어쩌고저쩌고 이런 말을 늘어놓았답니다.

그가 갑자기 다시 말을 꺼냈어요.

"내 아내는 대단한 여인입니다. 아내 외모가 예쁘다고 생각하실지 어떨지는 모르겠습니다만…… 뭐, 전형적인 미인은 아니죠. 하지만 아내는 정말 지독할 정도로 이상하답니다."

그때 오키히스드의 오키 씨가 그토록 길게 명확한 의견을 개진한 것이 무척 피곤한 일인 양 낮게 한숨을 내쉬더니, 예의 그 진기한 인상을 썼습니다.

그때는 내 경력상 좀 불행한 시절이었답니다. 내 모델

가운데 매우 영향력이 컸던 사람이 있었는데, 진홍색 커튼 앞에 자리한 살찐 숙녀 기억하세요? 그 부인이 내가 그린 그림을 보고는 자기를 늙고 상스럽게 그렸다고 결론 내렸어요. 주변에서 다들 그렇게 얘기했나 봐요. 실제로 그 부인은 그런 모습이었거든요. 아무튼 그래서 그 부인 일당이 내게 앙심을 품었죠. 신문마다 그 문제를 다뤘어요. 나는 결국 여성들 사이에서 자신의 평판을 망가뜨리고 싶지 않으면 피해야 할 화가로 지목되었어요. 상황이 안 좋게 풀린 거죠. 그런 마당이라 나는 오키 씨의 제안을 흔쾌히 덥석 받아들이고, 2주 후 오키허스트에 가기로 합의를 봤습니다. 그러나 의뢰인이 나가자마자 경솔한 결정을 후회했어요. 지루하기 짝이 없는 켄트의 지주와, 분명 똑같이 재미없을 그 아내의 초상을 그리느라, 여름 한 계절을 내내 허비하게 생겼다는 생각이 들었거든요. 그림에 착수할 시기가 다가옴에 따라 그런 생각이 점점 더 커져갔지요. 나는 켄트행 기차를 탔던 때 들었던 무시무시한 기분과, 오키허스트 근처 작은 역에서 내릴 때 들었던 더 무시무시한 기분이 잊히지가 않아요. 비가 퍼붓고 있었죠. 나는 오키 씨의 마부가 마차에 싣기도 전에 캔버스가 흠뻑 젖을 거란 생각에 화가 치밀어 올랐어요. 그건 마치 내가 그 빌어먹을 곳에 가서 그 빌어먹을 사람들의 초상화를 그리기로 결정한 것에 대한 인과응보 같았어요. 우리는 쉬지 않고 퍼붓는 빗속을 뚫고 달렸습니다. 도로는 완전히 누런 진흙탕이었어요. 오크 나무 아래 끝도 없이 펼쳐진, 긴 가뭄으로 재가 되다시피 한 편평한 목초지가 누렇게 섬뜩한 바다처럼 펼쳐져 있었어요. 그런 시골 풍경은 정말이지 단조롭기 그지없었습니다.

내 기분은 한없이 가라앉기만 했어요. 그 집은 분명 현대식 고딕 저택으로 모리스 가구가 있을 것이고, 리버티 러그와 머디의 소설들*까지 갖춰진 뻔한 집일 거라는 생각을 하기 시작했어요. 그러다 생각이 점점 뻗어나가 대여섯의 아이들까지 생생하게 그려졌습니다. 그 남자는 아이가 적어도 다섯은 있을 것이고, 고모들이나 처제들, 사촌까지 있을 거라고 생각했죠. 오후 티타임과 테니스 치는 시간도요. 무엇보다도 오키 부인은 활발하고 박식한 모범적 가정주부로서, 선거운동을 하고 자선행사를 주관하는 젊은 숙녀가 틀림없을 거라고, 딱 오키 씨 같은 사람 좋은 여성일 거라고 상상의 나래를 펼쳤죠. 나는 기분이 더욱 가라앉았어요. 그 일을 맡은 나의 탐욕에, 아직 시간이 있을 때 취소하지 못한 나의 소심함에 저주를 퍼부었어요. 그러는 동안 우리

*

잘스 에드워드 머디, 1818~1890년. 영국의 출판업자이자
'머디 대여 도서관'의 창업자로 도서 배포 시스템을 효율화시킨 인물이다.
그는 도서 대량 구매와 수많은 구독자를 무기로 출판시장을 장악해
소설의 내용에까지 영향력을 행사했다. 또한 철저히 빅토리아 시대의
가치관과 규범에 부합하는 책만 구입한다는 평가를 받았다.

는 널따란 공원, 혹은 기다란 목초지 같은 곳으로 들어섰습니다. 큰 오크 나무들이 점점이 박혀 있었고, 그 아래 양 떼들이 비를 피해 옹송그리고 있었어요.

저 멀리 낮은 언덕이 비의 장막에 흐릿하게 보였어요. 거기에는 푸릇한 전나무들이 들쭉날쭉 서 있었고, 풍차도 하나 보였습니다. 집 한 채를 지나온 지 족히 2킬로미터가 지났는데도 멀리 보이는 게 아무것도 없었어요. 그저 거무스름한 거대한 오크 나무 아래 흙탕물을 머금은 굽이치는 마른 풀들뿐이었죠. 사방에서 아련하고 쓸쓸하게 매애 하고 짐승 우는 소리가 들렸고요. 그러다가 굽은 도로를 돌자, 갑자기 의뢰인의 집이 나타났습니다. 내가 기대한 그런 집이 아니었어요. 우묵한 대지에 자리 잡은 커다란 붉은 벽돌집으로, 제임스 1세 시대풍의 둥근 박공과 높은 굴뚝이 있는 집이었습니다. 목초지 한가운데 자리한 쓸쓸하고 거대한 집에 정원은 보이지 않았는데, 커다란 나무 몇 그루가 서 있는 것으로 보아 뒷마당이 있을 것 같았죠. 잔디밭도 없었어요. 해자를 메워 생긴 것 같은 모래 구릉 반대편에 키는 작지만 거대하고 속이 빈 오크 나무가 서 있었는데, 둥글게 휘말린 시든 검은 가지들 위에 잎사귀 한 줌만이 비에 떨고 있었어요. 내가 상상한 오키허스트의 오키 씨의 집과는 완전히 딴판이었습니다.

의뢰인이 홀에서 나를 맞아주었습니다. 홀은 굉장히 컸는데, 문양이 새겨진 패널 벽에는 천장까지 닿는 초상화들이 걸려 있었어요. 아치형 둥근 천장은 선박의 내부처럼 골이 져 있어 진기한 모양이었고요. 그는 집에서 보니 금발이 더욱 밝아 보였고, 희고 분홍빛인 안색도 훨씬 더 밝아 보였습니다. 트위드 정장을 입고 있는 모습이 좀 더 완벽하게 평범해 보였죠. 좀 더 사람 좋고 지루한 인상이었다고 생각했어요. 그는 내 짐을 위층으로 옮기게 시키고는, 나를 데리고 서재로 들어갔어요. 책이 있어야 할 자리에 채찍과 낚시 도구가 있었습니다. 서재는 매우 습했고, 난롯불이 불꽃 없이 연기를 내며 타고 있었어요. 그는 신경질적으로 잔불을 걷어차고는 내게 담배 한 대를 권하며 말했습니다.

"선생을 바로 오키 부인에게 인사시키지 않는 걸 양해 바랍니다. 오키 부인, 그러니까 내 아내는 자고 있는 것 같아요."

"오키 부인께선 편찮으신지요?"

나는 그 순간 이 모든 일을 취소할 수도 있겠다 싶어 갑자기 희망이 샘솟았어요.

"오, 아닙니다! 앨리스는 멀쩡해요. 적어도 평소만큼 그렇다는 말입니다."

그는 말을 잠시 멈추었다가 단호한 어조로 다시 입을 열었습니다.

"내 아내는 건강이 좋은 편이 아니에요. 신경이 예민하답니다. 오, 그렇다고 아픈 건 아닙니다. 절대 아니에요. 심각한 건 없습니다. 그저 신경이 예민하다고 의사가 그러더군요. 지나치게 신경을 쓰거나 흥분하면 안 된다고들 하더라고요. 많이 쉬고, 뭐 그러라고."

그러더니 완전히 침묵. 이 남자 때문에 내 기분이 착 가라앉았죠. 왜 그런지는 나도 모르겠어요. 그는 께느른하고 당황한 표정이었는데, 겉으로 보이는 힘차고 건장한 모습과는 전혀 어울리지 않는 인상이었습니다.

"선생께서는 대단한 스포츠맨이신 것 같습니다만?"

나는 어찌할 바를 모르다가 채찍과 총, 낚시 도구를 가리키며 말을 걸었어요.

"오, 아니요! 지금은 아닙니다. 한때는 그랬죠. 이젠 다 관뒀습니다."

그는 난롯불을 등지고 선 자세로 발밑의 북극곰 가죽을 응시하며 대답했어요.

"나는……, 난 지금은 그런 거 할 시간이 없습니다."

그는 당연히 설명을 해야만 한다는 투로 말을 이었어요.

"남자가 결혼을 하면, 그러니까 유부남이 되면, 아시잖아요? 자, 이제 위층 선생의 방으로 올라가보시겠어요?"

그는 급작스럽게 말을 돌렸습니다.

"방 하나는 그림을 그릴 수 있는 작업실로 준비해놓았습니다. 아내는 선생이 북쪽 빛을 좋아할 거라더군요. 그 방이 마음에 안 드시면 다른 방을 고르셔도 되고요."

나는 그를 따라 서재에서 널찍한 현관 홀로 나왔어요. 그곳에서 채 1분도 지나지 않아 더 이상 오키 씨 내외와 마뜩치 않은 초상화 그릴 일은 싹 잊고 말았어요. 이곳에 오기 전 현대적이고 속물적이겠거니 하고 상상했던 이 집이 선사하는 뜻밖의 아름다움에 그저 압도당했습니다. 그 집은 분명 내가 여태껏 본 잉글랜드의 영주 저택 중에 가장 완벽한 집이었죠. 가장 장엄했을 뿐만 아니라 경탄해마지 않을 만큼 잘 보존된 고택이었습니다. 회색과 검은색 돌에 섬세한 상감세공으로 장식된 거대한 벽난로하며, 웨인스코트 벽판에 걸린 집안사람들의 초상화가 선박의 선체처럼 골이 진 아치형 오크 천장까지 이어진 모습이 인상적인 거대한 홀은 폭넓은 계단으로 이어졌고, 계단 난간 곳곳에 문장(紋章)을 장식하는 괴물들이 올라앉아 있었습니다. 벽에는 세월에 붉고 푸른색이 희미해진 문장과 잎사귀 문양, 신화 속 장면을 묘사하는 그림이 새겨진 오크 나무 조각이 보였고, 각 테두리는 희미한 황금색으로 치장되어 있었죠. 그 모습이 오크 천장 돌림띠에 닿아 있는, 아름답게 색을 넣어 도금한 푸른색과 황금색의 무늬 가죽 장식과 조화를 이루고 있었습니다. 아름다운 다마스크 무늬로 장식된 갑옷들은 누구의 손도 닿지 않은 듯 녹 하나 슬지 않았고요. 바닥의 러그는 16세기 페르시아산이었습니다. 유일하게 오늘날의 물건은 층계참에 있는 마욜리카 도자기에 한가득 장식된 꽃과 양치류 식물뿐이었죠. 모든 게 완벽하게 고요했어요. 고풍스러운 벽시계 차임 소리만이 이탈리아 궁전 분수처럼 낭랑하게 아래에서 올라오고 있었습니다.

나는 마치 잠자는 숲속의 미녀가 사는 궁전에 들어온 것 같은 기분이었어요.

"참으로 웅장한 집이군요!"

나는 집주인과 함께 긴 회랑을 따라가면서 감탄을 쏟아 냈습니다. 회랑에도 마찬가지로 조각 장식된 웨인스코트 벽에 가죽 장식이 걸려 있었고, 커다란 결혼식 돈궤와 반다이크의 초상화에서 나온 것 같은 의자들이 놓여 있었어요. 나는 이 모든 게 너무나 자연스럽고 꾸밈없다는 인상을 강하게 받았습니다. 일류 스튜디오에서 부잣집이나 아름다운 집을 꾸밀 때 가르치는 그런 인위적인 그림 같은 분위기가 전혀 없었죠. 그런데 오키 씨가 내 말을 오해하더군요.

"멋진 고택이죠. 하지만 우리에게는 너무 큰 집입니다. 아내의 건강 문제로 손님을 들이는 게 쉽지 않아요. 거기다 아이들도 없답니다."

그의 목소리에서 무언가 어렴풋한 불만이 묻어나는 것 같았어요. 그런데 그 사람 자신도 그런 느낌이 드러나는 걸 염려하는지 바로 덧붙이더군요.

"아! 나는 아이를 그다지 좋아하지 않습니다. 눈곱만큼도요. 그게 말이죠, 다른 사람들은 어떻게 그러는지 이해할 수가 없어요."

나는 그때 누군가가 평소답지 않는 모습을 보이면서 거짓말을 한다면, 바로 그 모습이 지금의 오키허스트의 오키일 거라는 생각이 들었습니다.

그가 나에게 배정된 커다란 방 두 곳 중 하나에 나를 안내해주고 돌아간 다음, 나는 안락의자에 털썩 주저앉아 이 집이 선사하는 상상력을 자극하는 강한 인상에 마음을 집중했지요.

나는 그런 인상에 매우 크게 감응하는 편입니다. 게다가 이따금 굉장히 독특하고 특이한 인물을 보고 생기는 상상력의 발동을 제외한다면, 비범하고 완벽한 집이 선사하는 매력보다 더 마음을 누그러뜨리는 건 아무것도 없다고 생각합니다. 마음을 고요하게 해주고 분석을 멈추게 만드는 매력이라고 할까요. 나는 태피스트리가 석양에 물들어 회색과 연보라, 보라색으로 반짝거리고, 방 한가운데 커튼이 쳐진 커다란 캐노피 침대가 있고, 상감세공 이탈리아 석조 돌출 벽난로 안의 깜부기불이 붉은 빛을 뿜고, 옛적 이곳에 살던 여인들이 도자기 안에 넣었을 장미 잎과 향신료가 어렴풋한 향기를 발산하는, 그런 방에 앉아 있었어요. 이따금 아래층 벽시계에서 잊힌 날들의 낭랑한 종소리가 희미하게 올라와 방을 메웠지요. 그런 방에 앉아 있는 건 뭐랄까, 굉장히 관능적인 느낌을 불러일으켰습니다. 독특하면시도 복잡하고 형용하기 어려운 분위기였지요. 아편이나 하시시에 취한 느낌이랄까요. 내가 그때 느낀 것을 그대로 남에게 전하는 건 굉장히 섬세한 천재나 가능하지 않을까요? 보들레르 같은 시인이나 가능할 것 같아요.

저녁 식사를 위해 옷을 차려입고 난 후, 나는 안락의자에 앉아 다시 몽상에 빠졌습니다. 이 모든 과거의 인상들-태피스트리 속 인물들처럼 사그라졌지만 벽난로 속 잔불처럼 여전히 따뜻한 온기를 주며, 도자기 안의 장미 잎사귀와 향신료 조각의 향기처럼 여전히 감미롭고 섬세한-이 내게 스며들어 바로 머릿속으로 흘러들었어요. 오키와 그의 아내는 전혀 생각하지 않았습니다. 나는 세상과 단절된 채 이국적인 향락에 빠져 완전히 혼자 있는 것처럼 느꼈어요.

잔불이 점점 식어가면서 빛을 잃어가고 있었고, 태피스트리의 문양이 더욱 희미해졌습니다. 커튼이 쳐진 캐노피 침대도 더 흐릿해졌어요. 방은 전체적으로 잿빛으로 채워지기 시작했어요. 나는 육중한 돌 세공으로 장식을 한, 활 모양으로 내민 방사형 창살이 있는 내닫이창 너머, 물에 흠뻑 젖은 잿빛 갈색 풀밭이 광활하게 펼쳐진 모습에 시선을 던졌습니다. 점점이 박힌 큰 오크 나무들도 보였고, 더 멀리로는 들쭉날쭉 늘어선 검은 소나무 숲 뒤로 젖은 하늘이 온통 핏빛 석양으로 물들고 있었어요. 담쟁이덩굴에서 떨어지는 빗소리 사이사이 어미에게서 멀어진 양들의 울음소리가 때로는 희미하게, 때로는 날카롭게 들려왔어요. 쓸쓸하게 떨리는 섬뜩한 작은 소리.

그 순간 갑자기 방문을 두드리는 소리에 나는 화들짝 놀랐습니다.

"저녁 종소리 못 들었나요?"

오키 씨의 목소리였어요.

나는 그의 존재를 완전히 잊고 있었던 겁니다.

3.

나는 오키 부인의 첫인상을 재구성할 수 없을 것 같아
요. 그때 기억을 아무리 떠올려봐도 그녀에 대해 뒤이어 알
게 된 정보 때문에 기억이 완전히 왜곡되어버립니다. 그 놀
라운 여인이 조만간 기이할 정도로 나의 관심과 경탄을 자
아낸 바, 첫 순간부터 그렇지는 않았다고 결론을 내리겠습
니다. 관심과 경탄, 그래요, 오해하시면 안 됩니다. 매우 특
이한 방식의 관심과 경탄입니다. 오키 부인은 정말이지 특
이한 여성이었으니까요. 그리고 굳이 말하자면 나는 좀 특
이한 남자잖아요. 머지않아 그 점에 관해 좀 더 명확하게
설명할 수 있을 겁니다.

이 점만은 확실합니다. 나는 안주인이자 초상화 모델이
내가 기대했던 모습하고는 모든 면에서 완전히 달랐다는
사실에 크게 놀랐습니다. 그게 아닐 수도 있겠네요. 이제와
생각해보니 나는 전혀 놀라지 않았습니다. 아니, 놀랐더라
도 그 놀라움의 충격은 아주 순식간이었다고 할까요. 어쨌
든 중요한 사실은, 앨리스 오키를 실제로 한번 보면 누구든
그녀를 전혀 다른 사람으로 상상했다는 사실을 기억하기
가 불가능하다는 점입니다. 그 여자에게는 어느 누구와도
완전히 다른, 완벽하게 다른 무언가가 있습니다. 보는 이의
의식 속에 언제나 존재하고 있었던 것 같은 인상을 준다고

나 할까요. 물론 불가해한 신비로움으로 존재하는 거겠지만 말이죠.

감을 좀 잡을 수 있도록 그 여성에 대해 몇 가지 말씀드리죠. 그게 무엇이든 간에 그 첫인상 말고요, 내가 점차 알게 된 그 여성의 절대적 실체에 대해 말입니다. 우선 나는 그 사람이 내가 본 여자 중에 가장 우아하고 절묘하게 아름다운 여성이라고 말하고 싶습니다. 그건 절대적으로 비교 불가입니다만, 그 점을 반복해서 강조해도 부족함이 없습니다. 그러나 그 우아함과 절묘함은 그 개념에 관한 이전의 경험이나 선입관을 뛰어넘는 어떤 것입니다. 보는 즉시 완벽한 우아함과 절묘함을 알아보지만, 그것은 오직 그녀에게서 처음으로 보는 것이며, 아마도 마지막으로 경험하는 우아함과 절묘함이라고 나는 믿습니다. 어쩌면 천년에 한 번 그런 선과 움직임, 실루엣, 몸짓의 결합을 볼 수 있는데, 그건 전례 없이 새로운 것으로서, 아름다움과 희귀함을 향한 우리의 욕망과 정확히 딱 들어맞는 모습입니다.

그 여성은 키가 매우 컸습니다. 사람들은 아마도 그녀를 마른 편이라고 생각했을 거예요. 나는 모르겠어요. 왜냐하면 나는 한 번도 그 여자를 몸으로 생각해본 적이 없거든요. 다시 말해 뼈와 살로 이루어진 몸으로 보지 않고, 그저 일련의 아름다운 선으로 이루어진 놀랍고 희귀한 인격체로 보았다는 말입니다. 분명 키가 크고 날씬했습니다. 우리가 흔히들 체격이 좋다고 할 때 예로 드는 점은 하나도 없었어요. 몸매는 직선이었습니다. 즉 사람들이 몸매라고 부를 만한 것이 별로 없었어요. 대나무처럼 쭉 뻗은 어깨는 살짝 높았고, 자세는 구부정했습니다. 팔과 어깨를 드러내는 옷차림은 한 번도 보지 못했습니다. 하지만 대나무 몸매의 이 여성은 움직임이 나긋나긋했고 위엄이 있었어요. 한 걸음 한 걸음 내디딜 때마다 그 윤곽선이 자아내는 모습은 나로서는 그 어떤 것과도 비교할 수 없습니다. 공작의 자태랄까요, 수사슴의 모습이랄까요? 그러니 무엇보다도 그 여성 자신이라고 할 수밖에요. 나도 정말 그 여성의 모습을 묘사할 재간이 있었으면 좋겠네요. 아아! 정말 그럴 수만 있다면! 나는 바라고 또 바라고 수천 수만 번 바라고 또 바랐습니다. 지금 눈을 감고 마음의 눈으로 바라보는 것처럼 그녀를 그릴 수 있다면, 그저 실루엣이라도 그릴 수 있다면 하고요.

아, 보여요! 그 여성이 방 안에서 천천히 거니는 모습이 아주 잘 보여요. 살짝 높은 어깨, 곧고 유연한 허리의 움직임이 만들어내는 아름다운 선, 이따금 뒤로 쓸어 넘길 때만 빼면 언제나 아래로 늘어진 짧게 자른 밝은 곱슬머리. 그런 그녀가 미소를 짓는데, 나를 보고 웃거나 그 누구를 보고 웃는 것도 아니고, 또 무엇을 듣고 웃는 모습도 아닙니다. 마치 혼자서 무언가 보거나 들은 것처럼 파리한 뺨에 기이한 보조개가 지고 유난히도 흰 크게 뜬 두 눈을 빛내며 웃는 겁니다. 그때가 바로 수사슴을 연상시키는 움직임이 묻어나는 때입니다. 그러나 그녀에 대해 이렇게 이야기해봤자 무슨 소용이 있을까요? 나는 아무리 위대한 화가라도 가장 아름다운 여성의 진짜 아름다움을 보여줄 수 있다고 생각하지 않아요. 티치아노도 틴토레토도 그들이 그린 여성들은 분명 그림보다 수십 수백 배 더 아름다울 겁니다. 그림에는 무언가, 정수라 할 만한 본질이 언제나 빠져나가죠. 아마도 진짜 아름다움은 공간 속에 자리한 음악과 비슷한 어떤 것, 시간 속의 존재, 끊임없는 연속성 같은 게 아닐까요?

그러니까 뭐랄까, 나는 관습적인 의미에서 아름다운 여성에 대해 말하는 겁니다. 그러니 생각해보세요. 앨리스 오키 같은 여성의 경우 얼마나 훨씬 더 많이 그럴까요? 연필과 붓으로 각 선과 색조를 모방해도 성공하지 못할진대, 단지 초라한 말로 어떻게 가장 모호한 그 개념을 극히 일부라도 전달할 수 있을까요? 그저 초라한 추상적 의미만을, 무기력한 관습적 연상 작용만을 지닌 말로 그게 가능하겠어요? 짧게 압축해 말하자면 오키허스트의 오키 부인은 나의 의견으로는 최고조로 절묘한 아름다움을 지니고 있는 기이한 존재입니다. 그 이국적 존재의 매력은, 누군가 새로 발견한 열대의 꽃향기를 장미나 백합의 향기와 비교해 설명할 수 없듯이, 누구도 묘사할 수 없는 매력입니다.

그 첫 저녁 식사는 우울하기 짝이 없었죠. 마을 사람들이 말하는 것처럼 오키허스트의 오키 씨는 끔찍할 정도로 숫기가 없었어요. 그때는 나와 자기 아내 앞에서 멍청한 모습을 보일까 봐 늘 두려워하는 것 같다는 생각이 들었어요. 그러나 그러한 종류의 수줍음은 세월이 가도 줄어들지 않아요. 그리고 나는 조만간 한 가지 사실을 깨달았는데, 그것은 그의 수줍음이 집 안에 낯선 사람, 즉 내가 있어서 커진 게 아니라 바로 자기 아내 때문에 증폭된다는 사실이었어요. 그는 이따금 무슨 말을 할 것 같은 모습을 보이다가, 결국엔 그냥 참고 침묵을 지키는 것 같았어요. 그 어떤 여성이라도 쉽사리 매혹시킬 수 있을 것 같은 이렇게 키 크고 잘생기고 남자다운 젊은이가 자기 아내 앞에서 갑자기 말을 더듬으며 얼굴이 새빨개지는 것을 보면 신기하기 짝이 없었어요. 그렇다고 그게 우둔함을 의식하는 행동은 아니었어요. 오키 씨를 따로 볼 때면 언제나 소심하고 더디긴 했지만, 생각이 풍부한 편이었고, 매우 세련된 정치사회적 견해를 지니고 있었으며, 확실성과 진실을 얻기 위해 어린 아이처럼 순진한 열정과 욕망을 지니고 있었고, 그게 진정성 있게 와 닿았거든요.

또 오키 씨의 독특하고 수줍은 태도는 내가 아는 한 그의 아내의 괴롭힘 때문도 아니었어요. 남편이건 아내건 늘 더 잘난 상대 배우자에게 타박낭하고 지적당하는 사람은 바로 눈에 띄게 마련이죠. 그런 부부는 둘 다 자의식이 보입니다. 즉 관찰하고 트집 잡는 버릇과, 관찰당하고 지적당하는 게 습관이 되면 겉으로 드러나죠. 오키허스트에서는 그런 경우가 아니었습니다. 오키 부인은 분명 남편에 대해 전혀 신경 쓰지 않았어요. 혹시라도 남편이 어떤 어리석은 말이나 행동을 하더라도, 오키 부인은 힐책은 고사하고 관심조차 두지 않았답니다. 그는 결혼한 이후로 자기가 하고 싶으면 그 어떤 짓이라도 할 수 있었을 겁니다. 누구라도 오키 부인을 보면 남편의 존재를 그저 무시한다는 사실을 즉시 알 수 있어요. 그렇다고 다른 누군가의 존재에 관심을 많이 두는 것 같진 않았어요. 저에 대해서도 마찬가지고요. 처음에는 그 모습이 고고한 척하는 거라고 생각했어요. 그녀의 전체적인 모습엔 무언가 부자연스러운 면이 있었거든요. 무언가 계산해서 하는 행동이랄까, 잘난 체를 하려고 저러나 의심이 들었어요. 옷차림도 이상했답니다. 기존의 엉뚱한 미학을 따르는 것도 아니고, 마치 17세기 조상의 옷을 입은 것처럼 유별나고 기이했어요. 음, 처음에는 그런 극단적인 우아함과 내게 보이는 완벽한 무관심의 결합이 일종의 허세라고 생각했습니다. 오키 부인은 항상 다른 무언가를 생각하는 것 같았어요. 그래도 말은 할 만큼 했고 또 모든 면에서 지적 능력도 탁월해 보였지만, 왠지 남편만큼이나 말수가 적다는 인상이 강했답니다.

오키허스트에 머물던 첫 며칠 동안, 나는 오키 부인이 굉장히 도도하면서도 타인의 관심을 자연스럽게 유도할 줄 아는 끼 있는 여자라고 생각했어요. 대화를 하면서도 어딘지 알 수 없는 곳을 보는 듯한 그녀의 무심한 태도와 표정,

그 호기심을 자아내는 뜬금없는 미소가 다 상대의 경탄을
이끌어낸 뒤 헛물켜게 만드는 수단이라고 상상했지요. 어
딘지 모르는 어떤 이국의 여성이 지닌 특징이라고 착각했
죠. 그건 영국 여성의 방식이 아니라, '내게 관심을 보여봐'
라는 신호를 이해하는 사람들의 방식이랄까. 그러나 나는
내 생각이 잘못되었다는 사실을 금세 알아차렸습니다. 오
키 부인은 내가 자신에게 알랑거리기를 바라는 마음이 눈
곱만큼도 없었습니다. 오히려 그녀는 나를 존중하지도 않
았어요. 일부러 의도한 건 아니지만요. 그리고 나는 다른
관점으로 그녀에게 너무 많은 관심을 두다 보니, 그런 것은
꿈도 꾸지 않았습니다.

　　나는 가장 놀라울 정도로 희귀하고 절묘하게 아름다우
며 이해하기 어려운 초상화 모델을 바로 눈앞에 두고 있을
뿐만 아니라, 가장 독특하고 불가사의한 인간을 보고 있다
는 사실을 의식했습니다. 이제 와 돌이켜 생각해보면, 그
여성의 심리적 특색이 자기 자신에 대한 과도한 몰두 아닐
까 싶습니다. 바로 나르시스 같은 태도를 말하지요. 환상적
인 상상력으로 희한하게 얽힌 일종의 병적인 백일몽 상태
로 모든 게 안으로 향하고 밖으로는 그저 무언가 못마땅한
모습만 드러내며, 그러면서 사람들을, 특히 남편을 놀라게
하고 충격을 주려는 기묘한 욕망만 보인다고 할까요? 남편
의 인지 부족 때문에 느끼는 강렬한 권태에 복수를 하는 걸
까요?

나는 그런 걸 조금씩 알아가기 시작했어요. 하지만 오키 부인에 관한 신비스러운 면모의 실체를 도통 꿰뚫어볼 수가 없었습니다. 제멋대로 구는 태도와 독특한 기이함은 느꼈지만 설명을 하지 못하겠어요. 그건 겉으로 드러나는 독특한 모습만큼이나 규정하기 어려우면서도 서로 밀접하게 연관된 것 같았어요. 나는 마치 오키 부인과 사랑에 빠진 것처럼 몰두하게 되었습니다. 그렇지만 그건 사랑과는 전혀 관계없는 감정이었어요. 나는 오키 부인과 헤어지는 게 두렵지도 않았고, 또 그 여자와 같이 있는 게 기쁘지도 않았어요. 그 여자를 기쁘게 하거나 관심을 끌고 싶은 마음은 추호도 없었습니다. 그러면서도 내 머릿속에는 그 여자가 완전히 들어앉아 있었어요. 나는 그 여자에게 몰두했습니다. 그 여자의 육체적 이미지, 그 여자의 심리. 그건 일종의 열정이 되어서 내 하루하루를 꽉 채웠습니다. 나는 단 한시도 지루할 틈이 없었죠.

오키 부부는 완벽하게 고독한 삶을 살았습니다. 이웃도 별로 없고 볼 일도 거의 없었죠. 집을 방문하는 손님도 거의 없었어요. 오키 씨는 이따금 나에게 일종의 책임감을 느끼는 것 같았어요. 그는 함께 산책을 할 때나 저녁 식사 후 한담을 나눌 때, 내가 오키허스트에서 지내는 것이 끔찍할 정도로 지루할 것이라고 에둘러 웅얼대곤 했습니다. 자신은 아내의 건강 문제로 고독하게 사는 삶에 적응되었고, 또 아내는 이웃들이 지루하다고 생각한다는 거였죠. 그는 그러한 문제에 대해 아내의 판단을 직접 물어본 적은 없었답니다. 그는 그저 그게 사실이라고 말했는데, 마치 체념하는 것이 간단하고 피할 수 없는 문제라는 듯한 태도였지요. 그러나 나는 남편을 테이블이나 의자 같은 가구나 다를 바 없이 여기는 여자 옆에서 이렇게 단조롭고 고독하게 사는 것이 이 젊은이, 분명 즐겁고 평범한 삶에 어울릴 것 같은 이 젊은 남자에게 막연한 우울과 짜증을 유발하는 듯한 인상이 들었답니다.

나는 종종 그가 도대체 어떻게 그런 삶을 참아내는지 궁금한 마음이 들었습니다. 나처럼 기이한 심리적 수수께끼를 풀고 위대한 초상을 그려낼 마음 없이 말입니다. 내가 살펴본 바, 그는 너무 사람이 좋았습니다. 완벽하게 양심적인 젊은 영국 남자, 일종의 기독교 사도가 되었을 법한 남자였죠. 헌신적이고 순수하고 용감하고, 그 어떤 저열한 짓도 용납하지 못하지만, 지적으로는 조금 아둔하고 모든 종류의 도덕적 거리낌에 당황하는 사람 말입니다. 영지 내의 소작인들의 상태와 그의 정당-그는 켄트 토리당*의 정규 당원이었습니다-이 언제나 그의 마음을 무겁게 짓누르고 있었지요. 그는 매일 서재에서 많은 양의 보고서와 신문, 농업 논문 등을 읽으며 토지 관리와 정당 원내 총무의 일을

*

17세기 후반에 생긴 영국의 보수 정당. 귀족과 대지주를 기반으로 한다.

하는 데 몇 시간씩 보냈으며, 손에 편지 한 무더기를 들고 점심을 먹으러 나오곤 했지요. 내 친구 정신과 의사가 광인의 찡그림이라 부르는, 미간의 깊은 주름과 혈색 좋은 얼굴로 짓는 그 기이하고 당황스런 표정을 지으면서 말입니다. 나는 바로 그런 표정을 짓는 얼굴을 그리고 싶었습니다. 하지만 그 사람이 그걸 좋아할 리 없다는 생각이 들더군요. 그저 상투적으로 분홍빛이 도는 뽀얗고 혈색 좋은 얼굴에 금발로 그리는 것이 그에게 합당한 일 같았어요. 나는 어쩌면 오키 씨의 초상을 그리는 데 좀 비양심적이었는지도 모르겠습니다. 어떻게 그리건 상관없다는 식이었거든요. 아, 그의 인물 됨됨이 측면에서 말입니다. 왜냐하면 내 마음은 온통 오키 부인을 어떻게 그릴지에 대한 문제에만 사로잡혔기 때문이었죠. 어떻게 하면 그 독특하고 신비스러운 개성을 캔버스에 가장 잘 담아낼 수 있을까 하고요. 나는 남편 먼저 그리기 시작했습니다. 오키 부인에게는 그녀를 훨씬 오래 관찰해야만 한다고 솔직하게 말했지요. 오키 씨는 내가 왜 자신의 아내를 어떤 자세로 그릴지 결정하기 위해 백 번 넘는 연필 스케치를 해야 하는지 이해하지 못했어요. 그러나 나는 그가 오키허스트에 나를 오래 붙잡아 둘 수 있어 좋아하는 것 같다고 느꼈습니다. 분명 내가 있어 자신의 단조로운 삶이 조금이나마 달라진 것 같다고 생각했겠죠.

오키 부인은 나의 존재에 완벽하게 무관심한 것처럼, 내가 집에 머무는 것에도 완벽하게 무관심했어요. 나는 무례하지 않으면서도 손님에게 그렇게 아무런 관심을 표하지 않는 여자는 본 적이 없었답니다. 때로 나와 대화를 나누기는 했습니다. 내가 이야기를 하기도 했고요. 그러나 그녀는 내 이야기를 전혀 귀담아 듣는 것 같지 않았습니다. 내가 피아노를 연주할 때면, 그녀는 커다란 17세기 안락의자에 느긋하게 앉아 이따금 얇은 뺨에 예의 그 기이한 미소를 짓고 눈에는 그 기이한 흰 빛을 띠었죠. 하지만 내가 음악을 멈추든 계속 이어나가든 무관심했습니다. 내가 남편의 초상화를 그릴 때, 그녀는 눈곱만큼도 관심을 보이지 않았습니다. 관심 있는 척도 하지 않았습니다. 그러나 그건 내게 아무런 의미가 없었어요. 나는 오키 부인이 내게 관심을 갖기를 원하지 않았거든요. 나는 그저 그녀를 계속 연구하고 싶었을 따름입니다.

오키 부인이 나의 존재를 의식한 첫 번째 일이 있었습니다. 의자나 탁자, 현관에 누워 있는 개들이나 목사나 변호사, 이따금 불쑥 나타나 저녁을 얻어먹는 이웃과는 달리 나의 존재를 의식한 그때는 바로 내가 그 집에 들어간 지 일주일 정도 되던 어느 날, 내가 선박의 선체 같은 천장이 있는 홀에 걸려 있던 한 숙녀의 초상화와 그녀가 매우 닮았다는 점을 우연히 언급한 때였습니다. 문제의 그 초상화는 매우 잘 그린 그림도 매우 나쁜 그림도 아니었어요. 아마도 17세기 초 어떤 유랑 이탈리아 화가가 그린 것 같았지요. 실물 크기의 그 그림은 어두침침한 구석에 걸려 있었는데,

맞은편에는 분명 그 그림의 동반자로 보이는 반다이크풍의 검은 옷을 입은 가무잡잡한 남자의 초상이 걸려 있었습니다. 결의에 넘치고 유능해 보이면서도 다소 불쾌한 표정이었지요. 둘은 분명 부부로 보였습니다. 그리고 여성의 초상화 구석에 '에스콰이어 버질 폼프레트의 딸이자 니콜라스 오키 오브 오키허스트의 아내 앨리스 오키'라고 쓰여 있었고, 날짜는 1626년이라고 표시되어 있었어요. '니콜라스 오키'는 남자의 초상화 구석에 쓰여 있는 이름이었고요. 여인은 현재의 오키 부인과 매우 놀랍도록 닮았어요. 참 신기한 게, 지금과는 전혀 동떨어진 찰스 1세 재위 초기 시절에 그린 초상이 19세기에 살아 있는 여인과 같을 수 있다는 점에서 더욱 그렇게 느껴졌어요. 기묘하게 굴곡진 얼굴선이 같았고, 얇은 뺨에 보조개, 크게 뜬 눈도 똑같았으며, 희미한 색깔, 당시의 관습적 화풍에도 불구하고 드러나 보이는 뭔가 알 수 없는 기이한 표정 또한 같았어요. 그림을 보면 이 여인이 자신의 후손과 같은 걸음걸이, 똑같이 아름다운 목덜미선, 앞으로 기운 머리를 하고 있다는 사실을 알 수 있을 거예요. 사촌지간인 오키 부부는 둘 다 니콜라스 오키와 버질 폼프레트의 딸 앨리스의 후손이었으니까요. 그러나 둘의 닮은 모습은 지금의 오키 부인이 일부러 17세기풍 옷을 입고 자신의 조상과 같은 모습을 연출해서 더욱 부각된다는 사실을 금세 깨달을 수 있었습니다. 아니, 그보다는 이 초상화의 모습을 절대적으로 똑같이 흉내 냈다고나 할까요.

"내가 저 여인과 같다고 생각하는군요."

오키 부인은 내 말에 꿈꾸는 듯한 태도로 응대했습니다. 그러면서 무언가 보이지 않는 곳에 시선이 닿았고, 희미한 미소를 띠어 얇은 뺨에 보조개가 생겼답니다.

"닮았지요. 그리고 부인도 그걸 아시잖아요? 저는 부인께서 저 여인과 같은 모습이 되고 싶어 하는 것 같은데요."

나는 웃으면서 대답했어요.

"그럴지도 모르죠."

그러고 나서 그녀는 남편 방향으로 눈길을 돌렸습니다. 나는 그가 예의 그 찡그린 표정에 더해 언짢은 내색을 분명하게 드러내는 걸 알아차렸지요.

"오키 부인께서 저 그림과 같아지려고 하는 게 사실 아닙니까?"

나는 짓궂은 호기심을 담아 오키 씨에게 물었습니다.

"오, 무슨 당치않은 소리를!"

그는 신경질적으로 반응하며 의자에서 일어나 창가로 다가갔습니다.

"가당치 않은 소리요. 다 허튼소리라고요. 앨리스, 안 그렇소?"

"뭐가요?"

오키 부인은 평소처럼 경멸스러운 무관심의 태도로 답했습니다.

"내가 저 앨리스 오키 같다면, 그런 거죠. 난 사람들이 그렇게 생각하는 게 너무 좋은데. 저 앨리스 오키 내외가 우리 집안, 우리의 이 단조롭고 진부하고 무익한 집안사람들 중에 유일하게 조금이나마 흥미로운 사람들인데."

오키 씨는 얼굴이 새빨개졌고 거의 고통스러운 것처럼 인상을 찌푸렸습니다.

"앨리스, 도대체 왜 우리 집안을 욕보이는지 이해가 안 가오. 우리 가문은 항상 명예롭고 강직한 사람들이었단 말이오!"

"언제나 니콜라스 오키와 그의 아내 에스콰이어 버질 폼프레트의 딸 앨리스만 빼고, 그렇죠."

그녀는 웃으면서 대답했고, 남편은 큰 걸음으로 밖으로 나가버렸습니다.

"저 사람, 유치하긴!"

그녀는 우리 둘만 남자 그렇게 내뱉었습니다.

"저이는 우리 조상이 250년 전에 한 일에 정말로 치욕을 느끼고 싫어해요. 윌리엄은 내가 두렵지만 않으면 또 이웃들에게 창피하지만 않으면, 저 두 초상화를 끌어내려 태워버렸을 거예요. 현재로서는 저 두 사람만이 우리 집안에서 그나마 유일하게 흥미로운 사람들이라니까요. 언제 날 잡아 그 이야기를 해줄게요."

그 이야기는 오히려 오키 씨가 내게 해주었습니다. 다음 날 우리가 아침 산책을 하던 중에, 그는 갑자기 긴 침묵을 깼습니다. 그는 성실하고 양식 있는 켄트 남자답게 사람들을 위해 가시덤불을 쳐낼 목적으로 가지고 다니는 지팡이로 내내 마른 풀을 이리저리 후려치고 있었습니다.

"어제 내가 아내에게 보인 행동이 매우 예의 없는 짓이었다고 생각하실 텐데, 그 일로 마음이 편치 않군요. 그래요, 나도 잘 알고 있습니다."

그가 수줍게 말을 꺼냈습니다.

오키 씨는 기사도 정신이 남아 있는 사람 가운데 하나였습니다. 그에게는 모든 여자, 모든 아내-누구보다도 자신의 아내-가 무언가 신성한 존재로 보였을 테죠.

"하지만…… 하지만…… 난 가문의 추악한 일들을 들춰내는 일이 못마땅해요. 아내는 그렇지 않은가 보지만. 앨리스는 아마도 그게 너무 오래된 일이라서 우리와는 아무런 관련이 없다고 생각하는 것 같아요. 아내는 그저 그게 낭만적인 이야기라고 생각해요. 많은 사람들이 그렇게 느끼는 것 같기도 하고요. 요컨대, 나는 사람들이 정말 그렇게 생각한다고 여깁니다. 그렇지 않다면 여기저기 수많은 수치스러운 가문의 이야기들이 떠돌진 않겠지요. 하지만 나는 그게 오래된 일이건 아니건 다 마찬가지라고 생각해요. 자기 집안사람의 문제라면 묻어두는 게 나아요. 나는 사람들이 자기 가문의 살인 사건 이야기라든지 유령 이야기라든지, 그런 이야기를 쉽게 떠들어대는 걸 도무지 이해할 수가 없어요."

"그나저나 오키허스트에 유령 이야기가 떠돈 적이 있나요?"

나는 이곳이 그런 이야기가 떠돌기에 제격인 것 같았습니다.

"그러지 않았으면 좋겠군요."

오키 씨가 진지하게 답했습니다.

나는 그런 진지한 태도를 보고 웃음을 지었죠.

"왜죠? 유령이 출몰하면 싫은가요?"

내가 물었습니다.

"유령이란 게 있다면 가볍게 여길 순 없지요. 그런 일은 용납될 수 없어요, 경고나 천벌이 아니라면."

우리는 한동안 침묵을 지키며 거닐었습니다. 나는 기이할 정도로 진부한 이 젊은 남자에 대해 의아해하면서, 초상화에 이렇게 기묘할 정도로 상상력이 부족한 진지한 태도를 담아낼 수 있었으면 좋겠다고 생각했습니다. 그때 오키 씨는 내게 두 그림에 대한 이야기를 시작했어요. 주저주저하면서 참으로 형편없이 이야기를 풀어나갔습니다.

앞서 말했듯이 그와 아내는 사촌지간이었고, 따라서 똑같은 옛 켄트 혈통의 후손이었지요. 오키 가문은 노르만 시대, 아니, 거의 색슨 시대까지 거슬러 올라가는데, 인근의 작위가 있는 그 어떤 가문, 그 어떤 유명한 가문보다 훨씬 유서 깊은 집안입니다. 나는 윌리엄 오키가 가슴속 깊은 곳에서는 모든 이웃들을 철저하게 깔본다는 사실을 알아차렸지요.

"우리는 크게 대단한 무언가를 한 적도 없었고 또 특별한 공직을 수행한 것도 아니어서, 각별히 대단한 집안도 아니지요. 하지만 우리는 항상 이곳에 살아오면서 언제나 우리의 의무를 다했습니다. 우리 조상 중 한 분은 스코틀랜드 전쟁에서 전사하셨죠. 또 아쟁쿠르 전투에서 전사하신 분도 있답니다. 성실한 지휘관으로 말이죠."

17세기 초반 오키 가문의 직계는 니콜라스 오키 한 명만 살아남았는데, 현재의 모습으로 오키허스트를 재건한 사람이랍니다. 이 니콜라스라는 사람은 이 집안사람들의 특성에서 다소 벗어난 사람이었답니다. 그는 젊은 시절 모험을 찾아 아메리카로 떠난 적도 있었고, 내력을 듣자 하니 자신의 조상들처럼 존재감 없는 사람이 아니었던 것이죠. 그는 어느 정도 나이가 차자 인근 마을의 버질 폼프레트의 딸, 젊고 아름다운 상속녀 앨리스와 결혼을 했습니다.

"오키 가문이 폼프레트 가문과 혼인을 맺은 것은 그때가 처음이자 마지막이었습니다. 폼프레트 집안사람들은 우리와는 꽤 달랐지요. 한시도 가만히 있지 못하고 자기중심적이었지요. 그중에는 헨리 8세의 총애를 받은 사람도 있었답니다."

윌리엄 오키는 자신의 피에도 폼프레트의 피가 흐른다는 사실을 전혀 인식하지 않는 게 분명했습니다. 그는 그 사람들을 오키 가문의 반감의 대상처럼 이야기했어요. 조용히 제 임무를 다하는 유서 깊고 명예롭고 점잖은 혈통을 가진 오키 가문의 반감의 대상. 폼프레트 가문을 재산을 바라며 혼인을 이용하고, 궁궐의 총애나 구하는 자들로 여기는 거였죠.

어느 날 오키허스트 근처에 크리스토퍼 러브록이라는 젊은 한량이자 시인이 삼촌으로부터 작은 집을 물려받아 이사를 왔답니다. 그는 정사를 벌이고 염문을 뿌리는 바람에 궁궐에서 쫓겨난 자라더군요. 이 러브록이라는 사람이 오키허스트에서 이웃과 금세 대단한 친분을 쌓았는데, 그게 오키허스트의 아내였나 보더군요. 남편으로선 받아들이기 어려울 정도로 가까워졌는데, 아내도 비슷하게 생각한 모양이더라고요. 어쨌든 어느 날 밤 그 사람이 홀로 말을 타고 집으로 돌아가다가 살해당했는데, 표면상 노상강도의 짓으로 보였다지요. 그러나 나중에 떠도는 소문에 의하면 니콜라스 오키가 죽였고, 그때 그의 아내가 남자 하인으로 변장을 하고 함께 있었다는 겁니다. 법적인 증거는 발견하지 못했으나 구전으로 쭉 이어져 내려온 이야기랍니다.

"우리가 어렸을 때 사람들이 이 이야기를 들려주었지요."

오키 씨가 잠긴 목소리로 말을 이었습니다.

"러브록에 관한 이야기로 내 사촌, 그러니까 내 아내와 나를 놀리려 했겠지요. 하지만 그건 그저 전하는 이야기일 뿐입니다. 어서 빨리 사라졌으면 좋겠습니다. 또 나는 그

이야기가 거짓이기를 하늘에 대고 기도합니다."

그가 한동안 입을 다물고 있다가 다시 말을 이었습니다.

"그런데 앨리스, 그러니까 오키 부인은 나처럼 여기지 않아요. 어쩌면 내가 병적으로 집착하는 것일 수도 있고요. 하지만 나는 지나간 옛이야기를 다시 끄집어내는 게 싫습니다."

그러고 나서 우리는 그 이야기를 다시 꺼내지 않았습니다.

4.

그 순간부터 나는 오키 부인의 시선에 관심을 두기 시작했습니다. 아니, 그녀의 주목을 끌 수 있는 수단을 감지한 것이지요. 어쩌면 내가 그런 일을 하는 것이 잘못일지도 모르지요. 그 후로 종종 나 자신을 매우 진지하게 책망했으니까요. 하지만 단지 맞장구 좀 쳐준 것으로 내가 나쁜 짓을 하고 있다고 어떻게 알 수 있었을까요? 그것도 맡은 초상화 작업을 위해서였고, 또 머리가 좀 혼란한 젊은 괴짜 여성의 낭만적인 허세인지 기행인지, 그 대수롭지 않은 심리적 광증에 비위 좀 맞춰준 건데요? 그러니 내가 폭탄을 만지작거리고 있다는 것을 꿈이라도 꿀 수 있었을까요? 어떤 사람이 어쩔 수 없이 누군가와 관계를 맺고, 그것도 다른 사람들과 같은 방식으로 관계를 맺었는데, 그 상대가 다른 사람들과 전혀 다르다고 관계 맺은 사람에게 책임이 있는 건 아니지 않습니까?

그러니 내가 실로 나쁜 짓에 이바지한 꼴이 되었다 하더라도 나는 스스로를 비난할 수 없습니다. 나는 초상화 화가로서 오키 부인에게서 유일무이한 소재와 가장 독특하고 별스러운 개성을 본 것입니다. 모델에게 거리를 두고 그 여성의 진짜 캐릭터를 연구하지 못하면, 화가로서 그림의 모델을 올바르게 구현해낼 수 없지요. 나는 그녀라는 인물이 그림 안에 살아나게 만들어야만 했어요. 그러려면 그 여자에게 말을 걸고, 그 여자가 이야기를 풀어놓게 해야 합니다. 그것보다 더 좋은 방법, 더 무해한 방법이 있을까요? 찰스 1세 때 한 선조 부부와 그들이 살해했다는 어떤 시인에 대해, 그 여자가 품고 있는 말도 안 되는 공상에 대해 말이지요. 나는 집주인의 편견을 진지하게 존중했습니다. 그 문제에 관해 언급을 삼갔으며, 그에 더해 윌리엄 오키 씨가 있을 때는 오키 부인도 그렇게 삼가도록 애를 썼답니다.

내가 추측한 게 맞았습니다. 1626년의 앨리스 오키와 1880년의 앨리스 오키가 닮은 것은 충동, 광증, 허세, 뭐라고 부르건 그런 마음이었고, 그렇게 둘이 닮은 것을 알아봐주는 것이 그녀의 환심을 살 수 있는 확실한 방법이었죠. 그것은 내가 본 아이가 없고 한가한 여성들이 가진 기이한 광기 중에서도 가장 기이한 광기였습니다. 그리고 단지 그렇게 쉽게 치부하고 넘어가기엔 무언가 경탄할 만한 특징까지 있었지요. 내 상상 속에서 본 바, 오키 부인이 지닌 이상한 모습의 정점이라고나 할까요. 신비하고 부자연스럽고 절묘한 아름다움을 지닌 이 이상한 인물은 현재에는 아무런 관심이 없고, 오직 과거에만 기이한 열정을 지니고 있었습니다. 바로 그 점이 그 여자의 텅 빈 시선, 뜬금없이 먼 곳을 향한 듯한 미소에 의미를 주는 것 같았어요. 그건 마치 집시 음악의 이상한 가사 같다고나 할까요? 동시대 여성들과는 너무나 다르고 먼 그 여자가 과거의 한 여성과 자신을 동일시하려는 것 말입니다. 일종의 희롱을 거는 행동이랄까요. 이 문제에 관해서는 조만간 다시 이야기하지요.

나는 오키 부인에게 내가 남편으로부터 버질 폼프레트의 딸 앨리스 오키와 시인 크리스토퍼 러브록의 비극이랄까 미스터리랄까 뭐가 됐든 그 이야기를 들었다고 말했습니다. 그랬더니 이전에 본 적이 있던 그 어렴풋한 경멸의 표정, 놀래주고픈 욕망이 담긴 표정이 그 아름답고 창백하고 영묘한 얼굴에 드러났답니다.

"남편은 그 일에 매우 충격을 받은 것 같아요. 최대한 압축해서 이야기를 했겠지요? 그러고는 그 이야기가 그저 끔찍한 중상모략이길 바란다며 진지하게 말했을 테고요? 가여운 윌리! 우리 어렸을 때가 기억나요. 나는 크리스마스를 보내러 엄마와 함께 오키허스트에 오곤 했어요. 사촌 윌리도 휴일을 보내러 이곳으로 내려왔답니다. 나는 숄과 레인코트를 뒤집어쓰고 사악한 오키 부인을 흉내 내며 그이를 기함하게 만들곤 했죠. 코츠 코먼 공원에서 사건을 재연하려고 하면, 그이는 언제나 근엄한 태도로 자기는 니콜라스 역을 하지 않겠다고 거절했고요. 그때 난 내가 옛이야기 속 앨리스 오키와 닮았다는 걸 몰랐어요. 결혼을 하고 나서야 알았죠. 내가 진짜 그 여자와 닮은 거 같아요?"

그 여자는 분명히 닮았습니다. 특히 푸른 녹지가 펼쳐져 있는 배경을 등지고 반다이크풍 흰색 드레스를 입고 서 있던 그 순간은 더했지요. 절묘하게 구부러진 그녀의 머리 뒤로 낮게 내려온 태양이 빛을 비추니 옅은 황금색 후광이 보이더군요. 그러나 고백컨대, 나는 옛날의 앨리스 오키가 아무리 남자를 홀리는 세이렌이자 살인자라 하더라도, 이 여자와 비교하면 별로 흥미가 일지 않는다고 생각했습니다. 나는 무모하게도 도무지 비현실적이고 제멋대로의 아름다움을 지닌 이 여성을 화폭에 담아 후대에 길이 남기겠다고 스스로에게 다짐했습니다.

어느 토요일 아침 오키 씨가 보수당 성명서와 영지 관련 서류들을 처리하고 있을 때-그는 그야말로 충실한 치안판사여서 영지 내 가가호호를 꿰고 있었고, 약자를 보호하고 행실이 바르지 않은 사람들을 훈계하는 일에 충실했지요-나는 평소대로 수도 없이 반복해 오키 부인의 연필 스케치에 몰두하고 있었습니다(아아! 그 스케치들은 아직도 내게 남아 있답니다). 그때 오키 부인이 내게 자기가 알고 있는 앨리스 오키와 크리스토퍼 러브록의 이야기를 시작했지요.

"둘 사이에 무슨 일이 있었던 건가요?"

내가 물었습니다.

"말하자면 그 여성이 그 남자와 사랑에 빠진 건가요? 전해져 내려오는 대로 살인 사건이 벌어졌다면, 그 여자가 어떻게 가담했다는 건가요? 보통은 사랑에 빠진 여자가 자기 연인과 함께 남편을 죽이는 이야기들이 많잖아요? 하지만 남편과 공모해 자기 연인, 연인이 아니라도 적어도 자신을 사랑한 남자를 죽이다니, 그건 정말 흔치 않은 일인 것 같은데요."

나는 스케치에 몰두해서 사실 내가 무슨 말을 하는지 깊이 생각지도 않고 그렇게 말했습니다.

"모르죠."

그녀는 상념에 잠긴 듯 시선을 먼 곳에 두고 대답했습니다.

"앨리스 오키는 자긍심이 대단한 사람이었을 거라고 확신해요. 그분은 그 시인을 많이 사랑하면서도 그 사람에게 분개했을지도 모르죠. 그 사람을 사랑하지 않을 수 없다는 사실에 화가 났겠지요. 그분은 자기에게 그 남자를 없앨 권리가 있다고 느꼈을 테고, 남편에게 도움을 청했을 수도 있어요."

"저런, 세상에! 어떻게 그런 생각을!"

나는 나도 모르게 웃으면서 내뱉었습니다.

"결국 오키 씨처럼 그 모든 이야기가 그저 꾸며낸 이야기라고 여기는 것이 더 쉽고 편하지 않을까요, 그게 옳다고 생각 안 하세요?"

"나는 그걸 꾸며낸 이야기라고 생각할 수 없어요. 나는 그게 진짜라는 걸 아니까요."

오키 부인이 경멸을 담은 태도로 답했습니다.

"그런가요?"

나는 계속 스케치를 하면서 말을 이었습니다. 이 흥미로운 인물의 속마음을 알아보는 게 재미있다고 생각하면서요.

"그게 어떻게 가능하죠?"

"이 세상에서 뭐가 진실인지 아닌지 어떻게 알 수 있죠?"

그녀가 즉답을 피하며 되물었습니다.

"알 수 있다면 그건 바로 그게 진실임을 느낄 수 있기 때문이에요."

그렇게 말한 그녀는 예의 그 먼 곳을 향하는 시선을 하고 다시 침묵에 빠졌지요.

"러브록의 시를 읽은 적이 있나요?"

그녀가 다음 날 갑자기 내게 물었습니다.

"러브록이요? 무슨 러브록……?"

나는 그 이름을 잊고 있다가 그렇게 되물었어요. 그러나 식탁에서 내 옆에 앉아 있던 집주인을 의식하고는 입을 다물었습니다.

"오키 씨 내외, 즉 나의 조상들이 죽인 러브룩이요."

그러더니 그녀는 그 말에 화가 났을 남편을 마치 즐기는 것처럼 짓궂게 빤히 쳐다보았습니다.

그는 얼굴이 시뻘개져서 낮은 목소리로 애원하듯 말했지요.

"앨리스, 제발 하인들 앞에서 그런 이야기는 하지 말아요."

오키 부인은 높고 가벼운 목소리로, 거의 히스테릭하게 웃기 시작했습니다. 짓궂은 아이의 웃음소리 같았죠.

"하인들! 세상에나! 하인들이 그 이야기 모르는 줄 알아요? 어머, 이 지역에서 오키허스트만큼이나 잘 알려진 이야기예요. 러브룩이 이 집에 나타난다는 거 사람들이 모를 줄 알아요? 회랑에서 그 사람의 발소리가 안 들렸을 것 같아요? 오, 윌리, 하인들이 그 노란 응접실에서 혹시라도 내가 당신을 혼자 두고 나오면, 당신은 아이처럼 단 1분도 절대 그곳에 혼자 있지 않는 걸 수천 번이나 봤는데 눈치 못 챘을 것 같아요?"

맞다! 내가 그걸 어떻게 눈치채지 못할 수 있을까? 아닌가, 내가 그걸 눈치챘지만 이제야 떠올린 건가? 노란 응접실은 이 집에서 가장 매력적인 방입니다. 크고 밝은 방의 벽에는 노란 다마스크 직물과 조각 패널 장식이 화려했고, 창을 열면 바로 잔디밭과 연결되죠. 우리가 보통 머무는 비교적 어두침침한 방보다 훨씬 더 훌륭한 방이었습니다. 그 말을 듣자 내 눈에 오키 씨가 정말로 어린아이처럼 보였지요. 나는 그를 괴롭히고 싶은 강렬한 욕망을 느꼈습니다.

"노란 응접실이요! 이 흥미로운 풍문 속 인물이 노란 응접실에 출몰하는 겁니까? 그 이야기 좀 해주시죠. 거기서 무슨 일이 일어난 겁니까?"

내가 물었습니다.

오키 씨는 어떻게든 웃음을 지으려고 무진 애를 쓰는 것 같았습니다.

"아무 일도 없었어요. 내가 아는 바로는."

그는 자리에서 일어났습니다.

"진짭니까?"

나는 믿을 수 없다는 듯 되물었지요.

"아무 일도 없었어요."

오키 부인이 포크로 테이블보의 문양을 따라 기계적으로 그어가며 천천히 대답했습니다.

"그게 정말 기이한 일이죠. 우리가 아는 한 그 방에서 아무 일도 일어나지 않았는데, 그 방은 무시무시한 평판을 얻었어요. 우리 집안사람 그 누구도 1분 이상 그 방에 홀로 머무는 걸 못 견뎠다고들 해요. 보다시피 윌리엄도 마찬가지고요."

"그곳에서 무언가 이상한 것을 보거나 들은 적이 있습니까?"

내가 물었지요.

그는 고개를 저었습니다.

"없어요."

그는 짧게 대답하더니 담배에 불을 붙였습니다.

나는 살짝 웃으면서 오키 부인에게 물었습니다.

"부인께서는 별 신경 쓰지 않고 그 방에 홀로 몇 시간이고 머물렀지요. 그때 마찬가지로 이상한 일 겪은 거 없으시겠지요? 그렇다면 아무 일도 일어나지 않았는데, 어떻게 그런 이상한 소문이 나게 되었나요?"

"어쩌면 그곳에는 미래에 어떤 일이 일어날 운명이 있는 게 아닐까요?"

그녀는 멍한 표정으로 대답했습니다. 그러더니 갑자기 이런 말을 덧붙였습니다.

"그 방에서 내 초상화를 그리면 어때요?"

오키 씨가 갑자기 몸을 돌렸어요. 그는 매우 창백해지며 뭔가를 말하려다가 그만두더군요.

"왜 그렇게 오키 씨를 염려하게 만드는 겁니까?"

오키 씨가 서류 꾸러미를 들고 흡연실로 간 후, 내가 그녀에게 물었습니다.

"오키 부인, 매우 잔인하시군요. 부인의 생각은 다른 사람들과 다르더라도, 그런 믿음이 있는 사람들을 배려해야 하지 않을까요?"

"내가 그걸 안 믿는다고 누가 그래요?"

그녀가 갑자기 그렇게 되물었습니다. 그러더니 잠시 후

이렇게 덧붙이더군요.

"이리 와보세요. 내가 왜 크리스토퍼 러브룩을 믿는지 보여줄게요. 저와 함께 노란 방으로 가요."

5.

오키 부인이 노란 방에서 내게 보여준 것은 커다란 서류 뭉치였습니다. 일부는 사본이고, 일부는 필사본이었죠. 어 쨌든 모두 세월에 누렇게 바랬고, 옛 이탈리아산 흑단색 상 감세공 장에서 꺼낸 서류였습니다. 장에서 서류를 꺼내는 데 꽤 오랜 시간이 걸렸는데, 이중 자물쇠에 가짜 서랍까지 장의 구조가 꽤 복잡했기 때문이었지요. 오키 부인이 장을 만지고 있을 동안 나는 방 안을 둘러보았습니다. 전에 이 방에 들어와 본 건 서너 번밖에 안 됐습니다. 이 방은 분명 이 아름다운 저택에서도 가장 아름다운 장소였죠. 그리고 이제 와 생각해보니 가장 이상한 방이기도 했고요. 방은 길 고 낮아서 무언가 선박의 선실 같은 분위기를 풍겼습니다. 방사상 창살이 있는 커다란 창문을 통해 갈색이 도는 초지 가 보였고, 군데군데 오크 나무도 보였으며, 더 멀리 언덕 위쪽으로 지평선에 푸르스름한 전나무들이 일렬로 서 있는 모습도 보였답니다.

벽은 꽃무늬 다마스크 직물로 장식되어 있었는데 노란 색이 갈색으로 변했고, 조각 무늬가 들어간 불그스레한 웨 인스코트와 오크 나무 기둥도 보였습니다. 나머지는 영국의 방이라기보다 이탈리아 분위기를 풍겼지요. 가구는 상감세공과 조각 장식으로 보아 17세기 초반의 토스카나 양식이었습니다. 볼로냐 출신 대가가 그린 우화풍의 색이 바랜 그림 두 점이 벽에 걸려 있었고, 구석에는 오렌지 나무 분재들 사이에 절묘한 곡선과 가냘픈 선이 인상적인 작은 이탈리아 하프시코드가 하나 보였습니다. 그 하프시코드 커버에는 꽃과 풍경화가 그려져 있었고요. 벽감에는 고서들이 꽂힌 책꽂이가 있었는데, 주로 엘리자베스 1세 여왕 시절 영국과 이탈리아 시인들의 책이 보였습니다. 그리고 그 근처 조각 장식이 있는 결혼 궤 위에 멜론 모양의 크고 아름다운 류트가 놓여 있었어요. 방사상 창살이 있는 창문은 열려 있었는데, 공기가 무겁게 느껴지고 뭐라 형용할 수 없는 진한 향이 배어 있었습니다. 꽃 향기는 아니고 향신료 사이에 오랜 세월 놓여 있던 물건들에서 풍기는 냄새 같았습니다.

"정말 아름다운 방이군요! 이곳에서 부인의 그림을 그리고 싶은 마음이 간절합니다."

나는 말을 뱉자마자 내가 잘못을 저질렀다는 느낌을 받았습니다. 이 여인의 남편은 이 방을 못 견뎌했고, 나는 어렴풋이 이 방을 싫어하는 그의 마음이 옳다고 느꼈던 겁니다.

오키 부인은 감탄을 쏟아낸 나의 말에 신경 쓰지 않고 서류를 만지작거리며 테이블로 오라고 내게 손짓을 했습니다.

"보세요! 이게 다 크리스토퍼 러브록의 시랍니다."

그녀는 경건한 태도로 노란 종이를 섬세한 손가락으로 잡더니, 그중 일부를 천천히 들릴까 말까 싶은 소리로 읽기 시작했어요. 시는 헤릭과 월러, 드레이튼 스타일의 노래로, 대부분 드리오페라는 여성의 잔인함에 대해 하소연하는 내용이었습니다. 그 주인공 여성은 분명 오키허스트의 안주인을 일컫는 것 같았지요. 시에는 기품 있는 가운데 일부 사그라진 열정도 묻어났습니다. 그러나 나는 시를 생각하기보단 그것을 내게 읽어주는 여인을 생각하고 있었지요.

갈색으로 변색된 노란 벽을 등지고 선 오키 부인은 흰색 양단 드레스를 입고 있었습니다. 그 뻣뻣한 17세기 의상이 그 날씬한 장신의 몸매, 아름다운 유연함을 더욱 부각시키는 것 같았어요. 그녀는 한 손에 문서를 들고 다른 손으로는 옆쪽에 있는 상감세공 장에 기대어 있었습니다. 외모와 마찬가지로 섬세하면서도 아련한 느낌이 묻어나는 목소리엔 기이하게 진동하는 운율이 있었어요. 마치 멜로디가 들어간 시를 읽으면서 가까스로 노래로 나오는 걸 억누르는 것 같았습니다. 그녀는 낭송하면서 그 길고 가는 목이 살짝 진동했고, 날씬한 얼굴은 희미한 홍조를 띠기 시작했어요. 분명 시를 외고 있는 것 같았습니다. 아련한 미소를 머금은 채 고정된 눈동자가 언제나 흔들리는 듯한 입가의 희미한 미소와 잘 어울렸습니다.

'아, 저게 바로 내가 그리고 싶은 모습이야!'

나는 그 순간 속으로 감탄을 쏟아냈어요. 그러면서 그때는 잘 깨닫지 못했는데, 이 이상한 여인이 마치 본인을 위해 쓰인 연애시를 읽듯이 그 시들을 읽고 있었다는 걸, 나중에 돌이켜보니 깨달았답니다.

"이 시들은 모두 앨리스 오키, 버질 폼프레트의 딸 앨리스를 위해 쓰인 거예요."

그녀는 종이를 접으며 천천히 말했습니다.

"이 장의 맨 밑에서 발견했어요. 이래도 크리스토퍼 러브룩의 존재를 의심할 수 있겠어요?"

그 질문은 논리적이지 못했지요. 크리스토퍼 러브룩의 존재를 의심하는 것과, 그가 어떻게 죽었는지 의심하는 것은 다른 문제이니까요. 어쨌든 나는 설득되고 있다고 느꼈습니다.

"보세요!"

그녀는 종이를 제자리에 돌려놓고 나서 말했지요.

"다른 것도 보여줄게요."

마치 제단에 올려놓은 것처럼 그녀의 책상-나는 노란 방에 오키 부인의 책상이 있다는 것을 알고 있었어요- 위칸에 놓여 있던 꽃들 사이로 실크 커튼에 덮인 조각 장식된 검은색 액자 같은 게 보였습니다. 마치 예수의 얼굴상이나 성모상을 모신 틀 말이지요. 그녀는 커튼을 젖히고 커다란 미니어처를 보여주었습니다. 검은 옷에 목에는 레이스가 달렸고, 귀에는 배 모양의 커다란 진주 귀걸이를 하고, 적

갈색 곱슬머리에 뾰족한 적갈색 턱수염을 한 젊은 남성이 드러났습니다. 무언가를 그리워하는 듯한 멜랑콜리한 얼굴이었죠. 오키 부인은 틀에서 그 미니어처를 성스러운 태도로 꺼내들고 내게 보여주었어요. 뒤에 '크리스토퍼 러브록'이라는 이름이 희미하게 보였습니다. 날짜는 1626년이었고요.

"나는 이걸 저 장의 비밀 서랍에서 발견했어요. 시를 쓴 종이 뭉치와 함께 있었죠."

그녀는 말을 하며 내 손에 있던 미니어처를 가져갔습니다.

나는 잠시 입을 다물고 있었어요.

"오키 씨…… 오키 씨는 부인께서 그걸 여기에 보관하고 있다는 걸 아시는지요?"

나는 그렇게 묻고 나서, 도대체 왜 그런 질문을 했는지 스스로 의아해했습니다.

오키 부인은 그 경멸을 담은 무심한 미소를 지었지요.

"난 이걸 숨긴 적 없어요. 남편이 내가 이걸 가지고 있는 게 싫으면 치워버렸겠죠. 이건 그 사람 거니까요. 이 집이 그 사람 집인 것처럼요."

나는 대답하지 않고 기계적으로 문 쪽으로 걸어갔습니다. 이 아름다운 방에는 무언가 마음을 자극하고 억누르는 듯한 기운이 느껴졌어요. 뭐랄까, 이 아름다운 여인에게서 무언가 불쾌한 느낌이 들었어요. 갑자기 이 여자가 내게 사악하고 위험한 사람으로 보였습니다.

나는 왠지 모르지만 그날 오후 내내 오키 부인을 피했어요. 나는 오키 씨의 서재로 가서 그의 맞은편에 앉아 담배를 피웠답니다. 오키 씨는 각종 대금 서류며 보고서며 선거 서류에 푹 빠져 있었죠. 테이블 위 각종 책 더미와 분류함 문서들 사이에 몇 년 전 찍은 듯한 아내의 작은 사진이 유일한 장식품으로 놓여 있었습니다. 나는 이유를 모르겠지만, 저 혈색 좋고 정직하며 남자답고 잘생긴 남자가 그 특유의 당황스러운 듯한 찡그린 표정으로 성실하게 일하는 모습을 보면서, 너무 가엾고 안됐다는 생각이 강렬하게 밀려들었답니다.

그러나 그 느낌은 오래가지 않았어요. 어쩔 수 없는 일이었죠. 오키 씨는 오키 부인만큼 흥미롭지 않았습니다. 오키 부인이라는 놀라운 인물이 눈앞에 있는데, 이렇게 평범하고 훌륭하고 모범적인 젊은 신사에게 공감을 한다는 것은 아무리 대단한 노력을 기울여도 쉽지 않은 일이었지요. 그리하여 나는 오키 부인이 자신의 그 기이한 광기를 이야기하도록 매일 대화를 나누는 습관을 들였습니다. 아니, 오히려 광기를 쏟아내도록 유도했다고 하는 게 맞겠지요. 나는 솔직히 그런 일에 병적이고 절묘한 기쁨을 느꼈다고 인정합니다. 그건 그녀의 성정에 너무나 들어맞는 일이었고, 그 집과도 딱 어울리는 일이었어요! 그건 그녀의 개성을 완벽하게 구현하는 일이었고, 또한 내가 그녀를 그릴 방법을 찾는 데 크게 도움이 되는 일이었습니다.

　나는 윌리엄 오키의 초상화 작업을 하는 동안 차츰 마음속으로 확고히 결정했습니다(그는 예상했던 것보다 쉽지 않은 모델이었습니다. 성실하게 임했지만 조용한 자세에서 오는 예민함과 불편함을 이기지 못했지요). 오키 부인을 그 조상의 초상화처럼 반다이크풍 의상을 입히고 노란 방의 장 옆에 서 있는 모습으로 그리겠다는 결정이었지요. 오키 씨는 분명 싫어하겠지요. 오키 부인은 더 싫어할 수도 있고요. 부부는 내가 그림을 그리고, 그에 대한 대가를 지불하고, 그걸 전시하는 걸 용납하지 않을 수도 있겠지요. 심지어 그림에 물을 쏟을 수도 있는 일이고요. 그러거나 말거나 상관없었어요. 나는 어쨌든 그림을 그려야만 했어요. 단지 그리는 것 자체가 목적이라고 하더라도요. 왜냐하면 나는 그게 내가 할 수 있는 유일한 일이라고 느꼈고, 그 그림이 내 최고의 작품이 될 거라고 생각했기 때문이었죠. 나는 내 결심을 밝히지 않은 채 그저 남편의 그림을 그리는 와중에 오키 부인을 스케치하고 또 하며 준비했습니다.

　오키 부인은 말수가 적은 사람이었어요. 남편보다 더 조용했답니다. 남편은 그나마 손님을 접대하겠다는 태도를 보였지만, 그녀는 그런 의무감에 관심이 전혀 없었으니까요. 오키 부인은 영원한 백일몽 속에서 인생을 보내는 것 같았습니다. 기이하고 활동이 없고 거의 병자같이 지내다가, 이따금 갑작스럽게 아이 같은 즐거움이 폭발하는 그런 삶이었지요. 집 안팎을 오가며 모든 방에 항상 꽃을 가득 채우고, 서가를 가득 메운 소설이나 시를 읽다가 휙 던져 버리고는, 그 노란 응접실 소파에 누워 몇 시간씩 아무것도 하지 않으며 지냈습니다. 오키 가문의 그 누구도 그 방에서 홀로 머물지 않았으니, 오직 그녀만이 예외였던 셈입니다. 나는 차츰 이 기이한 존재의 또 하나의 기행을 의심하고 확인해나갔습니다. 그러면서 그녀가 그 노란 방에 있을 때는 왜 아무도 방해하지 말라는 엄중한 경고가 내려지는지 이해할 수 있었습니다.

오키허스트에는 영국의 몇몇 다른 영주 저택에서 그러는 것처럼 각 세대의 의상 몇 벌, 특히 웨딩드레스를 간직하는 관습이 있었습니다. 오키 씨가 내게 그 내용물을 한 번 보여준 적이 있는 오크 장식장이 하나 있었는데, 그것은 17세기 초부터 18세기 말에 이르는 시기의 남녀 의상을 소장한 완벽한 박물관 같았습니다. 골동품 수집가나 풍속화 화가가 보면 눈이 뒤집힐 정도의 소장품이었지요. 오키 씨는 골동품 애호가도 풍속화 화가도 아니어서 소장품에 별 관심이 없었습니다. 다만 가문의 영광을 보여준다는 면에서만 흥미를 느꼈답니다. 어쨌거나 그는 그 장식장의 내용물을 잘 알고 있었습니다.

그가 내게 의상을 보여주기 위해 하나씩 추릴 때, 갑자기 인상을 쓰는 모습이 눈에 들어왔습니다. 나는 나도 모르게 그에게 묻고 말았지요.

"그나저나 오키 부인과 꼭 닮은 그분의 옷도 가지고 계십니까? 혹시 그림에 나온 그 흰 의상이 있나요?"

오키허스트의 오키는 얼굴이 시뻘개졌습니다.

그가 망설이며 대답했지요.

"있습니다만……, 지금 여기 없습니다. 찾을 수가…… 없군요."

그러더니 힘겹게 불쑥 다시 말을 이었습니다.

"앨리스가 가지고 있을 겁니다. 오키 부인은 가끔 이 옛날 옷들을 가지고 노는 걸 좋아합니다. 아마 이 의상들을 보고 아이디어를 얻는 것 같아요."

내 머릿속에 갑자기 불이 번쩍 빛났습니다. 노란 방에서 내게 러브록의 시집을 보여주던 그날, 오키 부인이 입고 있었던 그 흰 드레스는 내가 생각했던 것처럼 현대에 다시 똑같이 만든 옷이 아니라, 버질 폼프레트의 딸 앨리스 오키가 입던 원래 그 옷이었던 거죠. 그 옷은 어쩌면 크리스토퍼 러브록이 바로 그 방에서 그녀를 보았을 때 입고 있었던 것인지도 모릅니다. 그 생각이 떠오르자 전율이 일었습니다. 기쁘고 낭만적인 전율이었죠. 나는 아무 말도 하지 않았어요. 하지만 오키 부인이 노란 방에 앉아 있는 모습을 머릿속에 그려보았지요. 오키허스트의 오키 가문의 그 누구도 홀로 있을 생각을 하지 못하는 그 방에서, 선조의 옷을 입고 방 안을 채우고 있는 그 무엇, 그 어렴풋이 출몰하는 그 무엇을 마주보고 있는 그 여자를 머릿속에 그린 겁니다. 그 흐릿한 무언가는 어쩌면 살해당한 시인 신사일 것만 같았습니다.

말했다시피 오키 부인은 극단적으로 무심했기 때문에 역시나 극단적으로 조용했습니다. 그녀는 자신만의 생각과 백일몽 외에는 어떤 것에도 눈곱만큼도 관심을 두지 않았습니다. 예외라면 이따금 남편의 편견과 미신에 충격을 주고 싶어 하는 갑작스러운 욕망에 사로잡힐 때라고 할까요. 그녀는 앨리스와 니콜라스 오키, 크리스토퍼 러브록에 관한 이야기를 제외하면 내게 전혀 말을 걸지 않았어요. 갑자기 열정이 폭발하면 몇 시간이고 그 이야기를 했는데, 자신이 빠진 그 이상한 열정에 내가 관심이 있는지 없는지는 전혀 개의치 않았습니다. 나는 나도 모르게 빠져들었죠. 그녀의 이야기를 듣는 게 좋았습니다. 끝도 없이 러브록이 쓴 시의 장점을 논하고, 자신과 두 조상의 감정을 분석하는 이야기를 듣는 게 즐거웠습니다. 그 아름답고 이국적인 여인이 열정에 휩싸여 회색 눈에는 먼 곳을 향하는 눈빛이, 얇은 뺨에는 공허한 미소가 퍼지며 마치 17세기의 그 사람들을 아주 친밀하게 알고 있는 것 같은 태도로 그들의 세세한 감정 기복을 이야기하고, 부부와 그들의 피해자 사이에 벌어졌던 모든 장면을 설명하는 겁니다. 앨리스와 니콜라스와 러브록이 마치 가장 친한 친구들인 것처럼 이야기하는 그 여인. 그녀는 각별히 앨리스와 러브록에 관해 그 앨리스가 했던 모든 말들, 앨리스의 머릿속을 스쳤을 모든 생각을 알고 있는 것 같았어요. 나는 때로 그녀가 제삼자의 관점에서 자기 자신에 대해, 자기 자신의 감정에 대해 이야기하는 것 같다는 인상을 받았어요. 마치 내가 한 여자의 속내를 듣고 있는 것 같다는 느낌 말입니다. 살아 있는 연인에 대한 의구심, 자책, 고뇌를 털어놓는 것 같았지요. 모든 측면에서 자기에게 극도로 몰입되어 있고, 타인의 감정을 이해하거나 공감하는 게 완전히 불가능한 그 여자가 옛 앨리스의 감정에 완전히 열정적으로 녹아든 모습을 보면, 때로 옛 앨리스가 타인이 아니라 바로 본인 아닌가 하는 생각마저 들 정도였습니다.

"하지만 어떻게 그럴 수 있죠? 어떻게 자기가 사랑하는 남자를 죽일 수 있는 겁니까?"

나는 그렇게 물은 적이 한 번 있었습니다.

"왜냐면 온 세상보다 그이를 더 사랑하기 때문이죠!"

그녀는 그렇게 내뱉고는 갑자기 자리에서 일어나 창문 쪽으로 걸어가며 손으로 얼굴을 가렸답니다.

목이 흔들리는 모습으로 보아 흐느끼고 있다는 걸 알 수 있었습니다. 그녀는 뒤도 돌아보지 않고 나에게 물러나라는 손짓을 했습니다.

"우리 더 이상 이 이야기는 그만해요. 오늘 몸이 안 좋아서 바보같이 굴었군요."

나는 방을 나오며 살며시 문을 닫았습니다. 이 여인의 인생에는 무슨 비밀이 있는 걸까? 이 무기력함, 이 이상한 자기 몰두, 그보다 더 이상한 죽은 사람들을 향한 열정, 남편을 향한 무관심과 남편을 괴롭히려는 욕망, 이 모든 게 앨리스 오키가 오키허스트의 주인이 아닌 다른 누군가를 사랑했었다는 뜻인가, 혹은 아직도 사랑하고 있다는 말인가? 그리고 오키 씨의 우울한 태도, 일에 몰두하는 면모, 젊음을 잃어버린 것 같은 분위기, 그것은 그가 이 사실을 알고 있다는 뜻일까?

6.

이어지는 날에 오키 부인은 평소와 다르게 꽤 기분이 좋은 상태였습니다. 먼 친척들이 방문하기로 했는데, 그녀는 손님들이 온다는 사실에 극도의 반감을 표하긴 했지만, 손님맞이를 빌미로 집 안을 돌보는 일에 번잡을 떨면서 끊임없이 이것저것 살피고 명령을 내렸습니다. 그래봤자 평상시대로 남편에 의해 모든 정리가 이루어졌고 명령도 처리되었지만 말이죠.

윌리엄 오키는 굉장히 밝은 표정이었습니다.

"앨리스가 늘 저렇다면 얼마나 좋겠소! 아내가 삶에 관심을 갖는다면, 아니 가질 수만 있다면 사는 게 얼마나 기쁠까요? 하지만……"

그는 아내를 어떤 식으로든 비난하는 꼴이 될까 주저하는 것 같았습니다.

"건강이 안 좋은데 어찌 그럴 수 있겠냐마는. 그래도 저렇게 분주하게 움직이는 모습을 보니 기쁘기 짝이 없군요."

나는 고개를 끄덕였지요. 그러나 진실로 그의 견해에 동의할 수는 없었습니다. 어제의 각별히 기이한 장면을 떠올리니, 오키 부인의 이런 상기된 기분이 절대 정상적으로 보이지 않았으니까요. 평소 같지 않은 그녀의 분주한 활동과 특이할 정도로 기운찬 모습엔 무언가 불안하게 들뜬 기운이 느껴졌습니다. 그리고 나는 병든 저 여인이 금방이라도 쓰러질 것 같다는 인상을 하루 종일 받았습니다.

오키 부인은 온종일 모든 게 정리가 잘 되었는지 살피며 이 방에서 저 방으로, 정원에서 온실로 이리저리 옮겨 다녔습니다. 사실은 언제나 그랬듯이 모든 게 이미 다 정돈된 상태였는데도 말이지요. 그녀는 초상화 작업을 위해 한 번도 나의 화폭 앞에 자리하지 않았고, 앨리스 오키나 크리스토퍼 러브록에 관해서도 한마디도 하지 않았습니다. 모르는 사람이 보았다면 러브록에 관한 그 모든 광기가 완전히 사라졌다고 여기거나, 혹은 애초에 아예 그런 게 있었는지조차 몰랐을 겁니다. 5시쯤 내가 붉은 벽돌 둥근 박공의 딴채 건물들-각각의 건물에 오크 나무로 된 문장이 달려 있었지요-과 고풍스러운 장식 선반이 놓인 부엌과 과실수 정원 사이에서 산책하고 있을 때, 오키 부인이 홍백색 얼룩 장미를 손에 가득 들고 마구간 계단에 서 있는 모습을 보았습니다. 말구종이 말 한 마리를 빗질하고 있었고, 마차 차고 밖에는 오키 씨의 바퀴가 큰 소형 마차가 서 있었습니다.

오키 부인이 나를 보더니 소리를 질렀습니다.

"드라이브해요! 봐요, 얼마나 아름다운 저녁인지! 그리고 저 예쁜 작은 마차 좀 보세요. 나 마차 타본 지 너무 오래되었어요. 지금 꼭 다시 타고 싶어요. 나랑 같이 타요. 저기, 어이! 당장 짐에게 마구 채워서 문 앞으로 데리고 와."

나는 매우 당황했습니다. 마차가 문 앞으로 왔을 때는 더 그랬죠. 오키 부인이 나더러 함께 타자고 졸랐으니까요. 그녀는 말구종을 물러나게 했습니다. 우리는 곧바로 양옆에 큰 오크 나무들이 점점이 박힌 시든 초지가 펼쳐진 누런 모래길을 따라 엄청난 속도로 마차를 몰기 시작했습니다. 나는 나의 감각을 믿을 수 없었어요. 남자 같은 코트를 입고 모자를 눌러쓰고서 힘센 젊은 말을 능숙한 기술로 몰며 열여섯 먹은 여학생처럼 재잘거리는 이 여인이, 도저히 그 섬세하고 병적이며 이국적인 온실 속 여성, 제대로 걷지도 못하고 아무것도 못하는 여성, 온갖 기이한 향과 신비한 분위기로 무겁게 내려앉은 그 노란 응접실의 공기 속에 파묻힌 채 소파에 누워 세월을 보내는 여자라는 게 믿기지가 않았지요. 날랜 마차의 움직임, 시원한 바람, 자갈길을 내딛는 요란한 바퀴 소리가 그녀의 머릿속으로 와인처럼 쏟아져 들어가는 것 같았습니다.

"이런 걸 해보는 게 정말 오랜만이에요. 아주아주 오래만이에요. 오, 이렇게 쏜살같이 달리니 정말 신나지 않나요? 말이 한 번이라도 헛발질하면 우리는 바로 죽을 수도 있어요, 진짜 신나지 않아요?"

그녀는 아이같이 웃으며 얼굴을 돌려 나를 바라보았습니다. 그 얼굴은 더 이상 창백하지 않았어요. 흥분과 질주로 빨개져 있었지요.

마차는 점점 더 속도를 붙이면서 게이트를 하나하나 빠져나가며 질주했습니다. 목초지 언덕을 오르며 작은 붉은 벽돌 박공집들이 모인 마을을 지날 때, 사람들이 우리를 쳐다보았습니다. 시냇가를 따라 버드나무가 늘어선 길을 지나고, 짙은 녹색 홉이 빽빽이 자라는 밭을 지나기도 했지요. 황금빛이 땅을 물들이기 시작하자, 푸르고 아련한 숲이 수놓은 지평선이 점점 더 푸르러지고 또 더 아련해지고 있었습니다. 우리는 마침내 탁 트인 높은 공터에 도달했습니다. 방목지와 홉 밭으로 빼곡한 그 지역에서는 흔치 않은 땅이었습니다. 그곳은 윌드 지방의 낮은 구릉지에서 꽤 불가사의하게 높은 지대로, 저 멀리 전나무 숲 경계까지 낮게 꽃을 피운 야생화와 가시금작화 덤불숲 때문에 마치 진짜로 세상의 꼭대기 같다는 인상을 주었습니다. 맞은편에서 지고 있는 태양이 거의 일직선으로 지표면에 닿으면서 야생화를 검붉게 물들이고 있었지요. 아니, 짙은 보랏빛 구름에 에워싸인 보랏빛 바다로 만들고 있었다고나 할까요? 마른 히스와 가시금작화가 뿜어내는 섬광들이 태양빛을 머금은 잔물결처럼 보랏빛 춤을 추고 있었습니다. 차가운 바람이 우리 얼굴을 휩쓸고 지났어요.

"여기 이름이 무언가요?"

내가 물었습니다. 유일하게 오키허스트 마을에서 만났던 인상적인 풍경이었으니까요.

"코츠 코먼이라고 해요."

말의 속도를 늦추고 고삐를 말 목에 늘어뜨린 오키 부인이 대답했어요.

"크리스토퍼 러브록이 살해당한 게 이곳이에요."

잠시 침묵이 흘렀습니다. 그녀는 말 귀에 달라붙는 파리들을 채찍 끝으로 쫓아버리고, 이제 우리 발밑 히스 덤불을 짙은 보라색 바다로 만들고 있는 지는 해를 똑바로 바라보며 다시 입을 열었습니다.

"러브록이 어느 여름 저녁 애플도어에서 돌아오는 길이었어요. 그가 중간쯤 왔을 때 여기 코츠 코먼 근방을 지나고 있었죠. 사람들이 옛 자갈 채취장에 있던 연못 이야기를 자주 해서 알고 있었죠. 그는 두 남자가 말을 타고 자신의 방향으로 다가오는 것을 보았어요. 이내 니콜라스 오키 오브 오키허스트와 그의 하인이라는 것을 알아차렸고요. 오키허스트의 오키는 러브록을 불렀고, 그는 그들을 향해 달려갔어요.

'만나서 반갑군요, 러브록 씨. 중요한 소식이 있거든요.' 니콜라스가 말을 꺼냈어요. 그러더니 러브록이 모는 말 가까이 다가가 갑자기 휙 몸을 돌려 그의 머리를 향해 권총을 발사했습니다. 러브록은 피할 틈이 있었어요. 총알은 그를 맞추는 대신 그의 말 머리에 명중하고 말았죠. 말이 쓰러지면서 러브록은 재빨리 말에서 벗어났어요. 그러곤 칼을 뽑아 오키를 향해 돌진했어요. 일단 오키의 말고삐를 잡자, 오키도 잽싸게 말에서 내려 칼을 뽑아 들었답니다. 둘 중 훨씬 검을 잘 다루는 러브록이 금세 우위에 섰어요. 러브록은 오키를 완전히 무장해제시킨 다음 오키의 목에 칼을 겨눴죠. 그러고는 용서를 구한다면 옛 우정을 생각해서 목숨만은 살려주겠노라고 말했답니다. 그때 갑자기 말을 타고 있던 오키의 하인이 후다닥 뒤에서 달려와 러브록의 등 뒤에서 총을 쐈습니다. 러브록은 쓰러졌고, 오키는 즉각 자신의 칼로 끝장을 내려고 했죠. 하인은 오키의 말에 다가가 고삐를 잡았고요. 그 순간 햇빛이 하인의 얼굴에 닿았고, 러브록은 그게 오키 부인이라는 사실을 알아차렸습니다. 그는 비명을 질렀어요.

'앨리스, 앨리스! 당신이 날 죽이다니!'

그는 그러곤 숨이 끊어졌지요. 그리고 나서 니콜라스 오키는 말을 타고 아내와 함께 자리를 떴습니다. 숨이 끊어진 러브록을 죽은 말 옆에 그냥 놔두고요.

니콜라스 오키는 자리를 뜨기 전에 러브록의 지갑을 빼내 연못에 던져버렸답니다. 그래야 그 일대의 노상강도가 벌인 살인 사건으로 위장할 수 있었으니까요. 앨리스 오키는 그 후 오랜 세월이 지나 꽤 나이를 먹어서 죽었어요. 찰스 2세 때였죠. 하지만 니콜라스는 오래 살지 못했어요. 그는 죽기 얼마 전부터 매우 이상한 상태에 빠졌는데, 언제나 생각에 빠져 있었고 때로 아내를 죽이겠다고 위협했어요. 사람들 말로는 죽기 바로 직전 또 한 번 발악을 하던 중에, 그가 살인 사건의 내막을 모두 털어놓고 예언을 했다네요. 그것은 바로 집안의 가장이자 오키허스트의 주인이 자기 자신과 아내의 후손 중에 또 다른 앨리스 오키와 결혼하면, 오키 오브 오키허스트 가문은 사멸할 거라는 예언이었어요. 있잖아요, 그 예언이 실현되어가고 있는 것 같아요. 우린 자식이 없잖아요? 앞으로도 없을 것 같고요. 적어도 나는 아이들을 바란 적이 없답니다."

오키 부인은 말을 멈추고 얇은 뺨에 목적 없는 미소를 띤 채 나를 돌아보았습니다. 그녀의 눈은 더 이상 먼 곳을 향하지 않았어요. 강렬한 시선은 고정되어 있었습니다. 나는 몹시 놀라서 뭐라고 대꾸해야 할지 알 수 없었어요. 우리는 바로 그곳에서 한동안 그대로 서 있었습니다. 태양이 야생화 밭에 마지막 진홍색 잔물결을 토해내고, 가는 골풀과 노란 자갈 채취장으로 둘러싸인 검은 연못의 노란 둔덕을 황금빛으로 물들이고 있을 때였습니다. 바람이 우리의 얼굴을 때리고 들쭉날쭉 굽은 푸른 전나무 숲의 머리를 흔들고 있었고요. 그때 오키 부인이 말을 건드렸습니다. 우리는 냅다 전속력으로 달리기 시작했죠. 집으로 돌아오는 길에 우리는 한마디도 하지 않았습니다.

오키 부인은 고삐에 시선을 고정한 채 이따금 말을 모는 소리만 낼 뿐 침묵을 지키며 더더욱 속력을 가했습니다. 길가에서 우리가 지나가는 모습을 본 사람들이 침착한 태도로 속도를 즐기는 오키 부인의 표정을 보지 못했다면, 분명 말이 저 홀로 도망치고 있다고 생각했을 겁니다. 나는 미친 여자의 손아귀에 놓여 있다는 생각이 들었어요. 금방이라도 몸이 뒤집어지거나 마차에 부딪혀 으스러질 거라고 조용히 체념하고 있었죠. 날이 차가워지며 얼굴에 닿는 바람이 얼음장처럼 느껴질 때쯤 오키허스트의 붉은 박공과 굴뚝이 시야에 들어왔습니다. 오키 씨가 문 앞에 서 있었지요. 가까이 다가가자 그의 표정이 불안에서 안도로 바뀌는 게 보이더군요. 아주 기뻐하는 표정이었어요.

그는 일종의 기사도적인 애정을 담아 힘센 팔로 마차에서 아내를 안아 내렸습니다.

"여보, 무사히 돌아와서 너무 기뻐. 아주 기쁘다오! 나는 당신이 마차를 타고 외출했다는 소리를 듣고 정말 기뻤다오. 하지만 당신이 말을 몬 지 너무 오래되어서 슬슬 걱정이 되던 참이었소. 대체 어디에 갔다 온 거요?"

오키 부인은 걱정을 끼치는 여린 아이인 양 자신을 안고 있는 남편의 품에서 잽싸게 빠져나왔습니다. 그녀는 그 가여운 남자의 애정과 사랑 따윈 아랑곳하지 않더군요. 아니, 오히려 그런 모습이 오싹하다는 듯 움츠러들었어요.

"저분을 코츠 코먼에 데리고 갔어요."

그녀는 승마 장갑을 벗으며 예의 그 비뚤어진 표정으로 말했습니다.

"너무나 멋진 곳이지……."

오키 씨는 못 먹을 것을 먹은 것처럼 얼굴이 벌게지며 미간에 이중의 주름이 잡혔습니다.

밖에 안개가 오르며 커다란 검은 오크 나무들이 점점이 박힌 초지를 뒤덮기 시작했습니다. 물기를 머금은 달빛 아래 사방에서 어미와 떨어진 양들이 기이한 울음소리를 내고 있었지요. 춥고 습한 밤이었습니다. 나는 부르르 몸을 떨었습니다.

7.

다음날 오키허스트는 사람들로 가득 찼습니다. 놀랍게도 오키 부인은 안주인 노릇을 톡톡히 해내고 있었습니다. 평범한 젊은이들이 한데 모여 왁자지껄 시시덕거리고 테니스도 치며 노는 게 행복한 삶이라고 원래부터 생각하는 여인처럼 말이지요.

셋째 날 오후-그들은 선거운동 연회 차 방문해 사흘 밤을 머물고 있었습니다- 날씨가 변했습니다. 갑자기 추워지더니 폭우가 쏟아졌죠. 모두가 실내에서 침묵을 지키고 있었습니다. 갑자기 일행에게 침울한 분위기가 감돌았지요. 오키 부인은 손님들에게 권태를 느낀 듯 소파에 나른하게 기대앉아 있었습니다. 손님들의 잡담이나 피아노 연주에 조금도 관심을 기울이지 않았습니다. 그때 손님 중 한 명이 일행에게 제스처 게임을 하자고 제안했어요. 그는 오키 가문의 먼 친척으로 유행에 민감하고 자유분방한 아티스트였는데, 철 지난 아마추어 배우처럼 한껏 자만한 태도로 우쭐 댔습니다.

"이 멋진 고택에 참으로 잘 어울리는 근사한 일이 될 겁니다. 한껏 차려입고서 행진을 하면, 마치 우리가 과거의 사람들이 된 것처럼 느껴질 거예요. 커즌 빌, 이 고택에 고릿적부터 내려오는 엄청나게 놀라운 옛 의상들을 수집해놓았다고 들었어요."

그 제안에 일행 전체가 좋다고 소리를 질렀지요. 한동안 당황스러워 보이던 윌리엄 오키는 물끄러미 아내를 바라보았습니다. 오키 부인은 여전히 소파에 멍하게 앉아 있었어요.

"집안에 대대로 내려오는 의상이 가득 담긴 장식장이 있긴 합니다."

그는 손님들을 만족시키고 싶은 마음에 압도당한 듯, 반신반의한 표정으로 대답했습니다.

"하지만…… 하지만……, 고인이 된 분들의 옷을 입는 게 올바른 일인지 잘 모르겠군요."

"오, 왜 그리 고루한 말씀을! 죽은 사람들이 뭘 안다고? 게다가 내가 장담하리다. 우리 모두 최대한 경건한 마음으로 진지하게 행동하겠다고 말이죠. 그러니 열쇠나 주시지요, 영감님."

오키 씨는 다시 아내를 바라보았지만 여전히 그 모호하고 멍한 시선만 확인했습니다.

"좋아요, 그러죠."

그는 손님들을 이끌고 위층으로 올라갔습니다.

한 시간 후 집 안은 기이한 사람들과 기이한 소음들로 가득 찼습니다. 나도 어느 정도는 사람들이 조상의 옷을 입고 조상 행세를 한다는 게 꺼려지는 윌리엄 오키의 감정에 동감하는 입장이었습니다. 하지만 막상 그들이 가장무도회처럼 차려입고 등장했을 때는 그 광경이 꽤 장엄했다고 인정합니다. 열댓 명의 젊은 남녀-집 안에 머물고 있던 사람들과 테니스 경기와 저녁 식사에 초대된 일부 이웃들-이 그 연극 조로 떠벌리는 친척의 지휘 아래 오크 나무 장식장의 의상으로 성장(盛裝)을 하고 등장했지요. 그림과 조각으로 장식된 회랑과 문장이 새겨진 방패로 장식된 계단, 색바랜 태피스트리가 화려하게 걸린 어둑한 응접실, 과거에서 튀어나온 듯한 인물들로 장식된 아치형으로 골이 진 천장이 있는 홀. 나는 그보다 더 아름다운 광경을 단연코 본 적이 없었습니다.

심지어 나와 몇몇 나이 든 사람들을 제외하고 가장무도회에 참여하지 않았던 유일한 사람인 윌리엄 오키마저도 그 광경에 즐거워하며 한껏 고무된 것 같았습니다. 그때 학생 차림의 인물이 그의 앞에 등장했습니다. 오키 씨는 더 이상 의상이 남지 않은 걸 알고는 위층으로 급히 올라가 이내 결혼 전에 입었던 제복을 입고 다시 나타났습니다. 나는 이제껏 그렇게 잘생기고 장엄한 영국 남자를 본 적이 없다고 생각했지요. 그는 현대 의상을 입었음에도 불구하고, 그 어느 누구보다 흑태자나 시드니 같은 고대의 진정한 기사처럼 보였지요. 경탄을 자아내는 똑 고른 선과 아름다운 금발에 뽀얀 피부가 눈부셨습니다. 잠시 후 남아 있던 나이 든 사람들마저 옛 자수품과 동양의 직물과 모피를 이용해, 작은 가면과 두건이 달린 일종의 도미노 겉옷을 급조해 입고 온갖 변장을 한 채 나타났어요. 이내 이 가장무도회의 오합지졸들은 신이 나서 제 즐거움에, 어린아이 같은 기쁨에 취했습니다. 이렇게 말해도 좋을지 모르겠지만, 야만성에 취해버리고 말았습니다. 달리 말해 훌륭한 태생의 교육을 잘 받은 영국 남녀들의 기저에 숨은 저속성이라고나 할까요? 오키 씨마저 크리스마스에 신난 어린 학생처럼 협잡꾼 노릇을 하고 있었답니다.

"오키 부인은 어디 있어요? 앨리스는 어디 있죠?"

갑자기 누군가 물었습니다.

오키 부인이 사라졌습니다. 나는 과거에 대해 환상적이며 병적이고 상상력 넘치는 열정을 품은 이 기이한 여인에게는 이러한 축제가 틀림없이 절대적으로 혐오스러울 거라는 사실을 충분히 이해할 수 있었어요. 그리하여 손님들에게 실례가 되거나 말거나 전혀 관심 두지 않고 혐오스럽고 분개한 마음으로 노란 방으로 물러나, 그 특유의 백일몽을 즐기러 갔을 거라고 생각했습니다.

그러나 잠시 후 우리 모두 시끌벅적하게 저녁 식사 자리로 갈 준비를 하고 있을 때, 문이 열리며 기이한 인물이 들어왔어요. 죽은 자의 의상을 모독하고 있는 이 무리 중 그 어느 누구보다 더 기이한 행색이었습니다. 갈색 승마용 코트에 가죽 벨트를 차고 담황색 가죽 부츠를 신고서 한쪽 어깨에는 회색 망토를 걸치고, 커다란 회색 모자는 눈을 가릴 듯 늘어져 있으며, 허리춤에는 단도와 권총을 찬 마르고 키 큰 소년이었습니다. 바로 오키 부인이었습니다. 눈은 초자연적으로 밝았고, 얼굴 전체가 담대하고 비뚤어진 미소로 빛났어요.

모든 사람들이 감탄을 내뱉으며 옆으로 물러났습니다. 그러면서 한순간 침묵을 지키다가 작은 갈채가 정적을 깼어요. 오래전에 죽어 묻힌 사람들의 옷을 입고 왁자지껄 어릿광대짓을 하던 젊은 남녀들조차 젊은 유부녀, 이 집의 안주인이 승마용 코트와 잭 부츠를 신은 모습으로 갑자기 등장한 게 무언가 이상하다는 생각을 하는 것 같았지요. 오키 부인이 익살스런 표정을 지어도 이상한 느낌은 줄어들지 않았습니다

"그 의상은 뭐죠?"

연극 조의 친척이 물었습니다. 그러더니 잠시 후 그는 오키 부인이 재능이 뛰어난 여성이 틀림없으니, 다음 시즌

에는 자신의 아마추어 극단에 그녀를 합류시켜야겠다고 결론 내렸습니다.

"이건 우리 조상 중에 나하고 이름이 같은 앨리스 오키라는 분이 찰스 1세 시절에 남편과 함께 승마를 할 때 입던 옷이에요."

그녀는 그렇게 대답하고 테이블의 상석에 앉았습니다. 나는 나도 모르게 오키허스트의 오키의 눈을 살펴보았어요. 열여섯 소녀마냥 쉽게 얼굴이 빨개지는 그의 얼굴은 지금은 백짓장처럼 하얘졌어요. 그러더니 거의 발작적으로 입을 주먹으로 짓누르더군요.

"내 옷 모르겠어요, 윌리엄?"

오키 부인은 잔인한 미소를 머금고 남편의 눈을 똑바로 바라보았습니다.

그는 아무런 대답을 하지 않았습니다. 한순간 적막이 흘렀어요. 그러자 연극 조의 친척이 자기가 나설 때라고 생각했는지 자리에서 벌떡 일어나 잔을 들고는 건배 제의를 했습니다.

"과거와 현재, 두 앨리스 오키의 건강을 위하여!"

오키 부인은 고개를 끄덕이더니 이제껏 한 번도 보지 못한 표정을 지으며 크고 공격적인 목소리로 응답했습니다.

"영광스럽게도 그 혼령이 이 집을 찾아주신다면, 시인 크리스토퍼 러브록의 건강을 위하여!"

나는 갑자기 정신병원에 들어온 게 아닌가 하는 생각

이 들었습니다. 방 한가운데 테이블을 가로질러 붉은색, 푸른색, 보라색, 얼룩덜룩한 색으로 치장을 한 16세기, 17세기, 18세기의 사람들, 터키인으로 에스키모로 또 도미노 가면 복장과 광대로, 얼굴에는 화장을 바르고 꺼먼 코르크로 분장을 하고 분을 바른 시끌벅적한 인간들로 가득 찬 이곳. 나는 그 핏빛 일몰이 야생화 밭을 피바다처럼 휩쓸고 지나쳐 검은 연못과 바람에 굽은 전나무 숲 옆, 죽은 말과 함께 쓰러져 있는 크리스토퍼 러브록의 시신을 비추는 광경이 눈앞에 보이는 듯했습니다. 사방의 노란 자갈과 보라색 히스가 진홍빛으로 물들어버린 광경이었지요. 그러더니 그 시뻘건 배경에서 회색 모자를 쓴 옅은 금발의 머리가 드러나는 겁니다. 오키 부인의 그 멍한 눈, 그 기이한 미소. 나는 정신병원 한가운데로 걸어 들어간 것처럼, 그 광경이 끔찍하고 상스럽고 혐오스럽기 그지없었습니다.

8.

나는 그 순간부터 윌리엄 오키가 변하는 모습을 목격했습니다. 아니, 아마도 이미 변하고 있었는데, 그 모습이 이제야 눈에 띄는 단계에 접어든 것 같았지요.

그 불행한 저녁 때 그기 아내의 가장무도회 의상에 대해 오키 부인과 이야기를 나누었는지 알지 못합니다. 상황으로 미루어 보건대, 분명 그러지 않았을 거라고 생각합니다. 오키 씨는 그 누구보다 수줍음을 많이 타고 말수가 적은 사람이었고, 특히 아내와는 더욱 그러했습니다. 게다가 아내에게 반대 의견을 강하게 표하는 게 절대적으로 불가능한 사람이란 걸 나는 알고 있었습니다. 싫은 내색은 절대 하지 못하고 침묵을 지키는 사람이었죠. 그러나 아무리 그렇다 하더라도 조만간 이 부부 사이의 관계가 극도로 팽팽하게 긴장될 것 같았습니다. 사실 오키 부인은 남편에 대해 별 관심을 두지 않았습니다. 그저 이전보다 그의 존재에 대해 조금 더 무관심해 보였지요. 그러나 오키 씨는 자신의 감정을 숨기기 위해, 또 나를 생각해 그 자리를 불편하게 만들지 않기 위해, 식사 시간에는 아내에게 말을 거는 척했습니다. 하지만 아내와 말을 섞거나, 심지어 아내를 보는 일조차 참기 힘들다는 표정이 역력했습니다. 그 가여운 남자의 정직한 영혼은 고통이 턱밑까지 차오르는 것 같았습니다. 그는 그게 흘러넘치지 않도록, 그의 영혼 전체에 스며들어 독을 퍼뜨리지 않도록 가까스로 자제하는 것 같았지요.

이 여인은 남편에게 표현이 불가능할 정도로 커다란 충격과 고통을 주었습니다. 그러나 남편은 아내를 사랑하지 않을 수도 없고, 그렇다고 아내의 진짜 본성을 이해할 수도 없는 것 같았습니다. 나는 때로 우리가 단조로운 시골길에서 긴 산책을 할 때 충동이 일었습니다. 오크 나무가 점점이 보이는 목초지를 거닐고 윤기 없이 푸른 흡이 빽빽하게 자라는 밭을 지나면서, 이따금 곡물의 값어치와 영지의 배

수 문제와 마을 학교 이야기며 앵초단*, 글래드스턴의 부정행위 등에 대해 이야기를 나누다가, 또 오키허스트의 오키가 눈앞의 키 큰 가시덩굴을 조심스럽게 쳐내는 모습을 보다가, 나는 불현듯 이 남자에게 자기 아내의 진정한 면모에 대해 알려주어야겠다는 강렬하면서도 무기력한 욕망을 느끼곤 했습니다. 나는 그걸 아주 잘 이해할 수 있었습니다. 그걸 잘 이해한다는 것은 또한 안일하게 묵인한다는 뜻이기도 했지요. 그리고 오키 씨가 이 불가사의에 대해 영원히 이해하지 못하고 당황스러워하며, 내게는 이제 너무나 명백해 보이는 것을 이해하고자 자신의 영혼을 좀먹는 것이 너무 불공평해 보였습니다. 그러나 이 진지하고 성실하고 둔감한 남자, 영국적 단순성과 정직함과 철두철미함의 표상인 이 남자에게 어떻게 '앨리스 오키'라는 이름으로 이 지상을 거니는, 자기 몰두의 허영심과 얄팍함과 시적 비전과 병적 흥분을 사랑하는 마음의 결합을 이해시킬 수 있을까요?

오키허스트의 오키는 절대 이해할 수 없는 운명이었습

---

*

영국의 보수적 가치를 옹호하고 확산시키기 위해 1883년 조직된 단체.
앵초는 영국의 총리직을 두 번 역임한 보수 정치인
벤자민 디즈라엘리를 상징하는 꽃이다. 디즈라엘리는 번갈아가며 총리직을
역임했고 대영제국의 반팽창주의 정책을 옹호한 자유당 대표
윌리엄 글래드스턴과 대립각을 이루었다.

니다. 또한 이해할 역량의 부족으로 고통을 겪을 운명이기도 했습니다. 이 가여운 남자는 아내의 기벽이 무엇을 의미하는지 이해하기 위해 언제나 안절부절못했습니다. 그 노력이 무의식적으로 그에게 엄청난 고통을 불러왔고요. 미간의 두 줄의 주름-나의 의사 친구가 부르듯 광인의 찡그림-은 그 얼굴의 영원한 인상으로 자리 잡아버렸지요.

오키 부인은 상황을 최악으로 끌고 갔습니다. 그녀는 아마도 그날 밤의 가장무도회 때 벌인 기행에 대한 남편의 무언의 질책에 분개한 것 같았습니다. 그리하여 남편으로 하여금 더 쓰디쓴 맛을 보게 하려고 작정한 듯했습니다. 그녀는 자신이 경멸해마지않는 윌리엄의 특성 중 하나가 아무리 자극해도 겉으로는 반대의 입장을 확실히 표명하지 않는 성격이라는 사실을 잘 알고 있는 것 같았거든요. 그리하여 자신이 어떤 짓을 해도 불평하지 않고 쓴 물을 삼키고 말 거라고 생각했던 겁니다. 어쨌든 그녀는 이제 러브록의 살인 사건을 이용해 남편을 괴롭히고 충격을 줄 완벽한 방법을 밀고 나갔습니다.

그녀는 대화 내내 끊임없이 그 사건을 언급했어요. 그게 사실인지 아닌지는 모르겠으나, 그가 보는 앞에서 1626년의 비극에 연루된 다양한 배우들의 감정과 느낌을 논했으며, 자신이 당시의 앨리스 오키와 닮았다, 아니 거의 똑같다고 주장했습니다. 그러면서 오키허스트의 정원에 있는 거대한 털가시나무와 느릅나무 아래에서 크리스토퍼 러브록의 책에서 발견한 가면극을 벌이면 재미있을 거라는 괴짜 같은 생각이 머릿속을 스친 모양이었지요. 그녀는 그 계획을 실현하기 위해 이곳저곳 샅샅이 뒤지고, 여기저기 서신을 보내기 시작했습니다. 연극 조의 친척으로부터 하루 걸러 한 번씩 편지가 도착했는데, 그의 유일한 반론은 행사를 치르기에는 오키허스트가 너무 외진 곳이라는 것뿐이었습니다. 그는 그런 연극판을 벌여 유명세를 타고 싶었나 봅니다. 그리고 이따금 젊은 신사나 숙녀가 방문했는데, 앨리스 오키가 배역을 맡길 만한 사람인지 판단하기 위해 불러들인 사람들이었습니다.

나는 연극 행사가 절대 열리지 않을 거라고 생각했습니다. 너무나 명백해 보였어요. 오키 부인 자신도 진짜 벌일 의도가 없었습니다. 그녀는 어떤 일을 실행에 옮기는 것이 아무런 의미가 없는 사람이었습니다. 그저 계획을 짜는 것을 즐겼을 뿐이지요. 모든 게 그저 계획에서 끝날 거라는 사실을 잘 아니까 더욱 즐겼던 겁니다. 한편 이 끝도 없는 목가(牧歌), 러브록에 관한 대화, 끊임없는 니콜라스 오키의 아내 행세로 말미암아, 그녀는 남편을 더욱더 불쾌한 지경으로 몰아넣었습니다. 그러나 그는 짜증과 화를 참을 수밖에 없었습니다. 오키 부인은 못된 아이처럼 그런 일을 즐겼고요. 그렇다고 내가 그저 구경꾼처럼 냉담하게 바라만 보았다고 생각하시면 안 됩니다. 물론 인간 군상을 연구하는 데 있어 나 같은 아마추어에게는 이 부부가 아주 좋은 관찰

대상이었다는 점은 인정합니다만.

　나는 진실로 가여운 오키 씨에 대해 안타까운 마음이 들었고, 그의 아내에 대해 자주 분개했지요. 나는 몇 번이나 그녀에게 남편을 좀 더 배려하라고 간청할 뻔했습니다. 심지어 나처럼 낯선 사람이 있는 앞에서 그런 행동을 하는 게 매우 고약한 취향이라고 말할 뻔했답니다. 그러나 오키 부인에게는 무언가 교묘히 잘 빠져나가는 측면이 있었죠. 그리하여 그녀와 진지하게 이야기하는 것 자체가 거의 불가능했습니다. 게다가 내가 괜히 끼어들었다가 오히려 그녀의 비뚤어진 취향을 더 부채질하지나 않을까 걱정되기도 했고요.

　어느 날 저녁 이상한 일이 벌어졌습니다. 우리가 막 저녁 식사를 위해 자리에 앉았을 때였습니다. 그 자리엔 오키 내외와 한 이틀 머물기로 한 연극 조의 친척과 서너 명의 이웃이 있었죠. 땅거미가 질 무렵이었고, 양초의 노란 불빛이 회색빛 저녁과 잘 어울렸습니다. 오키 부인은 컨디션이 좋지 않아 하루 종일 매우 조용했습니다. 더 영묘하고 기이했으며 그 어느 때보다도 더 먼 곳을 향한 것처럼 보였지요. 남편은 이 섬세하고 깨질 것 같은 여인에게 거의 동정에 가까운 애틋함이 밀려오는 듯한 태도를 보였어요. 우리가 꽤 무해한 주제에 대해서 이야기를 나누고 있던 그때, 오키 씨가 갑자기 매우 창백해지더니 한순간 자신의 자리 맞은편 창문에 시선을 고정했습니다.

"앨리스, 저기 창가에서 안을 들여다보며 당신에게 손짓하는 사람이 누구지? 어디서 감히 뻔뻔하게!"

그는 소리를 지르며 자리에서 벌떡 일어나 창가로 뛰어갔습니다. 그러고는 창문을 열고 밖으로 나갔지요. 우리는 모두 놀라 서로를 바라보았습니다. 일행 중 일부가 부주의한 하인들을 탓하는 말을 했습니다. 누군지 모를 추잡한 인간을 주방 가까이 들였다고요. 또 다른 사람은 부랑자와 도둑 이야기를 했습니다. 오키 부인은 아무 말도 하지 않았어요. 그러나 나는 그녀의 얇은 뺨에서 그 기이한 먼 곳을 향한 미소가 맴도는 걸 알아차렸습니다.

잠시 후 윌리엄 오키가 돌아왔습니다. 손에 냅킨을 그대로 든 채였지요. 그는 들어와서 창문을 닫고는 다시 조용히 제자리에 앉았습니다.

"누구였어요?"

다 같이 물었습니다.

"아무도 아닙니다. 내가…… 내가 착각한 모양입니다."

그러더니 그는 얼굴이 새빨개지며 배를 하나 들고 껍질을 까기 시작했지요.

"아마 러브록이었을 거예요."

오키 부인이 입을 열었습니다. 마치 "정원사겠죠"라고 하듯 무심히 툭 내던졌습니다. 그러나 그 희미한 기쁨의 미소만은 여전히 얼굴에 남아 있었습니다. 폭소를 터뜨린 연극 조의 친척을 제외하고, 일행 중 누구도 러브록의 이름을 들어본 적이 없었습니다. 따라서 그들은 그가 분명 말구종이 되었건 농부가 되었건 오키 집안의 딸린 식구겠거니 생각하고는 입을 다물었죠. 그 주제는 끝이 났습니다.

그날 저녁 이후, 상황이 다른 국면으로 접어들기 시작했습니다. 그 사건이 완벽한 체계의 시작이었어요. 무슨 체계냐고요? 저도 뭐라고 불러야 할지 모르겠습니다. 오키 부인의 입장에서 보자면 소름 끼치는 장난의 체계, 남편의 입장에서 보자면 미신적인 망상의 체계라고 할까요? 오키허스트의 이승의 거주자가 아닌 거주자의 입장에서 보자면, 신비스러운 박해의 체계가 될까요? 뭐, 결국 그런 게 아닐 이유가 뭐가 있겠어요? 우리는 모두 유령 이야기를 들은 적이 있고, 삼촌이나 사촌, 할머니, 유모 등 유령을 본 사람들도 있잖아요? 우리 모두는 영혼 밑바닥에서는 그들의 존재를 조금은 두려워하지 않습니까? 그러니 그들이 그러지 않을 이유도 없겠지요? 나는 의심이 너무 많아 그 어떤 것의 불가능성도 믿지 못합니다. 적어도 나는요!

게다가 누구라도 오키 오브 오키허스트 부인 같은 사람과 함께 여름 한 철을 한집에서 지내다 보면, 단지 그 여자를 믿는 일의 결과로 있을 것 같지 않은 일들이 아주 많이 일어날 수도 있다는 걸 믿게 된답니다. 그래요, 단지 그 여자를 믿는다는 일의 결과죠. 그리고 잘 생각해보면 그러지 않을 이유도 없어요. 겉으로 볼 때 이 세상 사람이 아닌 듯한 기이한 존재, 250여 년 전 연인을 살해한 여인의 환생,

그런 여자가 (이승의 연인들보다 모든 면에서 우월한) 이전 생에서 자신을 사랑한 남자, 사랑의 대가로 죽음을 내준 남자를 끌어들이는 힘이 있다는 게 놀랄 일인가요? 오키 부인 본인은 그걸 믿는다고 나는 꽤 확신합니다. 적어도 어느 정도는 믿는 것 같았어요. 어느 날 내가 반 농담으로 그런 의견을 내비치자, 실제 그녀는 매우 진지하게 그 가능성에 대해 인정했습니다. 여하튼 나는 그렇게 생각하는 게 좋았어요. 그게 그 여자의 캐릭터와 아주 잘 어울렸으니까요. 그런 설명이 있어야만 그 여자가 그 노란 방에서 몇 시간이고 홀로 지내는 게 말이 되었지요. 그 방의 공기 자체가 진한 꽃 향이며 오래된 향기 먹은 직물과 어우러져 유령을 떠올리게 합니다. 우리 중 그 누구에게 향한 것도 아니면서 스스로를 향한 것도 아닌, 그 기이한 미소가 그래서 설명되는 겁니다. 그 이상하고 먼 곳을 향하는 크고 옅은 눈의 시선도 마찬가지고요. 나는 그런 생각이 마음에 들었습니다. 게다가 그걸로 그녀를 놀리는 게, 아니 기쁘게 해주는 게 좋았습니다. 내가 어떻게 그 비참한 남편이 그런 문제들을 그렇게 심각하게 받아들이는 줄 알았겠어요?

그는 하루하루 점점 더 말수가 줄어들고 더욱더 당황스러운 표정으로 바뀌었습니다. 그로 인해 점점 더 토지 개량이니 선거운동 같은 일에 몰두했는데, 오히려 효율은 점점 더 떨어지고 있었지요. 내 눈에는 그가 끊임없이 무슨 일이 일어나는지 듣고 보고 기다리는 것 같았어요. 그는 갑자기 건네는 말이나 날카롭게 열리는 문소리에 화들짝 놀라면서 얼굴이 시뻘개졌는데, 그러다가 몸을 떨기까지 했습니다. 러브록이라는 이름이 나오면 그는 어찌할 바 모르는 표정을 지었고, 갑작스러운 열기에 노출된 사람처럼 경기에 가까운 반응을 보였습니다. 그의 아내는 남편의 변한 표정에 걱정을 하기는커녕 계속해서 남편을 자극했지요. 그 가여운 남자가 그렇게 화들짝 놀랄 때, 또는 갑작스러운 발자국 소리에 새빨개질 때, 오키 부인은 경멸을 담은 무심한 태도로 남편에게 러브록을 보았는지 물었답니다.

나는 곧 오키 씨가 완벽하게 병에 걸렸다는 사실을 감지했습니다. 그는 식사 때면 시선을 아내에게 고정한 채 한마디도 하지 않았어요. 마치 무언가 무시무시한 미스터리를 풀고 싶어 하는 눈길이었습니다. 반면에 이승 사람이 아닌 것 같은 아름다운 그의 아내는 그 늘쩍지근한 태도로 가면극에 대해, 러브록에 대해, 그래요, 늘 러브록에 대한 이야기를 늘어놓았고요. 우리는 꽤 규칙적으로 산책을 하거나 말을 탔는데, 오키허스트 인근 길이나 초지를 지나다가 멀리서 누군가가 나타나면 그는 깜짝 놀라곤 했습니다. 그럴 때면 그가 몸을 떠는 게 확연히 보였습니다. 가까이 다가가 보면 결국 그게 잘 아는 농부라든지 이웃, 혹은 하인이라는 걸 확인할 수 있었죠. 나는 그럴 때마다 웃음을 참지 못했고요. 한번은 우리가 석양이 내릴 무렵 집으로 돌아가는 길에, 그가 갑자기 내 팔을 붙잡고 정원 방향으로 오크 나무가 점점이 박힌 목초지를 가리켰습니다. 그러더니 느닷없이 달리기 시작했지요. 그의 개가 뒤를 좇았고요. 마치 침입자를 쫓는 것 같았어요.

"누구였습니까?"

내 질문에 오키 씨는 애처롭게 고개만 저었습니다. 때로 초가을 저녁 무렵 초지 위로 안개가 오르고 까마귀 떼가 울타리 말뚝 위에 길게 검은 줄을 이룰 때, 나는 그가 나무나 관목을 보고 움찔 놀라는 모습을 보기도 했지요. 먼 곳에 보이는 홉 건조장들의 원뿔 모양 지붕과 툭 튀어나온 터빈 날개가 어스름에 손가락질로 조롱하는 것 같았습니다.

"남편께선 병이 났습니다."

어느 날 130번째 스케치를 준비하기 위해 오키 부인이 내 앞에 앉았을 때 내가 말했습니다(어찌된 일인지 그녀의 초상화는 도통 스케치 이상으로 진전이 되지 않았습니다). 그녀는 고개를 들어 그 크고 아름다운 옅은 눈으로 나를 바라보았지요. 절묘한 어깨와 목선, 섬세한 머리카락, 내가 그토록 간절하게 화폭에 옮겨놓고 싶어 하는 자태가 그 순간 드러났어요.

"나는 모르겠는데. 아프면 마을로 나가 의사를 찾아가면 되잖아요? 그저 뿌루퉁한 기분 때문이에요."

그녀가 조용히 말했습니다.

"러브룩에 관한 말로 남편분을 괴롭히지 마세요. 그러다가 진짜로 믿게 될 겁니다."

나는 매우 진지하게 말했어요.

"안 될 게 뭐예요? 보면 보는 거지. 그 사람만 러브록을 본 것도 아니고."

그러더니 그녀는 희미하게, 약간은 사악한 미소를 지었습니다. 역시나 시선은 저 먼 곳, 어딘지 모를 곳을 향하고 있었고요.

어쨌거나 오키 씨는 점점 더 악화되었습니다. 그는 마치 히스테리에 빠진 여인처럼 신경이 매우 약해졌지요. 어느 날 저녁 우리 둘이 흡연실에 앉아 있을 때, 그가 뜬금없이 아내에 대해 두서없는 말을 늘어놓기 시작했습니다. 어렸을 때 어떻게 처음 만났는지도 이야기했고, 둘이 같이 포틀랜드 플레이스 근처 무용학교에 다녔다는 말도 했지요. 그녀의 어머니, 그러니까 그의 숙모가 크리스마스에 그녀를 데리고 오키허스트로 왔다는 이야기, 그때는 그가 휴가 중이었다는 말도 했고요. 그러다가 마침내 13년 전 자신이 스물셋이고 그녀가 열여덟일 때 둘이 결혼했다는 이야기를 했습니다. 아기를 잃고 둘이 얼마나 고통스러웠는지, 그녀는 후유증으로 거의 죽을 뻔했다는 이야기도 빼놓지 않았답니다.

"나는 아이에 대해서는 개의치 않았습니다."

그는 흥분한 목소리로 말을 이었습니다.

"물론 이제 우리는 대가 끊기긴 하겠지만 말입니다. 오키허스트는 커티스 가문으로 넘어갈 거고요. 그렇지만 나는 그저 앨리스만 생각했어요."

이 가여운 남자, 흥분해서 목소리에도 눈에도 거의 눈물이 묻어나는 이 남자가 불과 두어 달 전 내 스튜디오로 걸어 들어왔던 조용하고 잘 차려입고 흠잡을 데 없던 근위병 출신 젊은이였다는 게 믿기지 않을 정도였습니다.

오키는 발밑의 러그에 시선을 떨군 채 한동안 침묵을 지켰습니다. 그러다가 갑자기 잘 들리지 않는 목소리로 불쑥 다시 말을 꺼냈지요.

"내가 얼마나 앨리스를 좋아하는지……, 내가 아직도 얼마나 아내를 사랑하는지……. 나는 아내의 발이 닿는 땅에도 입을 맞출 수 있답니다. 나는 뭐든, 당장에 목숨이라도 내줄 수 있어요. 그저, 그저 아내가 날 조금이라도, 잠시라도 좋아하는 내색을 보이면 얼마나 좋을까요. 그렇게 날 경멸하지 않는다면……."

그러더니 이 가여운 남자가 거의 흐느낌 같은 히스테릭한 웃음을 터뜨렸습니다. 그는 또 갑자기 다시 웃더니 그로서는 아주 낯선 상스러운 억양으로 말을 이었어요.

"젠장! 이보쇼. 이것 참 기괴한 세상 아니오!"

그는 브랜디와 소다수를 더 가져오라고 시키더니, 벌컥벌컥 마시기 시작했습니다. 내가 이 집에 처음 왔을 때는 금주(禁酒) 회원의 푸른 리본 기장을 달고도 남을 사람-손님을 환대하는 시골 신사치고 술을 아주 절제했으니까요-이 말이지요.

9.

나는 이제는 명백히 알 수 있습니다. 믿기지 않겠지만 윌리엄 오키를 병들게 한 것은 질투였습니다. 그는 그저 자기 아내를 미친 듯이 사랑한 것뿐이었습니다. 그러고는 미친 듯이 아내를 질투했지요. 질투? 뭐에 대해서요? 어쩌면 그 자신도 확실히 대답하지 못할 겁니다. 우선 의심 가는 사람을 제거하자면, 물론 나는 아닙니다. 오키 부인이 집안의 집사나 하녀에게 기울이는 관심과 별반 다르지 않은 관심을 보였을 뿐이니까요. 나는 오키 씨 본인이 자신의 상상력으로는 그 어떤 특정한 질투의 대상을 구체화하는 것에 움츠러들 것이라고 생각합니다. 설령 질투가 그를 야금야금 갉아먹다가 죽음에 이르게 할지라도 말입니다. 그가 아내를 사랑하고 아내는 그를 눈곱만큼도 신경 쓰지 않는다는 느낌, 그녀가 접촉하는 그 무엇이건 그게 사람이건 물건이건 나무건 돌이건 간에, 그에게는 거부된 주목을 받는다는 느낌, 그런 느낌이 모호하지만 끊임없이 스며드는 듯했습니다. 오키 부인의 눈에서 느껴지는 그 기이한 멀리 떨어진 시선, 오키 부인의 입술에 묻어나는 그 이상한 공허한 미소를 인식하면 얻는 깨달음이었습니다. 그에게는 닿지 않는 그 입술과 그 눈의 미소와 시선.

그의 예민한 신경, 경계심, 의심, 화들짝 놀라는 마음이 점차 구체적 양상을 띠기 시작했습니다. 오키 씨는 끊임없이 발소리와 목소리를 들었다고 이야기했습니다. 집 안을 몰래 돌아다니는 인물을 보았다고도 말했습니다. 갑자기 개가 짖으면 놀라 벌떡 일어났죠. 서재에 있는 소총과 권총을 세심하게 닦아 장전해놓기도 했습니다. 심지어 홀에 있는 구식 엽총과 가죽 권총집에 든 권총도 빼놓지 않았고요. 하인들과 소작인들은 오키허스트의 오키가 부랑자와 도둑에 잔뜩 겁을 집어먹었다고 생각했습니다. 오키 부인은 그 모든 일에 경멸의 미소만 지을 뿐이었지요.

어느 날 오키 부인이 말했습니다.

"윌리엄, 당신을 안달 나게 하는 그 사람들도 이 집 복도며 계단을 오르내리며 이 집에 머물 권리가 똑같이 있어요. 당신이나 나와 마찬가지죠. 그 사람들은 우리가 태어나기 훨씬 전부터 이 집에 기거하던 사람들이라고요. 그러니 당신의 그 말도 안 되는 프라이버시를 따지는 생각을 엄청 비웃을 거예요."

오키 씨는 분노의 웃음을 보였습니다.

"또 그 러브록 타령이군? 당신의 그 영원한 러브록 말이오. 내가 매일 밤 자갈길에서 난다고 하는 발소리가 그자의 소리겠지. 그래, 그자도 당신이나 나만큼 이 집에 머물 권리가 있겠지."

그러더니 그는 성큼성큼 방 밖으로 나가버렸습니다.

"러브록, 러브록! 도대체 왜 내 아내는 저렇게 허구한 날 러브록에 목을 매는 겁니까?"

오키 씨는 그날 저녁 갑자기 내 얼굴을 쏘아보면서 질문을 던졌습니다.

나는 그저 웃었지요.

"그건 그저 연극을 생각하고 있어서 그래요. 그리고 당신이 미신을 믿는다는 생각에 당신을 놀리려고 그러는 겁니다."

"이해를 못 하겠군요."

오키 씨는 한숨을 내쉬었지요.

그 사람이 어떻게 이해하겠어요? 설령 내가 그 사람의 이해를 돕는다 해도, 그는 그저 내가 자기 아내를 모욕한다고 생각하면서 날 내쫓겠지요. 그러니 나는 그에게 심리적 문제를 설명하려는 시도를 하지 않았습니다. 그 역시 더 이상 질문을 하지 않았어요. 그러다가 딱 한 번 더 그가⋯⋯, 그 전에 일단 기이한 사건이 일어난 이야기를 먼저 해야겠네요.

사건은 단순했습니다. 어느 날 오후 우리가 늘 하던 산책에서 돌아오는 길에, 오키 씨가 갑자기 하인에게 누가 집에 왔는지 물었습니다. 하인은 아무도 오지 않았다고 답했죠. 하지만 오키 씨는 수긍을 하지 못하는 눈치였어요. 그는 저녁 식사 테이블에 앉자마자 아내를 돌아보며 같은 질문을 던졌습니다. 그 목소리가 하도 이상해서 그 사람 목소리가 아닌 것 같았지요.

"아무도 안 왔어요. 내가 아는 바로는 그래요."

윌리엄 오키는 아내를 뚫어져라 바라보았지요.

"아무도 안 왔다고? 아무도 안 왔다고, 앨리스?"

그는 꼬치꼬치 캐묻는 말투로 반복했습니다.

오키 부인은 고개를 저었어요.

"아무도."

침묵이 흘렀습니다.

"그럼, 5시경 연못 근처에서 당신과 함께 걷던 사람은 누구지?"

오키 씨가 천천히 물었습니다.

그의 아내는 남편에게 시선을 똑바로 고정한 채 경멸을 담아 대답했어요.

"5시든 다른 때든 연못 근처에서 나와 거닐던 사람은 아무도 없었다고요."

오키 씨는 얼굴이 벌게지더니 숨이 막히는 것처럼 이상하게 거친 소리를 냈습니다.

"내가……, 나는 당신이 오늘 오후 어떤 남자하고 같이 걷고 있는 걸 봤다고 생각하는데, 앨리스."

그는 어렵게 말을 이었습니다. 나 때문에 체면을 생각하는 것 같더군요.

"나는 부목사가 내게 줄 보고서를 가져온 게 아닌가 했소."

오키 부인이 웃었습니다.

"오늘 오후 그 어떤 사람도 내게 오지 않았다는 말밖에

할 말이 없네요. 누군가 나와 있는 걸 봤다면, 그건 러브록일 수밖에 없어요. 다른 사람은 없었으니까."

그녀는 낮게 한숨을 내뱉었어요. 무언가 기쁘지만 너무나 덧없이 지나는 그림을 마음속에 붙잡아두려 애쓰는 사람처럼 말입니다.

나는 오키 씨를 바라보았습니다. 얼굴이 진홍빛에서 완전히 납빛으로 변했지요. 그는 누가 숨통을 죄듯 힘겹게 숨을 내쉬었습니다.

그 문제에 관한 한 더 이상의 언급은 없었습니다. 나는 막연히 굉장한 위험이 닥쳐오고 있다는 느낌을 받았어요. 오키 씨에게? 오키 부인에게? 그건 알 수 없었어요. 그래도 절박한 내면의 외침을 인식할 수 있었습니다. 뭔가 무시무시한 나쁜 일을 피하라고, 힘을 내라고, 설명하라고, 개입하라고 부추기는 목소리였어요. 나는 다음날 오키 씨에게 말하기로 결심을 굳혔습니다. 그가 내 이야기만은 경청할 거라고 믿었기 때문이었죠. 나는 오키 부인을 신뢰하지 않았습니다. 그 여자는 내가 그 알 수 없는 캐릭터를 붙잡으려 할 때마다 마치 뱀처럼 내 손가락 사이로 스르르 빠져나갔으니까요.

나는 다음날 오후 오키 씨에게 함께 산책을 나가자고 먼저 권했고, 그는 호기심에 차 흔쾌히 받아들였습니다. 우리는 3시경에 출발했지요. 폭우가 몰려올 것 같은 쌀쌀한 오후였습니다. 차갑고 푸른 하늘에 거대한 흰 구름들이 빠른 속도로 휘휘 엉겼고, 그 사이사이 이따금 내비치는 번쩍이는 노란 햇빛이 폭풍의 검은 능선을 부각시키며 검푸른 잉크처럼 보이는 지평선에 가 닿고 있었습니다.

우리는 시든 풀이 젖은 녹지를 잽싸게 지나 낮은 언덕으로 이어지는 큰길로 접어들었습니다. 나도 왜인지는 알 수 없었으나, 우리는 코츠 코먼으로 향하는 길이었지요. 우리 둘 다 입을 다물고 있었습니다. 우리 둘 다 할 말이 있었지만 어떻게 말을 꺼낼지 몰랐기 때문이었습니다. 나로서도 그 이야기를 시작할 뾰족한 방법이 없다는 걸 깨달았지요. 내가 주제넘게 개입했다가 오키 씨의 기분만 상하게 하고, 또 가뜩이나 둔감한 사람을 더 복잡하게 만들어, 오히려 이해를 더 어렵게 만들까 봐 겁났습니다. 그래서 오키 씨가 나에게 뭔가 할 말이 있다면, 분명 그래 보이니, 그저 그 사람이 먼저 말을 하도록 기다리는 게 낫겠다 싶었습니다.

그러나 오키 씨는 자신의 너른 홉 밭을 지날 때 작물을 가리키며 입을 열었을 뿐입니다.

"흉년이 들 것 같군요."

그는 갑자기 뚝 멈추더니 집중해서 쳐다보았습니다.

"아예 안 될 것 같군요. 올 가을엔 홉이 전혀 안 나올 거 같아요."

나는 그를 바라보았습니다. 그는 자기가 무슨 말을 하는지 전혀 모르는 게 분명했어요. 짙은 녹색의 홉 덩굴엔 열매가 맺혀 있었습니다. 그리고 바로 어제 그는 내게 몇 년래 이렇게 홉이 잘된 적이 없었다고 말한 참이었거든요.

나는 대꾸하지 않았습니다. 우리는 계속 나아갔습니다. 내리막길에서 마차 한 대가 지나치며 마부가 모자에 손을 대고 오키 씨에게 인사했습니다. 그러나 오키 씨는 응대하지 않았습니다. 그는 그 사람의 존재 자체를 인지하지 못한 것 같았습니다.

사방에서 구름이 몰려왔어요. 검은 돔 천장에서 회색의 둥근 양털 구름 뭉치들이 이리저리 흐르고 있었습니다.

"엄청난 폭우가 쏟아질 것 같은데, 돌아가는 게 낫지 않을까요?"

그는 고개를 끄덕이더니 갑자기 휙 돌아섰습니다.

목초지의 오크 나무 아래 햇빛이 몇 조각 내려와 초록 산울타리를 비췄습니다. 공기는 무겁고 차가웠습니다. 모든 게 거대한 폭풍우에 대비하는 것 같았지요. 이 고장에, 우뚝 솟은 성탑들이 점점이 박힌 듯한 모습을 선사하는 홉 건조장의 붉은 원뿔 모양 지붕들과 나무들 주위에 까마귀 떼가 검은 구름을 이뤄 선회하고 있었습니다. 그러더니 까마귀들이 검은 줄을 이뤄 들판으로 내려앉았습니다. 이 세상 소리가 아닌 것 같은 울음소리를 내면서 말이지요. 그러자 양들도 사방에서 날카롭게 떨리는 울음소리를 내기 시작했어요. 바람은 나무의 높은 가지들을 뒤흔들기 시작했고요.

오키 씨가 갑자기 침묵을 깼습니다. 그는 나를 돌아보지 않은 채 서둘러 말을 내뱉었습니다.

"나는 선생을 잘 모르겠소만, 정직한 분이라고 생각합니다. 세상 경험도 많이 하셨을 테고요. 나보다 훨씬 더 많으시겠지요. 어떻게 해야 할지 말씀을 해주시겠습니까? 만약에 말이지요, 만약에……"

그는 잠시 말을 멈추었습니다.

"생각해보세요. 한 남자가 자기 아내를 아주…… 아주 많이 사랑하는데, 아내가……음, 그……, 그러니까 아내가 남편을 속이고 있다는 사실을 알아냈다면요. 아니, 아니…… 오해는 마시고요. 내 말은, 아내 곁에 항상 다른 누군가가 있는데 인정을 안 하는 거예요. 그러니까 누군가를 숨겨놓은 거겠지요. 이해하시겠어요? 어쩌면 그 여자도 위험을 감수하는 건지 모르고 있겠죠. 하지만 여자는 포기하지도 않고 남편에게 자백하지도 않고……"

나는 그의 말을 가볍게 받으려고 일부러 말을 끊었습니다.

"오키 씨. 이런 일은 추상적으로 해결할 수 있는 문제가 아닙니다. 또 그런 일이 일어나지 않은 사람은 풀 수 없는 문제이기도 하고요. 당신이나 내게 아무 일도 일어나지 않았다는 말이지요."

오키 씨는 내가 말을 끊어도 아랑곳하지 않았어요.

"그러니까 남자는 아내가 자신을 많이 사랑해주길 기대하지 않아요. 그런 문제가 아닙니다. 남자가 그저 질투에 휩싸인 게 아닙니다. 하지만 남자는 아내가 스스로의 명예를 저버릴 위기에 처한 거라고 느낀단 말이지요. 왜냐하면 나는 여자가 남편의 명예를 실추시킬 수 있다고 생각하지 않거든요. 명예를 실추하는 건 우리 손에 달렸고, 그것은 우리의 행동에 좌우되지요. 남자는 여자를 구해야 합니다, 아시겠어요? 남자는 어떻게든 여자를 구해야만 합니다. 하지만 아내가 남편의 말을 듣지 않는다면, 남자는 어떻게 해야 할까요? 그자를 찾아서 쫓아내야 하는 거 아닙니까? 그 모든 게 그 작자의 잘못입니다. 여자의 잘못이 아니고요. 분명 아니죠. 남편을 믿기만 한다면 여자는 안전할 거예요. 하지만 상대가 여자를 놓아주지 않아요."

"오키 씨, 보세요."

나는 흠칫 놀라 터놓고 말을 했습니다.

"무슨 말씀을 하시는지 잘 압니다. 그러나 당신은 문제를 잘 이해하지 못하고 있는 것 같군요. 나는 어느 정도 이해하고 있습니다. 지난 6주 동안 당신과 오키 부인을 보았으니까요. 문제가 뭔지 알 것 같아요. 내 말을 들어보실래요?"

나는 그의 팔을 붙잡고 이 상황에 관한 나의 견해를 설명하려고 했습니다. 즉 그의 아내가 그저 보통 사람과 다른 괴짜일 뿐이고, 좀 연극 조인 데다 상상력이 풍부해 남편을 놀려먹는 걸 즐긴다고 했어요. 반면에 남자는 병적인 상태에 빠지도록 스스로를 방치한다고 말했죠. 말하자면 당신은 병이 난 것이니 의사를 찾아보라고 했습니다. 나는 심지어 시내로 함께 가보자고 권했습니다.

나는 심리학적 설명을 장황하게 쏟아냈어요. 오키 부인의 인격을 스무 번도 넘게 해부하면서, 그가 가진 의심의 밑바닥에는 절대적으로 아무것도 없다는 점을 납득시키려고 했어요. 부인은 그저 상상력으로 빚어낸 허세와 정원에서 펼칠 연극에 대한 생각뿐이라고 말했지요. 나는 비슷한 열정으로 고통스러워하는 숙녀들에 관한 스무 가지가 넘는 사례까지 제시했습니다. 대부분 당면한 목적을 위해 급조한 것이었지만요. 나는 그에게 아내는 드라마틱한 상상력이 흘러넘치는 과도한 에너지를 배출할 출구가 있어야 한다고 지적했어요. 아내를 런던으로 데리고 가서 비슷한 처지나 환경을 찾아보라고 했지요. 나는 집 안에 누군가 숨어 지낸다는 생각을 비웃었어요. 그건 망상을 앓는 것이니 성실하고 종교적인 사람을 찾아가 그런 증상을 없애는 치료를 받아보라고 권했습니다. 그러면서 환영을 보고 병적인 망상을 품는 병을 고친 수많은 사람들의 사례를 덧붙였어요. 나는 마치 천사와 씨름하는 야곱처럼 내내 애쓰며, 내 말이 다소나마 효과가 있기를 바랐습니다. 처음에는 내가 하는 말이 하나도 그의 귀에 들어가지 않는 것을 느꼈어요. 그는 입을 다물고 있었지만 내 말을 듣고 있지 않았거든요. 그가 알아듣는 방식으로 내 견해를 펼치는 게 거의 무익해 보였습니다. 벽을 보고 이야기하는 느낌이었지요. 그러나 내가 아내와 본인 자신에 대한 그의 의무에 대해 이야기하면서, 그가 가진 도덕적, 종교적 측면에 호소하자 어느 정도 내 말이 먹힌다는 것을 느꼈습니다.

"당신 말이 맞는 것 같습니다."

마침 우리가 오키허스트의 붉은 박공지붕이 시야에 들어오는 곳까지 도착하자, 그는 내 손을 잡고 힘없이 지치고 겸손한 목소리로 말했습니다.

"당신 말씀이 잘 이해되지 않지만 그래도 맞는 말인 것 같습니다. 그저 내가 좀 편치 않았던 것 같군요. 나는 때로 내가 미친 게 아닌가 싶을 때가 있습니다. 시설에 갇힐 만도 하다고 말입니다. 하지만 내가 노력하지 않는다는 생각은 하지 마세요. 나는 끊임없이 노력합니다. 그저 그런 생각이 너무 강하게 밀려와 벅찰 따름이지요. 나는 밤낮으로 기도한답니다. 의심으로부터 벗어나게 해주십사, 이 끔찍한 생각을 떨쳐내게 해주십사 하고요. 내가 얼마나 비참한지, 저 가여운 여자를 보호하기에 내가 얼마나 부족한지 신께서는 잘 아실 겁니다."

그러고 나서 오키 씨는 다시 나의 손을 잡았습니다. 정원으로 들어서자 그가 다시 한 번 나를 돌아보았습니다.

"정말 매우 감사합니다. 그리고 정말 최선을 다해 더 강해지도록 노력하겠습니다. 그저……"

그가 한숨을 내쉬었어요.

"그저 앨리스가 내게 조금이라도 숨 쉴 틈을 주었으면

좋겠네요. 허구한 날 러브록 이야기로 나를 조롱하지 않았으면 정말 좋겠어요."

10.

나는 오키 부인의 초상화를 그리기 시작했습니다. 그녀가 캔버스 앞에 앉았어요. 그날 아침 그녀는 유독 더 말이 없었습니다. 그러나 그 모습이 내게는 무언가 기대하는 여성의 침묵으로 느껴졌지요. 또 매우 행복한 것 같다는 인상을 받았어요. 그녀가 나의 권유로 이전에는 몰랐던 『신생(新生)』*을 읽고 있었던 때였지요. 대화는 그 주제로 흘러, 그렇게 관념적이고 오래가는 사랑이 가능한지로 이어졌어요. 그러한 주제로 논의를 이어가다 보면 대부분의 젊고 아름다운 여성의 경우에는 남녀지간의 희롱의 면모를 띠게 마련인데, 오키 부인의 경우는 매우 다르게 이어졌어요. 그녀의 미소와 시선처럼 뭔가 이 세상 것이 아닌 듯 먼 곳을 향하는 불가해한 분위기였지요.

그녀는 저 멀리 오크 나무가 점점이 박힌 초원 쪽으로 시선을 던지며 말했습니다.

"그런 사랑은 매우 드물어요. 하지만 존재할 수 있죠. 한

---

*

단테의 자전적인 시와 산문을 모아 엮은 책.
주로 베아트리체에 대한 연애 감정을 노래하였다.

사람의 존재 전체가 되는 것이죠. 영혼 전체요. 그리고 그런 사랑은 죽음도 이겨낼 수 있어요. 사랑받는 사람의 죽음뿐만 아니라 사랑하는 사람의 죽음도 마찬가지예요. 그건 소멸시킬 수 없는 것이고, 영적인 세계에서도 지속된답니다. 사랑받는 사람의 환생을 만날 때까지 말이죠. 그러다가 그 환생과의 만남이 이루어지면, 그 사랑은 가스처럼 뿜어져 나와서 그 사랑하는 사람의 영혼을 빨아들이죠. 그러면 모양이 드러나면서 그 사랑받는 사람을 다시 한 번 둘러싸는 거예요."

오키 부인은 천천히 조용하게 말했습니다. 거의 혼잣말처럼 들렸습니다. 나는 그때의 그녀가 가장 기이하고 가장 아름답다고 생각했어요. 뻣뻣한 흰 드레스가 그녀의 이국적인 아름다움, 이 세상 사람이 아닌 듯한 분위기를 더욱 부각시키고 있었습니다.

나는 뭐라고 대꾸해야 할지 몰라 그저 농담처럼 답했습니다.

"오키 부인, 불교 문학을 너무 많이 읽으신 것 같군요. 그 모든 말이 무시무시하고 불가해한 비전(祕傳)처럼 들리는군요."

그녀는 경멸의 미소를 지었습니다.

"나는 사람들이 그런 문제를 이해하지 못한다는 걸 알아요."

그녀는 그렇게 대답하고는 한동안 침묵했습니다. 그리

나 그러한 침묵에도 나는 이 여인의 기이한 흥분의 맥박 소리를 느낄 수 있었습니다. 마치 그녀의 맥을 짚고 있는 듯한 기분이었지요.

나는 그래도 나의 개입으로 상황이 개선되기를 바라고 있었습니다. 오키 부인은 지난 이삼 일 동안 한 번도 러브록을 입에 올리지 않았습니다. 오키 씨는 우리의 대화 이후로 훨씬 더 자연스럽고 즐거운 태도를 보이고 있었고요. 그는 더 이상 걱정에 찌든 모습이 아니었습니다. 나는 그가 아내의 맞은편에 앉아 마치 젊고 가녀린 소녀를 대하듯 아내를 향해 거의 연민에 가까운 애틋한 애정의 눈길을 보내는 모습을 한두 번 목격했답니다.

그러나 끝내 종말이 찾아오고야 말았습니다. 그날 초상화 모델을 한 이후 오키 부인은 피로가 몰려온다며 자신의 방으로 물러났고, 오키 씨는 업무를 보러 근처 마을로 외출한 때였습니다. 나는 그 큰 집에 완전히 혼자 남겨진 느낌이었지요. 스케치에 조금 손을 대다가 고택을 어슬렁거리며 소일하고 있었습니다.

따뜻한 기운 가운데 맥 빠지는 가을 오후였지요. 모든 것에서 향기가 뿜어져 나오는 그런 날씨였습니다. 습한 땅과 낙엽, 화병에 꽂힌 꽃, 목재 세공과 직물들, 모든 것에서 말입니다. 의식의 표면에 있는 모든 종류의 기억과 기대를 끌어내는 것 같은 날씨였지요. 무언가 기쁘기도 하면서 또 고통스럽기도 한 것들. 그리하여 무언가를 하거나 생각하는 일이 불가능하게 되는 느낌. 나는 바로 이런 특별한, 불쾌함과는 거리가 먼 어떤 동요된 특별한 분위기에 사로잡혔습니다. 나는 회랑을 오르내리며 그림들을 보았지요. 물론 이미 세세히 알고 있던 그림이었습니다. 또 조각과 오래된 직물들의 문양을 살피고, 큰 도자기 사발과 항아리에 다발로 풍성하게 꽂힌 화려한 가을꽃들을 응시하기도 했습니다. 나는 한 권씩 책을 꺼내 들여다보았지요. 그러고 나서 피아노에 앉아 이것저것 두서없이 연주를 이어나갔습니다. 나는 혼자라고 느꼈습니다. 자갈밭에 부딪히는 바퀴 소리가 나긴 했지만, 그저 집주인이 돌아왔나 생각했답니다.

　나는 응접실 구석에서 느긋하게 시집을 펼쳐 책장을 넘기고 있었습니다. 완벽하게 기억나요. 모리스의 시 '사랑은 충분하다'를 보고 있을 때 갑자기 문이 열렸습니다. 그러더니 윌리엄 오키가 나타났습니다. 그는 안으로 들어오지 않고 나더러 밖으로 나와보라고 손짓을 했어요. 나는 그의 표정을 보고 덜컥 놀라 황급히 그를 따라 나갔습니다. 그는 극도로 조용했습니다. 심지어 뻣뻣할 정도였어요. 얼굴 근육 하나 움직이지 않았습니다. 안색은 매우 창백했고요.

　"보여줄 게 있습니다."

　그는 나를 데리고 조상들의 초상이 걸려 있는 아치형 홀을 지나 해자를 메운 것으로 보이는 자갈 깔린 공간으로 갔습니다. 그곳에는 뒤틀리고 뾰족한 가지들이 매달린 말라 죽은 거대한 오크 나무가 서 있었어요. 나는 계속 그를 따라 잔디밭, 아니 저택과 이어진 초지로 나아갔어요. 우리는 빠른 걸음으로 나아갔습니다. 그가 한마디도 하지 않은 채 앞장서 갔습니다. 그러다가 갑자기 발길을 멈췄는데, 바로 노란 응접실의 둥글게 내민 내닫이창이 튀어나온 곳이었어요. 오키 씨는 손으로 내 팔을 꽉 움켜잡았습니다.

"보여줄 게 있어서 이곳으로 왔습니다."

그가 거친 목소리로 낮게 이야기하더니 나를 창가로 이끌었어요.

나는 안을 들여다보았습니다. 바깥과는 달리 방 안은 꽤 어두웠습니다. 그래도 노란 벽을 등지고 흰 드레스를 입은 오키 부인이 홀로 소파에 누워 있는 모습을 볼 수 있었습니다. 머리는 뒤로 젖혀졌고, 손에는 커다란 붉은 장미 한 송이가 보였어요.

"이제 믿겠어요?"

오키 씨의 속삭임이 내 귀에 뜨겁게 와 닿았습니다.

"이제 믿겠냐고요? 모든 게 다 내 망상이라고요? 이번엔 이 작자를 꼭 잡고야 말겠어요. 내가 문을 잠갔습니다. 그런데 세상에! 이 작자가 도망치지도 않고 있군요."

오키 씨의 입에서 말이 채 끝나기도 전에, 나는 그 창가에서 나도 모르게 조용히 그를 붙잡았습니다. 그러나 그는 내 팔을 뿌리치고 창문을 활짝 열더니, 안으로 냅다 뛰어들었습니다. 나는 바로 뒤쫓았고요. 문턱을 넘을 때 뭔가가 눈앞에 번쩍 빛났습니다. 커다란 총성이 울렸고, 날카로운 비명, 몸이 바닥에 쓰러지는 둔탁한 소리가 이어졌습니다.

오키 씨는 방 한가운데 서 있었습니다. 그 남자 주변으로 희미한 연기가 피어올랐어요. 그의 발밑에는 소파에서 떨어진 오키 부인이 쓰러져 있었고요. 황금빛 머리카락은 소파에 걸쳐 있었지요. 흰 드레스에 붉은 피가 쿨렁쿨렁 번지고 있었습니다. 그녀의 입은 마치 기계적으로 비명을 내지르듯 발작했으나, 크게 뜬 흰 눈은 모호하고 먼 미소를 머금은 듯했습니다.

시간이요? 모르겠습니다. 모든 게 1초 같았지만, 몇 시간 쭉 이어진 1초라고 할까요? 오키 씨는 바닥을 응시하다가 갑자기 돌아서서 미친 듯 웃기 시작했습니다.

"이 염병할 불한당 놈이 또 빠져나갔네!"

그는 소리를 질렀습니다. 그러더니 잽싸게 문을 열고 무시무시한 소리를 지르며 집 밖으로 뛰쳐나갔습니다.

그게 이 이야기의 끝입니다. 오키 씨는 그날 저녁 총으로 제 몸을 쏘았으나 턱만 박살 나고 말았지요. 그러곤 며칠 후 발작을 하다가 죽었습니다. 온갖 법적 조사가 진행되었습니다. 나는 꿈인지 생신지도 모르게 그 모든 걸 겪어냈습니다. 결국 오키 씨의 일시적 광기가 발작해 아내를 살해했다는 결론이 났고요. 그게 앨리스 오키의 종말이었습니다. 그런데 그녀의 하녀가 내게 그녀의 목에 둘러 있던 것이라며 로켓*을 가져다주었습니다. 피범벅이 되어 있더군요. 그 안에는 매우 짙은 적갈색 머리카락이 들어 있었는데, 윌리엄 오키의 머리와는 완전히 달랐습니다. 그건 분명 러브록의 머리카락이었을 겁니다.

*
여자 장신구의 하나. 사진이나 기념품을 넣어 목걸이에 다는
작은 갑으로, 보통 금이나 백금으로 만든다.

비밀의 열쇠

루이자 메이 올컷

제1장
예언

트레블린 땅과 트레블린 황금,

상속자 또는 상속녀도 손을 대지 못할 것이니,

앙심이 녹이 슬어,

트레블린 땅의 진실이 드러날 때까지.

"당신이 그 옛날 책에 빠져 있는 모습을 보는 게 벌써 세 번째네요. 리처드, 뭐가 그리 재미있어요? 여기 나온 시는 아니겠죠?"

젊은 아내가 세월에 누렇게 변색한 옛 영국 책이 펼쳐진 페이지에 가는 손을 갖다 대며 웃었다.

리처드 트레블린은 그걸 읽다 들킨 게 언짢다는 듯 웃으며 책을 옆으로 치웠다. 그는 아내의 손을 잡고 소파로 향했다. 아내에게 부드러운 숄을 어깨에 걸쳐주고 그녀 옆 낮은 의자에 앉았다. 눈빛에는 무언가 근심을 숨기고 있었지만 유쾌한 말투로 말을 이었다.

"여보, 저 책은 수백 년 동안 내려온 우리 가문의 역사책이라오. 그 옛 예언은 '상속자 또는 상속녀' 부분만 빼고는 실현된 적이 없었지. 나는 트레블린 가문의 마지막 후손이고, 우리 아이가 태어날 시간이 다가오고 있잖아. 나는 당연히 아이의 장래를 생각해서 그 아이가 자신의 유산을 무탈하게 받길 바란다오."

"제발 그래야지요!"

트레블린 부인이 곁눈질로 책을 보며 다정하게 대꾸했다.

"저도 그 역사책 읽어봤는데 로맨스 같더라고요. 하지만 그런 끔찍한 일들이 담겨 있다니. 다 사실인 거예요?"

"그렇다오. 나도 아니었으면 좋겠소. 우리 가문은 한두 세대 전까지는 굴곡 많고 불행한 집안이었소. 그 사나운 노르만 기사인 랠프 경 때부터 격정적인 성정이 이어진 거지. 불같은 분노에 차올라 자신의 유일한 아들을 죽이고 말았으니. 고집 센 아들이 아버지의 강한 기에 굴복하지 않는다고 강철 장갑을 낀 손으로 아들을 죽였단 말이오."

"저도 기억해요. 그리고 그의 딸 클로틸드는 포위 공격 동안에 성을 지켰고, 사촌 휴고 백작과 결혼했죠. 참 호전적인 가문이에요. 그래도 나는 그런 미친 짓에도 이 가문이 좋아요."

"사촌과 결혼하다니! 그게 과거 우리 가문에 해악을 끼친 일이었소. 대단한 자긍심 때문에 다른 핏줄과 연을 맺지 못하고 백치와 광인이 나타날 때까지 끼리끼리만 어울렸던 거지. 내 아버지가 최초로 규율을 어겼고, 나도 아버지의 뒤를 따랐소. 우리의 고갈된 땅에 이식할 가장 신선하고 건강한 꽃을 선택한 것이지."

"화려하게 꽃을 피워 당신의 명예를 드높였으면 좋겠네요. 나는 당신이 매우 초라한 집에서 나를 데리고 나와 잉글랜드에서 가장 행복한 아내로 만들어준 걸 결코 잊지 못해요."

"그리고 나는 열여덟 소녀였던 당신이 고향 언덕을 떠나 나처럼 나이 든 남자의 오랫동안 버려진 집을 밝혀주러 기꺼이 와준 사실을 결코 잊지 못한다오."

남편도 다정하게 응대했다.

"아니, 무슨 말씀을! 나이 들다니요, 여보? 당신은 겨우 마흔다섯이에요. 워릭셔에서 가장 담대하고 잘생긴 남자라고요. 그런데 당신 요즘 근심이 많아 보여요. 무슨 일이에요? 제가 위로가 될 수 있게 말해주세요."

"앨리스, 아무것도 아니라오. 그저 당신에 대한 걱정뿐이오. 음, 킹스턴, 무슨 일인가?"

트레블린은 하인이 안으로 들어오자 날카로운 말투로 돌변했다. 입가에는 미소가 사라졌다. 그는 하인이 건넨 카드를 보더니 입이 마르며 핏기가 사라졌다. 날카로운 시선으로 잠시 카드를 응시하다 물었다.

"그 사람이 여기 왔나?"

"서재에 있습니다."

"곧 가겠네."

그는 카드를 불 속에 던져 넣고는 재로 변하는 모습을 확인하고 나서야 아내의 시선을 피하며 입을 열었다.

"그냥 짜증 나는 일 문제니까, 금방 다시 오리다, 여보. 올 때까지 누워서 좀 쉬구려."

그는 아내를 보듬어준 후 황급히 자리를 떴다. 그러나 그가 거울을 지날 때 아내는 거울에 비친 남편의 얼굴에서 매우 흥분한 표정을 놓치지 않았다. 그녀는 아무 말도 하지 않았지만 무언가 강한 충동을 이기지 못하는 듯, 몇 분 동안 꼼짝하지 않고 앉아 있었다.

"그이 심기가 아무래도 불편하고 불안한 것 같아. 내게 뭔가를 숨기고 있어. 하지만 나는 알 권리가 있어. 해가 될 게 없으면 남편도 날 용서해줄 거야."

그녀는 혼잣말을 하며 자리에서 일어나 조용히 홀을 지나쳤다. 그리고 두꺼운 벽으로 둘러쳐진 작은 옷방으로 들어갔다. 그러고는 고개를 숙이고 좁은 문의 열쇠 구멍에 귀를 갖다 댔다. 자신이 저지르고 있는 꺼림칙한 짓에도 살짝 미소를 머금고 귀를 기울였다. 두런거리는 목소리가 들렸다. 주로 남편이 말을 했는데, 갑자기 그가 내뱉은 어떤 말을 듣더니 강력한 충격을 받은 듯 그녀의 얼굴에서 한순간 미소가 사라졌다. 그녀는 깜짝 놀라 움츠러들며 몸을 떨었다. 이를 앙다물고 주저앉은 그녀의 얼굴에서 핏기가 사라졌다. 가슴은 갑작스러운 공황 상태에 빠졌다. 입술에서 점점 더 핏기가 사라졌고, 동공은 이리저리 흔들렸고, 숨은 더 가빠졌다. 그러다가 정신을 차리려고 길게 한숨을 내쉬려 애쓰다가 죽은 듯 문지방에 그대로 쓰러지고 말았다.

"아, 아이고, 마님. 어디 아프세요?"

30분 후 그녀가 힘없이 방으로 들어오자, 하녀 헤스터가 소리를 질렀다.

"어지럽고 추워. 나 좀 침대로 데려가 줘. 리처드 경에겐 말하지 말고."

그녀는 말을 하면서도 오들오들 떨었다. 불안하고도 비참한 눈빛을 이리저리 굴리며 베개에 머리를 댔는데, 다시는 그 머리를 들어 올리지 못할 것만 같은 심각한 분위기였다. 예리한 눈빛의 중년 여성 헤스터는 한동안 창백한 부인의 모습을 바라보다가 중얼거리며 방을 나섰다.

"무언가 일이 터졌어. 리처드 경은 알고 있을 거야. 분명 그 검은 수염의 남자가 나쁜 일을 몰고 온 게 틀림없어."

헤스터는 서재 문 앞에서 멈췄다. 안에서는 아무런 말소리가 들리지 않았다. 그저 숨죽인 신음만이 들려왔다. 헤스터는 겁이 났지만 더 기다리지 않고 노크도 하지 않은 채 안으로 들어갔다. 리처드 경은 손에 펜을 들고 서재 탁자에 앉아 있었다. 그러나 그의 머리는 팔에 가려져 보이지 않았다. 그 자세에서는 무언가 압도적인 절망감이 묻어나는 것 같았다.

"주인님, 마님께서 편찮으십니다. 의사를 부를까요?"

아무 대답이 없었다. 헤스터는 다시 물었다. 그러나 리처드 경은 꼼짝도 하지 않았다. 그녀는 매우 놀라 그의 머리를 들어 올렸다. 의식이 없었다. 헤스터는 도움을 청하기 위해 벨을 눌렀다. 리처드 트레블린은 몇 시간 더 버티긴 했지만 도움을 받기에는 이미 늦은 상황이었다. 그는 딱 한 번 희미하게 입을 열었다.

"앨리스와 작별 인사를 하고 싶은데, 올 수 있을까?"

"올 수 있으면 빨리 오시라고 전해요."

의사가 재촉했다.

헤스터가 부인의 방으로 갔을 때, 부인은 돌에 새긴 조각처럼 아까의 모습 그대로 누워 있었다. 헤스터가 메시지를 전했지만, 트레블린 부인은 단호하게 거절했다.

"가서 난 안 간다고 전해."

그러고는 부인은 벽을 보고 돌아누웠다. 헤스터가 한마디도 덧붙일 수 없게 만드는 싸늘한 표정이었다.

헤스터는 큰 목소리로 그 말을 전달할 엄두가 나지 않아 의사에게 간신히 속삭였다. 그러나 리처드 경은 그 말을 들었다. 그는 용서를 비는 절망적인 기도를 입에 올리며 숨을 거두었다.

날이 밝았을 때 리처드 경은 수의에 싸인 채 누워 있었다. 그의 어린 딸은 요람에 누워 있었다. 한 사람은 아내에게 애도를 받지 못했고, 다른 한 사람은 어머니에게 환영받지 못했다. 불과 12시간 전만 해도 잉글랜드에서 가장 행복한 아내라고 자칭했던 여자였다. 집안사람들은 그녀가 죽어가고 있다고 생각했다. 그들은 남편이 아내에게 남긴 봉한 편지를 건네주었다. 그녀는 편지를 읽고서 품속에 넣었다. 그러고는 자신을 아주 싸늘하게 변화시킨 몽환(夢幻)에서 깨어나, 곁에 있던 사람들에게 열정적으로 목숨을 구해달라고 간청했다.

그녀는 이틀 동안 죽음의 문턱에서 배회했다. 그저 살고자 하는 불굴의 의지로 버텨낸 것이라고 의사들은 말했다. 사흘째 되던 날 그녀는 놀랍도록 원기를 회복했다. 무언가 강렬한 의지가 그녀에게 초자연적인 힘을 준 것 같았다. 저녁이 되었다. 집 안은 매우 조용했다. 서글프면서도 분주한 리처드 경의 장례식 준비 절차가 모두 끝났기 때문이었다. 그가 자신의 집 지붕 아래 눕는 마지막 밤이었다. 헤스터는 어두침침한 부인의 방에 앉아 있었다. 옆방에서 유모가 아버지 잃은 아기에게 들려주는 낮은 자장가 소리만 날 뿐, 아무 소리도 들리지 않았다. 그때 잠이 든 것 같았던 트레블린 부인이 갑자기 커튼을 치더니 불쑥 말을 걸었다.

"그이 어디에 있어?"

"의전실(儀典室)에 모셨어요, 마님."

헤스터는 열에 들떠 반짝거리는 부인의 눈과 발갛게 달아오른 뺨을 불안하게 바라보았다. 평온한 태도가 부자연스럽게 느껴졌다.

"나 좀 거기로 데려가 줘. 그이를 봐야 해."

"그러다가 큰일 나요. 돌아가실 수도 있어요, 마님. 제발 간청하건대, 생각지도 마세요."

헤스터의 간청에도 트레블린 부인은 물러서지 않았다. 창백하고 단호한 얼굴에 묻어나는 어떤 기운에 눌려, 헤스터는 그 말을 따르지 않을 수 없었다.

헤스터는 부인의 가냘픈 몸에 따뜻한 망토를 두르고 거의 끌다시피 부축해서 의전실 문턱까지 도달했다.

"나 혼자 들어가야 해. 걱정할 거 없어. 여기서 날 기다려."

부인은 그렇게 말하고는 안으로 들어가 문을 닫았다.

5분이 채 지나지 않아 그녀가 나왔다. 굳은 얼굴에 슬픔의 기색은 없었다.

"날 침실로 데려간 다음 내 보석함을 가져다 줘."

그녀는 몸을 떨며 어렵게 말했다. 충직한 헤스터는 감사의 표현을 하며 받아들였다.

헤스터가 보석함을 가져왔을 때, 그녀는 언제나 지니고 다니던 리처드 경의 초상이 담긴 로켓을 품속에서 꺼냈다. 황금 케이스에서 아이보리색 타원형의 초상화를 꺼낸 다음 보석함의 작은 서랍에 넣었다. 그러고는 빈 로켓 목걸이를 품속에 다시 넣었다. 그녀는 헤스터에게 보석함을 자신의 변호사 왓슨에게 가져가서 그에게 아이가 자랄 때까지 안전한 장소에 보관하라고 일렀다.

"마님. 이거 가지고 계시지요. 남은 날들을 슬픔에 빠져 지내시기에는 마님은 너무나 젊습니다. 아무리 우리 주인님처럼 훌륭한 분을 애도한다 해도 말입니다. 위안을 얻으시고 기운을 내세요. 제발 사랑스러운 아기를 위해서라도 말입니다."

"난 다시는 그걸 걸지 않을 거야."

트레블린 부인은 딱 그 말만 하더니 희망의 싹을 쳐내듯 커튼을 쳐버렸다.

리처드 경을 매장하고 난 후 화젯거리는 사그라지기 시작했다. 그의 죽음을 둘러싼 미스터리를 부채질할 연료가 더는 없었다. 설명해줄 수 있는 유일한 사람이 그날의 비극에 대해 어떤 식으로든 언급하는 일을 금했기 때문이었다.

트레블린 부인은 1년 동안 정신을 온전히 유지하기 힘든 고비를 넘나들었다. 열병을 오래 앓아 몸과 마음이 모두 허약해졌다. 회복의 기미가 별로 보이지 않았다. 무감각한 상태로 흘러가는 날들은 보는 이를 슬프게 만들었다. 그녀는 모든 것을 잊어버린 것 같았다. 심지어 자신의 인생을 엉망으로 만든 그 모진 충격마저 잊은 듯했다. 자신의 아기를 보아도 전혀 자극을 받지 못했다. 한 달 한 달 흐르는 세월도 그녀의 마음에 아무런 흔적을 남기지 못했다. 그저 허약해진 몸을 아주 조금씩이나마 회복해갈 뿐이었다.

그 낯선 이가 누구였는지 무슨 일로 왔는지 왜 다시는

나타나지 않는지, 아무도 알 수 없었다. 리처드 경이 남긴 편지의 내용 또한 알려진 게 아무것도 없었다. 트레블린 부인이 편지를 파기했고, 그녀의 입에서는 어떠한 단서도 흘러나오지 않았다. 의사들은 리처드 경의 사인이 심장병이라고 했는데, 갑작스러운 충격이 없었다면 더 오래 살았을 것이라고 했다. 내막을 조사할 친척도 없었고, 친구들은 이내 가여운 젊은 과부를 잊었다. 그리하여 세월은 그렇게 흘러갔다. 상속녀 릴리언은 이 미스터리의 그늘 속에서 아기에서 어린이로 자랐다.

제2장
폴

"이리와요, 아가. 이슬이 내리고 있어요. 들어갈 시간이에요."

"아니, 아니. 엄마가 아직 쉬는 중이야. 난 샘터에 갈 거야."

그러더니 사랑스럽지만 고집이 센 릴리언은 사슴과 토끼가 노니는 키 큰 양치식물 덤불숲으로 사라져버렸다.

헤스터는 느긋하게 뒤를 따랐다. 그녀는 제 손으로 저 어린 아가씨를 받은 지 12년이나 지났지만, 단 하루가 지난 것처럼 변하지 않은 모습이었다. 이제 저 어린 아가씨는 독재자처럼 헤스터를 지배했다. 헤스터가 겨우 몇 발자국 따라가자, 아이가 다시 달려와 흥분한 목소리로 소리 질렀다.

"오! 어서 이리 와봐! 저기 어떤 남자가 있어. 죽은 남자야. 내가 봤다니까, 어머, 놀래라!"

"무슨 당치 않은 말을, 아가! 사냥터지기가 잠든 걸 거예요. 아니면 산책하다가 길을 잃은 사람이든가. 손잡고 누군지 같이 가 보자고요."

다소 안심한 릴리언은 유모를 끌고 길가에 있는 늙은 오크 나무로 향했다. 그러고는 풀밭에 반쯤 가려진 어떤 사람을 가리켰다. 날씬하고 가무잡잡한 열여섯 정도로 보이는 소년이었다. 검은 고수머리에 짙은 눈썹, 빽빽한 속눈썹, 기묘하게 굳세 보이는 입, 힘과 자긍심이 넘쳐나는 전반적인 인상이 앳된 얼굴에 눈에 띄는 개성을 부여했다. 가난한 차림에도 왠지 위엄 있어 보였다. 먼지투성이의 낡고 해진 옷차림에 닳아빠진 신발을 신고 있었고, 소지품을 둘둘 말아 싼 꾸러미를 베개 삼아 누워 있었다. 헤스터가 덤불을 제치고 가까이 다가가 살펴보는데도 피로에 지친 듯 잠에 빠져 꼼짝도 하지 않았다.

"죽은 게 아니라 잠든 거예요. 딱하기도 하지. 종일 떠돌다 지친 모양이네."

"살아 있다니 다행이야. 깨어났으면 좋겠어. 참 예쁜 아이네, 안 그래? 저 손 좀 봐봐. 참 잘생겼다. 머리는 내 머리보다 더 곱슬곱슬해. 헤스터, 저 아이 좀 깨워봐."

작은 아가씨는 이제 겁은 사라지고 흥미가 돋는지 그렇게 지시했다.

"쉬! 움직여요. 도대체 여기 어떻게 왔는지 궁금하네. 또 뭘 원하는 건지."

헤스터가 속삭였다.

"내가 물어볼게."

릴리언은 헤스터가 붙잡기도 전에 긴 풀로 잠이 든 소년의 얼굴을 부드럽게 간질이며 큰소리로 깔깔거렸다.

소년은 릴리언의 웃음소리에 잠에서 깨어났다. 그러고는 움직이지 않은 채 자신을 굽어보고 있는 작고 사랑스러운 얼굴을 마치 꿈결처럼 올려다보았다.

"벨라 까라."*

소년은 리드미컬한 목소리로 말했다. 릴리언이 소년의 크고 밝은 눈과 마주치고는 당황해서 뒤로 물러나자, 소년은 완전히 잠에서 깨어 벌떡 일어났다. 소년은 일어나 재빨리 헤스터를 훑어보았다. 소년의 얼굴과 태도에서 묻어나는 어떤 분위기 때문에 헤스터는 진중하면서도 부드러운 말투로 물었다.

"이 저택 사람을 만나러 온 거니?"

"예. 트레블린 부인 계십니까?"

소년은 모자를 손에 쥐고 서서 대답했다. 얼굴의 미소는 이미 사라져 보이지 않았다.

"응, 그래. 하지만 급한 볼일이 아니면 관리인 파크스 씨를 먼저 만나야 해. 사소한 일로 마님을 귀찮게 할 순 없어."

"대번트리 대령님의 편지를 가져왔습니다. 사소한 일이 아닙니다. 괜찮으시면 제가 직접 전달할게요."

---

*

bella cara, 이탈리아어로 '사랑스러운 미인'이란 뜻이다.

헤스터는 잠깐 망설였다. 그러는 사이 릴리언이 끼어들었다.

"엄마 근처에 있어. 같이 가서 보면 돼. 이리 와."

릴리언이 뛰어가며 소년에게 따라오라고 손짓했다.

소년은 침착한 태도로 따라갔다. 헤스터도 뒤를 좇았다. 그녀는 뒤따르며 여자의 예리한 눈으로 소년을 살폈다.

아름답지만 창백한 여인, 몸은 예민하고 마음은 우울한 트레블린 부인은 책 한 권을 들고 정원 의자에 앉아 있었다. 하지만 책은 읽지 않고 멍하게 상념에 잠긴 채였다. 딸이 다가가자 그녀는 손을 뻗었으나 웃지도 않고 말도 하지 않았다.

"엄마, 여기 엄마 보러온 음……, 사람이 있어요."

릴리언은 낯선 이를 어떻게 칭해야 할지 몰라 더듬거렸다. 소년의 큰 키와 진중한 분위기에 압도당했기 때문이었다.

"대번트리 대령님의 편지를 가지고 왔습니다, 마님."

소년은 고개를 숙여 예의를 표하고 편지를 전달했다.

부인은 소년에게 거의 눈길을 주지 않고 편지를 펼쳐 읽었다.

친애하는 친구에게.

이 서신을 가지고 간 폴 젝스는 나와 함께 몇 달을 지냈고 나를 잘 보필했습니다. 나는 이 청년을 파리에서 데리고 왔지만, 그는 영국 태생입니다. 또 의지가지없는 상황에서 이곳에 머물기를 바라고 있어요. 우리는 일주일 후면 이곳을 떠나는데, 우리가 떠나도 이곳에 머물길 바란다는군요. 내가 지난번 당신을 보았을 때, 당신은 정원 일을 도울 청년을 구한다는 말을 했지요. 내 아내는 그 아이를 집안의 시동으로 썼어요. 폴은 그런 일에 익숙하답니다. 당신이 이 청년에게 머물 곳을 제공할 수 있기를 바라며 직접 보냅니다. 그는 정직하고 능력 좋고 모든 면에서 믿을 만한 청년입니다. 한번 기회를 주길 바랍니다. 그럼 잘 부탁드립니다.

J. R. 대번트리 드림.

"자리가 여전히 공석이니 네가 원하면 기꺼이 일자리를 주고 싶구나."

트레블린 부인이 편지에서 눈을 떼고 소년의 얼굴을 살피며 말했다.

"일하고 싶습니다, 마님."

그는 공손하게 대답했다.

"대령님 말로는, 영국인이라고?"

부인은 다소 놀란 말투로 물었다.

소년이 미소를 보이자 새하얗고 고른 치아가 드러났다.

"그렇습니다. 지금은 그렇게 보이지 않을 겁니다. 살도 많이 타고 지저분한 상태니까요. 그래도 제 아버지는 영국인이셨습니다. 하지만 저는 아버지가 돌아가시고 난 후 대부분 외국에서 살았습니다. 그래서 외국의 생활 방식에 익숙합니다."

소년은 어색한 억양 없이 말을 하면서 짙은 속눈썹 아래 정직해 보이는 푸른 눈으로 부인과 눈을 맞추었다. 그 눈을 본 트레블린 부인은 아주 잠깐 품었던 의심이 이내 사라졌다.

"폴, 나이는 몇이니?"

"열여섯입니다, 마님."

"정원 일은 잘 아니?"

"네, 그렇습니다."

"그리고 할 수 있는 일이 뭐가 있지?"

"말 길들이기, 식탁 시중들기, 심부름도 할 수 있어요. 책 낭송하기, 말구종으로 젊은 숙녀의 승마 동행하기, 양피지 문서 장식하기, 꽃 전지하기 등등 뭐든지 시키시면 다할 수 있습니다."

겸손하면서도 열정이 넘치는 말투에 서로 어울리지 않을 것 같은 여러 가지 다양한 재주를 나열하는 모습을 보고, 트레블린 부인은 미소를 지었다. 소년의 전반적인 분위기가 호의를 불러일으켰다.

"릴리언이 조만간 승마를 배웠으면 해. 그런데 로저는 저렇게 어린아이를 에스코트하기에는 좀 나이가 많고. 폴에게 한번 시켜보는 건 어떨까?"

부인은 헤스터를 바라보며 물었다.

헤스터는 소년을 머리부터 발끝까지 진중하게 훑어보며 고개를 가로저었으나, 소년이 그 잘생긴 눈으로 바라보며 애원하는 몸짓을 하자 이성과 다르게 마음이 녹아내렸다.

"예, 마님. 저 아이가 이곳에서 잘 지내고, 파크스가 인정하면 차차 시켜보아도 괜찮을 거 같네요."

릴리언은 손뼉을 치며 가까이 다가와 자신의 새 말구종을 올려다보며 좋아라 소리쳤다.

"엄마, 그럴 줄 알았어요. 난 폴이 좋아요. 폴에게 내 조랑말을 길들이게 해주셨으면 좋겠어요. 폴, 그럴 거지?"

"예."

폴은 낮은 목소리로 재빨리 대답하고는 자신의 앞에 서 있는 작은 아이의 열정적인 얼굴에서 시선을 돌렸다. 가무잡잡한 뺨에 갑자기 홍조가 떠올랐다.

헤스터는 그런 모습을 알아차리고 속으로 혼잣말을 했다.

'저 소년은 분명 좋은 핏줄이 흐르는 것 같아. 시골뜨기 아이가 아니야. 저 손이며 발, 저 분위기, 걸음걸이를 보면 알 수 있어. 가여운 아이, 얼마나 힘들까. 그런데도 자존심을 내세우지 않고 힘든 일을 마다하지 않잖아. 그 점이 마음에 들어.'

"폴, 일자리를 주마. 일단 한 달 동안 하는 걸 보자. 헤스터, 이 아이를 파크스에게 데려가서 편안하게 적응하도록 돌봐줘. 내일 어떤 일을 할지 알아보자고. 이리 와, 릴리언. 엄마 다 쉬었어."

트레블린 부인은 우아한 손짓으로 폴을 물린 후, 딸을 데리고 자리를 떴다. 폴은 헤스터의 존재를 잊은 듯 그녀를 바라본 채 서 있었다. 헤스터가 쏘아붙이듯 말을 건넸다.

"젊은 친구, 마님이 여기 계실 때 감사 인사를 했어야지. 자리를 뜨고 가시는 모습을 그렇게 째려보고 있지 말고. 파크스를 만나보고 싶으면 따라오게. 내가 앞장설 테니."

"저기 저게 가족 묘지인가요? 제가 누워 자던 곳이요?"

폴은 엉뚱하게도 예상치 못한 질문을 던졌다. 그는 헤스터의 태도에 전혀 주눅 들지 않고 조용히 뒤를 쫓았다.

"그래. 그 말 하니까 생각나는데, 대체 어떻게 들어온 거니? 그리고 낮잠은 왜 잔 거야? 할 일부터 먼저 하지 않고?"

"울타리를 뛰어넘어 들어왔어요. 그리고 제대로 인사를 하기 전에 좀 쉬려고 했던 겁니다, 헤스터 부인."

폴은 그렇게 태연한 태도로 무단 침입에 대해 고백하며 살짝 웃음을 보였다.

"아주 오래 걸어온 것 같은데, 어디서 오는 길이지?"

"런던에서 왔습니다."

"아이고, 세상에! 80킬로미터나 되는 거리인데?"

"제 신발을 보니 그러네요. 그래도 여름철이라 즐거운

여행길이었어요."

"그런데 왜 걸어온 거야? 돈이 없어?"

"돈은 충분해요. 하지만 마차 삯으로 낭비하면 안 되죠. 다리가 이렇게 튼튼한데, 돈을 쓸 필요가 없어요. 저는 휴가를 이틀 잡았고, 돈은 필요한 일에 쓰려고 모아두었어요."

"그거 마음에 드네."

헤스터가 인정하는 태도로 고개를 끄덕였다.

"그런 식으로 해나가면 일이 잘 풀릴 거야, 친구. 나도 도와줄게. 나는 게으른 건 딱 질색이거든. 게다가 요즘은 게으른 사람이 얼마나 많은지 알지?"

"고맙습니다. 친절하게 대해주시니, 저도 보답할 수 있도록 노력할게요. 그런데, 마님은 어디가 아프신 건가요?"

"리처드 경께서 돌아가시고 나서는 계속 안 좋으셔."

"얼마나 되었는데요?"

"10년이 넘었지."

"집안에 젊은 신사는 없습니까?"

"없어. 미스 릴리언이 무남독녀야. 예쁜 아이지, 언제나 축복이 함께하기를!"

"콧대 센 작은 아가씨라고 해야 맞을 것 같은데요?"

"그러고도 남지. 잉글랜드에서 트레블린 가문보다 더 훌륭한 가문은 없으니까. 게다가 미스 릴리언은 막대한 재산의 상속녀잖아."

"저게 트레블린 가문의 문장인가요?"

폴이 정문을 지날 때 정문 위에 새겨진 제명(題銘) '나와 나의 것(ME AND MINE)'이 쓰여 있는 돌조각 매를 가리키며 느닷없이 물었다.

"그래. 그런데 왜 물어보는 거지?"

"그냥 호기심으로요. 제가 문장학(紋章學)을 좀 배웠거든요. 또 문장의 도안이나 장식을 취미로 그리기도 하고요. 외국에서는 이상한 취미들을 배운답니다."

그는 헤스터의 얼굴에서 놀란 표정을 보고 그렇게 설명했다.

"여기선 그런 거 할 시간 없을 거야. 들어가자. 가서 관리인에게 인사해야지. 자, 내가 조언을 좀 하자면, 파크스 씨에게 질문은 하지 마. 해봤자 대답을 들을 수 없거든."

"저는 남자들에게는 거의 질문을 하지 않습니다. 남자들은 잡담을 좋아하지 않거든요."

폴은 관리인의 숙소로 들어가며 장난기 담은 은근한 미소를 보이고는 고개를 끄덕였다.

'예리한 녀석이군. 거기다 뭐랄까, 건방지다고 할까, 의기양양하다고 할까. 저 아이를 눈여겨봐야겠어. 마님은 이런 일에 관심이 없고, 릴리언은 자기 고집에나 신경 쓸 뿐 다른 건 관심도 없으니. 그래도 호감을 사는 재주가 있는 아이야. 사람을 기분 좋게 만드는 법도 알고. 가여운 아이, 그나마 다행이지. 의지가지없는 삶이란 얼마나 혹독한 시

련인데.'

헤스터는 그런 생각을 하며 안으로 들어갔다. 그리고 폴에게 관리인의 호의를 사는 일을 맡겨두었다. 폴은 여자를 대하는 태도와는 완전히 다른 진지한 태도로 금세 파크스에게 인정을 받았다.

그날 밤 제 방에 홀로 남았을 때, 폴은 그날 있었던 일에 대해 이탈리아어로 장문의 편지를 썼다. 그러고는 제명(題銘)과 매의 모양을 스케치한 그림을 동봉해 '제노바의 코스모 카멜라 신부' 앞으로 주소를 적었다. 그는 잠자리에 누워 음침한 표정으로 깊은 한숨을 내쉬며 중얼거렸다.

"지금까지는 잘됐어. 연민의 정으로 가슴이 물러지는 일은 없을 거야. 내가 한 약속을 지킬 때까지 목표를 저버리지도 않겠어. 예쁜 아이, 널 못 보았더라면 좋았을걸!"

제3장
비밀스러운 일

　일주일 후 폴은 집안의 모든 이에게 총애를 받는 사람이 되었다. 심지어 신중한 헤스터조차 그가 내뿜는 매력에 빠져버렸다. 릴리언도 산책길에 젊은 동행인을 얻게 되어 더 행복해졌다고 인정했다. 지금까지 릴리언은 트레블린 부인의 의지대로 같이 놀 제 또래 친구도 없이 외로운 삶을 살았다. 그래서 릴리언은 폴을 자신에게 즐거움을 주는 새로운 놀이 상대로 좋아했다. 그를 개인 소유로 하고 싶어, 이내 그의 일을 정원사에서 집 안의 일로 바꾸어놓았다. 폴의 공로에 만족한 트레블린 부인은 릴리언의 요청을 받아들여 그를 어린 아가씨의 시종으로 삼았다. 폴은 언제나 공손한 태도로 복종했다. 절대 자기 위치를 잊지 않았다. 그는 자신에게 다가오는 모든 사람들에게 무의식적으로 영향을 끼치고 모든 이에게 환심을 사는 것 같았다.

　트레블린 부인은 폴에게 남다른 관심을 보였다. 릴리언은 그의 재주에 경탄하며 대놓고 자신의 젊은 종복을 매우 좋아하는 티를 냈다. 헤스터 또한 자신을 믿고 따르는 그에게 매우 흡족했다. 폴은 헤스터에게만 자신의 이야기를 터놓았다. 이러저러한 사소한 어려움이 있을 때마다 그녀에게 조언을 구했다. 역시 헤스터가 생각한 대로였다. 즉 폴은 신사의 아들이었는데, 인생의 불운을 맞아 집과 친구, 부모를 잃고 세상을 홀로 헤쳐나갈 신세가 된 사연을 가지고 있었다. 헤스터는 그런 서글픈 사연을 듣고 가슴이 아렸으며, 그럼에도 폴이 보이는 남자다운 기백에 더욱 애정을 품게 되었다. 몇 년 전 아들을 잃은 헤스터는 그 공허한 마음에 어머니를 잃은 폴에게 더욱 마음을 쏟았다. 헤스터는 여린 마음을 드러내는 게 부끄러워 남들이 볼 때는 평소대로 폴에게 엄격하게 대했다. 하지만 둘만 있을 때는 굉장히 다정한 모습으로 그의 호의를 마음껏 누렸다.

"폴, 이리 와봐. 잠깐 이야기 좀 하고 싶구나."

트레블린 부인이 서재의 긴 창문에 서서 밖에서 포도 덩굴을 손질하고 있던 폴에게 말을 건넸다.

한 달의 수습 기간이 만료되는 시점이었다. 폴은 연장을 내려놓고 모자를 벗은 다음 다소 긴장한 표정으로 다가왔다. 트레블린 부인은 그런 표정에 우아한 미소로 화답했다.

"걱정할 거 없어. 네가 원한다면 계속 여기 있어도 돼. 릴리언도 좋아하고, 나도 네게 만족한단다."

"감사합니다, 마님."

아래로 숙인 폴의 눈빛에 자긍심과 고통이 묘하게 섞여

있었다.

"그럼 그건 해결된 거고. 널 부른 이유는 다른 거란다. 너 양피지 문서 장식할 줄 안다고 했지? 이 고서를 복원할 수 있겠니?"

부인은 리처드 경이 죽던 날 읽고 있던 책을 건네주었다. 습기 찬 구석에 오랫동안 방치되어 있던 그 책을 발견한 부인은 책과 얽힌 슬픈 사연은 사연이고, 다른 건 몰라도 그 기이한 예언 때문에 고서를 간직하고 싶었다. 폴이 앞뒤로 책을 살펴보는 와중에 고인이 된 책 주인이 가장 자주 펼쳐보던 페이지가 드러났다. 폴은 그걸 보고 저도 모르게 눈을 반짝였다. 그러더니 잽싼 동작으로 밝은 빛에 가까이 대보는 듯한 동작을 취하며 고개를 돌렸다. 실은 자신의 얼굴에 드러난 승리의 기색을 감추기 위한 동작이었다. 폴은 신중하게 목소리를 가다듬은 후 다시 고개를 돌리고는 침착한 태도로 답했다.

"예, 마님. 이 테두리들의 바랜 색들을 보정하고 희미해진 고대 영어 본문을 다시 검게 수정할 수 있습니다."

"그럼, 그렇게 해. 하지만 작업하는 동안 세심하게 주의를 기울여야 해. 필요한 거 있으면 말하고. 작업비는 네가 직접 산정해서 청구하거라."

"아닙니다, 마님. 전 벌써 지불받았는데요……."

"음, 그게 무슨 말이냐?"

부인이 놀라며 물었다.

폴은 급히 말하다가 한순간 당황한 빛을 보였는데, 가무잡잡한 뺨에 갑작스럽게 홍조를 띠며 대답했다.

"아, 마님께서 제게 친절을 베푸셨고, 저는 그에 대해 제 방식대로 감사를 표하고 싶습니다, 마님."

"그런 거라면 됐어. 우선 이 일을 하고 나서 보상은 차후에 생각해보자."

트레블린 부인은 미소를 보이며 폴에게 일에 착수하라고 말한 후 자리를 떴다.

부인이 자리를 뜨고 난 후, 폴은 완전히 돌변한 모습을 보였다. 그는 부인이 떠난 쪽으로 꽉 쥔 주먹을 휘두르며 위협의 몸짓을 했다. 그러고는 머리 위로 책을 휙 던진 후 기쁨의 환호성과 함께 다시 잡았다. 그는 그 닳아빠진 페이지를 다시 펼치고 불가해한 운문을 또다시 읽었다.

"또 다른 증거, 또 다른 증거야! 일이 착착 진행되고 있습니다, 코스모 신부님. 나는 아직 어리지만 무슨 일이 있어도 약속을 지킬 겁니다."

그가 중얼거렸다.

"뭘 지킨다는 거야?"

누군가 폴의 뒤에서 물었다.

"마님께 한 약속을 지킨다는 말이었어요. 이 책을 복원하는 데 최선을 다하려고요, 헤스터 부인."

그는 얼른 정신을 차리고 그렇게 대답했다.

"아, 그건 가여운 주인님이 마지막으로 읽은 책이야. 내가 숨겨놓았는데 마님이 어떻게 발견했더라고."

헤스터가 애처로운 듯 한숨을 내쉬었다.

"그분은 갑자기 돌아가셨나요?"

"오, 그렇단다. 나는 그분이 여기 이 방에서 죽어가는 걸 직접 봤어. 마님께 보내는 편지에 잉크도 마르지 않은 상태였지. 참, 알 수 없는 일이었어. 슬픈 일이기도 하고."

"제게 이야기해주세요. 저는 슬픈 이야기를 좋아하는 데다 벌써 제가 이 집안사람인 것처럼 느껴지거든요. 그 옛날의 충직한 신하처럼요. 부인께서 책장 먼지를 털고, 제가 이 고서 표지의 곰팡이를 닦아 없애는 동안, 그 이야기를 해주시면 안 될까요. 네, 헤스터 부인?"

헤스터는 고개를 가로저었다. 그러나 폴의 간절한 표정과 애원의 말에 결국 넘어가고 말았다. 그리하여 애초에 의도했던 것보다 훨씬 더 자세하게 모든 이야기를 들려주고 말았다. 헤스터는 이야기하는 걸 좋아하는 데다 폴을 거의 제 아들처럼 여겼기 때문이었다.

"그러면 그 편지는요? 뭐라고 쓰여 있었나요?"

"마님만 알지 아무도 몰라."

"그러면 편지는 없애버렸나요?"

"나도 그런 줄 알았지. 그러다가 오랜 세월이 흐른 후에 변호사 한 명이 내게 찾아와서 이것저것 캐묻더라고. 그러면서 부인께 여쭤보라는 거야. 당시 부인은 병중에 있었는데, 그 대답할 때 표정을 난 결코 잊을 수 없어. '아니, 불태

우지 않았어. 하지만 아무도 볼 수 없어.' 나는 더 이상 물어

볼 엄두가 나지 않았지. 아무래도 부인이 어딘가에 안전하

게 보관한 것 같아. 그게 꼭 필요한 때가 오면 꺼낼 수도 있

겠지. 그저 사적인 내용이 적힌 게 아닐까 싶긴 한데."

"그럼 그때 찾아왔던 낯선 남자는요?"

"오, 그 사람은 왔을 때처럼 바람처럼 사라졌어. 그러곤

다시 나타나지 않았지. 정말 기이한 이야기야. 어디 가서

떠들고 다니면 안 돼."

"그런 걱정은 마세요."

폴은 고개를 숙이고 놋쇠로 보강한 표지를 닦으며 기묘

한 미소를 지었다.

"그 예쁜 흰색 밀랍으로 뭘 하는 거야?"

다음날 릴리언이 정원의 한쪽 구석에서 조용히 무언가

알 수 없는 작업에 몰두한 폴에게 다가오며 물었다.

폴은 만들던 것을 서둘러 뭉개버렸다. 그러고는 순간 떠

올랐던 짜증스러운 표정을 지우고는, 다시 작업을 하며 평

소의 말투로 대답했다.

"아가씨에게 줄 작은 사슴을 빚고 있었어요, 릴리언 아

가씨. 봐요, 여기 토끼 한 마리는 벌써 만들어놨어요. 사슴

도 금방 다 될 거예요."

"아, 예뻐! 폴은 정말 못하는 게 없나 봐. 새로운 걸 좋아

하는 나를 위해 이런 걸 만들다니, 친절하기도 해라. 아침

에 그렇게 일찍 말 타고 나갔던 게 이 밀랍을 구하러 갔던 거야?"

"예, 아가씨. 그리고 아가씨 조랑말을 연습시키라는 지시도 받았거든요. 잘 길들여놨어요. 이거 한번 해볼래요? 쉬운데."

릴리언은 신이 나서 얼마 동안 밀랍 만들기 놀이에 흠뻑 빠져 지냈다. 그런 후 싫증을 느끼자, 폴은 새로운 놀이를 만들어냈다. 그는 밀랍으로 만든 부러진 장난감들을 치우며 알 수 없는 미소를 지었다.

"그렇게 늦게까지 잠을 안 자니 살도 빠지고 창백해지고 있잖아, 폴. 어서 들어가 자, 어서. 그리고 밤에 일찍 자도록 해."

일주일 후 아침, 폴이 지나가자 헤스터가 어머니 같은 태도로 말했다.

"제가 안 잤다는 거 어떻게 아세요?"

폴이 몸을 돌리며 물었다.

"마님이 요즘 상태가 안 좋으셔서 주무실 때까지 내가 같이 있거든. 그런 다음 내 방으로 돌아가는데, 네 방 불이 켜져 있는 걸 봤지. 어젯밤엔 이야기하려고 방문까지 갔다가 그만두었어. 혹여나 네가 오해할까 봐. 하지만 정말 그렇게 밤에 안 자면 건강이 더 나빠질 거야."

"곧 고서 복원 작업이 끝날 거예요. 그러고 나서 일찍 잘게요. 부인께 방해가 안 되었으면 좋겠네요. 염료를 갈아야 해서 소음이 생길 수도 있거든요."

폴은 말을 건네며 헤스터를 예리하게 바라보았다. 그러나 헤스터는 알아차리지 못한 것 같았다. 그녀는 돌아서며 무심하게 덧붙였다.

"오, 그 소리 좀 희한하더구나? 어쨌든 난 괜찮으니, 하던 대로 해. 최대한 빨리 끝내길 바라마."

폴은 헤스터와 헤어지고 나자 불안의 그늘처럼 이마에 잡혔던 주름이 펴졌다. 그리고 안도의 한숨을 내쉬며 혼잣말을 했다.

"하마터면 큰일 날 뻔했네. 문을 잘 잠가야겠어."

그 후 폴의 방 불은 더 이상 늦게까지 밝혀지지 않았다. 헤스터는 그 점에 안심했으나 새로운 근심거리가 생겼다. 어느 날 밤늦게 방으로 돌아가다가 큰 회랑으로부터 갈라진 옆 회랑에서 누군가 키 큰 사람이 휙 지나가는 모습을 보았다. 한순간 화들짝 놀랐다. 그러나 용감한 헤스터는 조용히 뒤를 밟았다. 그자는 어두컴컴한 대회당 안으로 사라지는 것 같았다.

"이 집에 유령이 있다면 바로 저걸까. 하지만 이런 적이 없었는데. 분명 누군가 나쁜 짓을 저지른 걸 거야. 폴에게 가봐야겠어. 아직 자지 않겠지. 그 아인 용감하고 현명하니 같이 집 안을 살펴봐야겠어."

헤스터는 불안한 마음으로 서둘러 폴의 방으로 가서 문

을 두드렸다. 아무 대답이 없었다. 문이 살짝 열린 것을 보고 성급하게 안으로 휙 들어가다가 그만 촛불이 꺼지고 말았다. 헤스터는 자신의 부주의함에 성마른 탄식을 내뱉고는, 침대로 다가가 커튼을 치고 손을 뻗어 폴을 깨우려 했다. 그러나 침대가 비어 있었다. 좁은 침대 여기저기 더듬으며 확인하고는 소름 끼치는 전율이 일었다. 침대 커튼 안쪽에 서서 어둑한 실내를 응시했다. 초승달 달빛에 희미하게나마 사물을 분간할 수 있었다.

"어머나 세상에! 이 아이가 뭔 짓을 하고 있는 거야? 그럼 내가 본 게 폴이란 말인……"

헤스터는 혼잣말을 이어갈 수 없었다. 발자국 소리가 가까워지고 있었기 때문이었다. 그녀는 침대의 모퉁이를 돌아 어둠속에서 기다렸다. 잠시 후 폴이 나타났다. 창백하고 혼이 나간 모습이었다. 검은 머리가 온통 헝클어져 있었고, 눈은 휘둥그레졌고, 어깨엔 망토가 둘러져 있었다. 그는 이어지는 동작으로 망토를 훌러덩 벗어젖히더니, 침대에 그대로 누워 즉각 잠에 빠졌다.

"폴! 폴!"

헤스터는 놀라서 잠깐 숨을 멈추고 있다가 폴을 흔들어 깨웠다.

"어어, 무슨 일이에요?"

그는 졸린 눈으로 일어나 앉았다.

"자, 자! 장난하지 말고! 이 시간에 그런 차림으로 집 안을 어슬렁거리다니 대체 뭘 하는 거야?"

"어, 헤스터 부인이에요?"

그는 놀라서 올려다보고는 웃으며 자신을 붙든 헤스터의 손을 빼냈다.

"그래, 나야. 내가 아니라 어리석은 계집애들 중 하나였다면 지금쯤 온 집안이 발칵 뒤집혔을 거야. 이 한밤에 방에서 나와 이런 꼴로 유령 행세를 하며 무슨 짓을 꾸미는 거야?"

"방을 나가다니요? 무슨 소리죠? 나는 꼼짝도 하지 않았어요. 두 시간 동안 꿈속을 헤맸다고요. 도대체 무슨 말이에요, 헤스터 부인?"

헤스터는 램프의 불을 다시 밝히고 예리한 눈으로 폴을 내내 살피며 이야기를 이어나갔다. 그녀가 이야기를 마치자, 폴은 한순간 잠잠하더니 반은 언짢은 듯, 반은 수치스러운 듯한 표정으로 말했다.

"뭔지 알겠어요. 저를 발견한 게 헤스터 부인인 게 정말 다행이네요. 전 몽유병이 있어 가끔 자다가 돌아다녀요. 헤스터 부인, 정말이에요. 다 나은 줄 알았는데 다시 도졌나 봐요. 죄송해요. 그래도 걱정 마세요. 나쁜 짓을 하거나 해를 끼친 일은 한 번도 없었으니까요. 그저 조용히 거닐고 다시 조용히 돌아와서 잠들 뿐이에요. 많이 놀라셨나요?"

"그래, 조금. 하지만 이젠 괜찮아. 가엾기도 하지. 룸메이트라도 있으면 좋으련만. 안 그러면 문을 잠가야겠어. 이런 식으로 돌아다니는 건 너무 위험해."

헤스터가 불안한 마음으로 말했다.

"계속 그러지는 않을 거예요. 좀 피곤하면 더 깊게 잠들거든요. 대신 아무한테도 말하지 마세요. 사람들이 알면 절 비웃을 거예요. 그런 건 정말 곤란해요. 헤스터 부인이 아는 건 상관없어요. 제겐 어머니 같은 분이니까요. 그 점은 정말 깊이 감사드려요."

그는 헤스터가 거부하지 못할 표정을 지으며 손을 뻗었다. 그저 어머니를 잃은 소년이란 생각에, 헤스터는 그의 이마로 내려온 곱슬머리를 쓰다듬어 올려주고 자신의 죽은 아들 생각을 하며 키스했다.

"잘 자거라. 아무 말도 안 할게. 나중에 숙면을 취하는 데 좋은 걸 구해 주마."

헤스터는 걱정스레 말하며 자리를 떴다. 그러나 홀로 남은 폴이 발작하듯 낄낄거리는 모습을 보았다면 매우 노했을 것이다. 폴은 눈물이 뺨을 타고 흐를 때까지 그 웃음을 멈추지 않았다.

제4장
사라지다

"잘생긴 청년이에요. 여자라면 누구라도 저런 아들이 있으면 자랑스러울 겁니다."

헤스터가 품위 있어 보이는 집사 베드포드에게 말했다. 어느 가을 아침이었다. 그들은 어린 아가씨가 말을 타고 나가는 것을 보며 홀에 서 있었다.

"당신 말이 맞아요, 헤스터 부인. 훌륭한 청년입니다. 그런데 숙녀의 말구종 역할에 딱 어울리게 행동하긴 하지만, 저런 일을 할 사람 같아 보이진 않아요."

베드포드가 만족스런 표정으로 대꾸했다.

그랬다. 어린 아가씨의 흰 조랑말을 붙잡고 서 있는 청년은 어떤 차림이든 고귀한 분위기를 풍겼다. 지금 말구종의 제복을 입고 있어도 신사 같아 보였다. 은색 단추가 달린 짙푸른 코트에 은색 밴드가 둘러쳐진 모자, 윗부분이 흰 부츠, 밝은 박차, 흠 하나 없는 장갑, 타이트하게 맨 벨트까지. 모두가 완벽한 조화를 이루며 그와 잘 어울렸다. 잘생긴 얼굴은 지나치는 많은 예민한 여자들의 뺨을 붉게 물들이고, 입가에 미소를 떠올리게 만들었다. 하인들이 지어준 별명대로 '신사 폴'은 하인들 사이에서는 도도하고 말수가 적은 편이었다. 그러나 어쨌든 그들은 그를 좋아했다. 헤스터가 그의 사연을 살짝 흘렸기에 그에 관한 낭만적 이야기가 퍼졌기 때문이었다. 그는 유순한 말 옆에 서서 생각에 잠긴 채 자신을 바라보는 사람들의 속삭임을 인식하지 못하고 있었다. 그러나 릴리언이 다가오자, 그는 정신을 차리고 마치 실제로 즐기는 것처럼 잘 훈련받은 말구종으로서의 임무를 다했다. 그는 릴리언의 뒤를 따라 큰길을 내려갔다. 그들이 그늘이 많은 길로 접어들자 릴리언이 평소처럼 오만한 말투로 그를 불렀다.

"내 곁에서 같이 가. 이야기하고 싶어."

폴은 릴리언의 말에 따랐다. 그녀가 좋아하는 이야기를 해주며 비위를 맞추다가 개암나무 숲에 이르렀다. 거기서 그는 고삐를 멈추고 말에서 펄쩍 뛰어내렸다. 그러고는 잘 익은 개암 한 움큼을 주워 릴리언에게 건넸다.

"아이, 좋아. 여기서 잠깐 쉬자. 내가 이거 먹을 동안 저기 저 꽃을 좀 따 와, 엄마 주게. 엄마는 정원에서 따다 주는 꽃보다 야생 꽃다발을 더 좋아하셔."

폴이 모자 가득 철 늦은 꽃들을 따올 때까지, 릴리언은 열매를 먹었다. 그러고는 폴이 즉석으로 채운 꽃바구니를 들고 서 있는 동안 옆에서 자신의 취향대로 꽃다발을 만들었다.

"폴한테도 꽃다발 하나 만들어줄게. 나는 영지의 대정원에서 숙녀의 말구종이 상의에 꽃 장식을 꽂는 것처럼, 폴도 그랬으면 좋겠어."

릴리언은 진홍색 양귀비꽃을 푸른색 코트에 꽂으며 말했다.

"고마워요, 릴리언 아가씨. 저는 아가씨의 장식을 기쁘게 꽂고 있겠어요. 특히 오늘은요. 오늘이 제 생일이거든요."

폴은 예리한 푸른 눈에 평소 같지 않은 부드러운 빛을 담아 화사하게 피어나는 릴리언의 작은 얼굴을 바라보았다.

"그래? 그럼 이제 폴은 열일곱이네. 거의 성인이 된 거야, 안 그래?"

"예, 얼마나 다행인지."

폴은 혼잣말하듯 중얼거렸다.

"나도 그렇게 나이 먹었으면 좋겠어. 나는 가을이나 되어야 열세 살이 되거든. 아무튼 폴에게 선물을 줘야겠네. 난 폴이 정말 좋거든. 나한테 항상 친절을 베풀잖아. 그런데 뭐가 좋을까?"

릴리언은 진심이 담긴 표정으로 손을 뻗었다. 폴은 그모습에 감동받았다.

폴은 때로 자기도 모르는 사이에 나오는 버릇처럼 외국

의 방식으로 작은 손에 입을 맞추고 충동적으로 말했다.

"사랑스러운 나의 아가씨, 저는 아가씨의 호의만 바랄 뿐 아무것도 바라지 않아요……. 그리고 아가씨의 용서도 요."

그는 그렇게 낮은 소리로 덧붙였다.

"폴, 그건 이미 줬잖아. 내가 뭘 선물할지 생각해볼게. 그런데 이게 뭐야?"

릴리언은 폴이 인사하기 위해 고개를 숙였을 때 눈에 들어온 작은 로켓 목걸이를 손에 쥐었다.

폴은 그걸 다시 안으로 집어넣었다. 그러면서 얼굴이 새빨개졌는데, 릴리언이 그 모습을 보더니 장난기 어린 웃음을 보이며 물었다.

"여자 친구구나, 폴? 내 하녀 베시가 헤스터에게 하는 말을 들은 적 있어. 폴한테 여자 친구가 있어서 자기들은 거들떠도 안 본다는 이야기 말이야. 나 보여줘. 여자 친구 예뻐?"

"아주 예뻐요."

폴은 사진을 보여주지 않고 답했다.

"여자 친구 많이 좋아해?"

릴리언은 폴의 로맨스에 흥미를 느끼며 물었다.

"아주 많이요."

폴의 검은 속눈썹이 아래를 향했다.

"여자 친구를 위해서 죽을 수도 있어? 왜, 옛 노래들 보면 그렇게들 하잖아?"

릴리언은 멜로드라마처럼 물었다.

"그럼요, 릴리언 아가씨. 아니면 여자 친구를 위해서 살던가 해야죠. 그게 더 어렵겠지만."

"와, 그렇게 자신을 좋아해주는 사람이 있으면 얼마나 좋을까. 나를 위해서도 누가 그럴 수 있으려나 모르겠네."

릴리언이 순진한 태도로 말했다.

사랑은 언젠가는 모두에게 찾아온다네.
그리하여 기쁨을 선사하거나 슬픔을 주지.
하늘을 나는 새도 제 짝을 만나거늘
처녀는 청년을 만나겠지.

폴이 헤스터가 하던 노래 한 곡을 읊었다. 그러고는 릴리언의 생각이 자신의 문제에서 멀어지는 것 같아 안도했다. 그러나 그게 아니었다.

"그럼 언젠가 그 여자하고 결혼할 거야?"

릴리언이 호기심에 차 동경이 담긴 눈길로 그를 바라보며 물었다.

"아마도요."

"표정은 '아마'라는 건 절대 없다는 표정인데."

릴리언은 폴이 대답할 때 목소리가 변하고 눈빛이 반짝거리는 모습을 놓치지 않고 말했다.

"여자가 아직은 아주 어려서 제가 기다려야 하거든요. 기다리는 동안 많은 일들이 벌어질지도 몰라요. 어쩌면 헤어질 수도 있지요."

"숙녀야?"

"예, 훌륭한 가문의 숙녀예요. 저는 꼭 그 여자와 결혼할 거예요."

폴은 단호한 표정으로 말했다. 자긍심을 담아 들어 올린 얼굴과 하인을 상징하는 제복의 배지가 묘한 대조를 이루었다.

릴리언은 그걸 인지하고 갑자기 수줍음을 느끼며 물었다.

"하지만 폴은 신사잖아. 폴이 부자가 아니라도 아무도 신경 쓰지 않을걸."

"제 신분을 어떻게 아세요?"

그가 날카롭게 물었다.

"헤스터가 하녀장에게 말하는 걸 들은 적 있거든. 폴이 보이는 모습이 다가 아니고 언젠가 제자리를 찾았으면 좋겠다고 말했어. 그래서 엄마에게 물었더니, 폴이 나와 격이 맞는 사람이 아니었으면 옆에 두지 않았을 거라고 하더라고. 엄마는 더 이상 말 못하게 했는데, 아마도 폴을 친구처럼 생각하고 차차 도와주려는 게 틀림없어."

"그래요?"

그는 잠깐 기묘한 웃음을 흘렸다. 릴리언은 그게 거슬려 꾸짖듯 말했다.

"폴이 자존심이 대단하다는 거 나도 알아. 하지만 우리가 도와주도록 허락해주었으면 좋겠어. 왜냐하면 정말 그러고 싶거든. 게다가 나는 내 재산을 함께 쓸 오빠도 없어."

"오빠가 있으면 좋겠어요? 아니면 자매?"

폴은 날카로운 시선으로 릴리언을 뚫어지게 쳐다보며 물었다.

"응, 진짜! 나는 누가 나와 함께하고, 나를 사랑해주었으면 좋겠어. 엄마가 할 수 없는 일이야."

"다른 사람하고 모든 걸 공유할 수 있어요? 어쩌면 아가씨가 좋아하는 아주 많은 것을 주어야 할 텐데, 지금은 모든 걸 혼자 가지고 있잖아요?"

"그래야겠지. 나도 내가 이기적인 거 알아. 모든 사람들이 날 사랑해주고 귀여워해주어서, 내가 응석받이가 된 것도. 하지만 내가 누군가를 아주 많이 사랑하면, 나는 그 사람을 위해서 뭐든지 다 내줄 수 있어. 진짜 그럴 거야. 폴, 날 믿어줘."

릴리언은 진지하게 말하며 자기 말을 강조하듯 그의 어깨에 기댔다. 폴은 안장에 앉아 있는 작은 몸에 슬며시 팔을 둘렀다. 그리고 밝고 아름다운 미소를 지으며 따뜻하게 말했다.

"아가씨, 그 말 믿어요. 그렇게 말하는 걸 들으니 기뻐요. 겁내지 말아요. 저는 아가씨와 동등한 신분이지만, 아가씨가 나의 작은 주인님이라는 사실을 잊지 않을 거예요, 제가 말구종에서 신사가 될 때까지는."

폴은 마지막 말을 하며 팔을 빼냈다. 릴리언은 폴이 처음으로 존중에 어긋난 모습을 보이는 것 때문에 조금 움츠러들었다. 그렇다고 화가 난 건 아니었다. 다만 놀라서 얼굴을 붉혔을 뿐이었다. 둘 다 한동안 침묵을 지켰다. 폴은 고개를 숙이고 있었고, 릴리언은 꽃다발을 매만지고 있었다. 릴리언이 일부러 자신의 꽃꽂이에 만족하는 표정을 지으며 먼저 입을 열었다.

"이거면 엄마가 좋아하실 거야. 틀림없어. 그러면 어제 나의 짓궂은 장난을 잊어버리실 거야. 그거 알아? 엄마 목걸이의 황금 케이스를 몰래 훔쳐봤다가, 엄마가 엄청 화를 냈거든. 엄마는 잠들어 있었고, 나는 옆에 앉아 있었어. 엄마가 자면서 목걸이를 벗겨내며 뭔가 편지와 아빠에 관한 말을 하는 거야. 나는 아빠 얼굴을 보고 싶었어. 한 번도 본 적이 없거든. 갤러리에 있던 큰 초상화를 치워버렸거든. 다른 사람들 초상화는 그대로 있는데 말이야. 그래서 엄마가 케이스를 떨어뜨렸을 때 엿봤는데, 아무것도 없고 열쇠만 하나 들어 있어서 엄청 실망했어."

"열쇠라니! 어떤 열쇠였는데요?"

폴이 크게 흥미를 보이며 캐물었다.

"오, 내 피아노 열쇠나 검은 캐비닛 열쇠처럼 작은 은열쇠야. 엄마가 잠에서 깨어 내가 만지작거리는 것을 보고 아주 화를 내셨어."

"뭘 여는 열쇤데요?"

"엄마 보석함 열쇠야. 그런데 나는 그게 어디 있는지 어떤 건지 몰라. 물어보지도 못해. 엄마가 보석함 얘기는 꺼내지도 못하게 하거든. 가여운 엄마! 난 언제나 엄마를 이래저래 속상하게 만든다니까."

릴리언은 잘못을 뉘우치는 듯 한숨을 내쉬더니, 꽃다발을 끈으로 매고 폴에게 가져가라고 건네주었다. 그러다가 폴의 얼굴 표정이 바뀐 것을 알아차렸다.

"왜 얼굴이 갑자기 늙고 험상궂어 보여? 내가 뭐 고민될 만한 이야기를 한 거야?"

"아니에요, 릴리언 아가씨. 그저 생각 좀 했어요."

"그럼, 난 폴이 생각 안 했으면 좋겠어. 생각하면 이마에 큰 주름이 잡히고 눈은 새까매지고 입은 사나워 보이거든. 폴은 정말 이상한 사람이야. 한순간 소년처럼 즐겁다가, 바로 다음 순간 할 일 많은 남자처럼 진지하고 근엄해."

"제가 할 일이 많거든요. 그러니 늙고 험상궂어 보이는 건 당연하죠."

"무슨 할 일인데, 폴?"

"재산을 모으고 제 연인의 사랑을 얻는 일이요."

폴이 그런 말투와 표정을 짓자, 릴리언은 둘의 위치가 바뀐 것 같은 기분이 들었다. 폴이 주인 같고 자신이 하인이 된 것 같았다. 릴리언은 자긍심이 대단하고 고집도 센 성정이었지만, 아이 같은 마음으로 그런 생각이 딱히 싫지는 않았다. 그리하여 폴이 이제 돌아갈 시간이라고 말하자, 평소 같지 않은 유순한 태도로 그의 말에 따랐다. 챙이 넓은 모자를 쓴 릴리언은 옆에서 터벅터벅 말을 타고 나아가는 생각에 잠긴 폴의 얼굴을 몰래 흘끔흘끔 살펴보았다. 이전엔 한 번도 그런 적이 없었다. 폴은 한 번씩 입술을 달싹거렸지만 아무 소리 내지 않았고, 가무잡잡한 이마엔 주름이 져 있었다. 한번은 자신의 연인을 생각하는 듯 사진이 있는 가슴에 손을 갖다 대기도 했다.

'뭔가 문제가 있어. 나한테 털어놓으면 좋으련만. 내가 도와줄 수 있으면 얼마나 좋을까. 언젠간 저 사진을 보여주게 만들 거야. 그 여자가 누군지 궁금하네.'

릴리언은 수심 어린 한숨을 내쉬며 생각에 잠겼다.

폴은 홀 정문 앞에서 말에서 내리는 릴리언의 작은 발을 잡기 위해 손을 뻗었다. 그는 심각한 기분을 떨쳐낸 듯 기분 좋은 표정으로 릴리언을 올려다보며 미소 지었다. 그러나 이제는 릴리언이 생각에 잠긴 표정이었다. 릴리언은 매우 예쁘고 매력적인 얼굴에 잘 어울리는 위엄 있는 태도로, 자신의 젊은 에스코트를 향해 품위 있게 감사를 표했다. 그러고는 치마를 휘날리며 집 안으로 들어가는 모습이 다 큰 성숙한 여인 같았다.

폴은 릴리언을 바라보며 미소를 짓고는 주체할 수 없는 감정을 쏟아낼 길이 없는 듯 말에 휙 올라타 거침없는 속도로 마구간을 향해 내달렸다.

"이보게, 편지 왔네. 이탈리아 어딘가에서 온 거 같던데, 거기 아는 사람이 있나?"

폴이 돌아오자 베드포드가 말을 건넸다.

폴은 황급히 "감사합니다"라고 내뱉고는 편지를 가지고 제 방으로 들어갔다. 봉투를 뜯고 첫 줄을 읽더니 급작스럽게 충격을 받은 듯 털썩 의자에 주저앉았다. 편지를 읽어 내려가며 점점 더 창백해지더니 끝내 절망의 탄식을 내뱉었다.

"어떻게 이럴 때 돌아가실 수가 있어!"

폴은 문을 잠그고 커튼을 쳤다. 그리고 앞에 문서들을 펼쳐놓은 채 한 시간 동안 생각에 몰두했다. 편지, 비망록, 도면, 스케치, 양피지 문서 등 모든 것이 그가 항상 자물쇠로 잠근 채 지니고 다니는 작은 손가방 안에 있던 것이었다. 그것들을 살펴보는 그의 얼굴에 희망과 낙담, 결의와 회한이 번갈아 떠올랐다. 그는 로켓을 꺼내 한쪽에 달려 있는 반지를 살펴보았고, 다른 쪽에 있는 자신을 향해 웃고 있는 어린 얼굴을 바라보았다. 로켓을 다시 닫는 그의 눈에 눈물이 차올랐다.

"아, 사랑스러운 작은 아이! 난 어떤 일이 있어도 절대 잊지 않고 버리지도 않을 거야. 시간이 날 도와줄 거야. 시간이 되면 내 할 일을 하러 떠나야만 해. 한 번만 더 시도해 보자. 그러고 나서 떠나는 거야."

"헤스터, 나 이제 잠자리에 들게. 그런데 헤스터가 잠자리 준비하는 동안 회랑 좀 거닐다 올게. 신선한 공기 좀 쐬려고."

트레블린 부인은 가운을 걸친 후 달빛과 붉은 불빛이 번뜩이는 긴 회랑을 천천히 거닐었다. 그 끝에 의전실이 있었다. 지금은 전혀 사용하지 않는 방으로, 헤스터만이 청소와 환기를 위해 가끔 드나들 뿐이었다. 트레블린 부인은 항상 리처드 경의 기일에 홀로 그곳에서 시간을 보냈다. 회랑은 매우 어두웠다. 부인은 마지막 창문까지만 거닐 뿐, 그 뒤로는 잘 가지 않았다. 그러나 지금 그녀는 의전실 문 밑으로 한 줄기 노란 불빛이 새 나오는 것을 보고 매우 놀랐다. 방 열쇠는 부인이 직접 보관하고 있었고, 그날은 자신도 헤스터도 그 방에 간 적이 없었다. 순간 무언가 불빛을 차단해버렸다. 싸늘한 전율이 전신을 훑었다. 마치 누군가 소리 없이 지나쳐 사라진 것 같았다. 부인은 갑작스러운 충동을 이기지 못하고 앞으로 나아가 문을 열어보았다. 잠겨 있었다. 그러나 그녀가 은제 문고리를 잡았을 때 슬며시 서랍을 여는 듯한 소리가 귓가에 닿았다. 부인은 고개를 숙이고 열쇠 구멍을 들여다보았다. 그러나 너무 어두워 아무것도 보이지 않았다. 부인은 뒤돌아 다급히 자신의 방으로 돌아가서는, 화장대에서 열쇠를 집어 들고 헤스터와 함께 회랑으로 향했다.

"무슨 일입니까, 마님?"

부인의 불안한 모습을 보고 놀란 헤스터가 물었다.

"의전실에 불빛, 소리, 그림자가 있어. 어서 서둘러!"

트레블린 부인이 문을 가리키며 소리쳤다.

"저기, 저기. 밑에서 불빛이 나오잖아. 보여?"

"아니요, 마님. 어두운데요?"

헤스터가 대답했다.

그랬다, 어두웠다. 부인은 열쇠를 넣을 생각도 하지 않고 문을 돌렸는데, 놀랍게도 문이 그냥 열렸다. 어둡고 적막한 실내가 그들 앞에 드러났다. 헤스터가 담대하게 안으로 들어갔고, 부인은 천천히 뒤를 따랐다. 헤스터는 방 안을 샅샅이 살펴보았다. 그녀는 벽난로 가리개 안쪽을 들여다보고 굴뚝 안까지 살피고 커다란 옷장을 열어보기도 하고 리처드 경의 유물이 보관된 칠흑 캐비닛 밑을 살피기도 했다. 아무것도 없었다. 쥐 한 마리 보이지 않았다. 헤스터는 안도의 표정으로 부인을 바라보았다. 그러나 부인은 검은 벨벳 침대 휘장을 가리키며 아주 작은 목소리로 속삭였다.

"저기는 안 봤잖아."

헤스터가 침대 생각을 안 한 것은 아니었다. 그러나 용감하고 분별력 있는 그녀마저도 마지막으로 주인의 죽은 얼굴을 본 그곳을 들여다보는 게 쉽지 않았다. 헤스터는 부인이 목격했다는 불빛과 소리가 부인의 병적 망상이 빚어낸 유령이라고 믿었다. 그녀는 그저 부인을 안심시키기 위해 방 안을 뒤진 것이었다. 그러나 리처드 경의 죽음의 미스터리는 기억하는 모든 이의 마음을 여전히 사로잡고 있었다. 헤스터조차 그 방에 미신적인 두려움을 느꼈다. 헤스터는 불안하게 웃으면서 침대 아래를 내려다본 다음, 두터운 커튼을 젖히면서 달래듯 말했다.

"보이시죠, 마님? 아무것도 없잖아요."

그러나 그 말이 떨어지기 무섭게 희미한 양초 불빛이 장례식용 침대의 어둠을 뚫고 베개 위의 얼굴을 비추었다. 검은 머리, 수염이 난 창백한 얼굴, 감은 눈, 목석같은 표정은 죽은 자의 얼굴이었다. 집 안을 발칵 뒤집을 정도의 길고 긴 비명. 트레블린 부인은 끝내 침대 옆에 정신을 잃고 쓰러졌다. 헤스터는 커튼이며 양초며 다 던져놓은 채 그대로 부인을 들쳐 메고 유령의 방에서 도망쳤다. 나오자마자 방문을 잠가버렸다.

금세 열두어 명의 하인들이 모여들었다. 헤스터는 놀란 그들에게 이야기를 쏟아냈다. 그러는 와중에 부인의 정신을 들게 하려고 노력했으나 허사였다. 모두가 너무나 경악한 상태였다. 헤스터가 먼저 냉정을 되찾고는 남자들에게 그 방을 다시 살펴보라고 말했다. 그러나 누구도 선뜻 나서지 않았다.

"폴 어디 있어요? 그 아이는 아직 소년이긴 하지만 마음만은 다 큰 어른이야."

헤스터는 남자들이 주저하자 화를 내며 말했다.

"여기 없어요. 어머! 어쩌면 폴이 장난친 걸 수도 있겠네요. 물론 그 애답지 않은 행동이긴 하지만요."

릴리언의 시녀인 베시가 말했다.

"아니야, 그럴 리 없어. 내가 밖에서 문을 잠갔거든. 몽유병이 있어서 자다가 돌아다닐 때가 있어서 말이야. 그러다가 혹시라도 마님이 놀랠까 봐 겁이 나서. 그 아인 자게 놔둬. 이런 일로 흥분하면 몽유병이 또 도질지 몰라. 날 따라와요, 베드포드하고 제임스. 난 유령이건 깡패건 겁나지 않아."

헤스터는 자기 말과는 전혀 다른 표정이었지만, 그래도 사람들을 이끌고 끔찍한 방으로 향했다. 그러고는 커튼을 획 젖히고 결의에 차서 내려다보았다. 침대는 비어 있었다. 그러나 베개에는 머리에 눌린 자국이 선명했다. 피로 보이는 진홍색 액체 한 방울도 묻어 있었다. 헤스터는 그걸 보고 얼굴이 창백해지며 집사의 팔을 움켜잡았다. 그러고는 바들바들 떨며 속삭였다.

"주인님을 관에 모시던 날 밤 기억나요? 그 흰 입술에서 핏방울이 떨어졌잖아요? 리처드 경이 여기 온 거야."

"세상에, 부인. 그런 말씀 마세요! 그런 일이 진짜 있다면 우리는 밤에 잠도 못 잘 겁니다."

기겁한 베드포드가 문 쪽으로 물러나며 말했다.

"더 찾아봤자 소용없어요. 찾을 건 다 찾았으니 돌아갑시다. 그리고 이 일에 관해서는 아무에게도 말하지 말아요.”

헤스터는 음울한 말투로 말하고는 창문이 모두 닫힌 걸 확인하고 방문을 잠갔다. 그러고 나서 그녀는 베드포드와 하녀장만 남기고 모두 잠자리에 들라고 시켰다.

“마님 방문 앞에 아침까지 보초를 서세요. 그리고 프라이스 부인은 나와 함께 가여운 마님을 돌봅시다. 아무래도 오늘 밤 일이 예전의 고난을 다시 몰고 올 것 같아.”

아침이 밝았다. 그와 함께 또 다른 일이 터졌다. 문은 굳세게 잠겼고 창밖에는 새 한 마리 걸터앉을 발판도 없건만, 폴의 방이 텅 비어 있었다. 폴은 어디에도 보이지 않았다.

제5장
영웅

 4년이 흘렀다. 릴리언은 사랑스러운 여인으로 화사하게
꽃피고 있었다. 자존심 세고 고집 센 건 여전했다. 하지만
너무나 매력적이고 성숙한 미인으로, 그 고장에서는 여왕
으로 군림했다. 어머니의 건강이 좋지 않은 까닭에 릴리언
은 그 나이 또래 다른 영국 처녀들보다 훨씬 더 많은 자유
를 누렸다. 사교 시즌 동안에는 트레블린 부인의 친구와 동
행하곤 했다. 부인의 친구는 자신의 두 딸과 릴리언의 샤프
롱* 역할을 했다. 릴리언은 유쾌하고 솔직담백하다는 평을
얻었다. 아무도, 릴리언의 어머니마저도 릴리언이 폴을 얼
마나 또렷이 기억하며 그리워하는지 몰랐다. 하지만 그에
관한 소식은 전혀 들리지 않았고, 사라진 후로 아무런 흔
적도 발견하지 못했다. 없어진 것은 아무것도 없었다. 그는

*

젊은 여자가 사교장에 나갈 때에 따라가서 보살펴주는 사람.
대개 나이 많은 부인이다.

급여도 받지 않고 떠났다. 그리하여 외국에서 온 편지 이외에는 그렇게 떠난 이유에 대해 추측할 수 있는 단서가 아무 것도 없었다. 베드포드는 편지를 기억했으나 어느 곳의 소인이 찍혔는지는 잊고 말았다. 그저 '이탈리아'만 기억할 뿐이었다. 트레블린 부인은 폴에 관한 이야기도 자주 하고, 여러 경로로 탐문도 해보았다. 그러나 몇 달이 지나도 아무런 소식을 들을 수 없게 되자 포기하고 말았다. 그러고는 릴리언을 위해 그를 잊은 체했다. 헤스터의 염려와는 다르게 부인은 그날 밤의 충격으로 더 나빠지지는 않았다. 부인은 분명 그 기묘한 사건을 폴과 연관시키는 것 같았다. 그래도 하루 이틀 신경과민 증상을 겪다가 평소의 건강 상태로 회복했다. 헤스터는 제 나름의 불안을 품고 있었다. 하지만 그 이야기는 더 이상 언급하지 말라는 명령을 받고, 폴이 언젠가는 다시 나타나 안심을 시켜줄 거라 굳게 선언한 후 침묵을 지켰다.

"릴리언, 릴리언. 뉴스야, 뉴스! 이리 와서 매력적인 로맨스를 들어봐. 이야기 속 영웅이 누군지 말할 테니 마음의 준비를 해!"

사교 시즌이 한창이던 어느 날, 친구의 예쁜 내실로 달려 들어온 모드 처칠이 소리쳤다.

릴리언은 연회 후 좀 찌뿌둥한 상태라 소파에 누워 있었다. 그녀는 별 열의 없이 모드에게 이야기를 해달라고 청했다. 재미난 자극이 필요한 참이었다.

"어, 있잖아. 들어봐. 너도 나처럼 엄청 열광하게 될 거야."

모드는 보닛을 의자에, 양산은 다른 의자에, 장갑은 아무 데나 던져버리고는 소파에 앉아 이야기를 시작했다.

"얼마 전에 신문에서 본 거 기억나? 이탈리아 혁명에 참여한 젊은 남자 이야기 말이야? 폭탄으로 영웅적인 일을 한 사람 알지?"

"그래, 그 사람이 뭐?"

릴리언이 일어나 앉으며 물었다.

"그 사람이 나의 영웅이야. 오늘밤 보게 될 거라고!"

"그래? 계속 얘기해봐! 다 말해줘, 어서!"

"장교들이 어디서 모여 위원회를 열고, 거기 어디더라, 도시 이름은 까먹었다. 아무튼 그곳이 포격당하고 있을 때였어. 포탄이 그 사람들 한가운데 떨어졌는데, 그 사람들 다 기겁을 하고 꼼짝도 못 하고 앉아 그게 터지기만 기다리고 있을 때, 이 젊은 남자가 그걸 주워 들고 달려 나갔잖아. 다른 사람들을 살리려고 자기 목숨을 걸었던 일 기억나?"

"그래, 그래. 나도 기억나!"

심드렁했던 릴리언이 그 이야기를 기억하고 눈빛을 반짝였다.

"어, 그 자리에 있던 탤벗이라는 영국 남자가 그 행동에 감동을 받고는, 그 젊은 남자가 가난한 고아라는 이야기를 듣고 양자로 들였다지 뭐야. 탤벗 씨는 늙고 외로운 남자지만 부자였대. 그 사람이 1년 뒤에 죽고 난 후, 자신의 이름과 재산을 이 파올로라는 남자에게 유산으로 남겼다는 거야."

"잘됐다, 잘됐어!"

릴리언은 기쁜 얼굴로 손뼉을 쳤다.

"우와, 정말 로맨틱하다. 매력적이야!"

"진짜 그렇지 않니? 하지만 들어봐, 가장 로맨틱한 부분은 따로 있어. 젊은 탤벗이 전쟁에서 복무하고 난 후 자기 재산에 대한 권리를 행사하기 위해 영국에 돌아왔어. 켄트 주 어딘가래. 정말 멋진 곳이고 수입도 엄청나대. 다 그 사람 거잖아? 그 사람은 그걸 받을 자격이 있는 거고. 엄마가 죽은 탤벗 씨를 알고 있는 랭던 부인한테서 그 남자 이야기를 엄청 많이 들었어. 물론 여자들이 그 남자 보고 싶어 난리가 났지. 굉장히 잘생긴 데다 능력도 좋고, 거기다 신사 출신이라는 거야. 음, 그런데 끔찍한 부분은 이거야. 그 남자가 이미 예쁜 그리스 여자와 약혼한 사이라는 거지. 그 약혼녀는 그 남자랑 같이 들어와서 런던에 살고 있대. 아주 우아하게 말이야, 랭던 부인이 초대받아 가서 보고는 그녀에게 매료당했다고 하더라고. 이 약혼녀를 우리 신사 친구들 몇 명이 봤는데, '아름다운 헬레네'라고 부르면서 아주 난리가 났어."

여기서 모드는 숨을 고르기 위해 이야기를 끊지 않을 수 없었다. 릴리언에게 질문할 기회가 생겼다.

"몇 살이래?"

"열여덟, 아홉이래지, 아마?"

"아주 예뻐?"

"매혹적이래. 완전 그리스 여신이래. 프레드 롤리가 그랬어."

"결혼은 언제 한대?"

"몰라. 탤벗이 정착하면 하지 않을까?"

"그럼 그 남자는? 여자만큼 매력적이래?"

"그렇게 들었어. 막 성인이 되었나 봐. 그리고 다른 모든 면처럼 외모마저도 로맨스의 주인공 그대로야."

"네 어머니는 어떻게 오늘 밤 그 남자를 초대하게 된 거야?"

"랭던 부인이 그 남자를 자기 사교 모임의 명사로 만들고 싶어서 안달이 났나 봐. 그래서 그 남자를 모셔오려고 사정했대. 그 남자는 그런 일에 관심이 하나도 없고 그저 자신의 일에 몰두하는 스타일이고, 나이에 비해 진지하고 성숙한 사람이래. 사교 모임이니 사람들의 경탄이니 그런 건 별로 개의치 않는대. 그 또래 남자들은 대부분 안 그렇잖아? 아마도 그 남자는 고생을 좀 했나 봐. 그런데 놀랍게도 그 남자가 랭던 부인이 초대하니까 오겠다고 한 거야. 그래서 내가 즉각 너한테 알려주러 왔잖아. 오늘밤 널 데려가려고."

"정말 고마워. 난 쉬려고 했거든. 엄마는 내가 너무 쾌활하게 구는 거 싫어하셔. 하지만 너랑 조용히 저녁을 보낸다고 하면 반대하시진 않을 거야. 우리 뭐 입고 가지?"

여기서 둘의 대화는 모든 것을 빨아들이는 옷 이야기로 샜다.

그날 저녁 릴리언이 친구와 동행했을 때, 주인공은 이미 도착해 있었다. 릴리언은 구석으로 가서 남자를 살펴보기 위해 기다렸다. 모드는 누군가의 부름을 받아 자리를 떴고, 릴리언 혼자 남아 안쪽 방에 몰려 있는 사람들이 젊은 탤벗을 위해 길을 터주는 것을 보았다. 그 순간 아무도 릴리언을 보지 못한 게 다행이었다. 릴리언은 갑자기 창백해진 얼굴로 털썩 의자에 주저앉으며 낮은 목소리로 내뱉었다.

"폴이야, 나의 폴!"

릴리언은 키가 더 컸고 콧수염을 길렀고 군인다운 태도에도 즉각 그를 알아보았다. 더 나이 들고 더 진지해지고 더 잘생겨진 폴이었다. 여전히 릴리언이 부르는 대로 '나의 폴'이었다. 그를 바라보고 있자니 얼굴이 빨개지며 자긍심과 기쁨이 몰려왔다. 그곳에 있는 그 누구보다 자신이 그를 가장 잘 알고 또 가장 좋아한다는 걸 느꼈다. 릴리언은 어렸을 때 품었던 애정이 아직 살아 있다는 사실을 인식하자마자, 로맨스 같은 감정이 일었다. 그로 인해 더 위험하고 또 더 기쁘기도 한 마음이었다.

'나를 알아볼까?'

릴리언은 거울 속에 비친 자신의 날씬한 몸매와 황금빛 머리칼, 흰 팔과 밝은 눈빛을 바라보며 생각했다. 우아한 작은 얼굴엔 자긍심이 담겨 있었고, 붉은 입술 사이에서 순백으로 빛나는 치아를 보이며 미소 짓는 예쁜 입은 매우 매력적으로 보였다.

릴리언은 아이처럼 흥분되어 이마 위로 흘러내린 금발의 머리칼을 쓸어 넘기고는 머리띠를 매만졌다. 그러고는 하늘하늘한 드레스의 주름을 펼치며 자신이 추하지 않아서 기쁘고, 또 그가 자신을 좋아했으면 좋겠다는 생각을 했다.

'인사할 때 난 알은체를 하지 않을 거야. 폴이 어떻게 나오는지 두고 보자.'

릴리언은 짓궂게도 자신이 그에게 우위를 점했다는 생각이 들었다. 상대방은 모르고 자신이 먼저 알게 된 것은 미리 무장한 것과 마찬가지 아닌가. 그러면 마주쳤을 때 무방비로 놀란 표정을 보일 염려도 없고, 자신은 상대방이 무언가 떳떳하지 못한 게 있다면 그 얼굴에 드러날 표정을 보며 즐기기만 하면 되는 것이다.

릴리언은 구석에서 나와 젊은 친구들 무리에 합류하고는 만남을 위한 준비를 했다. 이내 친구 모드와 랭던 부인이 상속녀에게 주인공을 소개하고 싶어 안달 난 표정으로 다가오는 것이 보였다.

"탤벗 씨, 미스 트레블린입니다."

랭던 부인이 말했다.

릴리언은 꾸며낸 무심한 표정으로 고개 숙여 인사하는 신사의 눈을 똑바로 쳐다보았다.

이목구비가 하나도 변하지 않았다. 그런데 그 남자의 얼굴에서 아는 사람을 만난 듯한 낌새가 전혀 떠오르지 않았다. 릴리언은 당황했다. 순간 그녀는 자신이 남자의 정체에 대해 착각을 한 게 아닌가 하는 생각과 함께 뼈아픈 실망감을 느꼈다. 그러나 그 남자가 모드를 위해 의자를 옮길 때, 장갑을 벗은 그의 손에서 작은 흉터를 보았다. 그것은 릴리언이 말에서 떨어질 뻔한 걸 받으며 생긴 흉터였다. 릴리언이 잊지 못하는 기억이었다. 그 손을 보니 행복했던 과거의 기억이 되살아났다. 눈길을 돌리지 않았다면 그에게 그 감정을 고스란히 드러내보였을 것이다. 그녀는 그 마지막 승마를 했던 날이 떠오르자 갑자기 여성으로서 수치심이 밀려와 뺨이 붉어졌고, 당시 어린아이로서 가졌던 자신감도 생각났다. 그 헬레네라는 여자가 그가 품고 있던 사진 속 연인이었고, 이제 그는 그 모든 역경을 딛고 재산도 연인도 얻어냈다.

그의 목소리가 들리자 릴리언은 상념에서 깨어나 올려다보았다. 그의 깊은 눈이 예전과 똑같이 흔들리지 않는 시선으로 그녀의 눈에 고정되어 있었다. 그가 그녀에게 말을 걸었는데, 릴리언은 무슨 말인지 놓치고 말았다. 그저 옆방에서 들려오는 음악에 대한 이야기인 것 같은 느낌이었다. 릴리언은 그 어떤 말에도 응답이 될 수 있는 미소를 지어 보였다. 그러고는 서둘러 친구들 앞에서 스스로 면목을 세우기 위해 침착한 태도로 대화에 참여했다. 이제 막 사교계에 진출한 친구들은 하나같이 젊은 주인공을 경외에 차 바라보고 있었다.

"우리에게 이름이 이미 널리 알려져 있는 탤벗 씨는 소개할 필요 없겠지요. 물론 영국엔 처음 오시는 것이겠지만요?"

릴리언은 이 잔꾀를 부린 질문으로 자신이 원하는 대답을 이끌어낼 수 있다고 생각하며 스스로 만족했다.

자신의 모험담을 들먹이는 게 좀 거슬린다는 듯, 살짝 인상을 찌푸리면서 미소를 지어서 릴리언을 제외한 모든 이들을 의아하게 만든 폴은 매우 담백하게 대답했다.

"이 쾌적한 섬에 처음 온 건 아닙니다. 저는 몇 년 전에 여기 잠깐 살다가 안타깝지만 떠나게 되었습니다."

"그럼 옛 친구들도 있겠네요?"

릴리언은 질문을 던지며 그를 살폈다.

"있었죠. 그런데 그분들은 분명 저를 잊었을 거예요."

평온한 그의 얼굴에 갑작스럽게 어두운 그림자가 어렸다.

"왜 그렇게 생각하시죠? 진정한 친구라면 잊지 않았겠죠."

충동적으로 그 말이 튀어나왔다. 말투에는 애정이 묻어났다. 그러나 탤벗은 대답하지 않고 그저 예의 바르게 고개를 까닥하고는 갑작스럽게 대화의 주제를 바꾸었다.

"그건 두고 봐야 알겠지요. 미스 트레블린, 노래를 하시나요?"

"조금은요."

릴리언의 말투에는 차가움과 자긍심이 함께 느껴졌다.

"아주 잘해요. 굉장히 매력적이기도 하고요."

모드가 친구의 목소리와 미모를 자랑스러워하며 덧붙였다.

"자자, 네가 노래를 들려줄 사람이 별로 없다는 거 잘 알아. 그래도 엄마가 이디스의 노래가 끝나면 네게 노래해달라고 부탁했어."

놀랍게도 릴리언이 친구의 부탁에 선뜻 응하고는, 탤벗의 에스코트를 받으며 악기가 있는 곳으로 갔다. 릴리언은 여전히 그에게서 알은체를 끌어내려는 마음에 그가 자신에게 가르쳐주었던 곡을 골라 열정과 기품을 담아 노래했다. 그녀의 기분을 알 리 없는 사람들은 열정적인 노래를 듣고 놀라지 않을 수 없었다. 마지막 절에서 릴리언의 목소리가 갑자기 흔들렸지만 탤벗이 노래를 이어받아 잘 조율된 목소리로 그녀의 노래를 안전하게 이끌었다.

"이 노래 아시는군요?"

사람들의 찬사가 이어질 때 릴리언이 낮은 목소리로 물었다.

"이탈리아에선 모든 사람들이 이 노래를 부른답니다.

물론 당신만큼 잘 부르는 사람은 없지만요."

탤벗은 릴리언의 옆에 서서 대신 들고 있던 부채를 돌려주며 조용히 대답했다.

'정말 짜증 나! 왜 알은체를 안 하는 거야?'

한 곡 더 불러달라는 청을 거절하는 릴리언의 목소리에 짜증이 묻어났다.

탤벗은 팔을 내밀고 릴리언을 인도해 자리로 돌아갔다. 의자 뒤에는 새끼 사슴에게 데이지 꽃 체인을 매어주는 어린아이의 작은 조각상이 서 있었다.

"이거 예쁘죠?"

릴리언은 그가 자리에 앉지 않고 조각상을 바라보고 서 있자 물었다.

"전 예전에 밀랍으로 새끼 사슴과 암사슴 만드는 걸 좋아했어요. 데이지 화환도 만들었고요. 사람들 말로는 재주도 많으시다던데, 조각도 잘하신다면서요?"

"아닙니다. 저처럼 자신의 운명을 제 손으로 일궈야 하는 사람은 다른 걸 일굴 시간이 없답니다."

그는 여전히 대리석 조각을 살펴보며 진지한 말투로 대답했다.

릴리언은 뾰로통한 태도로 부채를 쫙 펼쳤다. 치근거리는 데 지쳤다. 처음부터 대놓고 알은체하고 인사할 걸 후회가 들었다. 친구들이 그에게 말을 걸 엄두를 못 내는 동안 옛 시절을 그리워하며 이야기를 이어나갔다면 얼마나 좋앉을까. 릴리언은 탤벗을 옛 이름으로 부를 뻔했지만, 과거 자신의 모습을 떠올리면 어떤 생각이 들까 싶어 입을 다물고 말았다. 그는 자긍심이 큰 사람이었다. 고난을 겪던 시절, 자신이 하인이었다는 사실이 알려지는 게 두렵지는 않을까? 자신이 그의 과거를 알고 있다는 사실을 드러내면 그걸 어디서 어떻게 알게 되었는지도 밝힐 수밖에 없을 것이다. 안 돼, 따로 만날 때까지 기다려야 해. 그러면 그가 세심한 자신의 배려에 감사할 것이고, 알은체를 하지 않은 이유를 잘 설명해줄 것이다. 그는 분명 이방인으로 보이고 싶은 듯했다. 릴리언은 예기치 않게 한번 위를 올려다보다가 그의 눈에서 옛 시절의 유쾌한 장난기가 담긴 눈빛을 간파했다.

릴리언은 그가 분명 자신을 기억하는 게 확실하다고 믿었다. 그러나 자신이 그를 시험해보는 것처럼, 그도 어쩌면 자신을 시험하고 있는 건지도 모른다. 음, 시험을 참아내고 이 장난을 즐길 것이다. 그런 생각을 품은 릴리언은 우아하고 매력적인 태도로 대화를 이어나갔다. 즐겁기도 하고 흥분되기도 했다. 상대의 호의를 사려고 초조하기도 했고, 옛 친구를 다시 만난 게 기쁘기도 했다. 릴리언은 누군가 그녀 옆 테이블에 놓아둔 고전 판화 화첩에 눈길이 닿았을 때 짓궂은 생각이 떠올랐다. 그녀는 화첩을 휙 쳐들고 그에게 몇 가지 그림에 대해 의견을 물었다. 그러다가 트로이의 헬렌이 매혹적인 파리스에게 손을 건네는 모습이 그려진 그림을 보여주었다.

"헬렌 때문에 수많은 이들이 죽었는데, 그 여자가 그만한 가치가 있다고 생각하나요? 또 그렇게 찬사를 받아 마땅한 여자인가요?"

릴리언은 눈을 반짝거리며 의미심장한 미소가 터져 나오는 걸 애써 감추며 물었다. 탤벗은 소년 같은 짧은 웃음을 보였다. 릴리언에게는 너무도 익숙한 웃음이었다. 그는 그림에서 시선을 돌려 짓궂은 상대를 쳐다보았다. 대답하는 그의 목소리는 억눌린 열정으로 알 수 없는 고통과 기쁨이 함께 들어찬 릴리언의 가슴을 뛰게 만들었다.

"그래요! '모두 사랑 때문에, 그렇지 않으면 세상이 무슨 의미'*란 말은 내가 진심으로 동의하는 말입니다. 헬레네는 내가 가장 좋아하는 여주인공이고, 파리스는 가장 부러워하는 남자이지요."

"보고 싶군요."

릴리언은 자기도 모르게 소망을 내뱉었다. 그녀는 너무 당황한 나머지 고전 속의 여인에 대한 이야기라고 무마하려 했으나 냉정을 찾지 못했다.

"언젠가 볼 수 있을 거예요."

탤벗이 재미있다는 표정으로 대답했다. 그러고는 릴리

---

*

영국의 시인이자 극작가
존 드라이든(John Dryden, 1631~1700)의 희곡 제목이다.

언을 안도케 하려는 듯 덧붙였다.

"저는 역사나 로맨스 속에 등장하는 모든 사랑스러운 여인들이 아름다운 내세에서 언젠가 서로 만나 사랑하게 될 거라는, 시적인 믿음을 가지고 있답니다."

"하지만 저는 여주인공도 아니고 미인도 아닌걸요. 그러니 당신이 믿는 그 시의 천국엔 가보지 못할 거예요."

릴리언은 예쁘게 유감의 태도를 꾸며내며 말했다.

"어떤 여성들은 자기가 미인인 줄 모르는 경우가 있어요. 게다가 로맨스 속 여주인공들은 세상으로 나온 적이 없지요. 제 생각엔 당신과 헬렌이 만날 수 있을 거 같아요, 미스 트레블린."

그가 말을 하는 도중에 랭던 부인이 그를 불렀다. 릴리언은 그의 마지막 말을 곱씹으며, 그의 말이 자신의 약혼녀를 곧 보게 될 거라는 암시라고 생각하고는 만족했다.

"저 사람 어때?"

모드가 빈 의자에 다가와 앉으며 속삭였다.

"좋아."

릴리언이 차분하게 대답했다. 그녀는 그 작은 미스터리를 홀로 즐기고 싶었다. 아직은 누구에게도 누설하고 싶지 않았다.

"그 사람한테 뭐라고 했니? 얘기 좀 해봐. 너 너무 혼자 즐기는 거 같은데, 난 오지랖 부리고 싶지 않단 말이야."

릴리언은 둘이 나눈 대화 중 일부를 들려주었다. 모드는 탤벗이 친구에게 쏟은 관심이 부러워 죽겠다고 말했다.

"주인공의 마음을 사려고 노력하는 건 어리석은 짓이야. 너도 알다시피 벌써 차지한 여자가 있잖아."

릴리언은 마치 그 인물을 없애고 싶다는 듯 느닷없이 헬렌의 그림이 있는 화첩을 홱 덮으며 말했다.

"오, 아니야, 친구. 랭던 부인이 방금 엄마에게 말했는데, 둘이 약혼한 건 아니래. 착각한 거래. 랭던 부인이 물었는데 그 사람이 고개를 저으면서 헬렌은 자신의 피보호자라는 거야."

"하지만 그것도 웃긴데. 그 남자 본인도 기껏 막 청년이 된 나이잖아. 이상하지 않아? 뭐, 상관없어. 난 곧 알게 될 테니까."

"어떻게?"

릴리언의 자신만만한 태도에 놀라며 모드가 물었다.

"하루 이틀만 기다려봐. 내가 보답으로 네게 로맨스 이야기를 해줄게. 저기 네 어머니가 날 부르신다. 헤스터가 온 모양이야. 잘 자. 오늘 즐거웠어."

릴리언은 친구에게 감질나는 인사말을 남긴 채 자리를 떴다. 헤스터가 마차 안에서 기다리고 있었다. 릴리언이 마차로 다가가자, 탤벗이 다가와 마부를 물러서게 하고는 자신이 직접 그녀를 에스코트했다. 그는 아주 익숙한 말투로 낮게 속삭였다.

"잘 자요, 나의 작은 아가씨."

제6장
아름다운 헬렌

릴리언은 어머니와 헤스터에게만 폴과 재회한 사실을 털어놓았다. 베드포드를 제외하고 이전 하인들은 아무도 남아 있지 않았다. 폴이 스스로 옛 우정을 되살리려고 할 때까지 침묵을 지키는 게 최선이었다. 트레블린 부인과 헤스터는 폴이 행운을 거머쥐게 된 일에 매우 놀라면서도 기뻐했다. 그리고 그가 그렇게 도망치듯 떠났던 일에 대해 어떤 설명을 할지 이런저런 추측을 쏟아냈다.

"엄마, 엄마가 폴을 만나보실 거죠? 아니면, 적어도 그에 대해 알아보실 거죠?"

릴리언은 그와 나눈 짧은 대화에 완전히 만족한 채 그를 반갑게 맞이하고 싶은 마음으로 들떠 말했다.

"아니야. 폴이 우리를 찾아오는 게 맞아. 그럴 때까지 난 아무것도 안 할 거야. 폴은 우리가 어디 있는지 알고 있어. 원한다면 그렇게 이상하게 끊긴 인연을 다시 이을 수도 있지. 참을성을 가져야 해, 릴리언. 그리고 무엇보다 넌 이제 더 이상 아이가 아니라는 사실을 잊지 마."

트레블린 부인은 딸의 열정에 찬 찬사에 다소 우려하는 태도로 대답했다.

'아이였으면 좋겠어. 그러면 내가 느끼는 대로 행동해도 되고, 예의범절에 어긋날까 봐 염려하지 않아도 되잖아.'

릴리언은 자신의 영웅을 꿈꾸며 잠자리에 들었다.

릴리언은 사흘 동안 집에 머물며 폴을 기다렸다. 그러나 그는 오지 않았다. 그녀는 평소대로 대정원에 승마를 하러 나갔다. 혹시나 그를 마주칠까 하는 마음도 있었다. 나이 든 말구종이 그녀 뒤를 따르고 있었다. 릴리언은 매우 찡그린 표정으로 그를 쳐다보았다. 한때는 저 자리를 차지하고 있던 잘생긴 청년이 떠올랐기 때문이었다. 폴은 어디에도 보이지 않았다. 그때 레이디스 마일에서 우아한 사륜마차가 지나가는 것이 보였다. 마차엔 매우 아름다운 여자와 온화하게 나이 든 여인이 앉아 있었다.

"저 여자가 탤벗의 약혼녀야."

조금 전에 합류한 모드 처칠이 말을 이었다.

"아름답지 않니?"

"전혀 아닌데…… 그러네, 아주 예쁘네."

릴리언은 독특하게 대답했다. 질투와 진실이 서로 갈등을 빚었기 때문이었다.

"그 남자는 저 여자에게 완벽하게 몰두하고 애정도 깊은 거 같아. 아무래도 약혼녀라는 이야기가 맞나 봐. 아, 우리의 희망이여, 안녕히!"

모드가 웃으며 말했다.

"너 희망을 품고 있었어? 잘 가, 나 이제 가야 해."

릴리언은 몸집이 큰 말구종이 매우 힘들어할 만큼 빠른 속도로 집을 향해 말을 몰았다.

"엄마, 폴의 약혼녀를 봤어요!"

릴리언은 어머니의 내실로 뛰어 들어가며 소리쳤다.

"그리고 난 폴을 보았단다."

부인이 꾸짖는 표정으로 대답했다. 바로 그곳에 그가 인사하려고 기다리며 손을 내밀고 서 있었다.

릴리언은 너무 기쁜 나머지 당황스러움도 잊은 채 반은 즐겁고 반은 꾸짖는 듯한 눈길을 보내며 그에게 품위 있게 인사를 건넸다.

"어떤 모습으로 오든, 탤벗 씨를 환영합니다."

"그럼 저는 폴의 모습으로 보이길 원합니다. 그러니 자리로 모시겠습니다, 릴리언 아가씨."

그는 최대한 소년다운 태도로 응답했다.

릴리언은 그의 손을 잡고 최대한 편안한 모습으로 보이고자 애썼다. 그러나 자신이 기억하는 소년의 모습과, 지금 앞에 선 남자의 차이가 너무 커서 자기 마음을 억누를 수가 없었다.

"자, 폴의 모험을 이야기해줘. 그리고 4년 전에 왜 그렇게 비밀스럽게 사라졌는지도."

릴리언은 아이 적 오만한 말투를 담아 말했다. 그래도 그의 앞에서 속일 수 없는 눈빛은 아래로 떨구었다.

"아가씨가 내 사촌에 관한 소식을 가지고 들어올 때, 막 그 이야기를 하려던 참이었어요."

"사촌이라고!"

릴리언이 목소리를 높였다.

"네. 헬렌의 어머니와 제 어머니는 자매간입니다. 두 분 다 영국 남자와 결혼했고, 두 분 다 일찍 돌아가셨어요. 그래서 우리는 서로를 돌봐야 할 처지가 되었고요. 우리는 남매 사이였고, 제가 대번트리 대령 밑으로 입대할 때까지 늘 함께 살았답니다. 제가 이탈리아를 떠나기 전에 동생을 맡겨놓았던 나이 든 신부님이 돌아가셔서, 어쩔 수 없이 제노바로 돌아갈 수밖에 없었어요. 제가 유일한 보호자였으니까요. 트레블린 마님, 저는 예를 갖춰 마님의 허락을 받고 떠나고자 했으나, 그런 어리석은 장난을 치는 바람에 남자답지 못한 방식으로 몰래 도망치듯 떠나버렸습니다."

"아, 그럼 그 의전실에 있었던 게 네가 맞았구나. 난 항상 그렇게 생각했단다."

트레블린 부인은 길게 안도의 한숨을 내쉬었다.

"예, 저는 하인들 사이에서 그 방이 유령에 씌었다는 소문을 들었습니다. 그리고 그 소문의 진위를 증명해보고 싶었고, 또 제 자신의 담력도 시험해보고 싶었습니다. 제가 몽유병이 있어서 헤스터가 제 방문을 걸어 잠갔지만, 저는 밧줄을 타고 아래로 내려와 의전실 옷방 창문으로 기어 들어갔습니다. 마님이 오셨을 때 저는 헤스터인 줄 알았답니다. 헤스터가 절 가둬둔 대가로 놀래주려는 심산으로 침대에 숨었던 거고요. 하지만 마님이 비명을 지르며 쓰러지자, 저는 제가 한 짓을 깨닫고 너무나 후회했답니다. 그래서 최대한 다급하게 조용히 도망쳤습니다. 진작 용서를 구해야 했는데, 이제야 용서를 구합니다, 마님. 그곳에서 장난을 치는 건 신성한 곳을 모독하는 짓이었습니다. 정말로 죄송합니다."

이야기의 첫 부분에서 폴의 태도는 솔직하고 차분했다. 그러나 뒷부분에서는 그의 태도가 기이하게 변했다. 그는 시선을 바닥에 고정하고, 공부한 내용을 외듯 말을 했다. 그러는 내내 그의 안색이 변하고 있었다. 처음 말을 할 때의 솔직한 표정이 한편으로는 자긍심에 찬 모습, 또 한편으로는 복종하는 표정으로 바뀌었다. 릴리언은 그렇게 복잡한 폴의 표정 변화를 보면서 마음이 심란해졌다. 그러나 트레블린 부인은 그걸 어릴 적 기행 때문에 수치심을 느끼는 것이라고 해석하고는, 그의 고백을 따뜻하게 받아들였다. 그러면서 그를 용서했고, 그가 운명을 개척해 복을 되찾은 것에 진심 어린 기쁨을 표했다. 릴리언은 그가 부인의 말을 들으며 주먹을 세게 쥐는 모습을 놓치지 않았다. 마치 어떤 끈덕진 감정이나 반항적인 생각을 억누르려 모질게 마음먹는 듯한 모습이었다.

"예, 제가 할 일에서 반이 끝났습니다. 저는 너그러운 후원자 덕에 저택을 얻었고, 이제 현명하게 누리면서 살고 싶습니다."

그는 진지한 말투로 그 행운이 아직 가슴속 욕망을 다 채워주지 않았다고 말했다.

"그러면 나머지 반은 언제 이루어지는 거지, 폴? 그건 네 사촌 손에 달린 일인가 보네?"

트레블린 부인은 멜랑콜리한 눈에 여성스러운 호기심을 반짝이며 그를 바라보았다.

"그렇긴 합니다만, 마님께서 생각하시는 그런 건 아닙니다. 릴리언 아가씨, 헬렌이 무엇이 되건 저의 약혼녀는 아닙니다."

그러고 나서 그가 릴리언을 보며 웃자 그늘이 사라졌다. 릴리언은 그의 말에 안도감이 들면서도 매우 겸연쩍었다.

"난 그저 세상 사람들의 소문을 그대로 믿었을 뿐이야."

릴리언은 무심한 태도를 꾸미며 말했다.

"세상 사람들은 거짓말쟁이예요, 아가씨도 시간이 지나면 알 게 될 겁니다."

그는 느닷없이 그렇게 답했다.

"난 그 아름다운 사촌을 보고 싶어, 폴. 우리를 폴의 옛 친구로 따뜻하게 대해줄까?"

"고마워요, 아가씨. 그렇지만 아직은 아니에요. 사촌 동생은 아직은 여기가 너무 낯설어서 새로운 사람들을 만나기가 힘들 겁니다. 친절한 사람들이라 하더라도, 아직은요. 당분간 온전히 쉬면서 자유를 누리도록 제가 약속했거든요. 하지만 맨 처음으로 아가씨에게 소개해줄게요."

릴리언은 또다시 그를 감싸는 비밀스러운 동요를 감지했다. 그러자 호기심이 일었다. 릴리언은 그 헬렌이란 여자가 자기가 자극해놓은 사람들의 관심과 경탄에 아랑곳하지 않는다는 듯, 자신을 만날 의사가 없고 은둔하기로 했다는 사실이 언짢았다.

'거절해도 난 보고 말 거야. 대정원에서 한 번 흘긋 본 게 다니까. 뭔가 문제가 있는 게 틀림없어. 내가 알아낼 거야. 분명히 무슨 일 때문에 폴이 꺼림칙한 거 같아. 내가 폴을 도와줄 수도 있는 일이잖아.'

따뜻하지만 고집스러운 릴리언의 가슴에 그러한 의도가 샘솟았다. 그녀는 기운을 되찾고 폴이 머무는 동안 매우 매력적인 자태를 드러냈다. 그들은 허심탄회하고 유쾌하게 많은 주제에 대해 이야기를 나누었다. 그러나 막상 헤어질 시간이 되자 폴이 자신의 과거 삶이나 미래의 계획에 관해서는 자신들에게 거의 터놓지 않았다는 걸 깨닫고 놀랐다. 그들은 과거의 폴을 알고 있고 성격이 신중함 그 자체인 베드포드만 제외하고, 그들의 과거 관계에 관해서 아무에게도 말하지 않기로 합의했다. 사람들에게 그저 새로 사귄 친구로 보이게 해서, 쓸데없이 입방아에 오르내리는 불쾌한 일을 차단하자는 의도였다. 트레블린 부인은 그에게 저녁 식사를 하고 갈 것을 청했다. 그러나 그는 볼일이 있어 다른 곳에 가봐야 한다며 거절했다. 그는 작별 인사를 하는 와중에도 미련이 남는 듯 여기저기로 시선을 향했다. 그러는 사이 릴리언은 거울을 보며 자기가 최고의 모습이었는지 살피곤 했다. 폴의 시선에서 숨길 수 없는 경탄의 표정을 읽었기 때문이었다.

트레블린 부인은 쉬러 방에 들어가며 릴리언에게 말을 타든, 마차를 타든 마음대로 하라고 했다. 릴리언은 시간을 끌면 용기가 사라질까 두려워 곧바로 마차를 대기시키고는 헤스터에게 수행하도록 하고 세인트존스 우드로 향했다.

"자, 헤스터. 설교도 하지 말고 새침도 떨지 말아줘. 우리 이제 장난 좀 치러 갈 거니까."

릴리언은 매력적인 태도로 헤스터의 기분을 최대한 맞춰준 다음 설명을 이어나갔다.

"헤스터도 좋아할 거야. 만약 발각되면 내가 다 뒤집어쓸게. 폴의 사촌에겐 뭔가 비밀이 있어. 내가 그걸 알아낼 거야."

"오오, 저런! 아가씨, 대체 어떻게요?"

"그 여자 여기 혼자 살고 모습을 드러내지도 않아. 아무데도 안 가고, 아무도 초대하지 않아. 예쁜 여자가 그게 말이 돼? 폴은 그 여자 얘기를 안 하려고 했지. 아낀다고 하면서도 내가 물어볼 때마다 심각하고 험상궂은 태도야. '그거 짜증 나, 안 들을 거야'라는 식이라니까. 헤스터도 알다시피 모드가 롤리와 약혼했잖아? 음, 그 롤리가 친구랑 둘이서 헬렌이 어디 사는지 알아냈대. 그 둘이 비어 있는 옆집을 보러 간다는 핑계로 거기 가서 정원에 있는 그 여자를 봤다지 뭐야. 나도 그렇게 할래."

"그럼 저더러 뭘 하라는 거예요?"

"헤스터는 그 나이 든 여자와 이야기를 해야지. 그러면서 내가 둘러볼 기회를 만들어줘. 자, 그러겠다고 대답해줘. 도와주면 앞으론 천사처럼 굴게."

헤스터는 얼마간 신중하게 이것저것 따져보다가 마침내 굴복하고 말았다. 그들은 러버넘 로지에 도착했다. 헤스터가 맡은 역할을 잘해서, 릴리언은 이내 이웃집 위층으로 올라가 그 집의 정원을 내려다볼 수 있었다. 거기에 헬렌이 있었다. 릴리언은 헬렌을 면밀히 살폈다. 그녀는 고전적인 스타일로 매우 아름다웠다. 몸매가 조각상처럼 아름답게 균형 잡혔고 피부도 고왔다. 검은 머리와 검은 눈은 매혹적이었다. 아름다움만큼 우아함도 완벽했다. 헬렌은 홀로 꽃을 굽어보는 자세로 꼼짝 않고 서서 꽃을 매만지는 데 몰두하는 것 같았다. 그러더니 천천히 풀밭을 맴돌기 시작했다. 두 손을 살짝 포갠 채로 눈은 생각에 잠긴 듯 허공을 향해 있었다. 그러나 헬렌의 아름다움에 대한 감동이 지나고 나자, 무언가 특이한 점이 눈에 띄기 시작했다. 단지 외국의 의상과 장식 때문이 아니었다. 헬렌의 얼굴과 동작, 목소리

에서 느껴지는 특이함이었다. 헬렌은 걸으면서 거의 무의
식적으로 낮고 단조로운 노래를 읊조리고 있었다. 릴리언
은 그녀를 뚫어져라 관찰했다. 작은 손은 이렇다 할 목표
지점이 없었고, 사랑스러운 얼굴에는 감정이 드러나지 않
았다. 노래하는 목소리에는 전혀 즐거움이 담겨 있지 않았
다. 무엇보다 특이한 점은 크고 검은 눈이 어디를 바라보는
지 모르게 붕 뜬 것 같은 느낌이었다. 헬렌은 계속해서 같
은 자리를 맴돌았다. 유연한 발걸음이었지만 기계적으로
반복하는 모습이 보기에도 지루했다.

'도대체 뭐가 문제지?'

릴리언은 불안한 생각을 이어갔다. 주변을 전혀 의식하
지 않는 듯한 여자를 꼼꼼히 살펴볼수록 왠지 마음이 아파
왔다. 릴리언은 너무나 당혹스러워서 헤스터가 불러도 알
아듣지 못했다. 헤스터가 가까이 다가와 옆에 섰을 때도 알
아차리지 못했다. 둘은 한동안 말없이 계속 내려다보았다.
나이 든 여인이 집 안에서 나와 헬렌을 이끌고 안으로 들어
갔다. 헬렌은 여전히 단조로운 노래를 읊조리고 있었고, 손
은 마치 햇빛을 붙잡으려는 모양으로 움직이고 있었다.

"가엾기도 하지, 가여워라. 폴이 슬퍼 보이고 헬렌 이야
기를 하지 않으려 하는 것도, 또 헬렌이 아무도 만나지 않
으려 하는 것도 당연한 게야."

헤스터가 안타까운 듯 한숨을 쉬었다.

"뭔데? 나는 봐도 뭐가 뭔지 이해가 잘 안 가."

릴리언이 낮은 목소리로 물었다.

"순진한 사람이라고 해야 할까요. 음, 저렇게 예쁜 아가씨에게 이런 말은 정말 내뱉고 싶지 않지만, 백치란 말입니다."

"아아! 어쩌면 좋아! 헤스터, 어서 출발하자. 우리 오늘 본 거 아무한테도 말하지 마."

릴리언은 놀랍고 안타깝고 마음 아프고, 연민이 가슴을 짓눌렀다. 이런 고뇌를 알게 되어 더더욱 죄책감을 느끼며 서둘러 집으로 돌아갔다. 이후로 그 생각이 떠나질 않았다. 그 외로운 여자에 대한 생각이 마음속에서 떠나지 않았다. 폴과 그녀를 기만했다는 자의식이 가슴을 짓눌렀다. 특히 폴 앞에서 더욱 그랬다. 그 상태가 일주일 동안 지속되었다. 그러다 릴리언은 자신이 진실을 알고 있다는 사실을 폴이 알면 혹시라도 그가 진 십자가를 함께 짊어지게 해주길, 그녀가 도움을 줄 수 있게 허락하길 바라는 마음으로, 폴에게 고백하기로 결심했다. 릴리언은 기회를 엿보다가 어머니가 없는 틈을 포착해 평소의 솔직한 태도로 충동적으로 말했다.

"폴, 내가 잘못을 저질렀어. 난 용서받기 전까지는 마음의 평화를 얻지 못할 거야. 나, 헬렌을 봤어."

"언제? 어디서? 어떻게?"

그가 어리둥절한 얼굴로, 그러면서도 차라리 잘됐다는 표정으로 물었다.

릴리언은 재빠르게 대답했다. 이야기를 끝내며 연민과 수치심과 슬픔이 가득 담긴 다정한 얼굴로 그를 올려다보았다. 그런 눈길로 바라보면, 누군들 그 무엇이라도 마다하랴.

"그런 고뇌를 염탐해 알아낸 거 용서해줄 수 있어?"

"릴리언, 난 그보다 훨씬 더 큰 잘못도 용서할 수 있을 거 같아."

그의 말엔 많은 것이 담겨 있었다.

"하지만 기만하는 일은 너무나 비열하고 불명예스럽고 경멸스러운 일인데, 어떻게 그렇게 쉽게 날 용서할 수 있어?"

릴리언은 폴이 그 어떤 질책도 하지 않고 흔쾌히 자신을 용서해주자 매우 감동하며 물었다.

"그럼, 릴리언은 다른 사람이 그런 행동을 하면 용서하는 게 힘들 것 같아?"

그는 릴리언을 항상 어리둥절하게 만드는 표정을 지으며 되물었다.

"음, 어려울 거 같아. 하지만 내가 사랑하는 사람이라면, 사랑하니까 용서할 수 있을 거 같아."

폴은 충동적으로 불쑥 릴리언의 손을 잡고 말했다.

"아, 릴리언, 넌 정말 하나도 안 변했어! 5년 전에 우리가 마지막으로 말 타러 갔던 때 기억나?"

"응, 폴."

릴리언은 시선을 피하며 대답했다.

"그럼, 우리가 나눈 이야기도 생각나?"

"아이같이 떠들어댄 것 중에 일부는 잘 기억나."

"어떤 부분?"

"폴이 내게 들려줬던 그 예쁜 로맨스 말이야."

릴리언은 고개를 들고 폴을 올려다보았다. 헬렌의 어린 시절도 자신처럼 그늘이 졌었는지 묻고 싶은 눈치였다.

폴은 마치 릴리언의 생각을 읽은 듯 그녀의 손을 놓고 자기도 모르게 가슴으로 손이 갔다. 가슴에 품은 로켓으로 향한 것이었다.

"내가 뭐라고 했었지?"

그는 릴리언이 갑작스레 수줍어하자 웃으며 물었다.

"아름다운 작은 숙녀의 사랑을 얻어내서 결혼하고야 말겠다고 했어. 폴이 '그때까지 산다면'이라고 덧붙이면서."

"맞아, 그럴 거야."

그는 갑자기 불꽃같은 눈빛으로 말했다.

"뭐, 그 여자랑 결혼한다고?"

"응, 그럴 거야."

"오, 폴! 한평생을 어떻게 그런…… 그런……"

말이 끝까지 나오지 않았다. 그런 말을 내뱉는다는 게 꺼림칙하다는 몸짓을 했다.

"그런 뭐?"

그는 흥분하며 물었다.

"순진한 사람…… 말하자면 이성이 결여된 사람이랄까."

릴리언은 폴에게 몰입한 채 중얼거렸다.

"누구 이야기를 하는 거야?"

폴이 완전히 어리둥절한 표정으로 물었다.

"그 가여운 헬렌 말이야."

"이런, 세상에! 누가 그런 비열한 거짓말을 했어?"

그의 목소리가 분노와 고통으로 얼룩졌다.

"내가 직접 봤어. 폴도 헬렌의 고통을 부인하는 거 아니
잖아. 헤스터도 그렇게 말했어. 내가 보기에도 그런 거 같
았고. 내가 헬렌에게 잘못을 저지른 거야, 폴?"

"그럼, 잔인한 거지. 헬렌은 눈이 먼 거지, 백치가 아니
야. 세상에!"

그의 목소리는 아주 진지했다. 말에는 질책이 담겨 있
었고, 눈에는 열기가 드러났다. 폴의 그런 모습에 릴리언
은 주눅이 들고 감정이 복받쳐 더듬거리며 용서를 빌었다.
릴리언은 두 손으로 얼굴을 가리고 이제껏 흘린 눈물 가운
데 가장 쓰디쓴 눈물을 흘렸다. 그 순간 극심한 고통을 느
끼며 자신이 얼마나 폴을 사랑하는지, 그를 잃는다는 게 얼
마나 힘든 일인지 깨달았다. 어린아이로서 지녔던 애정이
이제 여인의 열정으로 만개했다. 몇 주간의 짧은 시간이 질
투와 희망, 절망과 자기기만의 단계를 거치며 정신없이 내
달린 것 같았다. 폴을 다시 보게 되어 느낀 기쁨과 그를 자
랑스러워하는 마음, 또 헬렌이 유발한 불쾌감, 운명이 폴과

그의 사촌 사이에 극복할 수 없는 장벽을 쳐놓았다고 생각했을 때 품었던, 감히 자기 스스로에게도 터놓을 수 없었던 안도감, 그리고 그게 단지 공상에 지나지 않았음을 알며 느낀 절망감, 폴이 자신의 첫사랑과 결혼하겠다고 대놓고 선언하는 모습, 흔들리지 않는 그의 확고함을 보고 느낀 고통, 그 모든 부딪히는 감정들이 이 어려운 순간으로 수렴되며, 이제 꼭 필요한 자기통제심마저 잃고 말았다.

릴리언은 아무리 안간힘을 써도 눈물이 멈추지 않았다. 폴이 그런 그녀에게 완전히 용서한다, 헬렌과의 우정도 걱정하지 마라, 하며 할 수 있는 한 최선을 다해 릴리언을 다독였지만 소용없었다. 그러다 릴리언은 마침내 간신히 감정을 억누르고, 애정 어린 연민의 눈길로 자신을 굽어보며 헝클어진 자신의 머리칼을 매만지는 폴의 손에서 움츠러들며 빠져나왔다. 그리고 진심을 다해 말했다.

"난 내가 한 말, 내가 한 일에 대해 너무 슬프고 수치스러워. 난 감히 다시는 헬렌을 보지 못할 것 같아. 날 용서하고, 이 바보 같은 짓을 잊어줘. 난 너무나 슬프고 마음이 무거워. 오늘이 아빠의 기일이고, 엄마가 이런 때면 항상 너무 고통스러워하셔서 내가 신경이 예민해졌나 봐."

"릴리언의 생일이기도 하지. 난 기억하고 있어. 예전에 릴리언이 내게 준 선물에 대한 보답으로 작은 선물을 하나 가지고 왔어. 자, 이거 부적이야. 내일 내가 이 부적에 관한 전설을 이야기해줄게. 날 위해 이걸 매줘. 언제나 릴리언에게 행운이 깃들길!"

그 마지막 말은 서둘러 속삭이듯 던진 말이었다. 릴리언은 고풍스러운 반지가 반짝거리는 모습을 보았다. 그리고 수염 난 얼굴이 손에 와 닿는 것을 느꼈다. 그러고 나서 폴이 떠났다.

폴은 그 자리를 떠나면서 이를 앙다물고는 낮게 혼잣말을 중얼거렸다.

"그래, 내일이면 이 모든 일이 끝날 거야! 우리는 모든 걸 걸고 결과를 감수해야만 해. 난 그 누구에게도 더 이상 고통을 주지 않을 거야."

제7장
비밀의 열쇠

"베드포드, 트레블린 부인 계신가요?"

다음날 일찍 폴이 모습을 드러내며 물었다. 날카롭고 준엄한 표정 때문에 실제보다 열 살은 더 많아 보였다.

"없습니다. 부인과 릴리언 아가씨는 지난밤 저택으로 떠나셨습니다."

"나쁜 소식은 아니겠지?"

폴은 마치 위기가 닥친 것처럼 눈에 불이 번쩍거렸다.

"제가 들은 바로는 아닙니다. 릴리언 아가씨가 갑작스럽게 변덕을 부려 부인께서 청을 들어주지 않으면 혼자서라도 가겠다고 했답니다. 부인께서는 아무래도 이맘때 집에서 떨어져 계신 게 더 나았을 테지만요."

"내게 남긴 말이 있소?"

"예, 있습니다. 잠깐 들어오셔서 편하게 읽으세요. 저희도 혼란스러운 참입니다. 하지만 이 방은 잘 정리되어 있습니다."

베드포드는 폴을 릴리언의 내실로 안내하고는 쪽지를 건네주고 물러났다. 부인이 서둘러 몇 줄 쓴 메모였다. 갑작스럽게 떠날 수밖에 없는 사정이 생겼다는 내용으로 이유는 밝히지 않았다. 그리고 다음 사교 시즌에 만나기를 바란다고 쓰여 있었다. 릴리언이 감사해하고 있다며 안부를 전한다고 했지만 저택에서 보자는 말은 없었다. 헬렌에 대해서는 의례적인 인사말 이외에는 아무 언급이 없었다. 폴은 쪽지를 불 속에 집어던지며 혼잣말을 했다.

　"부인, 가엾기도 하지. 그렇게 훌쩍 떠나버리면 위험에서 도망친 거라고 생각한 모양이지. 릴리언은 곤란한 처지를 내게 숨기려고 하는군. 딱하기도 하지! 지체 없이 위로해줘야겠어."

　그는 릴리언의 흔적이 가득한 예쁜 방을 둘러보았다. 피아노는 열려 있었고, 선반에는 폴이 좋아하는 노래 악보가 놓여 있었다. 바구니에는 폴도 자주 보았던 릴리언이 뜨는 자수가 작은 골무와 함께 놓여 있었다. 책상에는 여러 가지 문서가 어지럽게 널려 있었다. 찢어진 쪽지, 스케치한 종이 뭉치, 무도회 프로그램 카드. 진주색 장갑이 바닥에 놓여 있었고, 벽난로 위에는 그가 이틀 전에 선물한 꽃이 시든 채 놓여 있었다. 그는 시선을 이리저리 돌리며 살펴보았다. 행복한 꿈을 꾸고 있는 것 같았다. 그러나 집 문단속을 하는 하인들의 소리에 금세 깨고 말았다. 그는 자리에서 일어나 테이블 주위에서 좀 더 머뭇거렸다. 마치 잃어버린 자기 자신을 찾는 듯한 모습이었다.

"안 돼. 자물쇠나 따는 비밀스러운 일은 이제 그만둬야 해. 그녀를 위해 더 이상 하지 않겠어. 그동안 해온 도둑질로 더 이상 아무에게도 해를 끼치고 싶지 않아. 그녀에게도 아무 추문이 퍼져나가지 않게 할 거야."

그러고는 폴은 장갑을 챙겨 자리를 떴다.

"헬렌, 시간 다 됐어. 준비는 됐어?"

그는 한 시간 후 방으로 들어서며 물었다.

"난 준비됐어."

헬렌은 대답과 함께 자랑스러운 표정을 지으며 폴을 향해 손을 뻗었다. 그 표정이 무력한 몸짓과 고통스러운 대조를 이루었다.

"그 사람들 저택으로 떠났어. 우리도 출발해야 해. 더 이상 기다리는 건 소용없어. 그래봐야 아무것도 얻지 못할 테니까. 권리 청구는 지금 우리가 가진 증거에 달렸어. 그렇지 않으면 그 한 가지 연결 고리가 빠져서 성립이 안 되든가. 난 이제 기만하는 건 지쳤어. 내 본래 모습대로 살고 싶고, 내가 성취해낸 걸 누리고 싶어. 다 잃어버리게 되는 게 아니라면 말이지."

"폴, 어떤 일이 벌어져도 우리가 함께해야 한다는 사실을 잊지 마. 언제나 그랬던 것처럼 좋은 일이건 나쁜 일이건 함께하는 거야. 나도 내가 짐이라는 걸 잘 알아. 하지만

난 오빠 없이 살 수 없어. 오빠 내게 온 세상이나 다름없어. 날 버리지 마."

헬렌은 더듬더듬 폴에게 다가와 마치 그게 자신의 온 세상인 양 그의 굳센 팔에 매달렸다. 폴은 헬렌을 가까이 끌어당겨 자신의 어깨에 기댄 눈먼 아름다운 얼굴을 쓰다듬었다. 그리고 생각에 잠긴 듯한 표정으로 말했다.

"미아 까라.* 마지막 순간에 내가 모든 걸 포기하고 할 말을 하지 않은 채로 놔둔다면 네 가슴이 찢어질까? 난 용기가 허물어지고 있어. 과거가 아무리 힘들었더라도, 난 이제 기꺼이 그냥 평화롭게 놔두고 싶어."

"안 돼, 안 돼! 오빠 포기할 수 없어!"

헬렌은 사납게 소리 질렀다. 잠자고 있던 남쪽 계통 특유의 열정이 얼굴에 불꽃을 지폈다.

"오빠 너무 오래 기다렸고, 매우 열심히 노력했고, 아주 많이 고통받았어. 오빠의 보상을 놓치면 안 돼. 오빠 약속했잖아. 그 약속을 반드시 지켜야 해."

"하지만 용서한다는 건 아주 아름답고 고귀한 일이야. 저주를 축복으로 돌려주는 일 말이야. 옛날의 불화는 묻어버리고 새로운 방식으로 과거의 잘못을 바로잡자. 그 두 사람에겐 잘못이 하나도 없어. 죽은 자의 죄를 결백한 그들에

*

Mia cara, 이탈리아어로 '나의 소중한 사람'이란 뜻이다.

게 추궁하는 건 잔인한 짓이야. 부인은 이미 충분히 고통받았어. 릴리언은 너무 젊고 너무 행복하고, 그런 격랑을 맞닥뜨리기에 어울리지 않는 여자야. 오, 헬렌! 자비는 정의보다 더 신성한 거야."

무언가 폴을 깊게 감동시켰다. 헬렌은 마음이 흔들리는 것 같았다. 그러나 릴리언의 이름이 나오자 헬렌은 갑자기 태도가 바뀌었다. 안색이 창백해졌고, 검은 눈에는 우울한 불길이 타오르는 것 같았다. 헬렌은 섬세한 손으로 그를 꽉 움켜잡고 가차 없는 목소리로 응대했다.

"오빠가 포기하게 놔두지 않을 거야. 우리도 그들만큼 결백해. 우리가 더 고통받았어. 우리는 우리의 권리를 되찾을 자격이 있다고. 우리한테 도대체 속죄해야 할 죄가 어디 있어? 어서 가, 폴. 그렇게 남자답지 못하게 징징거리면서 감상적으로 굴지 마."

헬렌의 말이 폴의 가슴을 찌르는 것 같았다. 폴은 어두운 얼굴로 헬렌을 밀어냈다.

"그렇다면 그렇게 하자. 한 시간 후에 출발해야 해."

그날 저녁 트레블린 부인과 딸은 저택의 팔각형 방에 함께 앉아 있었다. 황혼이 내리고 있었다. 양초는 아직 켜지 않았지만, 벽난로에서 활활 타는 불이 방을 붉은 빛으로 가득 채우고 있었다. 불빛을 받은 릴리언의 금발은 더욱 황금빛으로 물들었고, 트레블린 부인의 창백한 뺨에도 화사한

색이 돌았다. 릴리언은 벽난로 앞 낮은 안락의자에 손으로 머리를 괴고 앉아 있었다. 시선은 붉게 타는 장작불에 닿아 있었다. 그녀의 생각은 어디로 향했을까? 부인은 어둑한 소파에 누워 불안한 태도로 딸을 바라보고 있었다. 마음속 불안을 나타내듯 릴리언의 얼굴이 음울하게 변했기 때문이었다.

"릴리언, 우울해 보이네."

릴리언이 자기도 모르게 한숨을 내뱉으며 의자 더 깊숙이 몸을 파묻자, 부인이 긴 침묵을 깼다.

"예, 엄마. 조금 그러네요."

"왜 그래? 어디 아프니?"

"아뇨, 엄마. 런던의 사교 활동이 저한테 좀 무리였나 봐요. 전 엄마 말씀대로 아직 너무 어린가 봐요. 저도 깨달았어요."

"그럼 그렇게 창백하고 심각해 보이는 게 그저 피곤해서 그런 거야? 여기로 그렇게 서둘러 다시 돌아오려던 이유 말이야?"

릴리언은 거짓말을 못하는 성격이었다. 그녀는 잠시 머뭇거리더니 천천히 대답했다.

"그것만은 아니에요, 엄마. 다른 걱정거리도 있어요. 그런데 묻지 마세요."

"하지만 물어야겠는걸. 아가, 말해봐. 걱정거리가 뭐야? 누굴 만난 거야? 편지를 받았다거나, 뭐 다른 심란한 일이라도 생긴 거니?"

부인은 갑작스럽게 열의를 띠며 물었다. 그러고는 자세를 고치고 앉아 흥분을 감추지 못하고 딸을 의심의 눈초리로 살펴보았다.

"아뇨, 엄마. 그냥 저의 한심스러운 문제예요."

릴리언은 놀라고 부끄러운 표정으로 마지못해 그렇게 답했다.

"아, 사랑 문제라는 거지? 다른 이유가 있는 게 아니고? 아, 다행이야!"

그러더니 부인은 마음속 짐을 던 것처럼 뒤로 기대앉았다.

"다 말해봐, 아가. 엄마처럼 비밀을 다 털어놓기 좋은 사람이 어디 있겠니?"

"엄마는 아주 친절하시고, 제 어리석음을 고쳐주실 수 있겠지만, 저는 부끄러워요."

릴리언은 그렇게 말했으나 도움과 연민을 얻고 싶은 충동을 이기지 못하고 결국 거의 들리지 않는 작은 목소리로 털어놓았다.

"전 폴한테서 도망친 거예요."

"폴이 널 사랑해서 그랬단 말이지?"

부인은 인상을 쓰기도 했지만, 한편으로는 웃는 표정으로 물었다.

"절 사랑하지 않아서 그랬어요, 엄마."

가여운 릴리언은 그 말에 담겨 있는 제 자신의 애정을 고백한 게 여자로서 부끄러워 못 참겠다는 듯 새빨개진 뺨을 손으로 가렸다.

"아가, 그게 무슨 말이야? 난 폴이 널 사랑하지 않는다는 사실이 기쁘기만 한데. 그러면서도 네가 그토록 괴로워하는 걸 보니 슬픔이 밀려오는구나. 폴은 네 짝이 아니야, 릴리언. 그걸 꼭 기억해. 어렸을 때 친밀하게 지내다 생긴 그 덧없는 마음은 잊어."

"폴은 출신이 좋은 사람이에요. 그리고 이제는 재력도 저와 동등해요. 게다가, 아, 머리와 가슴의 재능에 있어서는 모든 게 저보다 훨씬 우월한 사람이에요."

릴리언은 여전히 얼굴을 가린 채 한숨을 쉬었다. 가느다란 손가락 사이로 눈물이 떨어져 내렸다.

"그럴지도 모르지. 하지만 폴에겐 알 수 없는 비밀이 있는 거 같아. 그래서 난 우리 사이에 있었던 그 모든 일에도 불구하고 그 아이가 막연히 싫은 감정도 들어. 하지만 아가, 폴이 널 좋아하지 않는 게 확실하니? 난 폴의 얼굴에서 전혀 다른 생각을 읽은 것 같은데. 네가 갑자기 런던을 떠나자고 사정했을 때 너도 그 점을 간파하고, 친절한 마음으로 폴에게 고통을 덜어주려나 보다 생각했어."

"아뇨, 제 고통을 덜기 위해서였어요, 엄마. 폴은 헬렌을 사랑해요. 그래서 헬렌이 눈이 멀었어도 결혼을 하겠다고 했어요. 저에게 그렇게 말했어요. 의심의 여지가 없는 표정을 지으면서요. 그래서 전 슬픔을 감추기 위해서 떠나온 거예요."

릴리언은 절망에 차 흐느꼈다.

트레블린 부인은 딸에게 가까이 다가가 끌어안고 머리를 쓰다듬으며 부드럽게 달랬다.

"나의 소중한 딸, 벌써 이런 고통을 깨닫기엔 넌 너무 어려. 즐거운 세상을 경험하게 해달라는 너의 청에 굴복한 내 잘못이야. 그래서 이런 벌을 받는구나. 네가 이런 고통을 피하게 했어야 했는데, 벌써 너무 늦어버렸으니. 넌 너의 바람대로 했다가 그 대가를 치르는 거야. 하지만 릴리언, 네가 가진 자긍심을 잃지 마. 그 자긍심으로 이 부질없는 사랑을 극복하거라. 아직은 사랑이 그렇게 깊을 순 없어. 네가 폴을 남자로서 알게 된 건 너무나 짧은 시간이어서 맥없이 매혹될 정도는 아니니까. 잊지 마라, 애야. 네게 더 잘 어울리는 훌륭하고 용감한 남자들이 있다는 걸. 인생은 길고 아직 시도해보지 못한 기쁨이 가득 넘친다는 걸."

"엄마, 걱정 마세요. 저는 어리석은 감상으로 엄마나 제 자신의 명예를 손상시키는 일을 하진 않을 거예요. 폴을 사랑하지만 극복할 수 있어요. 그렇게 할 거예요. 제게 시간을 좀 주시면 다시 예전의 제 모습으로 돌아갈게요."

릴리언은 고개를 들고 자긍심에 찬 결의의 태도를 보이며 어머니를 안심시켰다. 그러고는 감사의 키스를 한 후 무거운 가슴을 홀로 삭이려 제 방으로 물러났다. 릴리언이 나가자 트레블린 부인은 긴 한숨을 내쉬고 두 손을 맞잡았다. 그리고 감사의 몸짓과 함께 안도의 말을 내뱉었다.

"그래, 그저 사랑의 슬픔이라니 다행이야! 아, 예전 일이 다시 불거진 줄 알았구나. 17년의 침묵, 17년의 무서운 비밀과 회한!"

부인은 두 손을 꼭 맞붙잡고 형언할 수 없는 불안이 가득 담긴 시선으로 방 안을 이리저리 어슬렁거렸다.

"오, 리처드, 리처드! 난 당신을 오래전에 용서했어요. 게다가 나로서는 아무 죄도 없이 벌어진 죄에 대해, 이렇게 오랫동안 고통을 겪으며 속죄해왔어요. 오직 우리 아이를 위해서 그랬어요. 우리 아이를 위해 나는 입을 다물고 살아왔어요. 하늘이 아실 겁니다. 나 자신을 위해 바라는 건 아무것도 없어요. 그저 당신 곁에서 영면과 망각만을 바랄 뿐이에요."

30분 후 폴이 저택 문 앞에 서 있었다. 갑작스럽게 찾아온 터라 문은 열려 있었고 홀은 텅 비어 있었다. 폴은 아무도 만나지 않은 상태로 안으로 들어갔다. 그리고 트레블린 부인이 평상시 머무는 방으로 올라갔다. 불은 낮게 타고 있었고, 릴리언의 의자는 비어 있었다. 그리고 부인은 밖에서 살랑거리는 바람과 안을 지배하는 깊은 침묵을 자장가 삼아 잠들어 있었다. 움푹 들어간 눈, 창백한 뺨, 너무 일찍 세어버린 머리칼, 꿈을 꾸는 듯 웅얼거리는 편치 않은 입술을 바라보면서, 폴은 연민에 휩싸여 표정이 누그러졌다.

'이런 일을 겪지 않게 해주면 좋을 텐데.'

폴은 부인을 깨우기 위해 고개를 수그리면서 한숨을 쉬었다. 그러나 그는 그녀를 깨울 수 없었다. 갑자기 부인이 무언가 보이지 않는 적과 싸우듯 목에 건 체인을 움켜쥐고 뜯어내려 했기 때문이었다. 부인은 가느다란 손으로 황금 케이스를 꽉 움켜쥐고 알 수 없는 말을 웅얼거렸다. 폴은 몸을 기울이고 귀를 기울였다. 부인이 내뱉은 첫마디가 그를 얼어붙게 만들었다. 그러고 나서 부인은 경련을 멈추고 깊은 한숨을 내쉬더니, 다시 평온한 잠에 빠졌다. 그러자 폴은 어깨너머로 휙 한 번 훑어본 후 솜씨 좋게 로켓을 열어 은열쇠를 꺼냈다. 그러고는 그 안에 피아노 위에 놓여 있던 다른 열쇠를 대신 넣고 슬그머니 방을 빠져나왔다.

그날 밤 동이 트기 전 가장 어두운 시간, 한 사람이 영지의 어두운 대정원을 가로질러 가장 후미진 구석으로 걸어가고 있었다. 그곳에는 트레블린 가문의 묘소가 있었다. 그 사람은 그 앞에 섰다. 등잔불을 밝힌 후 덜거덕 빗장을 풀었다. 녹이 슨 경첩이 끼이익 소리를 내며 움직였다. 그런 후 어둠이 불빛과 인물 둘 다를 집어삼켰다.

밀폐된 공기가 무겁게 느껴지는 무덤 앞, 랜턴의 희미한 불빛이 벽감 속에서 썩어가고 있는 관들을 비췄다. 곳곳에 부패와 죽음의 그림자가 널려 있었다. 남자는 모자를 푹 눌러쓰고 머플러로 입을 막았다. 깊은 침묵 속에서 가슴 뛰는 소리가 들렸다. 하지만 서슴지 않고 여기저기 살펴보았다. 문에서 가장 가까운 쪽에 은제 장신구로 화려하게 장식되고 검은 벨벳으로 덮인 긴 관이 있었다. 지금은 변색된 상태였다. 트레블린 가문은 체구가 건장한 사람들이었다. 이곳에 마지막으로 잠든 자는 분명 장신이었던 것 같았다. 현대식 관이 오랜 세대의 유골들이 안치된 커다란 옛 오크 관만큼이나 크고 육중했다. 침입자는 랜턴을 들고 방패 모양 표찰의 먼지를 털어냈다. 리처드 트레블린이라는 이름과 날짜가 쓰여 있었다. 남자는 그걸 보고 만족한 듯 자물쇠에 열쇠를 넣어 돌린 후, 관 뚜껑을 반쯤 들어 올렸다. 그는 17년이라는 긴 세월이 만들어낸 부패를 보지 못하겠다는 듯 고개를 모로 틀었다. 그러고는 죽은 이의 가슴으로 손을 뻗어 접힌 수의 안에서 곰팡이가 핀 서류를 꺼냈다. 한 번 쓱 보는 것으로 충분했다. 관은 다시 잠겼다. 문은 다시 빗장이 걸렸고, 불빛은 꺼졌다. 남자는 거친 시월의 밤 어둠속으로 유령처럼 사라졌다.

제8장
누가?

"신사분이 찾아오셨습니다, 마님."

트레블린 부인은 하인이 내민 은쟁반에 놓인 카드를 들어 올렸다. '폴 탤벗' 이름 아래 연필로 쓴 글이 보였다. '마님을 뵙기를 청합니다.'

릴리언이 옆에 서서 메모를 함께 보았다. 그들의 눈이 마주쳤다. 릴리언의 얼굴에 갑자기 희망과 사랑, 갈망의 빛이 떠올랐다. 어머니는 딸의 소망을 의심하거나 딸을 실망시킬 수 없었다.

"만나볼게."

부인이 말했다.

"오, 엄마. 감사해요!"

릴리언은 어머니를 덥석 끌어안았다. 그러고는 쉴 새 없이 말을 이었다.

"절 보자는 얘기는 없네요. 전 아직 폴을 볼 수 없을 거 같아요. 전 벽감 내실에 숨어 있을게요. 그 사람이 온 이유를 알게 되면 나타나든가, 도망가 버리든가 할게요."

그들은 서재에 있었다. 이곳에 얽힌 어두운 기억이 없는 릴리언이 좋아하는 장소였다. 트레블린 부인은 딸을 위해 혐오감을 억누르고 종종 이곳에 머물곤 했다. 릴리언은 퇴창이 있는 깊은 벽감 공간으로 들어가, 폴의 발자국 소리가 문간에서 들리자 두꺼운 커튼을 쳤다.

부인은 여성 특유의 감각으로 고개를 드는 불안을 숨기고, 자리에서 일어나 폴을 맞기 위해 팔을 뻗었다. 그는 고개를 숙여 예를 표했으나 부인의 손을 잡지는 않았다. 그러고는 진지하게 예의를 갖춘 목소리로 말을 꺼냈다. 강한 감정이 묻어나는 저음의 목소리였다.

"용서하십시오, 트레블린 마님. 먼저 드릴 말씀이 있습니다. 들으신 후에도 제게 손을 내미신다면, 저는 감사하게 받아들이겠습니다."

부인은 폴을 살펴보았다. 그는 안색이 매우 창백했다. 눈빛은 억눌린 흥분으로 빛나고 있었다. 힘들지만 아주 중요한 일을 해내기 위해 온 신경을 집중한 사람의 태도였다. 부인은 그렇게 마음의 동요가 묻어나는 태도가 구애를 하러 온 젊은 연인에게는 너무나 당연한 모습이라고 여겼다. 부인은 미소를 짓고 다시 자리에 앉아 차분하게 대답했다.

"참을성 있게 들을 테니, 편하게 말하렴, 폴. 내가 오랜 친구라는 사실을 잊지 마."

"그 사실을 잊을 수 있으면 좋겠습니다. 그러면 제가 할 일이 훨씬 수월해질 테니까요."

폴은 맞은편 높은 의자에 기댄 채 젖은 이마를 닦으면서 회한과 결의가 함께 담긴 목소리로 웅얼거렸다. 그의 표정에는 깊은 연민이 담겨 있어, 부인의 가슴은 알 수 없는 공포로 가라앉았다.

"제가 드릴 말씀은 아주 긴 이야기입니다. 먼저 제가 어렸을 때 저질렀던 무례에 대해 용서를 빌겠습니다. 저는 잘못된 의무감에 따라 맹목적으로 행동했습니다. 이제 저의 과오를 깨달았고 후회하고 있습니다."

그가 진지하게 입을 열었다.

"계속해보게나."

부인은 막연한 두려움이 커지는 걸 느끼며 다가올 충격에 마음을 단단히 먹었다. 그녀는 릴리언을 잊었다. 아니, 모든 걸 잊었다. 그저 자신 앞에 조각상처럼 가만히 앉아 있는 남자의 낯선 모습과 그의 말을 보고 들을 뿐이었다. 폴은 창백한 얼굴로 꼼짝도 않고 서서 서둘러 말을 이었다. 눈빛에는 단호함과 연민, 회오가 가득했다.

"20년 전 한 영국 신사가 조그만 이탈리아 마을에서 친구를 만났습니다. 그 친구는 아름다운 여인과 결혼한 상태였죠. 그 아내에겐 자신만큼 사랑스러운 여동생이 있었습니다. 젊은 신사는 그곳에 잠깐 머무는 사이 그 여동생을 사랑해 결혼하게 되었습니다. 그의 아버지가 상속권을 박탈할까 봐 가족에게 알리지 않고 조용히 결혼식을 치렀습니다. 몇 달이 지나 영국 신사는 아버지가 돌아가셨다는 소식을 듣고 자신의 작위와 영지를 물려받기 위해 고향으로 소환되어 돌아갔습니다. 그는 모든 게 정리되면 데려가겠다는 약속을 하고 홀로 돌아갔지요. 그는 자신의 결혼에 대해 아무에게도 말하지 않았습니다. 사랑하는 여자를 불쑥 소개시켜 가족과 친구들을 놀래줄 생각으로 그랬다더군요. 그렇게 영국에 돌아간 지 얼마 지나지 않아, 신사는 그 이탈리아 마을의 나이 든 신부님으로부터 편지를 받았습니다. 콜레라가 창궐해 도시를 휩쓸었고, 주민 반수가 희생당했다는 소식이었습니다. 그중에 그의 아내와 친구도 있었습니다. 이 충격적인 소식에 젊은 신사는 크게 좌절했지요. 시간이 흘러 회복되고 난 후, 그는 자신의 슬픔을 숨기고 자신의 영지 저택에 은둔하면서 모든 걸 잊으려고 했습니다. 하지만 운명은 그에게 다시 또 다른 아름다운 여인을 보냈고, 그는 다시 결혼했습니다. 그런데 결혼 후 채 1년이 지나기 전에 죽었다고 생각했던 친구가 나타났습니다. 그의 아내가 아직 살아 있고, 게다가 아이까지 낳았다는 소식을 전했습니다. 전염병이 휩쓴 공포스럽고 혼란스러운 와중에 신부가 자매를 혼동했던 겁니다. 죽은 사람은 바로 언니였습니다."

"그래, 그래. 알아. 어서 계속 말해봐!"

부인은 창백해진 입술로 헐떡거렸다. 그녀의 시선은 폴의 얼굴에 붙박혀 있었다.

"이 친구는 살아남은 처제와 불행이 덮친 마을을 빠져 나온 후 불운에 맞닥뜨렸습니다. 그들은 편지를 쓰고 또 쓰면서 오랫동안 기다렸습니다. 그러나 답장은 오지 않았지요. 질병과 가난 때문에 영국으로 찾아가는 게 쉽지 않았습니다. 기다림의 와중에 여자의 아이가 태어났습니다. 친구는 처제를 위해, 또 자신의 문제도 있기에 결국 이곳으로 직접 찾아왔습니다. 그리고 리처드 경이 결혼했다는 사실을 알고 비탄에 빠졌습니다. 그 불행한 분의 슬픔과 공포는 상상할 수 없을 정도였지요. 친구는 둘이 만나 이야기를 나눌 때 모든 걸 리처드 경에게 일임한다고, 또 구제 방법을 마련할 때까지 비밀을 유지하겠다고 약속했지요. 그 말을 남기고 그는 이탈리아로 돌아와 버림받은 리처드 경의 아내를 지키고 위로했지요. 리처드 경은 트레블린 부인에게 진실을 알리는 편지를 쓰고, 자신은 자살하려 했습니다. 그것이 두 여인 사이에 놓인 끔찍한 상황에서 유일한 탈출구로 보였을 테니까요. 둘 모두 사랑받았고, 둘 모두 아무 잘못 없이 부당한 일을 당했습니다. 권총이 준비되어 있었으나 죽음은 다른 조력자 필요 없이 찾아왔습니다. 그리하여 리처드 경은 자살의 죄를 짓지 않게 되었습니다."

폴은 숨을 고르기 위해 말을 멈추었다. 그러나 트레블린 부인은 그에게 어서 말을 계속하라고 손짓했다. 그녀는 여전히 옆에 선 대리석 조각상처럼 하얗게 굳어 있었다.

"그 친구는 집으로 돌아가 이야기를 전달한 후 이내 숨을 거뒀습니다. 이야기를 들은 리처드 경의 첫 번째 아내도 죽고 말았습니다. 늙은 신부님에게 아이의 신분을 찾아주고, 아버지의 이름을 얻게 해달라고 애원하면서 죽어갔습니다. 신부님은 약속했지요. 그렇지만 그분은 가난했고, 아이는 힘없는 아기일 뿐이었죠. 그는 기다렸습니다. 세월이 흘러 아이가 제 부모를 찾아 자신의 권리를 요구할 만큼 나이가 들었습니다. 하지만 결혼 증명서는 분실된 상태였고, 공식적으로 결혼을 증명할 건 아무것도 남지 않았습니다. 단지 반지 하나와 편지와 이름이 다였죠. 신부님은 매우 늙은 상황에 친구도 돈도 증거도 없었습니다. 그러나 저는 강했고 희망에 차 있었습니다. 어린 소년이었을지언정 그 일을 해낼 거라고 작심했습니다. 저는 영국으로 왔습니다. 트레블린 저택으로 왔던 것이지요. 그러고는 갖은 책략을 썼는데, 그중에는 말하기 부끄럽습니다만, 가짜 열쇠와 몽유병자 행세도 있었습니다. 그렇게 여러 증거를 모았습니다. 하지만 법정에 제시할 수 있는 확실한 증거는 없었습니다. 리처드 경의 고백의 증거가 어디 있는지는 마님만 알고 있었으니까요. 저는 저택의 구석구석을 샅샅이 뒤졌습니다. 그러나 모두 허사였지요. 그래서 좌절하고 있을 때, 코스코 신부님의 부고가 날아왔습니다. 헬렌을 보호할 사람은 저밖에 없었어요. 신부님은 사실을 충실하게 기록해놓았고, 이야기의 진위를 밝힐 증거도 남겨놓았지요. 하지만 4년 동안 저는 그것을 사용하지 않았습니다. 작위나 영지를 확

보할 노력도 하지 않았고요."

"왜 그랬지?"

부인은 갑자기 희망이 살아난 듯 희미하게 물었다.

"왜냐하면 저는 감사한 마음이 있었으니까요."

말을 시작한 후 처음으로 폴의 목소리가 흔들렸다.

"저는 아무도 모르는 이방인이었는데, 마님은 저를 받아주셨습니다. 저는 그걸 절대 잊지 않았습니다. 의지가지 없는 소년에게 베풀어주신 은혜도 마찬가지고요. 그게 괴로웠습니다. 심지어 제가 위장을 한 채 갖은 계략을 벌이고 있을 때도 그랬어요. 도망쳐 나왔을 때 저는 결심이 무너졌습니다. 하지만 헬렌이 절 가만두지 않았지요. 헬렌은 저에게 불쌍한 어머니를 위해 한 맹세를 지키라고 다그쳤어요. 안 그러면 자신이 직접 폭로하겠다고 위협했지요. 탤벗의 은혜를 입은 일도 더 이상 일을 지연시킬 변명이 되지 못했습니다. 저는 이제껏 가장 힘든 임무를 수행할 수밖에 없는 코너에 몰리고 말았습니다. 저는 오랜 갈등을 해결하기 위해 법정에 기댈 수밖에 없는 처지에 이르렀다고 생각했고, 먼저 마님께 호소하려고 했습니다. 하지만 그때 운명이 저의 손을 들어주었죠. 드디어 마지막 증거를 찾았습니다."

"찾았다고? 어디서?"

트레블린 부인은 화들짝 놀라며 자리에서 벌떡 일어섰다.

"리처드 경의 관에서요. 마님께서 파기할 엄두를 못 내고 숨겨놓은 장소지요."

"누가 날 배신한 거지?"

부인은 마치 배신자가 유령이라도 되는 듯, 시선이 갈 곳을 잃고 방 안을 두리번거렸다.

"마님의 입입니다. 어젯밤 저는 이 문제를 말씀드리러 찾아왔습니다. 마님께선 잠들어 계시더군요. 뒤숭숭한 꿈이라도 꾸는지, 잠결에 작성한 사람 곁에 안전하게 보관된 문서에 대한 이야기를 했습니다. 그리고 여기 이 마님의 기이한 보물, 낮이고 밤이고 지키고 있던 열쇠에 대한 이야기도요. 저는 진실을 간파했습니다. 헤스터의 이야기가 기억났죠. 마님에게서 열쇠를 훔쳐 리처드 경의 죽은 가슴팍에서 문서를 발견했습니다. 자, 이제 이 비극에 대해 마님이 고백할 차례입니다."

"그래, 그래! 나도 고백할게. 모든 걸 인정해. 그리고 모든 걸 다 포기할게. 난 그저 자네가 내 딸에게 연민을 베풀어주기만을 바란다네."

트레블린 부인은 애원하는 눈빛으로, 굴종의 자세로 폴 앞에 무릎을 꿇었다. 여성으로서의 자긍심과 세속적 운이 모두 파멸된 상황이었다. 하지만 어머니로서의 가슴은 오직 자식에게로 향했다.

"제가 아니면 누가 릴리언을 가엾게 여기겠습니까? 저도 할 수만 있다면 릴리언에게 이런 충격을 주고 싶지 않습니다. 하늘이 아실 거예요. 하지만 헬렌은 침묵을 지키지 않을 겁니다. 저는 시작한 일을 끝내야겠습니다. 사랑하는 릴리언에게 이 사실을 전하시고 절 미워하지 않도록 해주세요."

폴이 그렇게 릴리언에 대한 열렬한 애정을 드러내며 말할 때, 커튼이 열리며 릴리언이 모습을 드러냈다. 그녀는 이야기를 듣고 흥분에 빠져 덜덜 떨고 있었다. 그러나 릴리언은 오직 하나의 감정만을 인식한 채 폴의 품으로 파고들었다. 그러면서 열정적인 기쁨의 탄성을 질렀다.

"오빠! 오빠! 이제 난 오빠를 사랑해도 돼!"

폴은 릴리언을 품에 안고 그 순간의 기쁨만 의식한 채 잠시 모든 것을 잊었다. 릴리언은 애정이 담긴 눈물을 흘리며 폴을 올려다보고는 작은 손으로 그의 뺨을 어루만졌다. 그러고는 갑자기 뺨을 붉히며 먼저 말문을 열었다.

"이제야 알겠어, 내가 왜 그토록 오빠를 사랑했는지. 이제 난 오빠가 헬렌과 결혼해도 마음이 아프지 않겠어. 오, 폴! 그래도 오빠는 내 거야. 난 다른 건 신경 안 쓸래."

"릴리언, 난 네 오빠가 아니야."

"뭐라고? 그럼 당신은 누구야?"

릴리언이 그의 품에서 벗어나며 물었다.

"너의 연인이지!"

"그럼, 도대체 상속자가 누구야?"

릴리언이 어머니에게 다가가자, 트레블린 부인이 벌떡 일어나며 물었다.

"저예요."

헬렌의 목소리였다. 헬렌은 문간에 서 있었다. 아름다운 얼굴이지만 표정은 냉혹하고 거만했다.

"폴, 이야기를 제대로 못했잖아."

헬렌이 모진 말투로 말을 이었다.

"오빤 날 잊었어. 나의 고통, 나의 외로움, 내가 겪은 부당한 일, 어머니의 명예를 회복하고 아버지의 이름을 물려받아야 할 자연스러운 나의 욕망을 잊었어. 내가 리처드 경의 장녀입니다. 난 나의 출생을 밝힐 수 있어요. 난 내 자신을 입증할 권리를 요구합니다."

헬렌은 말을 멈추었다. 아무도 입을 열지 않았다. 헬렌은 자긍심이 담긴 목소리를 살짝 떨며 덧붙였다.

"폴은 임무를 수행했으니 보상을 받을 거야. 나는 그저 아버지의 이름을 원해요. 작위와 재산은 나 같은 사람에게는 아무 소용도 없어요. 내가 그것들을 탐내고 요구하는 건 다 폴에게 주기 위해서야. 언제나 다정하고 진심인 나의 단 하나의 친구, 폴."

"난 그런 거 원하지 않아."

폴은 사나운 태도로 거절했다.

"난 약속을 지켰고, 이제 자유야. 넌 너의 권리를 찾기를 원했어. 내가 너의 권리 대신 침묵을 살 수 있는 모든 것을 제공했는데도 넌 권리만을 원했잖아. 자, 이제 너의 권리야. 다 가져. 그리고 할 수 있으면 누려봐. 나는 이런 일로 보상 같은 거 받지 않아."

폴은 헬렌이 볼 수만 있다면, 그녀의 가슴을 무너뜨려버릴 것 같은 표정으로 헬렌에게서 등을 돌렸다. 헬렌은 그것을 느끼고 비밀스러운 불안이 커지는 것 같았다. 헬렌은 아주 고통스러운 표정으로 가슴을 손으로 눌렀다. 그러면서 열정적으로 말했다.

"그래, 가질 거야. 다른 건 다 잃게 될 거니까. 연민 따위 이제 지긋지긋해. 권력은 달콤해. 난 그걸 쓸 거야. 가, 폴. 가서 할 수 있으면 이름 없는 아내와 함께 행복하게 살아. 자존심을 무너뜨릴 세상의 연민을 받든, 경멸을 받든 마음대로 살아봐!"

"오, 릴리언. 우리는 이제 어디로 가야 하니? 여긴 더 이상 우리 집이 아니야. 이제 누가 우리를 받아주겠니?"

트레블린 부인이 절망에 젖어 소리쳤다. 그녀는 이 사랑스럽고 순진무구한 딸에게 남겨진 수치심과 슬픔을 생각하니 완전히 기가 꺾였다.

"제가 하겠습니다."

폴의 얼굴은 사랑과 충직함으로 빛났다. 그들은 의심할 수가 없었다.

"마님, 마님은 제가 갈 곳 없는 처지일 때 제게 집을 제공해주셨습니다. 이제 제게 보답할 기회를 주세요. 릴리언, 난 로맨틱한 소년 시절부터, 나의 품에 네 작은 사진을 품었을 때부터 널 사랑했어. 그리고 내가 죽지 않고 산다면,

널 내 여자로 만들겠다고 맹세했었어. 이전에는 말할 엄두를 내지 못했어. 그렇지만 다른 이들이 네게 마음의 문을 닫을지도 모르는 바로 지금, 너에게 고백할게. 나의 가슴은 널 환영하기 위해 드넓게 열려 있어. 두 분 다 이리 오세요. 제가 두 분을 보호하고 사랑할 수 있게 해주세요. 그리고 제가 두 분께 불러온 슬픔에 대해 속죄하게 해주세요."

그의 진심 어린 목소리, 그의 애정이 담긴 존경의 태도를 거절하는 건 불가능했다. 그는 결백한 그 두 사람을 힘과 사랑이 가득한 자신의 품으로 거둬들였다. 모녀는 본능적으로 그에게 안겨 아무리 큰 역경도 이간질할 수 없는 충실한 친구가 곁에 있다는 사실에 안도감을 느꼈다.

웅장한 침묵이 방 안에 흘렀다. 오직 흐느낌, 감사의 속삭임, 눈과 손과 부드러운 입술로 서약하는 연인들의 소리 없는 맹세만이 침묵을 깼을 뿐이다. 헬렌의 존재는 잊었다. 릴리언은 꽃이 빗방울을 떨구듯 유연한 기운으로 슬픔을 떨쳐내고 눈물과 미소가 함께 묻은 얼굴로 폴을 올려다보다가, 어둑한 곳에 외롭게 선 헬렌을 보았다. 헬렌의 모습은 처량한 자긍심으로 가득 차 있었다. 그녀는 아무도 환영해주지 않아 여전히 문간에 서 있었다. 이 낯선 곳에서 어디로 가야 할지 알지 못했다. 헬렌은 볼 수 없는 눈으로 자신은 함께하지 못하는 기쁨을 직접 보기라도 한 것처럼, 두 손을 맞잡고 얼굴을 가리고 있었다. 그녀의 발밑에는 무익한 작위만 줄 뿐 사랑이 없는, 세월의 때가 묻은 서류만이 놓여 있었다. 릴리언은 헬렌의 가슴속에 일고 있는 열정과 자긍심, 질투와 관대함 사이의 갈등이 얼마나 날카로운지 알았다면 그렇게 진정한 연민의 말투, 그렇게 진심 어린 호의의 말투로 말하지 못했을 것이다.

"가여워라! 우린 헬렌을 잊어서는 안 돼요. 그 모든 부유함에도 불구하고 우리에 비하면 가난한 거니까. 우리 둘은 아버지가 같고, 이러한 불운을 겪었어도 서로를 사랑해야 해. 헬렌, 이제부터 언니라고 불러도 될까요?"

"아직은 아니야. 내가 그 소리를 받을 자격이 될 때까지 기다려."

그 아름다운 목소리가 제 가슴속 고귀한 불꽃을 불러일으킨 것처럼, 헬렌의 얼굴이 아름답게 빛났다. 그러더니 그녀는 서류를 조각조각 찢어 흰 종잇조각을 허공에 흩날리며 충동적이고 기쁜 말투로 말했다.

"나도 관대할 수 있어. 나도 용서할 수 있어. 슬픈 과거는 묻을 거야. 봐봐! 난 내 권리를 포기했어. 난 내 증거를 스스로 파기했다고. 난 영원한 침묵을 약속하겠어. 그리고 '폴의 사촌'이라는 이름만 유지할 거야. 그래요. 당신들은 행복해요. 당신들은 서로를 사랑하니까!"

헬렌은 갑자기 슬픔이 복받치는지 눈물을 쏟아내며 호소했다.

"오, 날 용서해줘요. 연민을 베풀고 나도 함께하게 해줘요. 난 완전히 혼자고 평생을 어둠속에 갇혀 있었어요!"

그런 호소에는 오직 한 가지 대답밖에 있을 수 없다. 그리고 그들은 그 대답을 주었다. 그들은 서로 간의 비밀과 희생으로 얽힌 가정을 이루자는 말로 헬렌을 환영했다.

그들은 행복했다. 세상은 그들을 그토록 충직하게 이어주는 비밀의 유대감을 모른다. 옛 예언이 어떻게 이루어졌는지도 모른다. 그리고 은열쇠가 어떤 삶과 죽음의 비극을 풀어놓았는지 그 누구도 알 수 없었다.

변신

메리 셸리

지금 내 마음은 슬픈 고뇌로

비틀리네.

그리하여 나의 이야기를 시작하지 않을 수 없네.

그러면 나는 자유를 얻으리.

그러고 나면 알 수 없는 시간에

그 고뇌가 다시 돌아오네.

그리고 나의 무시무시한 이야기를 마칠 때까지

이 가슴은 불타오르네.

— 콜리지, '늙은 수부의 노래'

　나는 기이하고 초자연적이고 주술적인 모험이 한 인간에게 벌어지면, 그자가 아무리 그걸 숨기려 해도 특정한 시기에 마치 마음속에서 지진이라도 난 듯 가슴이 무너져 내리며 제 영혼의 깊은 곳을 다른 이에게 드러내지 않을 수 없다는 이야기를 들은 적이 있다. 나는 그 말이 진실임을 직접 경험한 산증인이다. 나는 한때 악마 같은 자만심에 빠져 나 스스로 빠져들었던 공포를 그 어떤 인간에게도 드러내지 않겠노라고 스스로에게 굳건히 맹세했었다. 나의 고백을 들어주고 나를 교회로 인도한 사제는 죽고 없다. 아무도 모른다, 한때…….

왜 입을 다물지 못하는가? 왜 신의 섭리를 거스르는 불경한 유혹과 영혼을 갉아먹는 굴욕의 이야기를 하는가? 왜인가? 답을 달라, 인간 본성의 비밀을 잘 아는 그대! 나는 오직 그렇게 된다는 사실만을 알 뿐이다. 굳건한 결의에도 불구하고, 나 스스로를 사람들이 혐오하는 인간이 되게 만든, 나를 완전히 집어삼킨 자만, 수치, 심지어 공포에 대하여 나는 반드시 고백해야 한다.

제노바! 자랑스러운 나의 고향! 지중해의 푸른 물결을 굽어보는 도시. 그대는 내가 어린 시절 그대의 절벽과 바다로 쭉 뻗은 곶, 그대의 밝은 하늘과 화려한 포도밭이 나의 세상이었던 것을 기억하는가? 행복했던 시절! 젊은 가슴에는 좁기만 한 우주가 바로 그 한계로 인해 상상력에 기대게 만들고, 우리의 육체적 힘을 속박하던 때. 순진무구함과 즐거움이 하나로 합쳐지는 우리 삶의 유일한 시기. 그러나 어느 누가 어린 시절을 돌아보며 그 슬픔과 가슴 아픈 두려움을 기억하지 못하겠는가? 나는 그 누구보다 고압적이고 거만하고 길들이기 힘든 성정을 지니고 태어났다. 나는 오직 아버지 앞에서만 기가 죽었다. 아버지는 관대하고 고상했다. 하지만 변덕이 심하고 전제적이었으며, 불같은 나의 성격을 고취시키기도 했으며, 동시에 통제하기도 했다. 그는 나를 순종케 했으나, 그의 명령의 동기에 대해 존중을 불러일으키지는 못했다. 자유롭고 독립적인 남자가 되는 것, 혹은 달리 말해 거만하고 지배적인 남자가 되는 것이 나의 반항아적 가슴의 희망이자 소원이었다.

아버지에게는 친구가 한 명 있었다. 그는 부유한 제노바 귀족으로 정치적 격동기에 갑자기 추방당해 재산을 몰수당했다. 토렐라 후작은 홀로 귀양살이를 했다. 아버지처럼 그도 홀아비였다. 그에겐 줄리엣이라는 아주 어린 자식이 하나 있었다. 줄리엣은 내 아버지의 피후견인이 되었다. 나는 분명 그 사랑스러운 여자아이에게 불친절한 보호자가 되겠지만, 나의 위치 때문에 어쩔 수 없이 그 아이의 보호자가 되었다. 그 시절 아이에게 생길 수 있는 다양한 사건들은 한 가지로 수렴되었다. 그것은 바로 줄리엣이 나를 든든한 안식처로 생각했고, 나는 줄리엣을 여리고 섬세한 감수성을 지닌 아이가 너무 가혹한 현실에 놓여 내가 보호하지 않으면 죽을지도 모르는 사람으로 여기게 되었다는 사실이다. 우리는 함께 자랐다. 오월에 피는 장미도 이 사랑스러운 소녀보다 달콤할 수 없었다. 만개하는 아름다움이 얼굴 전체에서 빛났다. 줄리엣의 자태, 발걸음, 목소리. 그 천상의 육체에 간직된 부드럽고 사랑스럽고 순수하고 나를 믿는 그 모든 모습을 생각하면, 내 가슴은 지금도 떨려온다. 내가 열한 살, 줄리엣이 여덟 살 때 우리보다 훨씬 나이가 많은 내 사촌이-우리는 그를 성인 남자로 생각했다- 나의 놀이 친구를 유독 눈여겨보았다. 그는 줄리엣을 자신의 신부라고 부르며 자신과 결혼해달라고 청혼했다. 줄리엣은 거절했다. 그는 그래도 계속 고집을 부리며 싫어하는 줄리엣을 억지로 끌어당겼다. 나는 미치광이처럼 발광하며 그에게 달려들었다. 내 온몸을 그에게 던졌다. 나는 그의 검을 꺼내려 씨름했다. 나는 그를 목 졸라 죽일 생각으로 사납게 그의 목을 움켜잡았다. 그는 나를 떼어놓기 위해 소리 질러 도움을 청하지 않을 수 없었다. 그날 밤 나는 줄리엣을 데리고 우리 집 예배당으로 갔다. 나는 그 아이에게 성스러운 유물에 손을 얹게 했다. 나는 아이를 가슴 아프도록 괴롭혔다. 그 아이는 내 것이라고, 오직 내 여자라고 맹세하며 억지로 아이의 입술을 훔쳤다.

음, 그 시절은 지나가버렸다. 몇 년 후 토렐라 후작이 돌아왔는데, 그 어느 때보다 더 부자가 되어 더욱 번성하게 되었다. 내가 열일곱이 되던 해 아버지가 돌아가셨다. 아버지는 사치와 낭비가 엄청나게 심한 사람이었다. 토렐라는 미성년인 내가 재산을 회복할 기회가 생긴 거라며 기뻐했다. 줄리엣과 나는 아버지의 임종 자리에서 약혼했다. 토렐라가 내 두 번째 아버지가 되었다.

나는 마음껏 세상을 보고 싶었다. 그래서 플로렌스, 로

마, 나폴리를 여행했다. 거기서 다시 툴롱으로 갔고, 그러고 나서 드디어 오랜 소망이었던 파리에 이르렀다. 가여운 왕 샤를 6세는 멀쩡하다가 광증을 보이기 시작했고, 군주였다가 비참한 노예가 되어 조롱의 대상이 되었다. 왕비, 왕세자, 부르고뉴 공작은 서로 친구였다가 적이 되었고, 호화로운 연회에서 만나 즐기던 사이가 유혈 사태를 벌이는 경쟁자가 되었다. 그들은 나라의 비참한 상태, 곧 닥칠 위험한 곤경에 눈을 감았고, 방탕한 쾌락과 야만적인 싸움에만 몰두했다. 나는 여전히 나의 본성을 따랐다. 나는 오만하고 고집이 셌다. 겉치레를 좋아했고, 무엇보다 모든 통제력을 벗어던졌다. 파리에서 누가 날 통제할 수 있었을까? 나의 젊은 친구들은 내게 열정을 불러일으켰다. 나는 그 열정으로 그들에게 쾌락을 선사했다. 나는 잘생긴 외모로 칭송받았다. 또한 기사의 모든 재주를 섭렵했다. 그리고 어떤 정치 정당과도 연관을 맺지 않았다. 나는 모든 이들의 총애를 받았다. 나의 주제 넘는 행동과 오만함은 아직 젊다는 이유로 용서받았다. 간단히 말하자면 나는 버릇없는 아이가 되었다. 누가 날 통제할 수 있었을까? 토렐라의 편지와 거기 담긴 조언으로 가당키나 했을까? 오직 지갑이 텅 빈 끔찍한 상태만이 어쩔 수 없이 나를 통제했다. 그러나 그 결핍을 채워줄 수단이 있었다. 이 영지 저 영지, 땅 한 필지 한 필지를 팔아치웠다. 호화로운 파리에서 나의 의복, 나의 보석, 나의 말들과 장식 마의(馬衣)는 필적할 상대가 없었다. 그러는 와중에 상속받은 토지가 하나씩 다른 이의 손에 넘어갔다.

오를레앙 공작이 부르고뉴 공작에 의해 매복 살해당했다. 두려움과 공포가 온 파리를 사로잡았다. 왕세자와 왕비는 두문불출했다. 모든 쾌락이 멈추었다. 나는 그러한 상태에 권태를 느꼈고, 나의 가슴은 어린 시절 누비던 고향을 그리워했다. 나는 빈털터리 신세나 다름없었다. 그래도 나는 고향으로 돌아가 신부를 들이고 내 재산을 다시 일굴 것이다. 상인으로 몇 번 잘나가는 사업을 벌이면, 다시 부자가 될 것이다. 그렇기에 나는 초라한 차림으로 돌아가지 않을 것이다. 내가 마지막으로 한 행동은 급전을 얻기 위해 알바로 근처에 남아 있는 땅을 반값에 처분한 일이었다.

그러고 나서 나는 물려받은 나의 마지막 유산인 제노바의 내 궁전을 꾸미기 위해 온갖 종류의 장인(匠人)들과 아라스 태피스트리, 장엄하고 화려한 가구를 보냈다. 그러나 나는 탕자가 되어 돌아가는 것에 수치심을 느껴 조금 더 머뭇거렸다. 분명 고향에서는 그렇게 여길 것이다. 나는 나의 말을 보냈다. 비길 데 없는 스페인종 조랑말 한 마리는 나의 신붓감에게 보냈다. 그 말의 장식 마의는 온갖 보석과 황금으로 화려하게 치장했다. 그리고 마의의 모든 부분을 귀도와 줄리엣의 머리글자로 휘감았다. 나의 선물은 줄리엣과 그녀의 아버지 눈에 흡족할 것이다.

그렇지만 만천하에 뻔뻔한 기행을 일삼는 방탕아 취급을 받으며 돌아가 사람들의 질책과 조롱을 마주하려니 꺼림칙한 마음이 들었다. 그리하여 나는 방패막이 삼아 무모하기 짝이 없는 친구 몇 명과 함께 가기로 했다. 그렇게 나는 허세와 거만한 허영심을 만면에 드러내면서 반은 두려움, 반은 후회로 부글거리는 감정을 숨기고 세상에 대적할 태세를 갖추었다.

　　제노바에 도착했다. 나는 조상 대대로 내려오는 내 궁전 땅을 밟았다. 의기양양한 걸음걸이는 마음속 사정과는 별개였다. 겉은 휘황찬란하게 꾸몄지만, 가슴속 깊은 곳에서는 내가 비렁뱅이나 마찬가지라는 사실을 뼈저리게 의식하고 있었기 때문이었다.

　　줄리엣을 만나러 가자마자 그러한 사실을 명명백백하게 인식할 수 있었다. 나는 모든 이의 표정에서 경멸과 연민을 보았다. 나는 그런 상황에서 누구라도 그러듯 자의식이 발동해, 부자건 가난하건 늙은이건 젊은이건 모두가 날 비웃는다고 생각했다. 토렐라는 내게 가까이 오지 않았다. 나의 두 번째 아버지가 내가 먼저 자신에게 다가와 경의 표시를 하기 바라는 건 당연한 일이었다. 그러나 나는 어리석은 과오에 대한 자의식 때문에 뿌루퉁해져서 남에게 책임을 전가하려고 했다. 우리는 카레가 궁전에서 밤마다 방탕한 주연을 열었다. 흥청망청 떠들썩하게 쾌락에 빠져 밤을 지새우면, 아침엔 늘쩍지근한 상태로 멍하게 누워서 지낼 수밖에 없었다. 우리는 저녁기도 시간이면 온갖 치장을 하고 거리로 나가, 맑은 정신의 점잖은 시민들을 비웃으며 움츠러드는 여자들을 뻔뻔하게 아래위로 훑어보곤 했다. 그중에 줄리엣은 없었다. 아니, 아니, 절대 안 된다. 줄리엣이 거기 있었다면, 나는 사랑으로 그녀의 발밑에 무릎을 꿇지는 않을지라도, 수치심에 쥐구멍에라도 들어가려고 했을 것이다.

나는 이런 생활에 점점 신물이 났다. 어느 날 나는 느닷없이 후작을 방문했다. 그는 산 피에트로 다레나 외곽 지역에 흩어져 있는 그의 많은 저택 중 한 곳에 있었다. 5월이었다. 세상의 정원에서 점점 넓어지고 푸르러지는 잎사귀들 사이에서 과실수의 꽃들이 조금씩 지고 있던 때였다. 포도 덩굴에 새싹이 돋고, 올리브 꽃이 소복이 땅에 떨어져 있었다. 산울타리 속엔 반딧불이가 보였다. 하늘과 땅이 아름답기 이를 데 없는 망토를 걸치고 있었다. 토렐라는 진지한 태도로 나를 따뜻하게 맞아주었다. 그는 불쾌한 기색을 금세 떨쳐냈다. 아버지와 닮은 점과, 나의 많은 비행에도 불구하고, 어렴풋이 남아 있는 젊은이 특유의 꾸밈없는 표정과 말투가 사람 좋은 노인의 가슴을 부드럽게 풀리게 만들었다. 그는 딸을 불렀다. 그러고는 딸에게 나를 정식으로 약혼자로 맞이하게 했다. 줄리엣이 들어오자 방이 신성한 빛으로 빛났다. 아기 천사 같은 표정에 그 크고 온화한 눈, 보조개가 진 뺨, 갓난아기처럼 달콤한 입, 그런 줄리엣의 모습은 행복과 사랑이 조화를 이룬 표정이었다. 나는 곧바로 경탄하는 마음에 사로잡혔다. 다음으로 '줄리엣은 내 것이다!'라는 자랑스러운 감정이 치솟았다. 그러면서 오만한 승리감으로 입꼬리가 올라갔다. 나는 프랑스 미인들의 응석둥이로서, 여자들의 부드러운 가슴을 기분 좋게 설레게 하는 기술을 터득하지 못할 위인이 아니었다. 남자들에겐 고압적인 반면, 여성들에게 베푸는 경의의 태도는 그에 비해 더욱 도드라졌다. 나는 아이 때부터 약혼한 사이인 줄리엣에게 수만 가지 기사도 정신을 보여줌으로써 구애를 시작했다. 줄리엣은 한 번도 다른 남자의 구애를 허락하지 않았다. 그리고 경탄의 표현에는 익숙했지만, 연인의 언어에는 풋내기나 다름없었다.

　며칠 동안은 모든 게 다 잘 풀렸다. 토렐라는 나의 무절제와 방종의 삶에 대해 조금도 내색하지 않았다. 그는 나를 아끼는 아들로 대했다. 그러나 시간이 지나 딸과의 결혼 준비 이야기가 나오자 그런 상황에 먹구름이 끼기 시작했다. 아버지가 살아계실 때 써놓은 계약서가 있었다. 나는 줄리엣과 내가 공유하기로 되어 있던 재산 전체를 탕진함으로써 사실상 그것을 무효화시킨 거나 다름없었다. 그에 따라 토렐라는 이 결합을 파기된 것으로 간주했고, 다른 계약을 제시했다. 새로운 계약에는 그가 증여할 헤아릴 수 없을 정도로 막대한 재산의 소비에 관해 수많은 제한 조건을 덧붙였다. 나는 오로지 나만의 오만한 의지에 따라 하고 싶은 대로 할 수 있는 독립적 지위 이외에는 아무것도 받아들일 수 없었다. 나는 그가 나의 상황을 이용한다며 조롱했고, 그가 제시하는 조건에 절대 따를 수 없다고 거절했다. 노인은 합리적으로 생각하라며 나를 애써 다독였다. 그러나 자극받은 자존심이 나의 생각을 완전히 사로잡았다. 나는 그의 말에 분노를 느꼈고, 경멸을 담아 그에게 반발했다.

"줄리엣, 넌 내 거야! 순진무구했던 어린 시절 우리 서로 맹세했잖아? 우린 신 앞에 하나 된 것 아니었어? 차가운 가슴의 냉혈한인 네 아버지가 우리를 갈라놓게 놔둘 거야? 사랑하는 자기야, 내게 관대하게 대해야 해, 공정해야 한다고. 너의 귀도, 마지막 보물인 너의 귀도를 놓치지 마. 네가 한 맹세를 저버리면 안 돼. 우리, 세상을 무시하자. 그리고 나이 먹은 사람의 계산 따위 다 없던 거로 하고, 우리는 서로의 사랑을 안식처로 삼으면 되잖아."

나는 분명 악마였다. 그런 궤변을 늘어놓으며 신성한 생각과 따뜻한 사랑의 성소에 독을 풀어놓았으니. 줄리엣은 두려워하며 움츠러들었다. 그녀의 아버지는 훌륭하고 친절한 사람이었다. 따라서 줄리엣은 아버지의 뜻에 따르면 모든 게 다 잘 풀릴 거라고 나를 설득하려 애썼다. 내가 뒤늦게라도 그의 뜻에 따르면 아버지는 따뜻한 애정으로 나를 맞이할 것이며, 내가 회개하면 관대하게 용서할 거라고 말했다. 젊고 착한 딸이 갖은 이야기를 늘어놓았지만 제멋대로 자기 고집을 따르는 남자에게는 아무 소용이 없었다. 제

가슴속에 너무나 단호하고 무시무시한 폭군을 품은 남자는 자기 자신의 포악한 욕망 이외에는 아무것도 따를 수 없었다. 저항할수록 원한은 커져만 갔다. 분별력 없는 나의 친구들은 화염에 기름을 끼얹을 태세로 충만했다. 우리는 줄리엣을 데리고 도망칠 계획을 짰다. 처음에는 성공하는 것처럼 보였다. 그러나 우리는 줄리엣을 데리고 도망치는 길에, 고통에 빠진 아버지와 그 수행원들에게 붙잡혔다. 싸움이 벌어졌다. 토렐라의 수행원 두 명이 심각한 부상을 당하고 나서야 시립 경비대가 도착했다. 그들은 토렐라의 손을 들어주었다.

내 이야기의 이 부분에서 나는 가장 마음이 무겁다. 변화를 겪은 지금, 나는 그때를 생각하면 나 자신이 혐오스럽기 그지없다. 이 이야기를 듣는 그 누구도 나처럼 느끼지 않기를! 나는 내 불같은 성질의 폭력적인 독재에 휘둘리는 노예로서, 쇠갈고리를 두른 박차로 무장한 사람이 광포하게 모는 말도 나만큼 얽매인 노예는 아니었을 것이다. 악마가 나의 영혼을 사로잡았고 광기로 몰아넣었다. 나는 가슴속에서 양심의 목소리를 느꼈다. 그러나 잠깐이나마 그 목소리에 귀 기울인 것은 오직 회오리바람에 휘말려 멀리 떠밀려 내려온 후였다. 즉 자만심으로 촉발된 폭풍에 놀아나 절망적인 분노의 흐름에 휩쓸려 나동그라진 때였다. 나는 형무소에 투옥되었고, 토렐라의 탄원으로 석방되었다. 나는 또다시 그와 그의 딸을 프랑스로 납치하려고 시도했다.

당시 약탈자들과 무법자 무장단원들에게 시달리던 그 불운한 나라는 나와 같은 범죄자에게 피난처를 제공했다. 그러나 우리의 계략은 발각되었고, 나는 추방형을 선고받았다. 그리고 빚이 이미 막대한 액수였기에 남은 재산은 채무 청산을 위해 감독관들의 손아귀에 넘어갔다. 토렐라는 다시 중재에 나섰다. 이번에는 오직 자기 자신과 딸에 대해 납치를 시도하지 않겠다는 약속만을 요구했다. 나는 그의 제안을 거절했다. 나는 제노바에서 쫓겨나 무일푼의 의지가지 없는 망명자가 되었을 때, 내가 승리한 것이라고 생각했다. 친구들은 모두 사라지고 없었다. 그들은 몇 주 전 제노바에서 추방당해 이미 프랑스로 떠났다. 나는 혼자였다. 친구도 없고 칼도 없고 지갑에 동전 한 닢 없었다.

나는 바닷가를 따라 헤맸다. 폭풍 같은 열정이 내 영혼을 사로잡아 발기발기 찢어놓았다. 마치 시뻘겋게 불타는 숯이 가슴속에 들어찬 것 같았다. 처음에는 어떻게 할까 생각해보았다. 약탈자 무리에 합류할 수도 있을 것이다. 복수! 그 단어가 내게 위안이 되는 듯했다. 나는 그 생각을 끌어안고 쓰다듬었다. 그러다가 그게 뱀처럼 나를 찔렀다. 또 한편으로는 세상의 그 작은 구석 제노바를 저버리고 경멸했다. 파리로 돌아갈 수도 있을 것이다. 그곳에는 친구들이 넘쳐난다. 그곳에서는 내가 어떤 일을 벌여도 다 용납될 것이다. 그곳에서 칼로 재산을 그러모을 수 있을 것이다. 그리하여 성공하면 내 보잘것없는 고향과 위선적인 토렐라가 바로 나, 새로운 코리올라누스*를 내쫓은 일을 땅을 치고 후회하게 만들 수 있을 것이다. 나는 파리로 돌아갈 것이다. 그런데 비렁뱅이가 된 채 걸어서 그곳에 간다? 내가 이전에 호화롭게 연회를 베풀어주었던 사람들에게 가난에 빠진 나를 드러낸다? 그 생각만으로도 속이 메스거렸다.

냉정한 현실이 자각되기 시작했다. 그러자 절망이 뒤따랐다. 나는 몇 달 동안 죄수로 갇혀 지냈다. 그 사악한 지하 감옥은 내 영혼을 광기로 내몰았고 내 몸을 압도했다. 나는 힘없고 초췌해졌다. 토렐라는 갖가지 묘안을 짜내 나의 안위를 위해 은혜를 베풀었다. 나는 그 모든 것을 알면서도 거절했다. 그리고 나는 내 아집의 결과를 받는 중이다. 이제 어떻게 할까? 적 앞에 고개를 조아리고 용서를 빌어야 하나? 차라리 수천수만 번 죽고 또 죽겠다! 저들에게 그런 승리를 안길 수는 없다! 증오! 나는 영원한 증오를 맹세했

*

카이어스 마시어스 코리올라누스는 기원전 5세기 로마의 장군이다. 성정이 불같고 오만하지만 볼스키족과의 전투에서 대승을 거둬 이름을 날렸다. '코리올라누스'는 코리올리에서의 전투를 승리로 이끌어 얻은 별칭이다. 로마의 곡물 부족 사태를 해결하는 와중에 친평민적 개혁에 반대해 평민들의 원성을 사고 호민관들에 의해 재판에 회부된다. 재판을 거부한 그는 결국 추방당하고 적장 볼스키족의 오피디우스와 결탁해 로마에 복수를 결심한다. 그는 로마의 함락을 앞둔 상황에서 결국 어머니의 간청에 마음을 바꾸고, 오피디우스에게 로마와의 강화조약을 맺자고 제안한다. 이후 코리올라누스의 운명이 어떻게 되었는지 불분명하지만, 셰익스피어의 극에서는 결국 배신의 대가로 오피디우스에 의해 죽음을 맞는다.

다. 누구로부터의 증오인가? 누구를 향한 증오인가? 정처 없이 떠도는 부랑자가 권세 있는 귀족을? 나란 존재, 나의 감정 따위 그들에게는 아무것도 아니다. 그들은 이토록 무가치한 인간을 벌써 잊었을 것이다. 그리고 줄리엣! 그녀의 천사 같은 얼굴과 요정 같은 자태가 절망의 구름 속에 빠져 있는 내게 부질없이 아름답게 빛나고 있다. 이젠 줄리엣을 잃었으니, 세상의 영광과 꽃을 잃었으니! 다른 자가 그녀를 자기 것이라고 부를 것이다! 그 낙원 같은 미소가 다른 자에게 축복을 선사할 것이다!

나는 지금도 이런 무시무시하고 끔찍한 생각들이 몰려오면 가슴이 철렁 내려앉는다. 어떤 때는 마음이 착 가라앉아서 거의 눈물이 나오려고 했다. 또 어떤 때는 고뇌에 빠져 발광했다. 그러면서 바위로 된 해변을 헤맸다. 한 걸음 내디딜 때마다 길은 더 거칠고 황량해졌다. 바다 쪽으로 쭉 뻗은 바위들과 서리로 덮인 벼랑이 잠잠한 바다를 굽어보고 있었다. 파도에 깎인 검은 굴들이 하품을 했고, 파도는 찰싹찰싹 소리를 내며 부질없이 바닷물을 때렸다. 어떤 곳은 느닷없이 나타난 곳으로 나아가는 길이 거의 막히기도 했고, 또 어떤 곳은 벼랑에서 떨어진 잔해로 거의 통행이 불가능할 정도였다.

황혼이 내려앉고 있었다. 그때 바다 쪽에서 마법사가 지팡이를 휘두른 듯 갑자기 어두컴컴한 구름 떼가 일기 시작하며 늦은 오후의 푸른 하늘을 얼룩지게 만들었다. 하늘은 점점 더 검어졌고, 이제껏 잔잔했던 바다는 일렁이기 시작했다. 구름은 기이하고 환상적인 모양을 이루더니 계속 모양을 바꾸며 서로 섞였다. 그러다가 강력한 주문에 걸린 듯 우르르 휘몰아치기도 했다. 파도는 하얗게 포말이 이는 물마루를 점점 더 높이 들어 올리고 있었다. 천둥이 낮게 그르렁거리기 시작했다. 그러더니 이내 광막한 바다 저 멀리에서부터 크게 포효했다. 바다는 포말로 얼룩진 진한 보랏빛을 띠었다. 내가 서 있는 자리 한쪽으로는 광대한 바다가 보였고, 맞은편은 울퉁불퉁한 곳으로 막혀 있었다. 갑자기 바람에 떠밀린 듯 그 곳을 돌아 배 한 척이 나타났다. 선원들이 배의 항로를 외해 쪽으로 몰기 위해 애쓰고 있었으나 쉽지 않아 보였다. 강풍이 배를 암초 가까이로 몰았다. 배는 난파될 것이다! 배에 타고 있는 모든 사람들이 죽을 것이다! 내가 저 배 위에 있었으면 좋으련만! 나의 젊은 가슴에 죽음에 대한 생각이 난생처음 기쁘게 다가왔다. 그 선박이 제 숙명과 맞서 싸우는 장면은 장엄한 광경이었다. 선원들을 분간하기는 어려웠지만 그들의 목소리는 들을 수 있었다. 얼마 못 가 다 끝나고 말 것이다! 몰아치는 파도에 살짝 모습을 가린 바위 하나가 먹잇감을 기다리듯 꿈쩍하지 않는 자세로 배를 기다리며 매복하고 있었다. 순간 쩍 하며 천둥이 내 머리 위로 갈라졌다. 그 무시무시한 충격으로 범선은 보이지 않는 적을 향해 내동댕이치듯 빨려 들어갔다. 아주 짧은 시간에 배는 산산조각 났다. 나는 거기 안전하게

서 있었다. 그리고 저기 나의 동포들은 파괴에 맞서 절망적으로 씨름하고 있었다. 나는 그들이 분투하는 모습을 보았다고 생각했다. 그들의 비명을 들은 건 분명했다. 그들의 날카로운 고통의 비명이 포효하는 파도 소리 위로 날아왔다. 검은 파도가 산산조각 난 배의 파편을 여기저기로 날리고 있었다. 이내 난파선은 시야에서 사라졌다. 나는 그 광경에 압도당해 끝까지 눈을 떼지 못했다. 나는 마침내 무릎을 꿇고 말았다. 두 손으로 얼굴을 가렸다. 그러다가 다시 고개를 들었다. 무언가 물결을 타고 해변 쪽으로 떠내려 오고 있었다. 그것은 점점 가까이 다가왔다. 저게 인간의 형상인가? 점점 더 또렷해지고 있었다. 그러더니 마침내 철썩하고 커다란 파도가 한 번 치자, 그게 둥실 떠오르더니 바위 위에 척 걸터앉았다. 선원의 사물함에 걸터탄 인간의 형상이었다! 인간이었다! 그러나 진짜 인간 맞나? 그런 모습은 처음이었다. 사팔눈에 사지가 뒤틀리고 몸이 조화를 이루지 못한 기형의 난쟁이였다. 그 모습이 점점 또렷해지자, 나는 보기조차 두려웠다. 방금까지 나와 같은 인간이 바다의 무덤에서 예기치 않게 살아 돌아온 모습에 안도의 숨을 내쉬었건만, 지금은 가슴이 얼어붙고 말았다. 난쟁이는 궤짝에서 몸을 일으켜 세웠다. 그는 그 혐오스러운 얼굴에서 마구 헝클어진 직모의 머리를 매만졌다.

"오, 이런, 마왕이시여! 죽다 살아났네."

그가 소리쳤다.

그는 주위를 둘러보다가 나와 눈이 마주쳤다.

"오, 이런, 악귀시여! 여기 전능하신 신의 동료가 또 하나 있네. 친구여, 당신은 어떤 성자에게 기도를 올립니까? 혹시 내가 모시는 신에게? 어, 배에서 본 사람이 아닌데?"

나는 신성모독을 내뱉는 그 괴물에게서 움츠러들었다. 그는 다시 내게 질문했고, 나는 알아들을 수 없는 말로 웅얼거렸다.

그가 말을 이었다.

"이 요란한 파도 소리에 당신 목소리가 묻히는구려. 이렇게 큰 바다가 내지르는 소리라니! 학생들이 그 감옥 같은 곳에서 쏟아져 나오는 소리도 이 파도보다는 요란하지 않을 것 같소. 아, 짜증 나네. 이 타이밍을 잘못 잡은 야단법석을 더 이상 못 들어주겠군. 조용히 해, 이 백발의 늙은이야! 바람아, 물러가라! 네 집으로 썩 꺼져라! 구름아, 반대편으로 물러나! 우리 하늘에서 비켜!"

그는 그렇게 소리치면서 거미의 발같이 생긴 길고 가는 두 팔을 쭉 뻗어 허공을 껴안는 동작을 했다. 기적이었을까? 구름이 쪼개지더니 흩어지기 시작했다. 푸른 하늘이 빠끔히 모습을 드러내더니 금세 우리 머리 위로 광활한 푸른 빛이 돌았다. 격랑 같은 돌풍은 부드러운 미풍으로 돌변했다. 바다가 잠잠해졌다. 파도는 잦아들어 잔물결이 되었다.

"난 이 멍청한 자연의 힘이 복종하길 원해. 길들이기 힘든 인간의 마음은 또 어떻고! 그건 말하자면, 폭풍을 가둔

샘이란 말이지. 다 내가 만든 거라오."

이런 마법사와 이야기를 섞는다는 건 신의 섭리를 시험하는 행위다. 그러나 권능이라는 것은 그게 어떤 형태이건 인간에게는 존경스러운 것이다. 경외심과 호기심, 착 감기는 매혹이 나를 그에게 다가가도록 만들었다.

"이리 오시오. 두려워할 거 없소, 친구."

그 악마 같은 자가 말했다.

"누가 기분 좋게 대해주면 나도 사근사근하다오. 게다가 수심에 차 보이긴 하지만 당신의 그 균형 잡힌 멋진 몸과 잘생긴 얼굴을 보니 왠지 기분이 좋아지는군. 당신은 육지에서 고통을 받았고, 난 바다에서 고초를 겪었단 말이지. 어쩌면 내가 격랑을 맞은 당신의 운명을 달래줄지 누가 알겠소? 나 자신의 운명을 헤쳐 나온 것처럼 말이오. 우리 친구로 지내는 건 어떻소?"

그러더니 그가 손을 내밀었다. 하지만 나는 도저히 그 손을 잡을 수가 없었다.

"음, 그럼 친구가 아니라면 동료라도. 그것도 좋지 않소? 자, 나는 방금 난전을 겪었으니 좀 쉬어야겠소. 그동안 이야기를 좀 해보쇼. 당신처럼 젊고 당당한 사람이 이 거친 바닷가에서 그렇게 홀로 풀죽어 헤매는 이유를 말이오."

이 흉물스러운 자의 목소리는 새되고 끔찍했다. 말을 할 때 그 기형의 움직임은 보기만 해도 오싹했다. 그러나 그는 내게 알 수 없는 영향력을 행사했다. 나는 거부할 수 없었다. 그리하여 나는 그에게 나의 이야기를 풀어놓았다. 이야기를 끝마쳤을 때, 그는 길고 시끄럽게 웃었다. 바위산들이 그 소리를 메아리로 울렸다. 사방에서 지옥이 빽빽 고함을 지르는 듯했다.

"오, 당신, 루시퍼의 사촌이여! 그러니까 당신도 자만심으로 파멸했다는 말이로군. 그리하여 당신은 아침의 아들처럼 밝으면서도, 당신의 그 잘생긴 외모며 당신의 신부, 당신의 행복을 제 손으로 다 버리겠다는 거로군? 선의의 폭정에 굴복하기보다는 차라리 그 편을 택하겠다? 난 당신의 선택을 존중하오. 아무렴, 그렇고말고! 그래서 도망쳐 나와 싸움을 포기했다는 거로군. 그러고는 이 바위 위에서 굶어 죽겠다는 심산이오? 그러면 새들이 당신의 죽은 눈을 쪼아 먹을 동안 당신의 적과 당신의 약혼녀가 당신의 파멸에 기뻐할 테지. 당신의 자긍심은 어째 굴욕과 비슷한 것 같구려?"

그자의 말은 독니로 내 가슴을 쪼는 것 같았다.

"그럼 뭘 어쩌겠소?"

내가 하소연했다.

"나 말이오? 오, 아무것도 없지. 그저 누워서 죽기 전에 기도나 하는 거지, 뭐. 하지만 내가 당신이라면, 뭘 해야 하는지 잘 알고 있소."

나는 그에게 가까이 다가갔다. 그의 초인적인 힘 때문에 내 눈엔 그가 신의 계시를 전하는 자로 보였다. 무언가 기이하고 비현실적인 전율이 내 몸을 훑고 지나는 것 같았다. 나는 말했다.

"말해보시오! 내게 말을 해주오. 내가 어찌 하면 좋겠소?"

"복수를 하시오. 당신의 적들을 무릎 꿇게 하라고! 그 늙은이의 목에 당신 발을 얹고 그자의 딸을 차지하란 말이오."

"이런저런 궁리를 다 해봤소. 하지만 방법이 없단 말입니다! 황금이라도 있으면 좋으련만, 무일푼에 의지가지없는 난 힘이 없소."

난쟁이는 내 이야기를 들으면서 궤짝에 걸터앉아 있었다. 이제 그는 자리를 털고 일어났다. 그가 용수철을 건드리자 탁 하고 궤짝이 열렸다. 오, 그런 보물단지라니! 번쩍이는 보석과 빛나는 황금, 은은한 은이 그 안에 가득했다. 그 보물을 손에 쥐고 싶은 욕망이 가슴 깊은 곳에서 들끓었다.

"역시! 당신처럼 권능이 큰 사람은 모든 일이 가능하겠지요."

"무슨 말씀을. 난 보기와는 달리 전능하지 않다오."

괴물이 겸손하게 말했다.

"내가 물론 당신이 탐낼 만한 것들을 좀 가지고 있긴 하오. 난 이 모든 걸 당신에게 줄 수 있소. 단, 당신이 가진 것을 내게 나눠줄 수 있다면 말이지요. 뭐, 잠시 빌려준다고 칩시다."

"그럼요, 내가 가진 모든 걸 다 주겠소."

나는 쓰디쓴 마음으로 말을 이었다.

"나의 가난, 추방자 신세, 나의 불명예. 내가 가진 거라 곤 이런 것뿐이니, 이 모든 걸 당신에게 다 주겠소."

"좋소! 감사하구려. 거기에 한 가지만 더 보태주쇼. 그러 면 여기 이 보물은 당신 것이 되리다."

"내 남은 유산이라곤 아무것도 없는데, 더 무엇을 바라 시오?"

"당신의 잘난 얼굴과 그 균형 잡힌 몸이 있지 않소?"

나는 전율이 일었다. 이 권능한 괴물이 날 살해하려는 건가? 나는 단도가 없었다. 기도하는 법도 잊었다. 그저 백 짓장처럼 허예졌다.

"빌려달라는 거지, 거저 달라는 말이 아니오."

그 무서운 자가 말했다.

"당신 몸을 사흘만 빌려주시오. 그동안 당신은 당신의 영혼을 담아놓기 위해 내 몸을 가지면 된다오. 그러면 보답 으로 내 궤짝을 드리리다. 어떻소? 단 사흘이면 되는데?"

우리는 불온한 대화를 나누는 것이 위험하다는 말을 듣 는다. 그리고 나는 그걸 증명하는 상황에 놓여 있다. 평이 하게 쓰고 있어 이 제안에 대한 이야기를 전달하는 게 믿기 지 않을 수도 있을 것이다. 그러나 그의 비정상적으로 추한 용모에도 불구하고, 그자의 목소리에는 무언가 사람을 홀리게 만드는 힘이 있었다. 땅과 바람, 바다를 지배하는 목소리 아닌가! 나는 그자의 뜻에 따르고 싶은 짜릿한 욕망을 느꼈다. 그 궤짝만 있다면 나는 세상을 호령할 수 있을 것이다. 망설여지는 이유는 단 하나, 그자가 혹시라도 거래의 조건을 지키지 않으면 어쩌나 하는 두려움이었다. 그러면 나는 이 적막한 모래밭에서 머지않아 죽을 것이고, 그가 탐내는 몸은 더 이상 내 것이 아닐 것이다. 그러나 모험을 걸 가치가 있을지도 모른다. 게다가 모든 마술의 규칙을 생각하면, 마법에는 공식과 서약이 있고, 그건 그 어떤 마법사도 감히 깨뜨릴 수 없을 것이다. 나는 대답을 망설였다. 그는 설득을 이어나갔다. 자신의 보물을 늘어놓고 이것들에 비하면 그 대가는 사실상 별것 아니지 않냐며 설득했다. 그의 말을 듣고 있자니 제안을 거절하는 건 미친 짓 같았다. 결국 이런 식으로 흘러갈 것이다. 강물에 우리의 돛배를 띄워 흘려보낸다. 급류를 만나고 폭포를 만나며 미친 듯이 나아간다. 그 거친 열정의 물살에 우리의 행동을 고스란히 내맡긴다. 그러면 우리는 떠내려간다. 어디로 향하는지 우리는 알 수 없다.

그는 각종 신을 들먹거리며 맹세의 말을 끝도 없이 쏟아냈고, 나는 신성한 이름을 줄줄이 외며 그에게 애원했다. 그러다가 마침내 이 권능한 자, 자연의 힘을 지배하는 자가 내 승락에 가을 나뭇잎처럼 덜덜 떨기 시작했다. 그러다가 마치 내면의 영혼이 마지못해 억지로 말을 시키는 것처럼 툭툭 끊기는 목소리로 주문을 외며 자리에 누워 마법에 빠져들었다. 그자가 내게 사기를 치려는 마음이 있었는지는 몰라도, 어쨌든 그는 그 상태에서 주문(呪文)대로 그 불법적인 약탈품을 바쳤다. 마법을 맺고 끊기 위해선 우리의 따뜻한 피가 섞여야만 했다.

이 불경한 이야기는 더 이상 하지 않겠다. 나는 설득당했고 일을 마쳤다. 해변 조약돌 위에 누운 채로 아침을 맞았다. 나는 내 몸이 만들어낸 그림자를 보고 너무나 낯설었다. 나는 무시무시한 모습으로 변한 것 같았다. 나는 쉽사리 믿고 맹목적으로 따른 나의 마음을 저주했다. 궤짝이 옆에 있었다. 자연이 내게 선사한 몸을 팔아넘기고 받은 황금과 보석이 든 궤짝이었다. 그걸 보니 마음의 동요가 좀 가라앉았다. 사흘은 금방 지날 것이다.

사흘이 지났다. 난쟁이가 내게 식량을 충분히 주었다. 나는 처음에는 거의 걸을 수가 없었다. 온몸의 관절이 모조리 탈구라도 된 듯 이상한 느낌이었다. 목소리는 그 마귀 같은 자의 목소리였다. 그러나 나는 침묵을 지켰고, 내 그림자를 보지 않기 위해 태양을 바라보았다. 그러면서 시간을 헤아렸다. 앞으로 어떻게 할 건지 숙고해보았다. 내 앞에 토렐라를 무릎 꿇게 만들고 줄리엣을 차지하는 일, 이 재물이면 그 모든 것을 쉽게 이룰 것이다. 어두운 밤 동안 잠을 잤고, 내 욕망이 실현되는 꿈을 꾸었다. 두 번의 태양이 졌다. 세 번째가 다시 밝았다. 초조한 마음이 두려움으로 바뀌고 있었다. 오, 기대여! 희망보다 공포로 타오르는 그대는 얼마나 무서운 존재인가! 그대는 가슴속에서 스스로를 쥐어짜며 뛰는 가슴에 얼마나 큰 고통을 안기는가! 그대는 우리의 미약한 존재에 알 수 없는 극심한 고통을 가하고, 우리를 깨진 유리처럼 산산조각 내버린다. 그렇게 다 사라지고 난 후 우리에게 새로운 힘을 주는데, 그 힘은 아무것도 할 수 없다. 강건한 남자가 자신을 묶은 족쇄를 손아귀로 구부릴 수는 있지만 바술 수는 없는 상황에서 느끼는 무력감으로 우리를 고문한다. 밝디밝은 해가 동쪽 하늘을 천천히 기어올라 천정(天頂)에 닿고 오래 머뭇거리다가 더 천천히 서쪽으로 내려간다. 그러다 마침내 지평선에 닿고 이내 사라져버린다! 해의 영광은 절벽의 꼭대기에 머문다. 그 색이 점점 암갈색과 회색으로 변한다. 저녁 별이 밝게 빛난다. 그가 곧 여기로 돌아올 것이다.

그는 오지 않았다! 하늘은 알겠지만 그는 오지 않았다! 그리고 밤은 그 진저리 나는 여정을 질질 끌다가 마침내 제 힘을 다 소진하고 "새로운 날이 그 검은 머리를 점점 회색으로 물들이기 시작했다."* 태양이 그 빛을 신랄하게 질책하는 가장 비참한 이의 머리 위로 다시 떠올랐다. 그렇게 또 사흘이 지났다. 보석과 황금, 오! 내가 그것들을 얼마나

*
조지 바이런의 『베르너, 비극』 3장 4절 152~153.

혐오했는지!

아, 아! 난 악마 같은 광란의 헛소리로 이 지면을 더럽히지 않겠다. 미친 듯한 격정이 나의 영혼을 사로잡았다. 생각은 하나같이 너무나 끔찍했다. 그 시간의 끝에 나는 잠이 들었다. 나는 세 번째 일몰 이후 잠을 자지 못한 상태였다. 나는 줄리엣의 발밑에 무릎을 꿇고 있는 꿈을 꾸었다. 줄리엣이 미소를 지었고, 그런 다음 비명을 질렀다. 변신한 나의 모습을 보았기 때문이었다. 그런 다음 그녀는 자신의 아름다운 연인이 자기 앞에 무릎을 꿇자 다시 미소를 지었다. 그러나 그것은 내가 아니었다. 바로 악마 같은 그자였다. 나의 사지와 몸으로, 나의 목소리로 말하고 있었다. 그러면서 사랑이 담긴 표정으로 줄리엣의 마음을 사고 있었다. 나는 그녀에게 경고하기 위해 애썼으나 혀가 말을 듣지 않았다. 나는 그자를 줄리엣에게서 떼어놓으려고 했으나 발이 바닥에서 꼼짝도 하지 않았다. 나는 고통을 느끼며 잠에서 깼다. 서리에 덮인 적막한 벼랑만이 있었다. 찰싹거리는 바다와 고요한 해안, 푸른 하늘이 전부였다. 꿈이 무엇을 의미하나? 내가 꾼 꿈은 그저 진실의 거울인가? 그자가 내 약혼녀에게 구애를 하고 성공한 것인가? 나는 즉시 제노바로 돌아가려 했다. 그러나 나는 추방당했다. 나는 웃음을 터뜨렸다. 그러자 난쟁이의 고함 소리가 내 입술 사이에서 터져 나왔다. 나는 추방당했다! 오, 아니! 그들은 내가 지금 입고 있는 더러운 몸뚱어리를 추방한 게 아니다. 그러니 사형을 당할 거라는 두려움 없이 이 몸으로 고향에 돌아갈 수 있을 것이다.

나는 제노바를 향해 걷기 시작했다. 일그러진 사지에 다소 익숙해졌다. 그러나 똑바로 걷는 것은 절대 적응이 되지 않았다. 앞으로 나아가는 것 자체가 매우 힘들었다. 게다가 끔찍한 나의 모습을 보이고 싶지 않았기 때문에 해안 이곳저곳에 흩어져 있는 작은 마을들을 모두 피하며 나아갔다. 지나가다 꼬마 녀석들이 날 보면 괴물이 나타났다며 돌팔매질로 죽이려할지도 모른다는 생각이 들었다. 실제로 우연히 마주친 몇몇 농부와 어부에게 상스러운 욕을 얻어먹었다. 나는 어두운 밤이 되어서야 제노바에 들어섰다. 날씨가 매우 온화하고 향기로워서, 후작과 그의 딸이 도시를 떠나 시골 저택으로 자리를 옮겼을 거라는 생각이 들었다. 내가 줄리엣을 납치하려 했던 곳은 토렐라 빌라였다. 나는 수많은 시간을 그곳을 정찰하며 보낸 바 있었다. 따라서 그곳의 지리는 손바닥 보듯 잘 알고 있었다. 그곳은 개울가 숲에 안기듯 자리한 매우 아름다운 곳이었다. 가까이 다가가자 나의 추측이 맞았다는 걸 알 수 있었다. 아니, 그보다 더한 사실이 드러났다. 흥겨운 축제가 벌어지고 있었다. 집 안에 환하게 불이 밝혀져 있었다. 즐겁고 달콤한 음악이 미풍을 타고 내게 날아왔다. 가슴이 철렁 내려앉았다. 토렐라의 관대하고 친절한 마음을 잘 알기에 내가 불운한 추방을 겪은 지 얼마 되지도 않아 드러내놓고 기뻐하고 즐길 일은 단 하나, 내가 상상조차 하기 싫은 그 일 외에는 없을 것이다.

시골 사람들이 모두 모여 있었다. 다들 활기가 넘쳤다. 나는 숨을 곳을 찾아야 했다. 그러나 나는 누구에게라도 물어보거나, 다른 이들이 이야기를 주고받는 걸 듣고 싶었다. 어떤 식으로든 무슨 일이 일어나고 있는지 정보를 얻고 싶었다. 마침내 저택에 이르는 진입로 중에서 소름 끼치는 나의 모습을 가려줄 만큼 어둑한 곳을 찾아냈다. 그리고 그곳 그늘에 어슬렁거리던 사람들을 볼 수 있었다. 나는 이내 원하던 정보를 들을 수 있었다. 내 가슴을 공포로 철렁 내려앉게 만든 다음 분노로 들끓게 만든 소식. 내일 줄리엣이 과거를 회개하고 새로운 사람이 된 사랑하는 귀도에게 손을 내어준다는 소식이었다. 내일 나의 신부가 지옥에서 온 악마에게 맹세를 서약할 것이다! 그리고 이 모든 걸 내가 초래했다! 나의 저주받은 자만심, 나의 악마 같은 폭력성과 사악한 자기 숭배가 이 사달을 불러왔다. 내가 만약 내 몸을 훔친 저 사악한 자가 했던 것처럼 순종하고 품위 있는 태도로 행동했다면, 나는 토렐라에게 내 잘못을 용서해달라고 했을 것이다. 나는 당신의 천사 같은 딸에게 부족한 사람이지만 딸의 배우자로 허락해주시면 앞으로는 변화된 행동을 보일 것이다, 악덕을 버리고 그녀에게 걸맞은 사람으로 거듭나기 위해 노력할 것이라고 했을 것이다.

이교도들에 대항하여 싸우고 종교에 대한 열정과 과거

에 대한 진정한 회개를 보이면, 나의 지난 과오들을 지울 수 있을 것입니다. 다시 당신의 아들로 불릴 수 있게 허락 해주시지요. 그자는 그렇게 말했다. 그리하여 회개한 자는 성서의 탕자처럼 환영을 받았다. 그를 위해 살찐 송아지를 잡았다. 그는 여전히 같은 길을 걸으면서 자신의 잘못을 숨기지 않고 회개하는 모습을 보였다. 자신의 모든 권리를 겸손하게 양보하고, 회개와 미덕의 삶으로 그것들을 다시 얻기 위한 열렬한 결의를 드러냈다. 그리하여 그는 친절한 신부 아버지의 마음을 금세 다시 얻고 완전한 용서를 받았다. 뒤이어 곧바로 그의 사랑스러운 여식을 선물로 받았다.

오! 낙원의 천사가 내게 그렇게 행동하라고 속삭였다면 얼마나 좋았을까! 그러나 지금 순진무구한 줄리엣의 운명은 어찌 될 것인가? 신이 그 더러운 결합을 허락할 것인가? 혹은 무언가 경이로운 일이 벌어져 결혼을 파탄 내고, 명예가 실추된 카레가의 이름을 최악의 범죄와 연결시킬까? 내일 동이 트면 그들은 결혼할 것이다. 그걸 막기 위한 방법은 하나뿐이다. 나의 적을 만나 우리의 약속을 지키도록 강제해야 한다. 나는 그것이 오로지 목숨을 건 싸움으로만 가능할 것이라고 느꼈다. 나는 겁이 없다. 나의 비틀린 팔로 병사의 커다란 무기를 휘두를 수 있을까? 그러나 나에겐 단도가 있다. 모든 희망이 이 단도에 달렸다. 문제를 숙고할 시간, 이것저것 잴 시간이 없다. 나는 싸우다 죽을 수도 있다. 그러나 내 가슴속 질투와 절망 외에도, 명예와 인간의 도리 자체가 나에게 악마의 간계를 무너뜨리지 못한다면 차라리 싸우다 쓰러질 것을 촉구했다.

손님들이 떠났다. 불빛이 꺼지기 시작했다. 빌라의 거주자들이 잠자리에 드는 게 분명했다. 나는 나무 사이에 몸을 숨겼다. 사람들이 하나둘씩 떠나자 정원이 텅 비었다. 정문은 닫혔다. 나는 어슬렁거리다 창문 아래 다가섰다. 아! 내가 잘 아는 방이다! 어스름한 빛이 방 안을 비추었다. 커튼은 반만 쳐진 상태였다. 그곳은 순결과 아름다움의 성소였다. 방이 거주의 흔적으로 살짝 어질러져 그 웅장함이 조금 경감된 상태였다. 사방에 널린 물건들이 자신의 존재 자체로 방을 성스럽게 하는 방 주인의 취향을 드러냈다. 나는 그녀가 가벼운 발걸음으로 들어오는 모습을 보았다. 창가로 다가오고 있었다. 그러더니 커튼을 더 활짝 열어젖히고는 어두워진 바깥을 내다보았다. 살랑거리는 밤바람이 그녀의 곱슬머리에 닿아 머리칼이 일렁거리자 투명한 대리석 같은 이마가 드러났다. 그녀는 두 손을 맞잡고 시선을 하늘로 향했다. 그러더니 목소리가 들렸다. 귀도! 그녀는 나지막하게 속삭였다. 나의 귀도! 그러고 나서 벅차오른 가슴에 압도된 듯 무릎을 꿇었다. 눈은 위를 향했고, 방심한 중에도 드러나는 우아한 태도, 얼굴을 환하게 밝힌 감사의 표정, 오! 이렇게 늘어놓는 단어들은 실로 무기력하고 생기 없는 말일 뿐! 나의 가슴이여, 그대는 저 빛과 사랑의 자식이 드러내는 천상의 아름다움을 말로 묘사할 수는 없을지라도 그려볼 수는 있으리니.

　발소리가 났다. 어둑어둑한 길에서 들리는 빠르고 굳센 발걸음이었다. 나는 이내 한눈에도 품위 있어 보이는 호화롭게 차려입은 젊은 신사가 다가오는 모습을 보았다. 나는 몸을 숨겼다. 남자가 다가오더니 창문 밑에서 걸음을 멈추었다. 줄리엣이 자리에서 일어나 다시 밖을 내다보다가 그를 보았다. 그러고는 말을 건넸는데……. 아, 나는 세월이 흐른 지금도 비단처럼 보드라운 애정이 담긴 그때의 그 말을 옮길 수가 없다. 그 말은 나를 향하는 말이었는데, 대답은 그자가 했다.

　"난 가지 않을 거야. 당신이 있는 이곳, 당신의 기억이 천국을 방문하는 유령처럼 머무는 이곳에서 우리가 만날 때까지 긴 시간을 보낼 거야. 나의 줄리엣, 낮이건 밤이건 우리가 절대 헤어질 일이 없을 때까지. 그러나 나의 사랑, 그대는 잠자리에 들어야 해. 차가운 새벽 변덕스러운 바람이 당신의 뺨을 창백하게 만들고, 사랑으로 밝아진 당신의 눈을 피로로 물들일 거야. 아, 자기야! 그 눈에 입맞출 수 있다면, 난 편히 쉴 수 있을 거 같아."

　그러더니 그는 더 가까이 다가가 그녀의 방으로 기어오르려고 하는 것 같았다. 나는 줄리엣이 겁을 먹을까 봐 잠시 머뭇거렸다. 그러나 이제 더 이상 나 자신을 다스리지 못하고 후다닥 달려들었다. 나는 그자를 덮쳤다. 나는 그를 끄집어 내렸다. 그러면서 소리 질렀다.

"오, 역겹고 더러운 놈!"

나는 그 모든 험한 말을 여기서 다시 되풀이할 수 없다. 그 모두가 내가 지금 일종의 애정을 느끼는 그 인물에게 악담을 퍼붓는 것이었으니. 줄리엣의 입에서 비명이 새어 나왔다. 나는 듣지도 보지도 못했다. 나는 그저 나의 적, 내가 목을 움켜쥐고 있는 그자와 내 단도의 손잡이만 느낄 수 있었다. 그자는 발버둥 쳤으나 빠져나갈 수 없었다. 그는 마침내 거친 소리로 이런 말을 내뱉었다.

"그래! 찔러! 이 몸뚱이를 파괴해. 넌 그래도 살 수 있을 거야. 네 목숨이 길고 즐겁기를 바라마!"

그 말에 아래로 향하던 단도가 멈췄다. 그는 움켜잡은 내 손아귀에 힘이 풀리는 것을 느끼고, 내 속박에서 빠져나와 자신의 칼을 꺼냈다. 그 사이 집 안에서 소동이 일었다. 이 방 저 방 횃불이 날아다니는 걸 보니 조만간 우리에게 들이닥칠 것 같았다. 그러면 나는……, 오! 차라리 죽는 게 낫다. 그래야 그자도 살아남지 못할 것이다. 나는 죽어도 상관없다. 나는 미친 듯이 날뛰는 와중에도 머릿속에서 휙휙 셈이 이루어지고 있었다. 내가 죽고 그래서 그자가 살아남지 못한다면, 나는 나 자신에게 휘두를 죽음의 칼날을 개의치 않았다. 그리하여 내가 잠깐 동작을 멈췄을 때, 나는 나의 머뭇거림을 이용하려는 그자의 악당 같은 결의를 읽었다. 갑자기 그자가 내게 달려들었던 것이다. 나는 그자의 칼에 나 자신을 내던졌고, 동시에 필사적으로 내 단도를 그

자의 옆구리에 쑤셔 넣었다. 우리는 함께 쓰러져 서로 뒤얽혀 뒹굴었다. 각자의 벌어진 상처에서 흐르는 피가 풀밭에서 뒤섞였다. 나는 그 이상 알지 못한다. 그대로 기절했기 때문이다.

나는 다시 살아났다. 죽을 것같이 힘이 없었다. 나는 침대에 누워 있었다. 줄리엣이 침대 옆에 무릎을 꿇고 있었다. 이상하다! 간신히 꺼낸 나의 첫마디는 거울을 달라는 요구였다. 내가 송장같이 하얗게 질린 상태라, 나의 가여운 줄리엣이 머뭇거렸다고 나중에 이야기해주었다. 맹세코 나는 온전한 모습이었다. 내가 잘 아는 젊은이의 이목구비가 제대로 보였다. 물론 그게 나약한 마음이라는 건 잘 안다. 하지만 고백하건대, 나는 거울을 볼 때마다 비치는 그 얼굴과 몸을 흡족한 마음으로 즐긴다. 더 나아가 집 안에 더 많은 거울을 들였다. 베니스의 그 어떤 미인보다도 더 자주 들여다본다. 그대가 날 너무 비난하기 전에 내 말을 먼저 들어주기 바란다. 자기 자신의 몸의 가치를 나보다 더 잘 아는 사람은 없으며, 아마도 그자에 의해 몸을 빼앗겨본 사람도 나밖에 없을 것이다.

나는 처음에는 난쟁이와 그의 범죄에 대해 뒤죽박죽 이야기했다. 뒤이어 그자가 보이는 애정을 그토록 쉽게 받아준 것에 대해 줄리엣을 나무랐다. 줄리엣은 내가 온정신이 아니어서 미쳐 날뛰는 거라고 생각했고, 나는 얼마간 시간이 지나서야 나 스스로를 진정시켰다. 참회를 하고 줄리엣을 다시 얻은 귀도가 나 자신이었음을 인정했다. 그 괴물 같은 난쟁이에게 신랄하게 저주를 퍼붓고 제대로 겨눠 그자의 목숨을 앗아간 칼날을 축복하는 말을 내뱉다가, 줄리엣이 "아멘!"이라고 말하는 소리를 듣고 나는 갑자기 말을 멈추었다. 그녀가 욕하는 난쟁이가 바로 나 자신이었다는 생각을 불현듯 깨달았기 때문이었다. 곰곰이 생각한 후 나는 침묵하는 법을 배웠다. 나는 얼마간 연습한 후에야 그 무시무시한 밤에 대한 이야기를 과도한 실수 없이 말할 수 있게 되었다. 내가 스스로에게 가한 상처는 한 가지 실수가 헛되지 않았음을 증명했다. 한참이 지나서야 나는 회복했다. 자비롭고 관대한 토렐라가 내 옆에 앉아 친구들을 참회로 이끄는 지혜로운 이야기를 들려주었다. 사랑하는 나의 줄리엣은 내 곁을 맴돌며 나를 보살피고 미소로 나를 즐겁게 해주니, 몸의 치료와 정신의 개조가 함께 이루어졌다. 사실 나는 건강을 완전히 회복하지는 못했다. 뺨은 더 창백해졌고, 몸은 약간 굽었다. 줄리엣은 때로 이런 변화를 야기한 그 사악한 일을 가차 없이 대놓고 이야기했다. 그렇지만 나는 그런 순간에 그녀에게 입맞춤하고, 모든 게 다 잘 풀려서 내가 더 애정 깊고 충실한 남편이 되었다고 화답했다. 그리고 그 상처가 아니었다면 나는 결코 줄리엣을 내 사람이라고 부를 수 없었을 것이라고.

나는 다시는 그 해안에 가보지 않았다. 그 악마의 보물을 찾지도 않았다. 나의 고해 신부도 그러한 생각을 지지하는 데 주저하지 않는 바, 과거를 돌아볼 때면 나는 종종 그게 악령이 아니라, 내게 자만심의 어리석음과 비참함을 보여주기 위해 나의 수호천사가 보낸 선한 영혼일지도 모른다는 생각을 한다. 나는 매우 힘든 방식으로 이 교훈을 뼈저리게 깨달았다. 나는 지금 나의 모든 친구들과 동포들에게 귀도 일 코르테즈라는 이름으로 잘 알려져 있다.

옮긴이의 말

고딕 소설이란 1764년 영국 소설가 호레이스 월폴이
『오트란토 성』을 출간하며 자리 잡기 시작한 공포와 로맨
스를 결합한 소설 장르를 뜻한다. 낭만주의의 영향을 받
은 고딕 소설은 이성과 진보를 강조하는 계몽주의와 거리
를 두고 있다. 주로 프랑스나 이탈리아 등 가톨릭 문화권
의 유럽을 배경으로, 깊은 산중이나 오지에 있는 고딕 양식
의 성이나 수도원 등을 무대로 삼는다. 그곳에서 귀족의 정
체성과 다름없는 성/영지의 소유권을 둘러싼 다툼, 젊고 아
름다운 여성을 두고 정욕에 휩싸인 악당의 박해, 권력을 향
한 끝없는 욕망 등을 소재로, 결혼과 범죄, 근친상간, 음모
와 복수극이 벌어진다. 장르의 이름이 유래한 높은 첨탑과
미로 같은 지하 감옥/묘소가 특징인 고딕 건축물은 복잡하
고 끔찍한 사건이 벌어지기에 안성맞춤인 공간이다. 그 공
간은 범죄의 주 무대로 활용될 뿐만 아니라, 더 나아가 초
자연적 현상과 마법 등 고딕적 장치를 활용하기에도 제격

이다. 그곳에서는 억울하게 살해당한 과거의 유령이 등장한다거나, 악마의 화신이 현재의 거주자에게 유혹의 손길을 뻗치기도 한다. 아무도 없는 곳에서 기이한 소리가 들리고, 초상화가 살아 움직이고, 사람이 공으로 변신하기도 하는 등, 각종 판타지 요소들이 직·간접적으로 현실에 작용한다.

18세기 후반부터 대략 1820년대까지 이어진 초기 고딕 소설의 주요 작가로는 월폴을 위시해 윌리엄 벡포드, 매슈 그레고리 루이스, 앤 래드클리프, 찰스 매튜린, 메리 셸리 등이 있다. 그중 남성 작가들은 좀 더 중세 로맨스에 가까운 작품을 남겼다. 판타지 요소들을 적극 활용하고, 인물의 특성을 특유의 과장법을 이용해 부각시켰다. 반면『숲속의 로맨스』나『우돌포의 미스터리』를 쓴 앤 래드클리프는 '테러 유파'라 불리는 고딕 소설의 다른 흐름을 만들어냈다. 그것은 고딕 소설 장르의 소재와 고딕적 장치를 이용해 초자연적 현상이나 기괴한 사건들로 플롯이 전개되지만, 결국 이성으로 설명 가능한 현상으로 드러나는 방식이다. 중세 로맨스처럼 현실 세계와 동떨어진 고딕의 세계로 독자를 인도하는 듯하다가, 결국에는 이성이 각성되고 현실의 질서가 회복된다. 래드클리프의 고딕 유형이 지닌 장점은 감정을 극단으로 몰아가 알 수 없는 것에 대한 흥분과 공포를 선사하는 방식으로 이 장르의 가장 큰 효과인 '숭고미'* 를 느끼게 해주면서도, 결국 다시 현실을 되돌아볼 수 있게 해준다는 점이다.

　이 작품집에 실린 작품들은 모두 19세기 여성 작가들이 쓴 소설이다. 그리고 각기 고딕 소설 장르를 자신만의 방식으로 변용한 이야기다. 네 작가의 작품을 다시 분류하자면, 엘리자베스 개스켈, 버넌 리, 루이자 메이 올컷은 래드클리프의 테러 유파를 계승했고, 메리 셸리는 고딕적 장치를 이성으로 풀지 않고 판타지를 그대로 활용해 하나의 알레고리를 구축했다. 각기 다른 네 여성 작가의 작품은 충격적이고 극단적인 판타지 모티프를 이용해 공포를 자극하는 초기 남성 작가들의 고딕 소설과 차이를 보인다. 그 차이를 자세히 들여다보면 당대 사회를 바라보는 여성 작가들의 시각이 드러난다. 19세기 후반에 발표된 엘리자베스 개스켈, 버넌 리, 루이자 메이 올컷의 작품은 유령의 출현이나 초현실적 현상을 이용해 공포의 분위기를 한껏 고조시키면서도, 그러한 으스스한 사건과 범죄가 인물 내면에

*

에드먼드 버크는 『숭고와 아름다움의 관념의 기원에 대한 철학적 탐구』라는 논문에서 "고통과 위험의 관념을 불러일으킬 수 있는 모든 것"이 "숭고의 원천"이고 그것이 우리 "마음이 느낄 수 있는 가장 강력한 감정을 생산할 수" 있는데 "위험과 고통이 너무 가까이 다가오면 기쁨을 줄 수 없"지만 "어느 정도 거리를 유지하고" 바라보면 기쁨이 될 수 있다고 주장한다. 고딕적 장치로 흔히 등장하는 천둥 번개가 몰아치는 장엄한 산악 풍경, 광대한 바다, 정체를 알 수 없는 어둠 등은 보는 이로 하여금 버크가 말하는 공포와 숭고미를 동시에 선사한다. - 에드먼드 버크, 『숭고와 아름다움의 관념의 기원에 대한 철학적 탐구』 제7부 '숭고에 관하여' 중에서 인용)

끼치는 영향에 좀 더 집중해 인물의 변화를 그린다. 특히 주인공으로 나오는 여성 인물에 초점이 맞춰진다. 여성을 바라보는 시대의 시선을 미묘하게 드러내는 방식으로 여성의 삶의 한계를 보여주거나 문제를 제기한다. 그러나 그들보다 30여 년 시대가 앞서는 메리 셸리의 경우에는 직접적으로 여성의 목소리를 내세우지 않고 변화하는 남성의 모습을 보여준다.

✻ ✻ ✻

엘리자베스 개스켈은 노동자와 극빈층을 비롯한 빅토리아 시대 다양한 계층의 삶에 관심을 기울이며 산업 소설을 주로 썼다. 또한 찰스 디킨스와 협업으로 고딕 소설 장르에 부합하는 유령 이야기를 써서 큰 인기를 끌었다. 그중 대표적인 작품이 바로 이 책에 소개된 「회색 여인」이다. 이 작품은 프랑스 산악 지대의 한 고성에서 벌어지는 악당의 박해와 여인의 탈출기를 그렸다. 고딕 장르의 전통적 문법을 따르면서도, 개스켈만의 독특한 모티프를 첨가해 독자의 호기심을 자극한다. 작가는 특히 프랑스 혁명기에 실제 출몰했던 '쇼퍼'라는 범죄조직의 사건을 활용해 여주인공의 고난을 묘사했다. 흥미로운 점은 악당의 추격을 피해 도망치는 여주인공의 조력자로 등장하는 인물 역시 남장 여인이라는 사실이다. 전통적인 고딕 소설에서 비탄에 빠진 여주인공을 구하는 역할은 주로 고귀한 신분의 젊은 남성이다. 그러나 작가는 주인공의 하녀로 하여금 그 역할을 대신하게 함으로써 젠더 역할을 전복할 뿐만 아니라 신분제 또한 뒤집어놓는다. 빅토리아 시대 여성의 공간은 집 안으로 국한되어 있었다. 젠트리 계급 여성의 경우에는 외출 시 샤프롱을 대동해야만 했다. 여성의 이동 또한 사교 활동이나 친지 방문 등 필요에 따라 이루어지는 일시적 이동에 국한되었다. 따라서 작품의 두 여성이 자신들에게 허락된 공간인 집에서 탈출해 여행길에 오르는 것은 원천적으로 불가능하다. 아망트의 남장은 일차적으로 무슈 드 라 투렐의 추적에서 벗어나기 위해서였지만, 사회적으로 볼 때도 불가피한 현실이었다.

가부장제하에서 집 밖을 나온 여성이 살아남을 유일한 방법은 그렇게 성을 바꾸는 방법뿐이었다. 흥미로운 점은 젠더를 바꾸고 남편 역할을 하는 아망트가 보이는 변화다. 하녀 아망트는 자신이 모시던 영주 부인 아나 셰러를 '피보호자'로 치환시킨다. 영주 부인을 "내 아이"라고 부르고, 자신의 지시에 따를 것을 청한다. 그리고 그런 태도 변화를 예리하게 감지하고 받아들인 후, 나중에 자신의 고백록에 빼놓지 않고 기록한 것은 바로 여주인공 자신이다. 그 장면을 분석해보면 작가가 당시 사회의 강고한 신분제와 젠더 역할의 기반이 허상임을 지적하는 듯하다.

여성 인물뿐만 아니라 남편이자 악당을 묘사하는 표현

에서도 전복을 엿볼 수 있다. 살인도 서슴지 않는 잔인한 악당인 무슈 투렐은 우아하고 세련된 외모에 여성스러운 태도를 보인다. 그리고 그런 면모는 여성들에게 혼란을 심어준다. 19세기에 유행했던 유사 과학인 골상학을 이용해 일그러진 외모와 범죄자를 연결시키고, 그에 대비되는 백인 남성의 우월성을 부각했던 인종주의적 시각을 전복하는 모습으로도 볼 수 있다(실제 찰스 디킨스나 오스카 와일드, 토마스 하디 등 19세기 많은 작가들이 인물 묘사에서 골상학적 모티프를 활용했다). 작가는 두 여인의 공포스럽고 생생한 탈출극을 통해, 당시 사회에서 당연시되었던 전통적 관습과 관념에 의문을 제기하고 있다.

✳ ✳ ✳

버넌 리의 「오키 오브 오키허스트, 팬텀 러버」는 유려한 문장, 영화를 보는 듯한 시각적인 묘사가 그 어느 작가보다도 빼어난 작품이다. 여기에서도 역시 남장을 소재로 젠더 역할을 전복하는 시도가 엿보인다. 그러나 「회색 여인」의 하녀 아망트가 가부장제 사회의 시선을 속이고 도주하기 위해 남장을 했다면, 이 작품에 등장하는 두 앨리스는 다른 면모를 보여준다. 리는 여성의 묘사에서 개스켈과는 사뭇 대조적이다. 「회색 여인」의 여주인공이 남편의 박해를 피해 도망치는 반면, 「오키 오브 오키허스트, 팬텀 러버」의 여주인공은 무시와 조롱을 일삼으며 끊임없이 남편을 괴롭힌다. '홀림과 더블(도플갱어)'이 모티프인 이 이야기는 팜파탈형 여주인공 앨리스 오키가 자신과 이름이 같은 250여 년 전 조상에 홀려, 그녀와 자신을 동일시하며 스스로의 이미지를 구축한다. 남편과 공모해 자신을 연모한 연인 러브록을 살해한 선조 앨리스, 그 과거의 앨리스가 현재의 앨리스를 사로잡았다. 선조와 이름뿐만 아니라 외모도 같은 현재의 앨리스는 조상과의 완전한 동일시를 꿈꾸는 듯하다. 앨리스는 과거의 유령이 출몰할 것 같은 '노란 방'에서 선조 앨리스가 입던 옷을 입고 똑같은 자세를 취한다. 그리고 눈과 입에 어디로 향하는지 모를 신비한 미소를 머금고 몇 시간씩 홀로 시간을 보낸다.

앨리스 부부의 초상화를 그리는 내레이터 역할의 화가가 묘사하는 노란 방의 앨리스는 마치 누군가와 교류하는 듯한 모습이다. 화가는 오키 가문의 그 누구도 들어가길 꺼리는 그 방에서 "선조의 옷을 입고 방 안을 채우고 있는 그 무엇, 어렴풋이 출몰하는 그 무엇을 마주 보고 있는 그 여자를" 상상하기에 이른다. "어렴풋이 출몰하는 그 무엇"은 과거 앨리스의 연인 러브록이거나, 어쩌면 과거의 선조 앨리스일지도 모른다. 이렇듯 현실의 삶에는 아무런 관심도 욕망도 보이지 않으며 노란 방의 무거운 공기 속에 홀로 파묻혀 지내는 병적이고 무기력하고 신비한 여자가, 그런 모습과는 대조적으로 가장 생기를 띤 모습을 보일 때가 있다.

바로 남자 복장을 하고서 마차를 몰아 조상의 살인 사건이 벌어졌던 코츠 코먼으로 내달릴 때다.

우리는 곧바로 양옆에 큰 오크 나무들이 점점이 박힌 시든 초지가 펼쳐진 누런 모래 길을 따라 엄청난 속도로 마차를 몰기 시작했습니다. 나는 나의 감각을 믿을 수 없었어요. 남자 같은 코트를 입고 모자를 눌러쓰고서 힘센 젊은 말을 능숙한 기술로 몰며 열여섯 먹은 여학생처럼 재잘거리는 이 여인이, 도저히 그 섬세하고 병적이며 이국적인 온실 속 여성, 제대로 걷지도 못하고 아무것도 못하는 여성, 온갖 기이한 향과 신비한 분위기로 무겁게 내려앉은 그 노란 응접실의 공기 속에 파묻힌 채 소파에 누워 세월을 보내는 여자라는 게 믿기지가 않았지요.

생기가 흘러넘치는 앨리스의 모습은 자신과 동일시한 과거의 앨리스를 만나러 가는 길이기 때문일지도 모른다. 현재의 앨리스는 역설적으로 유령과 하나가 될 때 유일하게 생명력을 얻는다. 그리고 그때의 그녀가 과거의 앨리스가 그랬던 것처럼 남자 옷을 입고 있다는 사실은 의미심장하다.

남장을 한 두 앨리스가 보이는 젠더 전복의 양상은 「회색 여인」의 양상과 극명한 대조를 이룬다. 과거의 앨리스는 남편 니콜라스 오키와 공모해 연인 러브록을 죽이는 장면에서 남편을 뛰어넘는 모습을 보인다. 남편은 러브록에게 다짜고짜 총을 발사했지만 빗나간다. 뒤이은 육박전에서도 러브록에게 제압당해 러브록의 칼끝이 그의 목을 겨눈다. 이때 가차 없이 총을 발사해 러브록을 살해한 건 바로 남장 여인 앨리스였다. 현재의 앨리스 또한 평소에는 께느른한 태도로 무기력한 모습을 보이지만, 과거의 엘리스와 동일시되는 지점에서는 앞서 언급한 장면처럼 굉장한 활기를 보이며 주도적인 면모를 보인다. 오히려 그런 앨리스의 눈치를 보고 전전긍긍하다가 마침내 히스테리에 빠지며 정신적으로 파멸한 인물은 영국 남성의 전형으로 묘사된 남편 윌리엄 오키다.

리즈 델프는 버넌 리의 작품을 다룬 논문에서 러브록을 살해했을 뿐만 아니라 유령으로 현재의 앨리스를 홀려 그녀를 팜파탈의 희생양으로 만드는 과거의 앨리스와, 끊임없이 집착을 키우다가 마침내 남편을 정신적으로 고문해 죽음으로 내몬 현재의 앨리스의 팜파탈 면모를 분석했다. 그런 모습이 "문화적 여성 혐오를 강화해 여성을 폄하하는 동시에 규범적 젠더 역할을 가지고 유희를 함으로써 그런 고정 관념에 반박한다"고 주장한다.* 두 앨리스는 여성성

*

Liz Delf, "Born of Ourselves": Gendered Doubling and the Femme Fatale in
Vernon Lee's Ghost Stories, Oregon State University, p. 42.)

으로 남자를 홀려 죽음에 이르게 하는 기존 팜파탈의 전형과는 실로 거리가 멀다. 또 완전히 과거에 홀려 세상과 단절된 채 살아가는 여인과, 그 여인의 무관심과 조롱으로 고통받는 남편의 대립 역시 전통적인 고딕 소설과는 다른 비틀린 서사다. 앨리스는 끊임없이 과거의 유령을 소환해 남편을 정신적으로 피폐하게 몰아간다. 여자의 뒤틀린 욕망으로 인해 영국 신사의 표상처럼 보이는 남자, 영국의 팽창주의를 옹호하는 보수당원으로서 선거운동을 하는 남자, 화려한 예술 작품으로 가득한 저택에서 오로지 가문의 영광만 생각하는 상상력이 결여된 남자가 결국 히스테리에 빠지는 모습을 보면, 작가 버넌 리는 복잡다단한 인간 내면의 다양성을 너무나 단순하게 뭉뚱그리며 치부하는 당시의 젠더 고정관념을 뒤튼 것으로 보인다. 여성에게 '가정의 천사' 역할을 강제하는 빅토리아 시대의 가부장제 이데올로기 속에서, 앨리스는 가둘 수 없는 가슴속 열정을 그렇게 비뚤어진 방법으로 채울 수밖에 없었을지도 모른다.

✲ ✲ ✲

두 작품보다 시대적으로 앞선 메리 셸리의 「변신」은 버넌 리의 작품처럼 유려하고 강렬한 문장이 돋보인다. 그러나 이 작품은 나머지 세 작품과는 달리 여주인공을 앞세우지 않고 남자 주인공이 1인칭 시점으로 쓴 이야기다. 셸리는 『프랑켄슈타인』의 프랑켄슈타인 박사처럼 강렬하고 오만한 성격을 지닌 남자 주인공을 내세워, 자만심에 빠진 남자의 독단적 성격이 어떻게 자기 자신을 파멸로 이끄는지 보여준다. 셸리의 작품 대부분이 그러하듯 이 작품 또한 여성 인물은 능동적인 행동을 하지 않을 뿐만 아니라 직접적으로 목소리조차 내지 않는다. 이 소설은 7대악 중 하나인 자만심을 상징하는 일종의 알레고리 소품이다. 그렇기에 여기서 여성의 목소리를 따지는 것은 의미가 없을지도 모른다. 다만 흥미로운 점은 프랑켄슈타인처럼 가부장제 사회에서 여성을 희생양으로 삼아 자신의 야망을 충족하고 명예를 드높이는 데에만 열중하고, 가족과 여성이 수동적으로 희생하고 인내하는 일을 당연하게 여기는 오만한 남성이 결국 자신의 죄에 대한 대가를 치르고 회개한다는 점이다.

「변신」은 고딕 장르의 주된 소재인 '또 다른 자아'에 관한 이야기다. 주인공 귀도와 신비한 능력을 지닌 일그러진 난쟁이가 서로 몸을 바꾸고 벌어지는 사건을 그리고 있다. 둘은 서로 전혀 다른 인물이다. 하지만 잘생긴 외모로 포장된 귀도의 일그러진 내면이 바로 난쟁이라고 할 수 있다. 말하자면 귀도와 난쟁이는 더블이다. 주인공 귀도는 난봉꾼으로 젊은 시절 재산을 모조리 탕진한 후, 자신을 너그럽게 받아주는 약혼녀 줄리엣의 아버지 토렐라에게 안하무인의 모습을 보인다. 그러고는 약혼녀의 아버지가 자신의 무절제하고 독단적인 삶을 제어할 요량으로 내건 조건을 거부하고 줄리엣을 납치하려다 추방당한다. 그 후 난파선에서 살아남은 난쟁이의 제안을 받고, 둘은 서로 몸을 바꾸는 변신을 한다. 귀도의 몸을 입은 난쟁이는 줄리엣의 집으로 가서 지난날의 과오를 회개하고 줄리엣과 결혼을 허락받는다. 약속한 시간이 지나도 돌아오지 않는 난쟁이에 대한 복수심에 불탄 귀도는 저택으로 찾아가 난쟁이와 결투를 벌인다. 둘은 서로의 몸에 칼을 꽂았다. 난쟁이는 죽고, 귀도는 살아남았다. 그렇다면 진정 죽은 것은 난쟁이인가, 난쟁이를 만나기 전의 귀도인가? 이런 질문은 사실 불필요할지도 모른다. 둘은 이미 더블이었고, 또 둘이 몸을 바꾸는 의식을 치를 때 이미 피가 섞였다. 결국 같은 사람이기 때문이다. 귀도 자신이 그 사실을 확인해준다. 그는 부상에서 회복한 후 난쟁이를 저주하는 말을 하다가 멈칫하고는 "참회를 하고 줄리엣을 다시 얻은 귀도가 나[그] 자신이었음을 인정했다." 그가 의식을 회복하고 처음 한 행동이 거울을 보는 것이었다는 점은 의미심장하다. 그는 분명 변신을 거듭한 자신의 새로운 정체성이 혼란스러웠을 것이다. 자만한 자아를 버리고 새로운 자아로 거듭났으니, 잘생긴 외모에 회개하고 미덕을 갖춘 온전한 자아의 모습을 확인하고 싶었을 것이다.

프랑켄슈타인은 가부장제하의 전통적 젠더 역할에 매몰된 독단적이고 자기중심적인 인물이다. 혼인 전날 밤 신부가 위험에 빠질 것을 뻔히 알면서도 자신의 과업을 핑계로 신부를 홀로 남겨둔다. 그리고 '가정의 천사'의 전형으로 묘사된 여성들은 그런 그를 위해 기꺼이 희생을 아끼지 않는다. 그리하여 작가는 그들을 모조리 죽음으로 내몬다. 그와 달리 「변신」에서는 '더블'이라는 판타지 장치를 통해 주인공을 회개하고 달라진 모습으로 그려 행복한 결말을 보여준다. 귀도는 자만에 빠져 자신을 옳은 길로 인도하려는 토렐라에게 오히려 복수를 다짐하던 괴물에서, "참회로 이끄는 지혜로운 이야기"를 귀담아 듣고 또 줄리엣에게 "애정 깊고 충실한 남편"으로 변신했기 때문이다.

✳ ✳ ✳

루이자 메이 올컷의 「비밀의 열쇠」 역시 가문에 내려오는 예언, 갑작스러운 영주의 죽음, 열쇠를 둘러싼 미스터리, 출생의 비밀, 유령 출몰 사건 등 고딕 장르의 공식을 충실히 따르고 있다. 그러나 이 작품은 음산하고 으스스한 분위기를 한껏 자아내는 위 세 작품에 비해 경쾌하고 밝은 색깔이다. 가장 주된 이유는 바로 여주인공의 캐릭터 때문이다. 이 작품은 루이자 메이 올컷의 다른 고딕 작품인 『치명적 사랑』이나 「어둠속의 속삭임」처럼 어둡고 치명적인 본격 고딕 소설과, 작가의 어린이/청소년 소설 중간쯤에 위치한다고 볼 수 있다. 사실 올컷은 『작은 아씨들』, 『작은 신사들』, 『조의 아이들』 같은 어린이/청소년 소설로 평단의 인정을 받았다. 그러나 정작 전통적 가족의 관념과 고정된 젠더 역할을 강요하는 가부장제의 올가미에 갑갑함을 느끼며, 자신의 강한 기질을 채울 수 있는 고딕이나 스릴러 장르를 선호했다. 그러나 올컷은 젊은 여성들에게 전통적 가족 윤리를 고취시키는 이야기를 선호하던 출판사와 평단의 시선 때문에 자신의 작품 활동을 이중으로 나눌 수밖에 없었다. 그리하여 작가는 대중과 평단의 호응을 얻은 『작은 아씨들』류의 소설은 자신의 이름으로, 고딕이나 스릴러 등 자신의 기질에 맞는 작품은 'A. M. 바나드'라는 가명으로 쓸 수밖에 없었다.

「비밀의 열쇠」는 작가의 그 두 갈래에서 타협을 본 측면이 없지 않다. 그것이 작품의 전반적인 밝은 색조를 유지하고 규범을 깨뜨리지 않으면서도, 자기주장이 센 여성을 여주인공으로 내세운 이유다. 릴리언은 고귀한 집안의 상속녀로 아버지의 부재에도 구김 없이 자랐다. 또한 여성이지만 '고집이 세고(여자가 '고집이 세다'라고 표현할 때 '고집'은 부정적인 말이다. 하지만 작가는 릴리언의 성정을 묘사할 때 긍정적이고 부정적인 단어를 함께 사용한다)' 하고 싶은 일이면 무엇이든지 망설이지 않고 단호하게 말하고 행동한다. 특히 폴의 비밀을 알아내려는 그녀의 집념에는 남성 못지않은 결단력이 묻어난다. 때로는 타인의 사적 영역을 몰래 침범하는 등 경솔한 행동을 보이기도 한다. 또 폴이 신분을 회복하고 다른 이름으로 나타났을 때에는 그와의 재회를 마치

대결처럼 여기며 남성을 이기고 싶은 욕망을 그대로 드러
낸다. 릴리언의 언어를 보면 그 성정이 잘 드러난다. "릴리
언은 짓궂게도 자신이 그에게 우위를 점했다는 생각이 들
었다. 상대방은 모르고 자신이 먼저 알게 된 것은 미리 무
장한 것과 마찬가지 아닌가." 그러나 그녀는 경솔한 행동을
한 후에는 반성하고 잘못을 바로잡으려는 균형 감각을 보
여주고, 타인에 대한 배려를 품는 성숙한 여인으로 성장하
는 모습을 보인다.

작가가 남성 인물과 여성 인물을 구현하는 데 있어서도
장르의 타협처럼 고민이 엿보인다. 작품에 등장하는 주요
남성 인물은 영지의 소유주 리처드 경과, 릴리언의 로맨스
대상 폴이다. 리처드 경은 의도치 않게 두 여인과 결혼했
고, 각각의 아내에게서 아이를 보았다. 아내를 사랑하고 자
식의 안위를 걱정하는 자상한 남자로 묘사되는 리처드 경
은 뒤늦게 진실을 알고는 이내 죽음을 맞이한다. 충격을 받
아 심장마비로 죽었지만, 그의 죽음은 명예롭지 못하다. 자
신이 유발한 문제를 해결할 생각을 하지 않고 "두 여인 사
이에 놓인 끔찍한 상황에서 빠져나갈 수 있는 유일한 탈출
구"로 자살을 생각했기 때문이다. 남자답지 못하고 비겁한
결정이라 아니할 수 없다. 한편 폴은 다재다능하고 주변 사
람들의 호감을 사는 면모를 보인다. 또한 자신의 영락한 신
분을 회복하고 사랑을 쟁취하기 위해 분투하는 긍정적인
남성성을 보여준다. 그러나 그가 이탈리아에서 영국의 트

레블린 영지로 잠입한 목적은 사촌 헬렌의 신분을 회복해 주기 위해서였다. 그는 부당하게 방치된 헬렌의 처지를 회복해줄 이타적인 의도로 트레블린 가에 잠입했다. 그러나 사랑스러운 릴리언을 마음속에 품고, 트레블린 부인의 너그러운 은혜에 감복해 갈등에 빠진다. 결국 양측의 갈등을 봉합하는 것은 그의 손에서 이루어진다. 폴은 헬렌의 소원대로 신분을 회복할 문서를 구해준 후, 사랑과 은혜를 저버리지 않고 릴리언과 트레블린 부인의 보호자가 될 것을 자청한다. 그로 인해 릴리언은 이복 자매인 헬렌에게 연민을 보이며 손을 내민다. 그리고 헬렌은 그런 모습에 감복해 자신의 신분 회복 기회를 포기하고 그 가족에 합류한다. 이야기는 가부장적 사회에서 자신의 욕망을 실현하기 위해 의지를 굽히지 않고 자기주장을 확실하게 밀고 나가는 릴리언과 헬렌 같은 현대적인 여성 인물을 보여주면서도, 결국 남성 인물에 의해 최종적으로 갈등이 봉합된다. 여성들이 그에게 기대 '행복한 결말'에 이르는 모습을 보여줌으로써, 작가 올컷의 타협 지점이 여실히 드러난다.

✽　✽　✽

네 작품은 19세기를 사는 여성의 모습을 다양한 스펙트럼으로 보여준다. '용감하고 잘생긴' 아망트, 재산과 명예보다는 인간적인 공감과 따뜻한 교류를 원하는 아나, "아기 천사 같은 표정"을 짓는 아름다운 여성의 전형 줄리엣, 발랄하고 자기주장이 확실한 릴리언, 남자를 조종해 자신의 소망을 이루지만 결국 회개하는 헬렌, 신비하고 비뚤어진 팜파탈 앨리스. 『작은 아씨들』의 네 자매처럼 각 여성은 타고난 성정이 달랐으리라. 남들보다 좀 더 '여성적'인 여성도 있을 것이고 좀 더 '주도적'이고 '독립적'인 여성도 있을 것이다. 그러나 타고난 성정은 억압적인 사회 체제와 문화로 인해 변색되기 마련이다. 때로 변색이 불가능한 경우는 죽음으로 벌을 받기도 한다. 아름답고 구김 없던 아나가 잿빛으로 변색된 중년의 여성으로 변해버렸고, 용감하고 잘생긴 아망트는 죽음으로 전복에 대한 '벌'을 받았다. 마음껏 상상력을 펼치며 예술가적 삶을 살 수 있었던 신비한 앨리스는 영지를 유지해야만 하는 신분제 사회와 억압적 여성관에 의해 죽음으로 스스로를 해방시켰다. 줄리엣은 "너는 내 것이야"라고 말하는 회개한 남자의 아내가 되었으니 그 남자의 '몸의 치료와 정신의 개조'에 평생을 받쳐야 할 것이다. 해피엔딩에도 불구하고, 인간적인 공감과 교류를 위해 "영원한 침묵을 약속"하며 자신의 정체성을 희생시킨 헬렌은 분명 그러한 결정의 원인이었을 '장애'와 '여성'이라는 이중의 핸디캡이 쓴맛을 남긴다. 헬렌의 침묵을 행복한 결말의 전제로 깔기에 릴리언의 삶 역시 마찬가지다. 릴리언과 헬렌 둘 다 주도적이고 강인한 면모를 지닌 성정이었기에 씁쓸한 타협이라고 하지 않을 수 없다.

이렇듯 고딕 소설은 다양한 층위의 여성들을 보여주고 그 여성들이 처한 현실을 적나라하게 직시한다. 고딕 장르는 강렬한 감정, 복잡하게 꼬인 사건, 신비하고 불가해한 현상을 모두 담아 잘 버무려 독자에게 선사한다. 한 번 보면 잊히지 않는 강렬한 시각적 묘사, 깊은 우물에 떨어지는 물방울처럼 긴 공명을 남기는 감정의 여운으로, 이야기의 효과가 극대화되는 장르의 장점이 사회의 주류에서 벗어난 이들, 특히 여성의 담론의 틀로 사용되기에 제격인 것이다. 네 편의 강렬하고 아름다운 이야기는 독자에게 긴 울림으로 다가갈 것이다.

옮긴이 장용준

고딕, 공포, 판타지, 스릴러, 추리 등 장르 소설 위주로 번역과 출판 일을 하고 있다. 옮긴 책으로는 『신들의 전쟁』(상), 『신들의 전쟁』(하), 『비트 더 리퍼』, 『리포맨』, 『숲속의 로맨스』, 『이동과 자유』(근간) 등이 있다.

공포, 집, 여성 여성 고딕 작가 작품선

초판1쇄 발행 2021년 12월 17일

지은이   엘리자베스 개스켈, 버넌 리,
            루이자 메이 올컷, 메리 셸리
옮긴이   장용준
펴낸이   장용준
편집   허승
디자인   박연미

펴낸곳   고딕서가
출판등록   2020년 5월 14일 제2020-000054호
주소   서울시 종로구 새문안로 42 피어선빌딩 1116호
이메일   27rui05@hanmail.net
팩스   0504-202-9263

값   17,500원
ISBN   979-11-976141-2-5 03840